Viagens Extraordinárias

Obras Completas de Júlio Verne em 90 volumes

1ª Série

1. A Volta ao Mundo em 80 Dias
2. O Raio Verde
3. Os Náufragos do Ar - A ILHA MISTERIOSA I
4. O Abandonado - A ILHA MISTERIOSA II
5. O Segredo da Ilha - A ILHA MISTERIOSA III
6. A Escuna Perdida - DOIS ANOS DE FÉRIAS I
7. A Ilha Chairman - DOIS ANOS DE FÉRIAS II
8. América do Sul - OS FILHOS DO CAPITÃO GRANT I
9. Austrália Meridional - OS FILHOS DO CAPITÃO GRANT II
10. O Oceano Pacífico - OS FILHOS DO CAPITÃO GRANT III
11. Viagem ao Centro da Terra
12. Vinte Mil Léguas Submarinas

2ª Série

1. O Correio do Czar - MIGUEL STROGOFF I
2. A Invansão - MIGUEL STROGOFF II
3. Atribulações de um Chinês na China
4. À Procura dos Náufragos - A MULHER DO CAPITÃO BRANIGAN 1
5. Deus Dispõe - A MULHER DO CAPITÃO BRANIGAN II
6. De Constantinopla a Scutari - KÉRABAN O CABEÇUDO I
7. O Regresso - KÉRABAN O CABEÇUDO II
8. Os Filhos do Traidor - FAMÍLIA-SEM-NOME I
9. O Padre Joann - FAMÍLIA-SEM-NOME II
10. Clóvis Dardentor

VINTE MIL LÉGUAS SUBMARINAS

Diretor editorial
Henrique Teles

Produção editorial
Eliana Nogueira

Arte gráfica
Bernardo Mendes

Tradução
Júlia Rajão

Adaptação
Maria Vitória Rajão

Revisão
Jane Rajão

EDITORA GARNIER
Belo Horizonte
Rua São Geraldo, 67 - Floresta - Cep.: 30150-070 - Tel.: (31) 3212-4600
e-mail: vilaricaeditora@uol.com.br

JÚLIO VERNE

VINTE MIL LÉGUAS SUBMARINAS

GARNIER
desde 1844

Dados Internacionais de Catalogação na Publicação (CIP) de acordo com ISBD

V531v Verne, Júlio

Vinte Mil Léguas Submarinas / Júlio Verne. - 2. ed. - Belo Horizonte -
MG : Garnier, 2020.
344 p. ; 14cm x 21cm.

Inclui índice.

ISBN: 978-65-86588-37-8

1. Literatura francesa. 2. Ficção. I. Título.

2020-1908

CDD 843
CDU 821.133.1-3

Índice para catálogo sistemático:

1. Literatura francesa : Ficção 843
2. Literatura francesa : Ficção 821.133.1-3

Copyright © 2020 Editora Garnier.

Todos os direitos reservados pela Editora Garnier.
Nenhuma parte desta publicação poderá ser reproduzida
sem a autorização prévia da Editora.

SUMÁRIO

PARTE I

I UM RECIFE ARISCO 9

II CRÉDULOS E INCRÉDULOS 14

III "COMO O MESTRE DESEJA" 19

IV NED LAND 24

V AO ACASO 30

VI A TODO VAPOR 35

VII UMA ESPÉCIE DESCONHECIDA DE BALEIA 42

VIII MOBILIS IN MOBILI 49

IX A FÚRIA DE NED LAND 56

X O HOMEM DOS MARES 62

XI O NÁUTILUS 70

XII TUDO POR MEIO DA ELETRICIDADE 77

XIII ALGUNS NÚMEROS 83

XIV A CORRENTE NEGRA 89

XV UM CONVITE POR ESCRITO 98

XVI UMA CAMINHADA NO FUNDO DO MAR 105

XVII UMA FLORESTA SUBMARINA 110

XVIII QUATRO MIL LÉGUAS SOB O PACÍFICO 116

XIX VANIKORO 123

XX O ESTREITO DE TORRES 131

XXI ALGUNS DIAS EM TERRA 138

XXII OS RAIOS DO CAPITÃO NEMO 147

XXIII "AEGRI SOMNIA" 156

XXIV O REINO DOS CORAIS 163

PARTE II

I O OCEANO ÍNDICO 169

II UMA NOVA PROPOSTA DO CAPITÃO NEMO 176

III A PÉROLA DE DEZ MILHÕES 184

IV O MAR VERMELHO 192

V O TÚNEL ÁRABE 202

VI AS ILHAS GREGAS 209

VII O MEDITERRÂNEO EM QUARENTA E OITO HORAS 217

VIII A BAÍA DE VIGO 225

IX UM CONTINENTE PERDIDO 234

X AS MINAS DE CARVÃO SUBMARINAS 242

XI O MAR DE SARGAÇOS 251

XII CACHALOTES E BALEIAS 258

XIII O BANCO DE GELO 267

XIV O POLO SUL 276

XV ACIDENTE OU INCIDENTE? 285

XVI FALTA DE AR 292

XVII DO CABO HORN AO AMAZONAS 300

XVIII OS POLVOS 307

XIX A CORRENTE DO GOLFO 315

XX DE LATITUDE 47°24' A LONGITUDE 17°28' 323

XXI UMA EXECUÇÃO EM MASSA 329

XXII AS ÚLTIMAS PALAVRAS DO CAPITÃO NEMO 336

XXIII CONCLUSÃO 342

PARTE I

CAPÍTULO I

UM RECIFE ARISCO

O ano de 1866 foi assinalado por um incidente notável, um fenômeno misterioso e intrigante, que sem dúvida ninguém ainda esqueceu. Rumores agitavam a população portuária e a opinião pública no interior dos continentes, mas os marinheiros estavam particularmente excitados. Mercadores, marinheiros comuns, capitães de navios, tanto da Europa como da América, oficiais da Marinha de todos os países, e os governos de vários Estados nos dois continentes, estavam profundamente interessados no assunto.

Recentemente, os navios haviam sido recebidos por "uma coisa enorme", um objeto longo, em forma de fuso, ocasionalmente fosforescente e infinitamente maior e mais rápido em seus movimentos do que uma baleia.

Os fatos relativos a essa aparição (registrados em vários diários de bordo) concordam em muitos aspectos quanto à forma do objeto ou criatura em questão, a incansável rapidez de seus movimentos, seu surpreendente poder de locomoção e a vida peculiar com a qual parecia dotado. Se fosse uma baleia, superava em tamanho todas as classificadas na ciência até então.

Levando em consideração a média das observações feitas em diversos momentos, rejeitando a estimativa tímida daqueles que atribuíram a este objeto um comprimento de duzentos pés, igualmente com as opiniões exageradas que o definiram como uma milha de largura e três de comprimento, era plausível concluir que esse misterioso ser ultrapassava em muito todas as dimensões admitidas pelos ictiologistas, se caso existisse. E que ele existia era um fato inegável; e, com essa tendência que põe a mente humana em favor do maravilhoso, é possível compreender a excitação produzida no mundo inteiro por essa aparição sobrenatural. Quanto a classificá-la na categoria de fábulas, a ideia estava fora de questão.

Em 20 de julho de 1866, o navio a vapor *Governor Higginson*, da Companhia de Navegação a Vapor de Calcutá e Burnach, encontrou essa massa em movimento a cinco milhas da costa leste da Austrália. O capitão Baker pensou a princípio que estava na presença de um banco de areia desconhecido; ele até se preparou para determinar sua posição exata quando duas colunas de água, projetadas pelo objeto misterioso, dispararam com um ruído sibilante a cento e cinquenta pés de altura. Portanto, a menos que o banco de areia tenha sido submetido à erupção intermitente de um gêiser, o *Governor Higginson* tinha se encontrado com um mamífero aquático, até então desconhecido, que lançava de seus orifícios colunas de água misturadas com ar e vapor.

Fatos semelhantes foram observados no dia 23 de julho do mesmo ano, no Oceano Pacífico, pelo *Cristobol-Colon*, da West India and Pacific Steam Navigation Company. Mas a criatura extraordinária podia se transportar de um lugar para outro com velocidade surpreendente; pois, em um intervalo de três dias, o *Governor Higginson* e o *Cristobol-Colon* o haviam observado em dois pontos diferentes do mapa, separados por uma distância de mais de setecentas léguas marítimas.

Quinze dias depois, duas mil milhas mais longe, o *Helvetia*, da Compagnie-Nationale, e o *Shannon*, da Royal Mail Steamship Company, navegando em sentidos opostos naquela porção do Atlântico situada entre os Estados Unidos e a Europa, respectivamente, sinalizaram o monstro um para o outro em 42° 15' de latitude norte e 60° 35' de longitude oeste. Nessas observações simultâneas, eles se julgaram capazes de estimar o comprimento mínimo do mamífero em mais de trezentos e cinquenta pés, já que o *Shannon* e o *Helvetia* eram de dimensões menores do que ele, embora medissem trezentos pés no total. Ora, as maiores baleias, aquelas que frequentam aquelas partes do mar ao redor das ilhas Aleutas, Kulammak e Umgullich, nunca ultrapassaram o comprimento de sessenta metros, se é que chegavam a tanto.

Um após o outro, chegaram relatórios que afetaram profundamente a opinião pública: novas observações feitas pelo transatlântico *Le Pereire*, uma abordagem entre o *Etna*, da linha Inman, e o monstro, um relatório elaborado por oficiais da fragata francesa *La Normandie*, bem como um seríssimo levantamento obtido pelo estado-maior do Comodoro Fitz-James, a bordo do *Lord Clyde*. Em países despreocupados, as pessoas brincavam sobre esse fenômeno, mas países sérios e pragmáticos como Inglaterra, América e Alemanha estavam profundamente preocupadas.

Em todos os quadrantes, o monstro estava na moda. Era cantado nos cafés, ridicularizado nos jornais e representado no palco. Todos os tipos de histórias eram divulgados a seu respeito. Surgiram nos jornais caricaturas de criaturas gigantescas e imaginárias, desde a baleia branca, a terrível Moby Dick das regiões subárticas, até o imenso Kraken, cujos tentáculos podiam enredar um navio de quinhentas toneladas e arrastá-lo para o abismo do oceano. As lendas dos tempos antigos até foram revividas.

Então, irrompeu a discussão interminável entre os crédulos e os incrédulos nas sociedades dos sábios e nas revistas científicas. A "questão do monstro" inflamou todas as mentes. Jornalistas de revistas científicas, que professam a ciência em luta contra os que professam o sobrenatural, derramaram rios de tinta durante essa campanha memorável, alguns até tirando sangue, pois da serpente marinha passaram aos comentários pessoais mais ofensivos.

Por seis meses, a guerra prosseguiu com peripécias diversas. Com entusiasmo inesgotável, a imprensa popular tirou proveito de artigos do *Geographic Institute of Brazil, da Royal Academy of Science de Berlim, da British Association*, do *Smithsonian Institution em Washington*, DC, de discussões no *The Indian Archipelago*, no *Cosmos* publicado por Padre Moigno, no *Mittheilungen de Petermann*, e das crônicas científicas dos grandes jornais franceses e estrangeiros. Quando os adversários do monstro citaram um ditado do botânico Linnaeus de que "a natureza não dá saltos", espirituosos jornalistas a parodiaram, sustentando em essência que "a natureza não produz lunáticos" e ordenando a seus contemporâneos a não desmentir a natureza, admitindo a existência de Krakens, serpentes marinhas, Moby Dicks e outras elucubrações de marinheiros bêbados. Finalmente, em um temido jornal satírico, um artigo de seu colunista mais popular acabou com o monstro para sempre, rejeitando-o no estilo de Hipólito, e nocauteando-o em meio à gargalhada universal. A gozação derrotou a ciência.

Durante os primeiros meses do ano de 1867, a questão parecia enterrada, para nunca mais ressuscitar, quando novos fatos foram apresentados ao público. Já não era um problema científico a ser resolvido, mas um perigo real a ser enfrentado com seriedade. A questão assumiu outra forma. O monstro se tornou uma pequena ilha, uma rocha, um recife, mas um recife de proporções indefinidas e mutáveis.

Na noite do dia 5 de março de 1867, o *Moravian*, da Montreal Ocean Company, encontrando-se em 27°30' de latitude e 72° 15' de longitude, colidiu sua alheta de estibordo contra um recife, não apontado em nenhum mapa para aquela parte do mar. Sob os esforços combinados do vento e seus quatrocentos cavalos de força, ele estava indo a uma velocidade de treze nós. Se não fosse pela força superior do casco do *Moravian*, ele teria se quebrado com o choque e afundado com os 237 passageiros que trazia do Canadá.

O acidente aconteceu por volta das cinco da manhã, com o raiar do dia. Os oficiais de guarda correram para a proa do navio e examinaram o mar com a maior atenção. Eles não viram nada além de um forte redemoinho a cerca de três cabos de distância, como se a superfície da

11

água tivesse sido violentamente agitada. As coordenadas do lugar foram calculadas com exatidão, e o *Moravian* continuou sua rota sem danos aparentes. Teria batido em uma rocha submersa ou em um enorme naufrágio? Eles não sabiam; mas, ao examinar o fundo do navio durante os reparos, descobriu-se que parte de sua quilha estava quebrada.

Esse fato, tão grave em si mesmo, talvez tivesse sido esquecido como muitos outros se, três semanas depois, não tivesse sido reencenado em circunstâncias semelhantes. Mas, graças à nacionalidade da vítima do choque e da reputação da empresa a que pertencia a embarcação, o incidente tornou-se amplamente divulgado.

Ninguém desconhece o nome daquele famoso armador inglês, Cunard. Em 1840, esse astuto industrial fundou um serviço postal entre Liverpool e Halifax, apresentando três navios de madeira movidos a roda, com potência de 400 cavalos e arqueação de 1.162 toneladas. Oito anos depois, a frota da empresa aumentou com quatro navios de 650 cavalos de potência e com 1.820 toneladas, e em mais dois anos, com mais dois outros navios de potência e tonelagem ainda maiores. Em 1853, a Cunard Co., cuja concessão para o transporte de despachos acabava de ser renovada, agregou sucessivamente a seu equipamento o *Arábia*, o *Persia*, o *China*, o *Scotia*, o *Java* e o *Russia*, todos navios de alta velocidade e, depois do *Great Eastern*, os maiores a navegarem os mares. Assim, em 1867, a companhia possuía doze navios, oito movidos a rodas e quatro a hélices.

Se dou esses detalhes, bastante sucintos, é para que se entenda perfeitamente a importância dessa empresa de transporte marítimo, conhecida mundialmente pela sua astuta gestão. Nenhum empreendimento de navegação transoceânico foi conduzido com mais habilidade e nenhuma transação comercial foi coroada de maior sucesso. Em vinte e seis anos, os navios da Cunard fizeram 2.000 travessias do Atlântico sem nem mesmo uma viagem cancelada, um atraso registrado, um homem, uma embarcação ou até mesmo uma carta perdida. Assim, apesar da forte concorrência da França, os passageiros ainda preferem a linha Cunard a todas as outras, como pode ser visto em uma pesquisa recente de documentos oficiais. Diante disso, não é surpresa o alvoroço provocado por este acidente envolvendo um de seus melhores navios a vapor.

No dia 13 de abril de 1867, com o mar lindo, a brisa favorável, a *Scotia*, da linha da Cunard Company, encontrava-se a 15°1' de longitude e 45°37' de latitude, se deslocando a uma velocidade de treze nós e meio.

Às quatro e dezessete da tarde, enquanto os passageiros se reuniam para o almoço no grande salão, um leve choque foi sentido no casco do *Scotia*, na altura da alheta, um pouco atrás da roda de bombordo.

O *Scotia* não colidira, mas havia sido atingido, e por algo mais afiado e penetrante do que contundente. O choque foi tão leve que ninguém se assustou, não fosse os gritos dos fiéis do porão, que subiram ao convés, gritando:

— Estamos afundando! Estamos afundando!

A princípio, os passageiros ficaram muito assustados, mas o capitão Anderson se apressou em tranquilizá-los. O perigo não poderia ser iminente. O *Scotia*, dividido em sete compartimentos por fortes divisórias, enfrentaria impunemente qualquer vazamento.

O capitão Anderson se dirigiu imediatamente ao porão. Constatou que o quinto compartimento fora inundado pelo mar e a rapidez da inundação provava que a força da água era considerável. Felizmente, esse compartimento não continha as caldeiras, ou o fogo teria sido extinto imediatamente.

O capitão Anderson ordenou que os motores fossem desligados prontamente e um dos homens desceu para verificar a extensão do dano. Alguns minutos depois, descobriram a existência de um grande buraco, de dois metros de diâmetro, no fundo do navio. Esse vazamento não pôde ser contido e o *Scotia*, com os remos meio submersos, foi obrigado a continuar seu curso. Encontrava-se então a trezentas milhas de Cape Clear e, após três dias de atraso, o que causou grande inquietação em Liverpool, atracou no cais da empresa.

Os engenheiros vistoriaram o *Scotia*, que foi colocado em uma doca seca. Eles mal podiam acreditar que fosse possível; a duas jardas e meia abaixo da linha d'água havia um rasgo regular, na forma de um triângulo isósceles. O lugar quebrado nas placas de ferro era tão perfeitamente definido que não poderia ter sido feito aleatoriamente. Ficou claro que o instrumento que produziu a perfuração não era de uma figura comum e, depois de ter sido acionado com força prodigiosa, e perfurado uma placa de ferro de quatro centímetros de espessura, havia se retirado com um movimento para trás.

Esse último fato excitou mais uma vez a opinião pública. A partir desse momento, todos os desastres marítimos sem causa determinada foram atribuídos ao monstro. Sobre essa criatura imaginária repousou a responsabilidade de todos esses naufrágios, cujo número, infelizmente, é considerável; pois das três mil embarcações cuja perda é registrada anualmente no Lloyd's, o número de navios, a vela e a vapor, que se supunha totalmente perdidos, pela ausência qualquer notícia, é menos de duzentos!

Ora, justa ou injustamente, era o "monstre" o acusado de seu desaparecimento e, graças a ele, a comunicação entre os diferentes continentes se tornava cada vez mais instável. O público exigia veementemente que os mares fossem, a qualquer preço, livrados do mirabolante cetáceo.

13

CAPÍTULO II

CRÉDULOS E INCRÉDULOS

No período em que ocorreram esses eventos, eu havia acabado de retornar de uma pesquisa científica nas terras agrestes do Nebraska, nos Estados Unidos. Em virtude de meu cargo como professor assistente no Museu de História Natural de Paris, o governo francês me designou para essa expedição. Depois de seis meses em Nebraska, cheguei a Nova York, no final de março, com preciosas coleções. Minha partida para a França estava marcada para os primeiros dias de maio. Enquanto isso, eu me ocupava em classificar minhas riquezas mineralógicas, botânicas e zoológicas, quando então aconteceu o acidente com o *Scotia*. Eu estava perfeitamente informado sobre o assunto na ordem do dia. Como poderia ser diferente? Eu tinha lido e relido todos os jornais americanos e europeus sem chegar nem perto de uma conclusão. Aquele mistério me intrigava. Na impossibilidade de formar opinião, oscilava de um extremo ao outro. Não se podia duvidar de que realmente havia algo, e os céticos eram convidados a ver de perto a ferida do *Scotia*.

Quando cheguei a Nova York, a questão estava no auge. A teoria da ilha flutuante e do banco de areia inacessível, sustentada por mentes pouco competentes, foi abandonada. E, de fato, a menos que essa ilha tivesse um motor em seu interior, como poderia mudar de posição com uma rapidez tão surpreendente?

Pela mesma causa, a ideia de um casco flutuante de um enorme naufrágio foi abandonada.

Restaram, então, apenas duas soluções possíveis para a questão, que criaram dois partidos distintos: de um lado, aqueles que eram por um monstro de força colossal; de outro, aqueles que eram por um navio "submarino" de enorme potência motora.

Mas esta última teoria, plausível como era, não foi capaz de resistir a investigações feitas em ambos os mundos. Não era provável que um cidadão comum tivesse tal máquina sob seu comando. Onde, quando e como foi construído? E como sua construção poderia ter sido mantida em segredo? Certamente, somente um governo poderia possuir uma máquina tão destrutiva e, nesses tempos desastrosos, em que a engenhosidade

14

do homem empenha-se em multiplicar o poder das armas de guerra, era bem possível que, sem o conhecimento de outros, um Estado pudesse tentar operar uma máquina daquele tipo.

Mas a ideia de uma máquina de guerra ruiu novamente diante da declaração dos governos. Como o interesse público estava em questão e as comunicações transatlânticas estavam envolvidas, a veracidade dos Estados não podia ser posta em dúvida. Aliás, como admitir que a construção desse barco submarino escapou aos olhos do público? Para um cidadão comum, manter o segredo sob tais circunstâncias seria muito difícil, e para um país, cujos atos são persistentemente vigiados por rivais poderosos, certamente impossível.

Após minha chegada a Nova York, várias pessoas me deram a honra de me consultar sobre o fenômeno em questão. Eu havia publicado na França um trabalho *in-quarto*, em dois volumes, intitulado *Os mistérios das grandes profundezas submarinas*. O livro, altamente aprovado no mundo científico, fazia de mim um especialista nesse ramo um tanto obscuro da História Natural. Minha opinião foi pedida. Enquanto eu pude negar a realidade do fato, me limitei a um simples "sem comentários". Mas logo, encontrando-me encurralado, fui obrigado a me explicar ponto por ponto. E, como se não bastasse, "o ilustre Pierre Aronnax, professor do Museu de Paris", foi convocado pelo *The New York Herald* para formular um parecer qualquer.

Eu obedeci. Como não conseguia mais segurar minha língua, deixei-a balançar. Discuti a questão em todas as suas formas, política e cientificamente; e apresento aqui um extrato de um artigo cuidadosamente estudado que publiquei na edição do dia 30 de abril:

— Portanto, depois de examinar uma a uma as diferentes teorias, rejeitando todas as outras sugestões, torna-se necessário admitir a existência de um animal marinho de enorme poder.

As grandes profundezas do oceano são inteiramente desconhecidas para nós. As sondas não podem alcançá-las. O que se passa nessas profundezas remotas? Quais seres vivem, ou podem viver, doze ou quinze milhas abaixo da superfície das águas? Qual é a organização desses animais? Mal podemos conjecturar. No entanto, a solução do problema que me foi submetido pode modificar a forma do dilema. Ou conhecemos todas as variedades de seres que povoam o nosso planeta, ou não as conhecemos. Se não conhecemos tudo, se a Natureza ainda tem segredos nas profundezas para nós, nada é mais conforme à razão do que admitir a existência de peixes, ou cetáceos de outros tipos, ou mesmo de novas espécies, de uma organização formada para habitar as camadas inacessíveis às sondagens, e que um acidente de algum tipo trouxe, após longos intervalos, ao nível superior do oceano.

15

Se, pelo contrário, conhecemos todos os seres vivos, devemos necessariamente procurar o animal em questão entre os seres marinhos já classificados; e, nesse caso, devo estar disposto a admitir a existência de um "narval gigante".

O narval comum, ou unicórnio-do-mar, costuma atingir 18 metros de comprimento. Aumente seu tamanho cinco ou dez vezes, dê-lhe força proporcional ao seu tamanho, alongue suas armas destrutivas e obterá o animal necessário. Ele terá as proporções determinadas pelos oficiais do Shannon, o instrumento exigido para a perfuração do *Scotia* e a força necessária para rasgar o casco do navio a vapor.

De fato, o narval está armado com uma espécie de espada de marfim, uma alabarda, segundo a expressão de alguns naturalistas. O dente principal tem a dureza do aço. Algumas dessas presas foram encontradas enterradas nos corpos de baleias, que o unicórnio-do-mar sempre ataca com sucesso. Outros foram retirados, não sem problemas, do fundo de navios, que eles perfuraram por completo, como uma lâmina perfura um barril. O Museu da Faculdade de Medicina de Paris possui uma dessas armas defensivas, de dois metros, um quarto de comprimento e quinze polegadas de diâmetro na base.

Pois bem! Suponha que esta arma seja seis vezes mais forte e o animal dez vezes mais poderoso; lance-a a uma velocidade de vinte milhas por hora e obterá um choque capaz de produzir a catástrofe necessária.

Até maiores informações, portanto, eu devo mantê-lo como um unicórnio-do-mar de dimensões colossais, armado não com uma alabarda, mas com uma verdadeira espora, como as fragatas blindadas, ou os *rams de guerra*, cuja massa e força motriz possuiria ao mesmo tempo. Assim, pode esse fenômeno enigmático ser explicado, a menos que haja algo além e acima de tudo que alguém já conjecturou, viu, percebeu ou experimentou; o que também está dentro das possibilidades.

Estas últimas palavras foram covardes da minha parte, mas, até certo ponto, quis resguardar minha dignidade de professor, e não dar muito riso aos americanos, que riem muito, quando riem. Reservei para mim uma forma de fuga. Com efeito, entretanto, admiti a existência do "monstro". Meu artigo foi calorosamente discutido, o que lhe garantiu grande reputação. Angariou um certo número de partidários. A solução que ele propôs deu, pelo menos, liberdade total à imaginação. A mente humana se deleita em grandes concepções de seres sobrenaturais. E o mar é precisamente o seu melhor veículo, o único ambiente no qual esses gigantes (contra os quais animais terrestres, como elefantes ou rinocerontes, são como nada) podem ser produzidos ou desenvolvidos. As massas líquidas sustentam as maiores espécies conhecidas de mamíferos e talvez escondam moluscos de tamanho incomparável ou crustáceos assustadores só de olhar, como lagostas de 100 metros ou caranguejos de 200 toneladas! Por que não? Antigamente, em dias pré-históricos, os animais terrestres (quadrúpedes, macacos, répteis, pássaros) eram construídos em escala gigantesca. O Criador os lançou usando um molde colossal que o tempo gradualmente tornou menor. Com suas profundezas incalculáveis, não poderia o mar conservar a vida de tão grandes espécimes de outra época, esse mar que nunca muda enquanto as massas de terra sofrem alteração quase contínua? Não poderia o coração do oceano ocultar as variedades remanescentes dessas espécies titânicas, para quem os anos são séculos e os séculos, milênios?

Mas não devo deixar essas fantasias me acompanharem! Chega desses contos de fadas que o tempo transformou em duras realidades para mim. Repito: a opinião havia se cristalizado quanto à natureza desse fenômeno, e o público aceitou sem discussão a existência de uma criatura prodigiosa que nada tinha em comum com a lendária serpente marinha.

No entanto, se alguns o viam apenas como um problema científico a ser solucionado, pessoas mais práticas, especialmente na América e na Inglaterra, estavam determinadas a livrar o oceano daquele monstro assustador, a fim garantir a segurança das viagens transoceânicas.

Os jornais industriais e comerciais trataram a questão principalmente sob este ponto de vista. *The Shipping and Mercantile Gazette*, a *Lloyd's List*, o *Packet-Boat* e a *Maritime and Colonial Review*, com todas as páginas patrocinadas pelas companhias de seguros, que ameaçavam aumentar suas taxas de prêmio, foram unânimes neste ponto.

A opinião pública foi pronunciada. Os Estados Unidos foram os primeiros a manifestar-se e, em Nova York, fizeram preparativos para uma expedição destinada a perseguir o narval. Uma fragata de grande velocidade, a *Abraham Lincoln*, foi colocada em operação o mais rápido possível. Os arsenais foram abertos ao comandante Farragut, que apressou o armamento de sua fragata. Mas, como sempre acontece, quando foi decidido perseguir o monstro, o monstro não apareceu. Por dois meses ninguém ouviu falar nele. Nenhum navio o encontrou. Parecia que o unicórnio-do-mar sabia das tramas que se desenrolavam ao seu redor. Tanto se falava, até mesmo através do cabo do Atlântico, que os satiristas afirmavam que o espertalhão havia interceptado algum telegrama que passava e estava tirando proveito.

Assim, quando a fragata foi armada para uma longa campanha e equipada com formidável aparato de pesca, ninguém sabia o que fazer. A impaciência cresceu rapidamente, quando, no dia 2 de julho, souberam que um navio a vapor da linha São Francisco-Xangai havia avistado o animal três semanas antes no Pacífico Norte.

A emoção causada por esta notícia foi extrema. Nem mesmo um intervalo de 24 horas foi concedido ao comandante Farragut. O navio foi revitalizado e bem abastecido com carvão. Nenhum tripulante estava faltando em seu posto. Para arrancar, bastava disparar e alimentar as fornalhas! O atraso de meio dia teria sido imperdoável! Aliás, o comandante Farragut não queria nada mais do que ir em frente.

Três horas antes de o *Abraham Lincoln* deixar o cais do Brooklyn, recebi uma carta registrada nos seguintes termos:

Para professor Aronnax,
Professor no Museu de Paris
Fifth Avenue Hotel - Nova York.

Cavalheiro,

Se o senhor consentir em juntar-se à Abraham Lincoln nesta expedição, o Governo dos Estados Unidos terá o prazer de ver a França representada nessa missão. O comandante Farragut tem uma cabine à sua disposição.

Atenciosamente,
JB HOBSON
Secretário da Marinha.

CAPÍTULO III

"COMO O MESTRE DESEJA"

Três segundos antes da chegada da carta de JB Hobson, tanto me apetecia perseguir o unicórnio quanto tentar a passagem do mar do Norte. Três segundos depois de ler a carta do honorável Secretário da Marinha, senti que minha verdadeira vocação, o único fim de minha vida, era perseguir esse monstro perturbador e bani-lo do mundo.

Por outro lado, eu acabava de voltar de uma viagem árdua, cansado e ávido por descanso. Eu aspirava a nada mais do que ver novamente meu país, meus amigos, meu pequeno alojamento no Jardin des Plantes, minhas queridas e preciosas coleções. Mas nada poderia me deter! Esqueci tudo, fadiga, amigos e coleções, e aceitei sem hesitar a oferta do governo americano.

— Além disso — pensei —, todos os caminhos levam de volta à Europa; e o narval pode ser amável o suficiente para me apressar em direção à costa da França. Esse digno animal pode se deixar apanhar nos mares da Europa (para meu benefício particular), e não vou trazer menos de meio metro de sua alabarda de marfim para o Museu de História Natural.

Mas, para isso, eu precisava procurar esse narval no Pacífico Norte, para então, voltar à França, tomando o caminho diametralmente oposto.

— Conselho! — chamei, impaciente.

Conselho era meu criado, um verdadeiro rapaz flamengo dedicado, que me acompanhava em todas as minhas viagens. Gostava dele, e ele retribuía bem a estima. Ele era quieto por natureza, regular por princípio, zeloso por hábito, demonstrando pouca perturbação com as diferentes surpresas da vida, muito rápido com as mãos e apto em qualquer serviço que dele se exigisse; e, apesar de seu nome, nunca dava conselhos, mesmo quando solicitado.

Depois de conviver com cientistas em nosso pequeno universo do Jardim Botânico, o rapaz aprendera uma ou duas coisas. Eu tinha nele um experiente especialista em classificação biológica, um entusiasta que podia percorrer com agilidade acrobática toda a escala dos ramos, grupos, classes, subclasses, ordens, famílias, gêneros, subgêneros, espécies e variedades. Mas aí sua ciência parava. Classificar era tudo para ele, seu saber se resumia a isso. Imbatível na teoria da classificação, ele era pouco versado em sua aplicação prática, e duvido que ele pudesse distinguir um cachalote de uma baleia! E, no entanto, que rapaz bom e valente! Conselho havia me seguido nos últimos dez anos onde quer que a ciência levasse. Nunca se queixou da duração ou do cansaço de uma viagem, nunca fez objeção a empacotar sua mala de viagem para qualquer país que fosse, ou por mais distante que fosse, seja a China ou o Congo. Além de tudo isso, ele tinha boa saúde, que desafiava todas as doenças, e músculos sólidos, mas sem nada de nervos, nem sombra de nervos, no sentido moral, entenda-se.

Esse rapaz tinha trinta anos, e sua idade estava para a de seu mestre como quinze está para vinte. Desculpem-me por dizer dessa forma que eu tinha quarenta anos.

Mas Conselho tinha um defeito: ele era cerimonioso até certo ponto e nunca falava comigo a não ser na terceira pessoa, o que às vezes era provocador.

— Conselho! — repeti, começando com mãos nervosas a fazer os preparativos para minha partida.

Certamente, eu não esperava outra coisa desse jovem tão dedicado. Via de regra, nunca perguntei se era conveniente para ele ou não me seguir em minhas viagens; mas desta vez tratava-se de uma expedição que poderia ser prolongada, de uma iniciativa temerária, a perseguição de um animal capaz de afundar uma fragata tão facilmente quanto uma casca de noz. Aqui havia matéria para reflexão até para o homem mais impassível do mundo. O que o Conselho diria?

— Conselho, chamei pela terceira vez.

Conselho apareceu.

— O mestre chamou? — indagou, ao entrar.

— Sim, meu garoto. Faça nossos preparativos. Partiremos em duas horas.

— Como o mestre desejar — respondeu tranquilamente o Conselho.

— Não há um instante a perder! Tranque em meu baú todos os utensílios de viagem, casacos, camisas e meias, sem economia, quantos puder, e se apresse!

— E as coleções do mestre?

— Cuidamos disso mais tarde.

— O quê!? Os *archaeotherium*, os *hyracotherium*, os *oreodonts*, os *cheiropotamus* e os outros esqueletos fósseis do mestre?

— Eles vão mantê-los no hotel.

— E a babirussa viva?

— Eles vão alimentá-lo durante a nossa ausência. De qualquer forma, deixaremos instruções para enviar todo o zoológico para a França.

— Não vamos voltar para Paris, então? — disse o Conselho.

— Oh! Certamente — respondi, evasivamente —, mas fazendo uma curva.

— A curva agradará ao mestre?

— Oh! Não será nada; uma estrada não tão direta, só isso. Temos cabines reservadas no *Abraham Lincoln*.

— Como o mestre deseja — respondeu serenamente Conselho.

— Veja, meu amigo, tem a ver com o monstro... o famoso narval... Vamos bani-lo dos mares. O autor de uma obra em dois volumes, *in-quarto*, sobre *Os Mistérios das Grandes Profundezas do Oceano* não tem desculpa para não zarpar com o capitão Farragut. Uma missão gloriosa, mas perigosa! Não sabemos para onde podemos ir; esses animais podem ter lá suas manias. Mas iremos, de qualquer maneira! Temos um capitão que está bem acordado!

— O que o mestre fizer, eu farei — respondeu Conselho.

— Mas pense bem, porque eu não quero esconder nada de você. Essa é uma daquelas viagens das quais as pessoas nem sempre voltam!

— Como o mestre deseja.

O elevador do hotel nos deixou no vestíbulo principal do mezanino. Desci uma escada curta que levava ao andar térreo. Eu paguei minha conta naquele enorme balcão sempre assediado por uma multidão considerável. Deixei instruções para enviar meus contêineres de animais empalhados e plantas secas para Paris. Abri crédito suficiente para cobrir a babirussa e, com Conselho atrás de mim, pulei em uma carruagem.

Por uma passagem de vinte francos, o veículo desceu a Broadway até a Union Square, pegou a Fourth Ave. até sua junção com a Bowery St., virou na Katrin St. e parou no Pier 34. Ali, o *ferry-boat* transferiu homens, cavalos e carruagens para o Brooklyn, aquele grande anexo de Nova York localizado na margem esquerda do East River, e em poucos minutos chegamos ao cais próximo ao qual a *Abraham Lincoln* expelia torrentes de fumaça negra de suas duas chaminés.

Nossa bagagem foi transportada para o convés da fragata imediatamente. Apressei-me a bordo e perguntei pelo comandante Farragut. Um dos marinheiros me conduziu até a popa, onde me encontrei na presença de um oficial de boa aparência, que estendeu a mão para mim.

— Monsieur Pierre Aronnax? — disse ele.

— Ele mesmo — respondi. — Comandante Farragut?

— Ele mesmo. Seja bem-vindo, professor. Sua cabine está pronta, a sua espera.

Fiz uma reverência e fui conduzido à cabine destinada a mim.

A *Abraham Lincoln* foi bem escolhida e abastecida para seu novo destino. Era uma fragata de grande velocidade, equipada com motores

21

caloríferos que admitiam até sete atmosferas de pressão. Com isso, a *Abraham Lincoln* atingia a velocidade média de quase dezoito nós e um terço por hora — uma velocidade considerável, mas, ainda assim, insuficiente para lidar com o cetáceo gigantesco.

Os arranjos internos da fragata correspondiam às suas qualidades náuticas. Fiquei muito satisfeito com minha cabine, na parte de trás, que dava para o camarote dos oficiais.

— Ficaremos confortáveis aqui — disse eu a Conselho.

— Tão confortáveis, com sua licença de honra, como um bernardo-eremita na casca de um bucino — respondeu Conselho.

Deixei Conselho arrumando nossos baús convenientemente e subi novamente ao convés para examinar os preparativos para a partida.

Naquele momento, o comandante Farragut ordenava que fossem lançadas as últimas amarras que prendiam a *Abraham Lincoln* ao cais do Brooklyn. Portanto, um atraso de quinze minutos, talvez menos, e a fragata teria partido sem mim. Eu teria perdido essa expedição extraordinária, sobrenatural e incrível, cujo relato, bem sei, poderá encontrar alguns incrédulos.

Mas o comandante Farragut não queria perder um dia, nem uma hora para vascular os mares em que o animal fora avistado. Ele mandou chamar o engenheiro.

— O vapor está com pressão? — perguntou ele.

— Sim, senhor — respondeu o engenheiro.

— Vamos em frente! — gritou o comandante.

A essa ordem, que foi retransmitida ao motor por meio de um dispositivo de ar comprimido, os mecânicos acionaram a roda de partida. O vapor correu assobiando para as válvulas abertas. Longos pistões horizontais guincharam e empurraram os tirantes do eixo de transmissão. As pás da hélice agitaram as ondas com velocidade crescente, e a *Abraham Lincoln* moveu-se majestosamente em meio a uma escolta de cerca de 100 balsas e barcos carregados de espectadores.

Os cais do Brooklyn e todas as partes de Nova York que margeiam o East River estavam lotados de curiosos. Três vivas, saindo de quinhentas mil gargantas, explodiram sucessivamente. Milhares de lenços ondulavam acima dessas massas compactadas, saudando a *Abraham Lincoln* até chegar às águas do rio Hudson, na ponta da longa península que forma a cidade de Nova York.

A fragata então seguiu ao longo da costa de Nova Jersey, a maravilhosa margem direita do rio, toda carregada com casas de campo, e passou por entre os fortes, ao som de seus maiores canhões. A *Abraham Lincoln* respondeu baixando e hasteando três vezes a bandeira americana, cujas trinta e nove estrelas resplendiam no bico da mezena. Em seguida, mudando de velocidade para pegar o canal balizado, que se curvava para a baía interna formada pela costa de Sandy Hook, raspou essa faixa de terra coberta de areia onde milhares de espectadores nos aclamaram mais uma vez.

A escolta de barcos e batedores ainda seguia a fragata e só nos deixou quando chegamos perto do navio-farol, cujas duas luzes de sinalização marcam a entrada dos estreitos para a baía de Nova York.

Davam três horas naquele momento. O piloto desceu em seu escaler e juntou-se a uma pequena escuna que o esperava sob o vento. As fornalhas foram alimentadas, a hélice agitou as ondas mais rapidamente, a fragata contornou a costa plana e amarela de Long Island; e às oito horas da noite, depois que as luzes de Fire Island haviam desaparecido no noroeste, corremos a todo vapor nas águas escuras do Atlântico.

CAPÍTULO IV

NED LAND

O comandante Farragut era um bom marinheiro, digno da fragata que comandava. Seu navio e ele eram um só. O navio era sua alma. Sobre a questão do monstro não havia dúvidas em sua mente, e ele não permitiria que a existência do animal fosse contestada a bordo. Ele acreditava nisso, como certas mulheres boas acreditam no Leviatã — pela fé, não pela razão. O monstro existia, e ele tinha jurado livrar os mares dele. O comandante Farragut mataria o narval, ou o narval mataria o comandante. Não havia um meio-termo.

Os oficiais de bordo compartilhavam a opinião de seu chefe. Eles estavam sempre conversando, discutindo e calculando as probabilidades de um encontro, observando de perto a vasta superfície do oceano. Mais de um, que teria amaldiçoado tal faina em quaisquer outras circunstâncias, impunha-se um plantão voluntário nas barras dos mastros das velas. Enquanto o sol descrevia seu curso diurno, a mastreação era tomada de marinheiros, cujos pés eram queimados de tal forma pelo calor do convés que tornava insuportável parar quieto no lugar! Ainda assim, a *Abraham Lincoln* ainda não cruzava as suspeitas águas do Pacífico.

Quanto à tripulação do navio, nada mais desejavam do que encontrar o unicórnio, arpoá-lo, içá-lo a bordo e despachá-lo. Eles observavam o mar com grande atenção. Aliás, o comandante Farragut havia falado de uma certa quantia de dois mil dólares, reservada para quem avistasse o monstro pela primeira vez, fosse ele grumete, marinheiro comum ou oficial.

Deixo ao leitor julgar como os olhos eram usados a bordo da *Abraham Lincoln*.

De minha parte, não fiquei atrás dos outros e não deleguei a ninguém minha parte nas observações diárias. A fragata poderia ter sido chamada de Argos, por uma centena de razões. Apenas um de nós, Conselho, parecia protestar com indiferença contra a questão que tanto nos interessava e parecia não corresponder ao entusiasmo geral a bordo.

Eu disse que o comandante Farragut havia equipado seu navio com todos os aparelhos para capturar o cetáceo gigantesco. Um baleeiro não se haveria armado melhor. Possuíamos todos os dispositivos conhecidos, desde o arpão lançado pela mão até as flechas farpadas dos bacamartes e as balas explosivas dos arcabuzes. No castelo de proa alinhava-se um canhão aperfeiçoado, muito grosso na culatra e muito estreito no cano, cujo modelo havia estado na Exposição Universal de 1867. Essa preciosa arma de origem americana podia lançar facilmente um cônico projétil de nove libras a uma distância média de dez milhas.

Assim, a *Abraham Lincoln* não carecia de meios de destruição. Mas o que ela tinha a bordo era melhor: Ned Land, o príncipe dos arpoadores.

Ned Land era um canadense, com uma rapidez de mão incomum e que não conhecia rival em sua perigosa ocupação. Habilidade, frieza, audácia e astúcia ele possuía em um grau superior, e era preciso ser uma baleia ardilosa para escapar do golpe de seu arpão.

Ned Land tinha cerca de quarenta anos. Era um homem alto (mais de um metro e oitenta de altura), de constituição forte, grave e taciturno, ocasionalmente violento e deveras irascível quando contrariado. A sua pessoa chamava a atenção, sobretudo a ousadia do seu olhar, que conferia uma expressão singular ao seu rosto.

O capitão Farragut, a meu ver, havia tomado uma decisão sábia ao contratar esse homem. Com o olho e o braço de arremesso, ele valia toda a tripulação sozinho. Não posso fazer melhor do que compará-lo a um poderoso telescópio que fosse ao mesmo tempo um canhão, sempre pronto para disparar.

Quem se diz canadense se diz francês; e, por menos comunicativo que Ned Land fosse, devo admitir que ele gostava de mim. Minha nacionalidade o atraiu para mim, sem dúvida. Foi uma oportunidade para ele falar, e para eu ouvir, aquela velha língua de Rabelais, que ainda é usada em algumas províncias canadenses. A família do arpoador era originalmente de Quebec e já era uma tribo de pescadores resistentes quando essa cidade pertencia à França.

Aos poucos, Ned Land foi adquirindo o gosto pelo bate-papo e adorei ouvir o relato de suas aventuras nos mares polares. Ele contava suas pescas e seus combates com uma poesia natural; seu relato tomava a forma de um poema épico, e eu parecia estar ouvindo um Homero canadense cantando a Ilíada das regiões do Norte.

Estou retratando esse corajoso companheiro pois atualmente o conheço. Somos velhos amigos agora, unidos naquela amizade imutável que nasce e se cimenta em meio a perigos extremos. Ah, bravo Ned! Não peço mais do que viver mais cem anos, para me lembrar de você por mais tempo.

E então, qual era a opinião de Ned Land sobre a questão do monstro marinho? Devo admitir que ele não acreditava no narval e era o único

25

a bordo que não compartilhava dessa convicção universal. Ele até evitava o assunto, que um dia achei meu dever pressioná-lo. Numa noite magnífica, 30 de julho (ou seja, três semanas após a nossa partida), a fragata estava a bordo do Cabo Branco, a trinta milhas da costa da Patagônia. Havíamos cruzado o trópico de Capricórnio e o estreito de Magalhães se abria a menos de 1.100 quilômetros ao sul. Uma semana mais tarde, a *Abraham Lincoln* estaria lavrando as águas do Pacífico.

Sentados na popa, Ned Land e eu conversávamos de uma coisa e outra enquanto olhávamos para aquele mar misterioso, cujas grandes profundidades até então eram inacessíveis aos olhos do homem. Naturalmente, conduzi a conversa ao unicórnio gigante e examinei as várias chances de sucesso ou fracasso da expedição. Mas, vendo que Ned Land me deixava falar sem dizer muito, procurei ser mais direto.

— Bem, Ned, é possível que o senhor não esteja convencido da existência desse cetáceo que estamos seguindo? Tem algum motivo especial para estar tão incrédulo?

O arpoador me olhou fixamente por alguns momentos antes de responder, bateu com a mão na ampla testa (um hábito dele), como se quisesse se recompor, e disse por fim:

— Talvez sim, professor Aronnax.

— Mas, Ned, como um baleeiro de profissão, familiarizado com todos os grandes mamíferos marinhos, você deveria ser o último a duvidar em tais circunstâncias!

— É exatamente isso que o engana, professor — respondeu Ned. — Como baleeiro, tenho seguido muitos cetáceos, arpoei um grande número e matei vários; mas, por mais fortes ou bem armados que fossem, nem suas caudas nem suas armas seriam capazes de arranhar as placas de ferro de um navio a vapor.

— Mas, Ned, o comentário é de que os dentes do narval perfuraram navios por completo.

— Navios de madeira, isso é possível — respondeu o canadense —, mas nunca vi isso ser feito; e, até novas provas, nego que baleias, cetáceos ou unicórnios-do-mar possam algum dia produzir o efeito que está descrevendo.

— Ouça-me, Ned.

— Não, não, professor. Vou concordar com o que o senhor quiser, exceto isso. Talvez algum polvo gigante?

— Ainda menos provável, Ned. O polvo é apenas um molusco, e até mesmo esse nome, em latim, sugere sua carne semilíquida. O polvo não pertence ao ramo dos vertebrados e, mesmo que tivesse 500 pés de comprimento, ainda seria totalmente inofensivo para navios como o *Sco-*

tia ou a *Abraham Lincoln.* Consequentemente, os feitos de Krakens ou outros monstros desse tipo devem ser relegados ao reino da ficção.

— Então, Senhor Naturalista — Ned Land continuou em um tom zombeteiro —, simplesmente continuará acreditando na existência de algum cetáceo imenso?

— Sim, Ned, repito com convicção apoiada na lógica dos fatos. Acredito na existência de um poderoso mamífero plenamente constituído, pertencente ao ramo dos vertebrados, como as baleias, os cachalotes, ou os golfinhos, e dotado de um chifre de defesa de grande poder de penetração.

— Hum! — disse o arpoador, balançando a cabeça com ar de quem não se convence.

— Observe, meu digno canadense — retomei. — Se tal animal existe, se habita as profundezas do oceano, se frequenta as camadas que ficam milhas abaixo da superfície da água, deve necessariamente possuir um organismo cuja força desafia qualquer comparação.

— E por que esse organismo poderoso? — perguntou Ned.

— Porque é preciso uma força incalculável apenas para viver naquelas camadas profundas e suportar sua pressão.

— Sério? — Ned disse, piscando para mim.

— Oh, sério, e posso provar com alguns números simples.

— Oh, os números! — Ned replicou. — Faz-se o que se quer com eles!

— Nos negócios, Ned, mas não na matemática. Me escute. Aceitemos que a pressão de uma atmosfera seja representada pela pressão de uma coluna de água com trinta e dois pés de altura. Na verdade, essa coluna de água não seria tão alta porque aqui estamos lidando com água salgada, que é mais densa do que a água doce. Pois então, quando se mergulha sob as ondas, Ned, a cada trinta e dois pés de água de profundidade, o corpo está tolerando a pressão de mais uma atmosfera, ou seja, mais duas libras por cada centímetro quadrado na superfície do seu corpo. Portanto, segue-se que a 320 pés para baixo, essa pressão é igual a dez atmosferas, a 100 atmosferas a 3.200 pés e a 1.000 atmosferas a 32.000 pés, ou seja, cerca de duas léguas e meia verticais para baixo. O que equivale a dizer que se fosse possível alcançar tal profundidade no oceano, cada centímetro quadrado na superfície do corpo estaria sofrendo 5.600 libras de pressão. Agora, meu bravo Ned, sabe quantos centímetros quadrados há em sua superfície corporal?

— Eu não tenho ideia, professor Aronnax.

— Cerca de 6.500; e como na realidade a pressão atmosférica é de cerca de 15 libras por polegada quadrada, suas 6.500 polegadas quadradas suportam neste momento uma pressão de 97.500 libras.

27

— Sem eu perceber?

— Sem que perceba! E, se você não é esmagado por tal pressão, é porque o ar penetra o interior do seu corpo com igual pressão. Daí o perfeito equilíbrio entre as pressões interna e externa, que assim se neutralizam, e que permite que se suporte isso sem inconvenientes. Mas na água é outra coisa.

— Sim, entendo — respondeu Ned, tornando-se mais atento —, porque a água me cerca, mas não penetra.

— Precisamente, Ned, de modo que a 32 pés abaixo da superfície do mar você sofreria uma pressão de 97.500 libras; a 320 pés, dez vezes essa pressão; a 3.200 pés, cem vezes essa pressão; por último, a 32.000 pés, mil vezes essa pressão seria 97.500.000 libras! Ou seja, seria achatado como se tivesse sido retirado das placas de uma máquina hidráulica!

— Com mil diabos! — exclamou Ned.

— Muito bem, meu digno arpoador, se vertebrados com várias centenas de metros de comprimento e grande em proporção, pode se manter em tais profundidades, eles cuja superfície é representada por milhões de polegadas quadradas, ou seja, por dezenas de milhões de libras, devemos estimar a pressão que sofrem. Considere, então, qual deve ser a resistência de sua estrutura óssea e a força de sua organização para suportar tal pressão!

— Eles devem ser feitos de placas de ferro de 20 centímetros de espessura, como as fragatas blindadas — exclamou Ned Land.

— É como diz, Ned. E pense na destruição que tal massa causaria, se lançada com a velocidade de um trem expresso contra o casco de uma embarcação.

— Sim... certamente... talvez...— respondeu o canadense, abalado com esses números, mas ainda sem vontade de ceder.

— Bem, eu te convenci?

— Me convenceu de uma coisa, professor, que, se tais animais existem no fundo do mar, eles devem necessariamente ser tão fortes quanto me conta.

— Mas se eles não existem, meu obstinado arpoador, como explicar o acidente ao *Scotia*?

— Talvez seja... — disse Ned, hesitante.

— Desembuche!

— Porque... isso não é verdade! — apelou o canadense, inconscientemente ecoando uma famosa frase de efeito do cientista Arago.

Mas essa resposta não provou nada, a não ser até que ponto ia a teimosia do arpoador. Naquele dia, não o provoquei mais. O acidente do *Scotia* era inegável. Seu buraco era real o suficiente para que tivesse que ser vedado, e não acho que a existência de um buraco possa ser compro-

28

vada de forma mais enfática. Pois bem, aquele buraco não se fez sozinho e, como não resultou de rochas ou de máquinas subaquáticas, deve ter sido causado pelo instrumento perfurante de algum animal.

Agora, por todas as razões apresentadas até este ponto, eu acreditava que esse animal era um membro do ramo dos vertebrados, da classe dos mamíferos, do grupo dos pisciformes e, finalmente, da ordem dos cetáceos. Quanto à família em que seria inserido (baleia, cachalote ou golfinho), o gênero a que pertenceria e a espécie em que encontraria seu próprio lar, eram questões que seriam elucidadas depois. Para respondê-las, era necessário dissecar esse monstro desconhecido; dissecá-lo exigia capturá-lo; para pegá-lo era necessário arpoá-lo que era da competência de Ned Land; arpoá-lo exigia avistá-lo, o que era da competência da tripulação; e avistá-lo exigia encontrá-lo, o que era da competência do acaso.

CAPÍTULO V

AO ACASO

A viagem da *Abraham Lincoln* transcorreu por muito tempo sem nenhum incidente especial. Ainda assim, uma circunstância mostrou a destreza maravilhosa de Ned Land e provou a confiança que podíamos depositar nele.

No dia 30 de junho, a fragata fez contato com alguns baleeiros americanos, de quem soubemos que nada sabiam sobre o narval. Mas um deles, o capitão do *Monroe*, sabendo que Ned Land havia embarcado a bordo da *Abraham Lincoln*, implorou por sua ajuda para perseguir uma baleia que eles tinham à vista. O comandante Farragut, desejoso de ver Ned Land trabalhando, deu-lhe permissão para embarcar no *Monroe*. E o destino serviu tão bem ao nosso canadense que, em vez de uma baleia, ele arpoou duas com um golpe duplo, acertando uma direto no coração e pegando a outra após alguns minutos de perseguição.

Decididamente, se o monstro algum dia enfrentasse o arpão de Ned Land, eu não apostaria a seu favor.

A fragata contornou a costa sudeste da América com grande rapidez. No dia 3 de julho estivemos na abertura do Estreito de Magalhães, na altura do cabo das Virgens. Mas o comandante Farragut não quis se aventurar nessa passagem tortuosa, e manobrou de forma a dobrar o cabo Horn.

A tripulação do navio concordou com ele. E, com efeito, qual a chance de encontrarmos o narval naquela passagem estreita? Muitos dos marinheiros afirmaram que o monstro não poderia passar por ali, "que era gordo demais para isso!"

No dia 6 de julho, por volta das três horas da tarde, a *Abraham Lincoln*, a quinze milhas ao sul, dobrou o recife solitário, esse rochedo perdido na extremidade do continente americano, ao qual alguns marinheiros holandeses deram o nome de sua cidade natal, o cabo Horn. O curso foi feito para o noroeste e, no dia seguinte, a hélice da fragata estava finalmente batendo nas águas do Pacífico.

— Mantenha seus olhos abertos! — repetiam os marinheiros da *Abraham Lincoln*.

E eles eram amplamente abertos. Tanto os olhos como os binóculos, um tanto deslumbrados, é verdade, pela perspectiva de dois mil dólares, não descansaram um instante.

Eu mesmo, para quem o dinheiro não tinha encanto, nem por isso era menos atento a bordo. Dando apenas alguns minutos para minhas refeições, mais algumas horas para dormir, indiferente à chuva ou ao sol, não deixava o convés da embarcação. Ora apoiado na rede do castelo de proa, ora no corrimão, eu devorava com avidez a espuma macia que embranquecia o mar até onde a vista alcançava; e quantas vezes compartilhei a emoção da maioria da tripulação, quando alguma baleia caprichosa erguia seu dorso negro sobre as ondas! O convés da embarcação ficava lotado num piscar de olhos. As meias-laranjas despejavam uma torrente de marinheiros e oficiais, cada um com o peito arfante e olhos preocupados observando o curso do cetáceo. Eu olhava e olhava até ficar quase cego, enquanto Conselho repetia com uma voz calma:

— Se o mestre não estreitasse tanto os olhos, veria melhor!

Mas, vã excitação! A *Abraham Lincoln* alterava o curso e rumava em direção ao animal sinalizado, uma simples baleia, ou um cachalote comum, que logo desaparecia em meio a um coro de palavrões.

No entanto, o tempo mantinha-se bom. Nossa viagem prosseguia nas condições mais favoráveis. Naquela época era a época ruim nas regiões mais ao sul, porque julho nesta zona corresponde ao nosso janeiro na Europa; mas o mar permaneceu calmo e facilmente visível ao longo de um vasto perímetro.

Ned Land ainda teimava em exibir o ceticismo mais tenaz; exceto em seus turnos de guarda, ele fingia nunca olhar para a superfície das ondas, pelo menos enquanto não havia baleias à vista. E, no entanto, o maravilhoso poder de sua visão poderia ter sido de grande valia. Mas esse canadense teimoso passava oito horas em cada doze lendo ou dormindo em sua cabine. Cem vezes eu o repreendi por sua indiferença.

— Bah! — ele respondia — Não há nada lá fora, professor Aronnax, e se houver algum animal, que chance teríamos de localizá-lo? Não consegue ver que estamos apenas vagando ao acaso? As pessoas dizem que viram essa fera escorregadia novamente no alto-mar do Pacífico, e estou realmente disposto a acreditar, mas dois meses já se passaram desde então e, a julgar pela personalidade do seu narval, não lhe agrada mofar muito tempo nas mesmas vias navegáveis! Ele é abençoado com um dom incrível para se locomover. Agora, professor, sabe melhor do que eu que a natureza não viola o bom senso, e ela não daria a algum animal naturalmente lento a habilidade de se mover rapidamente se não tivesse a necessidade de usar esse talento. Então, se a besta existe, ela já se foi!

31

Eu não tive resposta para isso. Obviamente, estávamos apenas tateando às cegas. Mas de que outra forma poderíamos fazer isso? Portanto, nossas chances eram muito limitadas. Mesmo assim, todos ainda se sentiam confiantes no sucesso, e nenhum marinheiro a bordo teria apostado contra o aparecimento do narval, e logo.

Em 20 de julho, o trópico de Capricórnio foi cortado em 105° de longitude, e no dia 27 do mesmo mês cruzamos o Equador no 110° meridiano. Determinada essa posição, a fragata tomou uma direção mais decidida para oeste e vasculhou as águas centrais do Pacífico. O comandante Farragut pensava, e com razão, que era melhor permanecer em águas profundas e manter-se afastado de continentes ou ilhas, que a própria besta parecia evitar (talvez porque não houvesse água suficiente para ele, sugeriu a maior parte da equipe técnica). A fragata passou a alguma distância das ilhas Marquesas e Sandwich, cruzou o trópico de Câncer e rumou para os mares da China.

Estávamos finalmente no palco das últimas diversões do monstro: e, para falar a verdade, já não se vivia mais a bordo. Os corações batiam descontroladamente, engendrando incuráveis aneurismas para o futuro. Toda a tripulação sofria de uma excitação nervosa que não consigo descrever. Ninguém comia, ninguém dormia. Vinte vezes por dia algum erro de percepção, ou as ilusões de óptica de algum marinheiro empoleirado nas barras, causavam uma angústia intolerável, e essa emoção, repetida vinte vezes, nos mantinha em um estado de irritabilidade tão intenso que uma reação estava fadada a acontecer.

E, com efeito, a reação logo se manifestou. Durante três meses, durante os quais um dia parecia uma eternidade, a *Abraham Lincoln* inspecionou todas as águas do Pacífico Norte, correndo em direção às baleias, fazendo desvios bruscos em sua rota, mudando de repente de um curso para outro, parando bruscamente, forçando ou revertendo o vapor, e recuando de vez em quando com o risco de danificar seu maquinário, sem deixar um ponto da costa japonesa até a americana inexplorado. E nada! Nada, exceto uma imensidão de ondas desertas! Nada remotamente parecido com um narval gigante, ou uma ilhota subaquática, ou um naufrágio abandonado, ou um recife em fuga, ou qualquer coisa pelo menos sobrenatural!

Então a reação se instalou. No início, o desânimo tomou conta das pessoas, abrindo a porta para a descrença. Um novo sentimento apareceu a bordo, composto de três décimos de vergonha e sete décimos de fúria. A tripulação se autodenominou "idiotas absolutos" por ter sido enganada por um conto de fadas, então ficou cada vez mais furiosa! As montanhas de discussões acumuladas ao longo de um ano entraram em colapso de uma só vez, e cada homem agora queria apenas compensar, nas horas de refeição ou de sono, o tempo que havia sacrificado de forma tão estúpida. Com a inconstância humana típica, eles saltaram de um extremo a outro. Inevitavelmente, os defensores mais entusiastas do empreendimento tornaram-se seus oponentes mais enérgicos. Essa reação subiu dos porões do navio, dos quartos dos ajudantes do bunker até o refeitório do estado-maior; e com certeza, se não fosse pela teimosia característica do comandante Farragut, a fragata teria finalmente retornado àquele cabo no sul. Mas essa busca inútil não poderia se arrastar por muito mais tempo. A *Abraham Lincoln* havia feito tudo o que podia para ter sucesso e não tinha motivos para se culpar. Nunca a tripulação de uma embarcação naval americana mostrou mais paciência e zelo. Eles não eram responsáveis pelo fracasso, não havia nada a fazer a não ser voltar para casa.

Um pedido nesse sentido foi apresentado ao comandante, que se manteve firme. Seus marinheiros não conseguiam esconder seu descontentamento e seu trabalho foi prejudicado por isso. Não estou afirmando que houve um motim a bordo, mas após um período razoável de intransigência, o comandante Farragut, como Cristóvão Colombo antes dele, pediu um período de carência de apenas três dias mais. Depois desse atraso de três dias, se o monstro não tivesse aparecido, nosso timoneiro daria três voltas no volante e a *Abraham Lincoln* traçaria um curso em direção aos mares europeus.

Essa promessa foi feita em 2 de novembro e teve o efeito imediato de reanimar o espírito decadente da tripulação. O oceano passou a ser observado com cuidado renovado. Cada homem queria um último olhar para resumir sua experiência. Os binóculos funcionavam com energia febril. Um desafio supremo tinha sido lançado para o narval gigante, e ele não tinha desculpa aceitável para ignorar a convocação para aparecer!

Dois dias se passaram. A *Abraham Lincoln* mantinha-se a meio vapor. Na chance de o animal ser encontrado nesses cursos d'água, mil métodos eram usados para despertar seu interesse ou despertá-lo de sua apatia. Enormes pedaços de bacon eram arrastados em nosso rastro, para grande satisfação, devo dizer, de tubarões variados. Os escaleres irradiaram em todas as direções ao redor da fragata e não deixaram um único ponto do mar inexplorado. Mas a noite de 4 de novembro chegou com esse mistério subaquático ainda sem solução.

Ao meio-dia do dia seguinte, 5 de novembro, o prazo combinado expirou. Após medir sua posição, fiel à sua promessa, o comandante Farragut teria que mudar seu curso para sudeste e deixar as regiões ao norte do Pacífico para trás.

33

A essa altura, a fragata estava na latitude 31°15' de latitude norte e 136° 42' de longitude leste. A costa do Japão ficava a menos de 200 milhas a sotavento. A noite estava chegando. Acabava de dar oito horas. Enormes nuvens cobriram o disco da lua, então em quarto crescente. O mar ondulava placidamente sob a proa da fragata.

Naquele momento, eu estava recostado na proa, nos paveses do castelo. Conselho, parado perto de mim, estava olhando diretamente para frente. A tripulação, distribuída pelo convés, examinava o horizonte que se contraía e escurecia aos poucos. Oficiais com suas lunetas noturnas vasculhavam a escuridão crescente: às vezes, o oceano cintilava sob os raios da lua, disparados entre duas nuvens. Em seguida, todos os traços de luz se perdiam na escuridão.

Olhando para Conselho, pude ver que ele estava sofrendo um pouco da influência geral. Pelo menos eu pensei assim. Talvez, pela primeira vez, seus nervos vibrassem com um sentimento de curiosidade.

— Venha, Conselho — disse eu —, esta é a última chance de embolsar os dois mil dólares.

— Posso dizer ao mestre — respondeu o Conselho — que nunca pensei em receber o prêmio; e, se o governo da União tivesse oferecido cem mil dólares, não teria ficado menos rico.

— Está certo, Conselho. Afinal, é um caso tolo, e no qual entramos com muita leviandade. Quanto tempo perdemos, que emoções inúteis! Devíamos ter voltado para a França há seis meses.

— No pequeno apartamento do mestre — respondeu o Conselho — no museu do mestre! E agora eu teria classificado os fósseis do mestre. E a babirussa do mestre estaria abrigada em sua jaula no zoológico do Jardim Botânico, atraindo todos os curiosos da cidade!

— Como diz, Conselho. Imagino que temos uma boa chance de sermos alvos de chacota!

— De fato — respondeu o Conselho calmamente — acho que eles vão caçoar do mestre. E, devo dizer ...?

— Vá em frente, meu bom amigo.

— Pois bem, o mestre não terá senão o que merece.

— De fato!

— Quando alguém tem a honra de ser um sábio como o mestre, não deve se expor a ...

Conselho não teve tempo de terminar seu elogio. No meio do silêncio geral, uma voz acabara de ser ouvida. Era a voz de Ned Land gritando:

— Cuidado! A tal coisa, a sotavento, atravessada à nossa frente!

CAPÍTULO VI

A TODO VAPOR

Ao ouvir esse grito, toda a tripulação do navio correu para o arpoador; capitão, oficiais, mestres, marinheiros, camaristas, até os engenheiros deixaram seus motores e os foguistas suas fornalhas. A ordem para parar a fragata foi dada, e ela agora simplesmente prosseguia por seu próprio impulso.

A escuridão era tão profunda que, por melhores que fossem os olhos do canadense, perguntava-me como ele havia conseguido ver e o que tinha sido capaz de ver. Meu coração batia como se fosse quebrar. Mas Ned Land não se enganara, e todos percebemos o objeto para o qual ele apontava.

A dois cabos de distância da *Abraham Lincoln*, no quarto de estibordo, o mar parecia totalmente iluminado. Não era um mero fenômeno fosfórico. O monstro emergiu a algumas braças da água e, em seguida, lançou aquela luz muito intensa, mas misteriosa, mencionada no relato de vários capitães. Esta magnífica irradiação decerto era produzida por um agente luminoso de grande potência. A borda de sua luz varreu o mar em uma forma oval imensa e altamente alongada, condensando-se no centro em um núcleo ardente cujo brilho insuportável diminuiu gra-dualmente para fora.

— É apenas um aglomerado de partículas fosforescentes! — exclamou um dos oficiais.

— Não, cavalheiro, certamente não — respondi. — Esse brilho é de natureza essencialmente elétrica. Além disso, veja, veja! Ele se move! Está se movendo para frente, para trás; está vindo em nossa direção!

Um grito generalizado ergueu-se da fragata.

— Silêncio! — disse o comandante Farragut. — Levantar o leme! Inverter os motores!

O vapor foi imediatamente revertido e a *Abraham Lincoln*, dando uma guinada a bombordo, descreveu um semicírculo.

— Endireitar o leme! Em frente! — gritou o comandante.

Essas ordens foram executadas e a fragata saiu rapidamente da luz ardente.

Ledo engano. Ela tentou se desviar, mas o animal sobrenatural se aproximou com uma velocidade que era o dobro da sua.

Ninguém respirava. Mais estupefação do que medo nos tornou mudos e imóveis. O animal ganhou sobre nós, brincando com as ondas. Ele deu a volta na fragata, que avançava a catorze nós, e envolveu-a com seus anéis elétricos como poeira luminosa. Depois, afastou-se duas ou três milhas, deixando um rastro fosforescente, como aqueles turbilhões de vapor que os trens expressos deixam para trás.

De repente, da linha escura do horizonte para onde se retirou para ganhar impulso, o monstro avançou repentinamente na direção da *Abraham Lincoln* com uma rapidez alarmante, parou repentinamente a cerca de seis metros do casco e se apagou — não mergulhando sob a água, pois seu brilho não diminuiu — mas instantaneamente, e como se a fonte dessa emanação brilhante tivesse se exaurido. Em seguida, reapareceu do outro lado da embarcação, como se tivesse se virado e deslizado para baixo do casco. A qualquer momento poderia ter ocorrido uma colisão que seria fatal para nós. No entanto, fiquei surpreso com as manobras da fragata. Ela fugia e não atacava. Construído para perseguir, estava sendo perseguido, e comentei isso com o comandante Farragut. Seu rosto, normalmente tão sem emoção, estava marcado com um espanto indescritível.

— Professor Aronnax — disse ele —, não sei com que mirabolante ser tenho que lidar, e não vou arriscar imprudentemente minha fragata no meio desta escuridão. Além disso, como atacar essa coisa desconhecida, como se defender disso? Espere pelo amanhecer e a cena mudará.

— Não tem mais dúvidas, comandante, da natureza do animal?

— Não, professor. É evidentemente um narval gigante e elétrico.

— Talvez — acrescentei — só se possa abordá-lo com um torpedo.

— Sem dúvida — respondeu o capitão. — E se ele possui um poder tão mortífero, é o animal mais terrível que já foi criado. É por isso que, cavalheiro, prefiro ter cautela.

A tripulação ficou de pé a noite toda. Ninguém pensou em dormir. A *Abraham Lincoln*, não conseguindo lutar com tamanha velocidade, moderara seu ritmo e navegava a meia velocidade. Por sua vez, o narval, imitando a fragata, deixava que as ondas a balançassem à vontade e parecia decidido a não abandonar o cenário da luta. Por volta da meia-noite, entretanto, ele desapareceu ou, para usar um termo mais apropriado, "apagou-se" como um grande vagalume. Ele tinha fugido? Eu não sabia se isso era bom ou ruim. Mas, faltando sete minutos para uma hora da manhã, ouviu-se um assobio ensurdecedor, como o produzido por uma massa de água correndo com grande violência.

O comandante, Ned Land, e eu estávamos na popa, espiando ansiosamente na escuridão profunda.

— Ned Land — perguntou o comandante — já ouviu o rugido das baleias?

36

— Frequentemente, senhor; mas nunca baleias cuja visão me rendeu dois mil dólares.

— De fato, o prêmio é seu por direito. Mas diga-me, não é esse o barulho que os cetáceos fazem quando espirram água de suas narinas?

— O próprio barulho, senhor, mas este é muito mais alto. Portanto, não pode haver engano. Definitivamente, há uma baleia à espreita em nossas águas. Com sua permissão, senhor — acrescentou o arpoador —, amanhã ao amanhecer teremos uma conversa com ele.

— Se estiver com vontade de ouvi-lo, senhor Land — respondi em um tom nada convencido.

— Basta eu me aproximar a quatro comprimentos de arpão — rebateu o canadense — para ele me escutar direitinho!

— Mas para que se aproxime — interveio o comandante —, devo colocar um baleeiro à sua disposição?

— Certamente, senhor.

— Arriscarei a vida de meus homens?

— E a minha também — disse simplesmente o arpoador.

Por volta das duas da manhã, o halo de luz reapareceu, não menos intenso, cerca de cinco milhas a sotavento da *Abraham Lincoln*. Apesar da distância e do barulho do vento e do mar, ouviam-se distintamente as fortes batidas da cauda do animal e até mesmo sua respiração ofegante. Parecia que, quando o enorme narval saíra para respirar na superfície da água, o ar era sugado pelos seus pulmões como o vapor nos enormes cilindros de uma máquina de dois mil cavalos de potência.

"Hum!" pensei, "uma baleia com a força de um regimento de cavalaria seria uma senhora baleia!"

Ficamos em alerta até o amanhecer, nos preparando para a ação. Equipamentos de caça às baleias foram instalados ao longo dos paveses. O imediato carregou os bacamartes, que podem lançar arpões até uma milha, e longas metralhadoras com balas explosivas que podem ferir mortalmente até os animais mais poderosos. Ned Land se contentou em afiar seu arpão, uma arma terrível em suas mãos.

Às seis horas o dia amanheceu e, com o primeiro lampejo de luz, o brilho elétrico do narval desapareceu. Às sete horas o dia já estava bem avançado, mas uma névoa marinha muito densa obscurecia nossa visão, e as melhores lunetas não conseguiam penetrá-la. Isso causou decepção e raiva.

Eu escalei o mastro da mezena. Alguns oficiais já estavam empoleirados nos mastros. Às oito horas, o nevoeiro pesava sobre as ondas e seus enormes cachos iam se dissipando aos poucos. O horizonte ficou mais amplo e claro ao mesmo tempo.

De repente, como na véspera, a voz de Ned Land foi ouvida:

— A própria coisa, a bombordo, por trás! — gritou o arpoador.

Todos os olhos se voltaram para o ponto indicado. Lá, a uma milha e meia da fragata, um corpo comprido e escuro emergiu um metro acima das ondas. Sua cauda, violentamente agitada, produziu um considerável redemoinho. Nunca um rabo bateu no mar com tanta violência. Uma trilha imensa de espuma branca marcava a passagem do animal, descrevendo uma longa curva.

A fragata se aproximou do cetáceo. Eu examinei completamente. Os relatórios do *Shannon* e do *Helvetia* exageraram bastante seu tamanho, e estimei seu comprimento em apenas duzentos e cinquenta pés. Quanto ao seu diâmetro, só posso conjeturar que é admiravelmente proporcional. Enquanto eu observava esse fenômeno, dois jatos de vapor e água foram ejetados de suas aberturas e atingiram a altura de 36 metros. Assim, verifiquei sua maneira de respirar. Concluí que pertencia ao ramo dos vertebrados, classe dos mamíferos, subclasse dos eutérios, grupo dos pisciformes, ordem dos cetáceos, família... Mas aqui eu não conseguia me decidir. A ordem dos cetáceos consiste em três famílias, baleias, cachalotes, golfinhos, e é neste último grupo que os narvais são colocados. Cada uma dessas famílias é dividida em vários gêneros, cada gênero em espécies, cada espécie em variedades. Então, ainda me faltavam variedade, espécie, gênero e família, mas sem dúvida eu completaria minha classificação com a ajuda dos céus e do comandante Farragut.

A tripulação esperava impacientemente pelas ordens de seu chefe. Este, após observar o animal com atenção, chamou o engenheiro. O engenheiro correu para ele.

— Senhor — disse o comandante —, tem pressão?

— Sim, senhor — respondeu o engenheiro.

— Pois bem, aumente o fogo, e a todo vapor!

Três hurras saudaram essa ordem. A hora da luta havia chegado. Alguns instantes depois, os dois funis da fragata exalaram torrentes de fumaça negra, e o convés estremecia com a trepidação das caldeiras.

A *Abraham Lincoln*, impulsionada por sua maravilhosa hélice, foi direto para o animal. Indiferente, este permitiu que ela chegasse a meio cabo de comprimento; então, ao invés de mergulhar, ganhou um pouco de velocidade, recuou e se contentou em manter distância.

Essa perseguição durou quase quarenta e cinco minutos, sem que a fragata ganhasse duas braças sobre o cetáceo. Era bastante evidente que naquele ritmo nunca o alcançaríamos.

Enfurecido, o comandante Farragut não parava de torcer o espesso tufo de cabelo que crescia abaixo de seu queixo.

— Ned Land! — gritou.

O canadense se apresentou imediatamente.

— Bem, senhor Land — perguntou o comandante —, o senhor me aconselha a colocar os escaleres no mar?

— Não, senhor — respondeu Ned Land — porque não tomaremos essa besta facilmente.

— O que devemos fazer então?

— Aumente mais o vapor, se puder, senhor. Com sua licença, pretendo me colocar sob o gurupés e, se ficarmos à distância de um arpão, eu arpoo.

— Vá, Ned— ordenou o comandante. — Engenheiro, coloque mais pressão.

Ned Land dirigiu-se ao seu posto. Com as fornalhas a toda potência, nossa hélice alcançou quarenta e três rotações por minuto e o vapor disparou das válvulas. Lançada a barquilha, verificamos que a *Abraham Lincoln* avançava a uma velocidade de 18,5 milhas por hora.

Mas o maldito animal nadava na mesma velocidade.

Por uma hora inteira, a fragata manteve esse ritmo, sem fazer uma tentativa. Foi humilhante para um dos mais velozes modelos da marinha americana. Uma raiva surda tomou conta da tripulação; os marinheiros xingavam o monstro, que, como antes, desdenhava em respondê-los; o comandante não se contentava mais em torcer a barba, ele a mordia.

O engenheiro foi chamado novamente.

— Estamos com pressão máxima?

— Sim, senhor — respondeu o engenheiro.

— E as válvulas estão carregadas...?

— A seis e meia atmosferas.

— Carregue-as em dez atmosferas.

Um pedido americano típico, caso isso existisse. Teria soado muito bem durante alguma corrida de pedalinho no Mississippi, "superar a concorrência!"

— Conselho — eu disse ao meu valente servo, agora ao meu lado —, percebe que provavelmente vamos nos explodir nas alturas?

— Como o mestre deseja! — foi sua resposta.

Tudo bem, admito: estava disposto a correr esse risco!

As válvulas foram carregadas. Mais carvão era engolido pelas fornalhas. Ventiladores lançavam torrentes de ar sobre os braseiros. A velocidade da *Abraham Lincoln* aumentou. Seus mastros tremeram até a raiz, e redemoinhos de fumaça mal conseguiam passar pelas estreitas chaminés.

A barquilha foi lançada pela segunda vez.

— Como estamos? — perguntou o capitão ao timoneiro.

— Dezenove milhas e três décimos, senhor.

— Mais pressão.

O engenheiro obedeceu e o manômetro mostrou dez atmosferas. Mas o cetáceo também se aqueceu, sem dúvida, pois, sem se esforçar, alcançou as dezenoves milhas e três décimos.

Que perseguição! Não consigo descrever a emoção que vibrava por mim. Ned Land mantinha seu posto, arpão na mão. Várias vezes o animal permitiu a aproximação.

— Mais perto! Mais perto — gritava o canadense.

Mas, quando ia atacar, o cetáceo fugia com uma rapidez que não podia ser estimada em menos de trinta milhas por hora e, mesmo durante nossa velocidade máxima, ele ainda zombava da fragata, dando voltas e mais voltas. Um grito de fúria rompeu de todos!

Ao meio-dia, não estávamos mais adiantados do que às oito horas da manhã.

O comandante então decidiu usar meios mais diretos.

— Pois bem! — disse — Aquele animal vai mais rápido que a *Abraham Lincoln*. Pois bem! Veremos se ele escapará dessas balas cônicas. Envie seus homens para o castelo de proa, contramestre!

O canhão da proa foi imediatamente carregado e apontado. Mas o tiro passou alguns metros acima do cetáceo, que se mantinha a meia milha de distância.

— Outro, mais à direita — gritou o capitão — e cinco dólares para quem furar essa fera infernal.

Um velho artilheiro de barba grisalha — ainda posso ver — com olhos firmes e rosto sério, aproximou-se da arma e fez uma longa mira. Ouviu-se um grande estrondo, ao qual se misturaram os aplausos da tripulação.

A bala fez seu trabalho, atingiu o animal e, deslizando pela superfície arredondada, foi se perder a duas milhas de profundidade no mar.

— Oh, droga! — disse o velho artilheiro em sua raiva. — Esse patife deve ser coberto com uma armadura de 15 centímetros!

— Maldição! — o comandante Farragut gritou.

A perseguição recomeçou, e o comandante, inclinando-se para mim, disse:

— Perseguirei aquela besta até minha fragata explodir!

— Sim — respondi eu — e vencerá!

Desejei que o animal se exaurisse e não fosse insensível à fadiga como uma máquina a vapor. Mas não adiantou. Horas se passaram, sem dar sinais de esgotamento.

No entanto, deve ser dito em elogio a *Abraham Lincoln*, que a fragata lutou incansavelmente. Não consigo calcular a distância que ela

40

percorreu em menos de trezentas milhas durante esse dia infeliz, 6 de novembro. Mas a noite chegou e ofuscou o oceano agitado.

Acreditei que nossa expedição estava terminando e que nunca mais veríamos o animal extraordinário. Eu estava errado. Faltando dez minutos para as onze da noite, o brilho elétrico reapareceu três milhas a sotavento da fragata, tão pura, tão intensa quanto na noite anterior.

O narval parecia imóvel. Talvez, cansado do dia de trabalho, dormia, deixando-se flutuar com a ondulação das ondas. Agora era uma chance que o comandante resolveu aproveitar.

Ele deu suas ordens. A *Abraham Lincoln* avançou com cautela para não acordar o adversário. Não é raro encontrar no meio do oceano baleias tão profundamente adormecidas que podem ser atacadas com sucesso, e Ned Land havia arpoado mais de uma durante o sono. O canadense voltou a ocupar seu lugar sob o gurupés.

A fragata aproximou-se silenciosamente e parou a dois cabos do animal. Ninguém respirava; um profundo silêncio reinava no convés. Não estávamos a mais de 30 metros do centro de luz resplandecente, cujo brilho ficava mais forte e deslumbrava os olhos.

Nesse momento, debruçado sobre o parapeito do castelo de proa, vi Ned Land abaixo de mim, uma das mãos segurando o cabresto do gurupés, a outra brandindo seu terrível arpão. Quase seis metros o separavam do animal imóvel.

De repente, seu braço disparou para a frente e o arpão foi lançado. Ouvi a arma colidir ressonantemente, como se tivesse atingido alguma substância dura.

O brilho elétrico apagou-se subitamente e duas enormes trombas d'água abateram-se sobre o convés da fragata, correndo como uma torrente de proa a popa, derrubando tripulantes, quebrando mastros sobressalentes e vergas de suas amarrações.

Ocorreu uma colisão horrível e, atirado por cima da amurada, sem tempo de segurá-la, fui lançado ao mar.

CAPÍTULO VII

UMA ESPÉCIE DESCONHECIDA DE BALEIA

Essa queda inesperada me surpreendeu tanto que não tenho nenhuma lembrança clara de minhas sensações do momento. Fui inicialmente puxado para uma profundidade de cerca de seis metros. Sou um bom nadador (embora sem pretender rivalizar com Byron ou Edgar Poe, que eram os mestres da arte), e naquele mergulho não perdi a presença de espírito. Dois vigorosos impulsos com o calcanhar me trouxeram à superfície da água. Minha primeira reação foi procurar a fragata. A tripulação tinha me visto desaparecer? A *Abraham Lincoln* teria mudado de direção? O comandante lançaria um escaler? Eu poderia esperar ser salvo? A escuridão era profunda. Tive um vislumbre de uma massa negra desaparecendo no Leste, seus faróis apagando-se à distância. Era a fragata! Eu estava perdido.

— Socorro! Socorro! — Eu gritei, nadando em desespero em direção à *Abraham Lincoln*.

Minhas roupas me sobrecarregavam, pareciam colados ao meu corpo e paralisaram meus movimentos.

Eu estava afundando! Eu estava sufocando!

— Socorro!

Este foi meu último grito. Minha boca se encheu de água e lutei para não ser arrastado para o abismo. De repente, minhas roupas foram agarradas por uma mão forte e me senti rapidamente puxado para a superfície do mar; e ouvi, sim, ouvi estas palavras pronunciadas em meu ouvido:

— Se o mestre fizesse a gentileza de se apoiar no meu ombro, o mestre nadaria com muito mais facilidade.

Agarrei com uma das mãos o braço do meu fiel Conselho.

— É você? — disse eu — Você!

— Eu mesmo — respondeu o Conselho — e esperando as ordens do mestre.

— Foi atirado ao mar junto comigo?

— Não. Mas, estando a serviço do meu mestre, eu o segui.

O digno homem achou que isso era natural.

— E a fragata? — Eu perguntei.

— A fragata! — respondeu Conselho, voltando-se para trás — Acho melhor o mestre não contar muito com ela.

— O que disse?

— Eu digo que, no momento em que me joguei no mar, ouvi os homens ao volante dizerem: "A hélice e o leme estão quebrados..."

— Quebrados?

— Sim, quebrados pelos dentes do monstro. Penso ter sido o único dano que a *Abraham Lincoln* sofreu. Mas, o que é mais inconveniente para nós, o navio está ingovernável.

— Então estamos perdidos!

— Talvez — respondeu tranquilamente Conselho. — No entanto, ainda temos algumas horas pela frente e pode-se fazer várias coisas em algumas horas.

A frieza imperturbável de Conselho me animou. Nadei com mais vigor, mas atrapalhado por roupas que eram tão restritivas quanto uma capa de chumbo. Conselho percebeu isso.

— Que o mestre me permita fazer uma incisão. — disse ele. E, enfiando uma faca aberta sob minhas roupas, ele as rasgou de cima a baixo muito rapidamente. Em seguida, habilmente desvencilhou-as de mim, enquanto eu nadava pelos dois.

Então fiz o mesmo favor a Conselho e continuamos a nadar próximos um do outro.

No entanto, nossas circunstâncias não eram menos terríveis. Talvez nosso desaparecimento não tenha sido notado e, mesmo se tivesse sido, a fragata não poderia virar, estando sem o seu leme. Portanto, podíamos contar apenas com seus escaleres.

Conselho raciocinou friamente essa hipótese e traçou seus planos de acordo. Um personagem incrível, esse garoto. No meio do oceano, esse rapaz estoico parecia em casa!

Portanto, tendo concluído que nossa única chance de salvação estava em sermos apanhados pelos escaleres da *Abraham Lincoln*, tivemos que tomar providências para esperá-los o máximo possível. Consequentemente, decidi dividir nossas energias para que não ficássemos os dois exaustos ao mesmo tempo, e este foi o arranjo: enquanto um de nós estava deitado de costas, imóvel com os braços cruzados e as pernas estendidas, o outro nadava e impulsionar seu parceiro para frente. Esse papel de reboque não duraria mais do que dez minutos e, aliviando um ao outro dessa forma, poderíamos ficar à tona por horas, talvez até o amanhecer.

Pouca chance, mas a esperança brota eterna no coração do homem! Além disso, éramos dois. Por fim, garanto — por mais improvável que pareça — que, mesmo que quisesse destruir todas as minhas ilusões, mesmo que estivesse disposto a "ceder ao desespero", não o conseguiria!

O cetáceo havia atingido nossa fragata por volta das onze horas da noite. Portanto, calculei mais oito horas de nado até o amanhecer. Uma tarefa árdua, mas viável, graças ao nosso alívio mútuo. O mar estava bem calmo e pouco nos cansava. Às vezes eu tentava espiar através da escuridão densa, que era quebrada apenas pelos lampejos fosforescentes vindos de nossos movimentos. Fiquei olhando para as ondulações luminosas quebrando em minhas mãos, folhas cintilantes salpicadas de manchas cinza-azuladas. Parecia que havíamos mergulhado em uma poça de mercúrio.

Perto da uma da manhã, fui tomado por um cansaço terrível. Meus membros enrijeceram sob a pressão de uma cãibra violenta. Conselho foi obrigado a me amparar, e nossa preservação recaiu somente sobre ele. Eu ouvi o pobre garoto ofegar; sua respiração ficou curta e apressada. Descobri que ele não conseguia aguentar muito mais tempo.

— Deixe-me! Deixe-me! — ordenei.

— Deixar o meu mestre? Nunca! — respondeu ele. — Eu me afogaria antes dele!

Só então a lua apareceu através das franjas de uma nuvem espessa que o vento estava empurrando para o leste. A superfície do mar brilhava com seus raios. Aquela luz gentil nos reanimou. Minha cabeça melhorou de novo. Eu olhei para todos os pontos do horizonte. Avistei a fragata! Ela estava a cinco milhas de nós e parecia uma massa escura, dificilmente perceptível. De escalares, porém, nem sinal!

Quis gritar. Mas de que adiantaria, a tal distância! Meus lábios inchados não conseguiam emitir nenhum som. Conselho conseguia articular algumas palavras, e eu o ouvi repetir a intervalos:

— Socorro! Socorro!

Interrompendo nossos movimentos por um instante; nós escutamos. Podia ser apenas um zumbido no ouvido, mas parecia-me que um grito respondia ao grito do Conselho.

— Você ouviu? — murmurei.

— Sim! Sim!

E Conselho lançou outro apelo desesperado aos ares.

Desta vez não houve engano! Uma voz humana respondia à nossa! Seria a voz de outra infeliz criatura, abandonada no meio do oceano, alguma outra vítima do choque sofrido pela embarcação? Ou melhor, era um escaler da fragata, que nos saudava na escuridão?

Conselho fez um último esforço e, apoiando-se no meu ombro, enquanto eu golpeava em um esforço desesperado, ele se ergueu meio fora d'água e caiu para trás exausto.

— O que viu?

— Eu vi... — murmurou ele — vi.... mas não falemos... guardemos as nossas forças!

O que ele vira? Então, não sei por que, o pensamento do monstro veio à minha cabeça pela primeira vez! Mas... essa voz? Já se foi o tempo em que Jonas se refugiava na barriga das baleias!

Enquanto isso, Conselho continuava me rebocando. Às vezes, ele erguia os olhos, olhava para a frente e chamava com um grito, que era respondido por uma voz que se aproximava cada vez mais. Eu mal conseguia ouvir. Eu estava no fim de minhas forças; meus dedos cediam; minhas mãos não me ajudavam; minha boca convulsivamente aberta, enchia-se de água salgada; o frio percorria meu corpo; eu levantei minha cabeça uma última vez, então desabei...

Nesse instante, algo duro bateu contra mim. Eu me agarrei a ele. Me senti sendo puxado para cima, de volta à superfície da água; meu peito cedeu e eu desmaiei...

Com certeza acordei rapidamente, porque alguém estava me massageando vigorosamente. Entreabri meus olhos.

— Conselho! — murmurei.

— O mestre chamou? — perguntou Conselho.

Nesse momento, à luz minguante da lua que se punha no horizonte, vi um rosto que não era o de Conselho e que reconheci imediatamente.

— Ned! — exclamei.

— Eu mesmo, professor, buscando a recompensa! — respondeu o canadense.

— Também foi atirado ao mar pelo choque da fragata?

— Sim, professor, mas tive mais sorte do que o senhor e imediatamente pude colocar os pés nesta ilha flutuante.

— Uma ilha?

— Ou, falando mais corretamente, em nosso narval gigante.

— Explique-se, Ned!

— Só eu logo descobri por que meu arpão não havia entrado em sua pele.

— Por quê, Ned, por quê?

— Porque, professor, essa besta é feita de chapa de ferro.

As últimas palavras do canadense produziram uma revolução repentina em meu cérebro. Eu me contorci rapidamente até o topo do ser, ou objeto, meio fora d'água, o que nos serviu de refúgio. Eu o chutei. Era evidentemente um corpo duro e impenetrável, e não a substância macia que forma os corpos dos grandes mamíferos marinhos. Mas esse corpo duro podia ser uma carapaça óssea, como a dos animais antediluvianos; e eu já me inclinava a classificar esse monstro entre os répteis anfíbios, como tartarugas ou crocodilos.

45

Bem não! As costas enegrecidas que me sustentavam eram lisas, polidas, sem escamas. O golpe produziu um som metálico; e, por incrível que possa ser, parecia, eu poderia dizer, como se fosse feito de placas rebitadas. Não havia nenhuma dúvida sobre isso! Esse animal, esse monstro, esse fenômeno natural que intrigou todo o mundo científico, que confundiu e enganou as mentes dos marinheiros de ambos os hemisférios, era, não havia como negá-lo, um fenômeno ainda mais surpreendente — um fenômeno feito pela mão do homem.

Mesmo se eu tivesse descoberto que alguma criatura mitológica fabulosa realmente existia, isso não teria me dado um choque mental tão terrível. É fácil aceitar que coisas prodigiosas podem vir de nosso Criador. Mas descobrir, de repente, bem diante de seus olhos, que o impossível havia sido misteriosamente alcançado pelo próprio homem: isso embaralha as ideias!

Não tínhamos tempo a perder, entretanto. Estávamos deitados nas costas de uma espécie de barco submarino, que parecia (até onde eu podia julgar) um enorme peixe de aço. A opinião de Ned Land estava decidida nesse ponto. Conselho e eu apenas concordamos com ele.

— Mas então — eu disse —, esta engenhoca contém algum tipo de mecanismo de locomoção e uma tripulação para operá-lo?

— Aparentemente — respondeu o arpoador. — E ainda assim, pelas três horas que vivi nessa ilha flutuante, ela não deu sinal de vida.

— Ela não se moveu?

— Não, professor Aronnax. Deixa-se apenas embalar pelas ondas, mas mexer não se mexe.

— Mas sabemos que é certamente dotado de grande velocidade. Pois bem, como é necessário um motor para gerar essa velocidade e um maquinista para fazê-lo funcionar, concluo: estamos salvos.

— Hum! — Ned Land interveio, em um tom reservado.

Nesse instante, como se para ficar do meu lado na discussão, produziu-se um borbulhar na popa deste estranho objeto — cujo mecanismo de propulsão era obviamente uma hélice — e ele começou a se mover. Mal tivemos tempo de nos segurar em sua superfície, que emergiu cerca de oitenta centímetros acima da água. Felizmente, sua velocidade não era excessiva.

— Contanto que navegue na horizontal — murmurou Ned Land —, não me importo; mas, se tiver vontade de mergulhar, não dou nem um dólar pela minha pele.

O canadense poderia ter cotado um preço ainda mais baixo. Tornou-se realmente necessário comunicar-se com os seres, fechados dentro da máquina. Procurei por toda a parte externa uma abertura, um painel ou um bueiro, para usar uma expressão técnica; mas as linhas dos rebites de ferro, solidamente cravadas nas juntas das placas de ferro, eram contínuas e uniformes.

Além disso, a lua então desapareceu e nos deixava em uma escuridão profunda. Tivemos que esperar pela luz do dia para encontrar uma maneira de entrar neste barco subaquático.

Nossa salvação, portanto, estava totalmente nas mãos dos misteriosos timoneiros que dirigiam o submersível, e se ele desse um mergulho, estávamos perdidos! Mas, fora isso, não duvidei da possibilidade de entrarmos em contato com eles. Na verdade, se eles não produzissem seu próprio ar, inevitavelmente teriam que fazer visitas periódicas à superfície do oceano para reabastecer seu suprimento de oxigênio. Daí a necessidade de alguma abertura que coloque o interior do barco em contato com a atmosfera.

Quanto a qualquer esperança de ser resgatado pelo comandante Farragut, isso deveria ser renunciado por completo. Estávamos sendo levados para o oeste, e estimo que nossa velocidade relativamente moderada alcançou doze milhas por hora. A hélice agitava as ondas com regularidade matemática, às vezes emergindo acima da superfície e lançando spray fosforescente a grandes alturas.

Perto das quatro horas da manhã, o aparelho ganhou velocidade. Mal conseguimos lidar com o vertiginoso arrasto, e as ondas nos atingiam em cheio. Felizmente, as mãos de Ned encontraram um grande anel de amarração preso na parte de cima dessa chapa de ferro, e todos nós segurávamos para salvar a vida.

Finalmente a longa noite acabou. Minhas memórias imperfeitas não me permitem recordar todas as minhas impressões dela. Um único detalhe volta para mim. Várias vezes, durante várias calmarias do vento e do mar, pensei ter ouvido sons indistintos, uma espécie de harmonia elusiva produzida por acordes musicais distantes. Qual era o segredo dessa navegação subaquática, cuja explicação o mundo inteiro havia buscado em vão? Que seres viviam dentro deste estranho barco? Que força mecânica permitia que ele se movesse com tamanha velocidade?

A luz do dia apareceu. As brumas matinais nos cercaram, mas logo se dissiparam. Eu ia proceder a um exame cuidadoso do casco, cuja parte superior formava uma espécie de plataforma horizontal, quando o senti afundar aos poucos.

47

— Com mil diabos! — gritou Ned Land, chutando a chapa retumbante. — Abram, seus patifes inóspitos!

Felizmente, o movimento de afundamento cessou. De repente, um ruído, como ferragens empurradas violentamente para o lado, veio do interior do barco. Uma placa de ferro foi movida, um homem apareceu, soltou um grito estranho e desapareceu imediatamente.

Alguns momentos depois, oito homens fortes, com rostos mascarados, apareceram silenciosamente e nos puxaram para baixo em sua máquina transcendental.

CAPÍTULO VIII

MOBILIS IN MOBILI

Esse sequestro, executado de maneira tão rude, realizara-se com a rapidez de um raio. Eu estremeci todo. Com quem tínhamos que lidar? Sem dúvida, algum novo tipo de pirata, que explorava o mar à sua maneira. Mal o alçapão estreito se fechou sobre mim, fui envolvido pela escuridão. Meus olhos, deslumbrados com a luz externa, não conseguiam distinguir nada. Senti meus pés descalços agarrados aos degraus de uma escada de ferro. Ned Land e Conselho, vigorosamente imobilizados, vieram atrás de mim. Na parte inferior da escada, uma porta se abriu e se fechou às nossas costas com um estrondo.

Estávamos sozinhos. Onde, eu não poderia dizer, dificilmente imaginar. Tudo era preto, e um preto tão denso que, depois de alguns minutos, meus olhos não foram capazes de discernir o mais tênue vislumbre.

Enquanto isso, Ned Land, furioso com aqueles maus modos, deu vazão à sua indignação.

— Com mil diabos! — exclamava. — Essas pessoas são tão hospitaleiras quanto os selvagens da Nova Caledônia! Só falta que sejam canibais! Eu não ficaria surpreso se eles fossem, mas acredite em mim, eles não vão me comer sem que eu proteste!

— Acalme-se, Ned, meu amigo — respondeu Conselho serenamente. — Não precisa se inflamar tão rapidamente! Não estamos em uma chaleira ainda!

—Na chaleira, não — rebateu o canadense —, mas no forno, com certeza. Está escuro o suficiente para um. Felizmente, minha faca Bowie não me deixou, e ainda posso ver bem o suficiente para colocá-la em uso. O primeiro desses bandidos que colocar a mão em mim...

— Não se exalte, Ned — disse eu ao arpoador —, e não nos comprometa com uma violência inútil. Quem sabe se eles não vão nos ouvir? Vamos antes tentar descobrir onde estamos.

Comecei a me mover, tateando meu caminho. Depois de cinco passos, encontrei uma parede de ferro feita de chapa metálica rebitada. Então, me virando, esbarrei em uma mesa de madeira ao lado da qual vários banquinhos haviam sido colocados. O chão desta prisão estava escondido

49

sob um tapete de cânhamo espesso que amortecia o som de passos. Suas paredes nuas não revelavam nenhum vestígio de porta ou janela. Contornando o caminho oposto, Conselho encontrou-se comigo e voltamos para o meio desta cabine, que devia ter seis metros de comprimento por dez de largura. Quanto à altura, nem mesmo Ned Land, com sua grande estatura, foi capaz de determiná-la.

Meia hora já havia passado sem que nossa situação mudasse, quando nossos olhos foram subitamente levados da escuridão total para a luz ofuscante. Nossa prisão iluminou-se de uma vez; em outras palavras, ela se encheu de matéria luminescente tão intensa que a princípio não pude suportar seu brilho. Pelo brilho e pela brancura, reconheci o brilho elétrico que havia se espalhado ao redor do barco subaquático como um magnífico fenômeno fosforescente. Depois de fechar involuntariamente os olhos, os reabri e vi que essa força luminosa vinha de um meio globo fosco curvando-se para fora do teto da cabana.

— Finalmente dá para ver! — gritou Ned Land, que, com a faca na mão, ficou na defensiva.

— Sim — disse eu — nem por isso nossa situação é menos tenebrosa.

— Que o mestre tenha paciência — disse o imperturbável Conselho.

A iluminação repentina da cabine me permitiu examiná-la minuciosamente. Continha apenas uma mesa e cinco bancos. A porta invisível devia estar hermeticamente fechada. Nenhum ruído foi ouvido. Todos pareciam mortos no interior deste barco. Ele se moveu, flutuou na superfície do oceano ou mergulhou em suas profundezas? Eu não conseguia adivinhar.

Mas o globo luminoso não foi ligado sem um bom motivo. Consequentemente, eu esperava que alguns tripulantes aparecessem logo.

Eu não estava enganado. Ruídos de destravamento tornaram-se audíveis, uma porta se abriu e dois homens apareceram.

Um era baixo, muito musculoso, de ombros largos, com membros robustos, cabeça forte, farta cabeleira negra, bigode espesso, aspecto rápido e penetrante e a vivacidade que caracteriza a população do sul da França. O filósofo Diderot afirmou muito apropriadamente que a postura de um homem é a chave de seu caráter, e esse homenzinho atarracado era certamente uma prova viva dessa afirmação. Percebia-se que seu linguajar cotidiano devia estar repleto de figuras de linguagem vívidas como personificação, simbolismo e modificadores mal colocados. Mas eu nunca fui capaz de verificar isso porque, ao meu redor, ele usava apenas um dialeto estranho e totalmente incompreensível.

O segundo estranho merece uma descrição mais detalhada. Percebi diretamente suas qualidades predominantes: autoconfiança, porque sua cabeça estava bem colocada sobre os ombros e seus olhos negros

50

olhavam em volta com fria segurança; calma, pois sua pele, bastante pálida, mostrava sua frieza de sangue; energia, evidenciada pela rápida contração de suas sobrancelhas altas; e coragem, porque sua respiração profunda denotava grande poder dos pulmões.

Devo acrescentar que esse era um homem de grande orgulho, que seu olhar calmo e firme parecia refletir o pensamento em um plano elevado, e que a harmonia de suas expressões faciais e movimentos corporais resultou em um efeito geral de franqueza inquestionável — de acordo com o descobertas de fisionomistas, aqueles analistas do caráter facial.

Eu me senti "involuntariamente" reconfortado em sua presença, e isso foi um bom presságio para nossa entrevista.

Não sei dizer se aquela pessoa tinha trinta e cinco ou cinquenta anos. Ele era alto, tinha uma testa grande, nariz reto, boca bem cortada, belos dentes, com mãos finas e estreitas, indicativos de um temperamento altamente nervoso. Foi certamente o espécime mais admirável que já conheci. Uma característica particular eram os olhos, bastante distantes um do outro, e que podiam cobrir quase um quarto do horizonte de uma vez. Tal característica — verifiquei mais tarde — dava a ele um campo de visão muito superior ao de Ned Land. Quando esse estranho se fixava em um objeto, suas sobrancelhas se encontravam, suas grandes pálpebras se fechavam de modo a contrair o alcance de sua visão, e ele parecia como se ampliasse os objetos diminuídos pela distância, como se perfurasse aquelas camadas de água tão opacas aos nossos olhos, e como se ele lesse as profundezas dos mares.

Os dois estranhos, com gorros feitos de pele de lontra do mar e calçados com botas de marinheiro de pele de foca, vestiam roupas de uma textura particular, que permitiam a livre movimentação dos membros. O mais alto dos dois, visivelmente o chefe a bordo, nos examinou com grande atenção, sem dizer uma palavra; então, voltando-se para seu companheiro, falou com ele em uma língua desconhecida. Era um dialeto sonoro, harmonioso e flexível, as vogais parecendo admitir uma acentuação muito variada.

O outro respondeu balançando a cabeça e acrescentou duas ou três palavras perfeitamente incompreensíveis. Então ele pareceu me questionar com um olhar.

Respondi em bom francês que não conhecia sua língua, mas ele parecia não me entender, e minha situação ficou mais embaraçosa.

— Se o mestre contasse nossa história — disse Conselho —, talvez esses cavalheiros entendessem algumas palavras.

Comecei a contar nossas aventuras, articulando cada sílaba com clareza e sem omitir um único detalhe. Anunciei nossos nomes e posição,

51

apresentando pessoalmente o professor Aronnax, seu servo Conselho, e o mestre Ned Land, o arpoador.

O homem de olhos suaves e calmos ouviu-me em silêncio, polidamente até e com extrema atenção; mas nada em seu semblante indicava que ele havia entendido minha história. Quando terminei, ele não disse uma palavra.

Restava um recurso, falar inglês. Talvez eles conhecessem essa linguagem quase universal. Eu a conhecia, assim como a língua alemã, bem o suficiente para ler fluentemente, mas não para falar corretamente. Mas, de qualquer forma, era necessário nos fazer entender.

— Vamos, é a sua vez — eu disse ao arpoador. — Tire da cartola o melhor inglês já falado por um anglo-saxão e tente um resultado mais favorável do que o meu.

Ned não precisou ser persuadido e recomeçou nossa história, a maior parte da qual pude acompanhar. Seu conteúdo era o mesmo, mas a forma era diferente. Levado por seu temperamento volátil, o canadense colocou grande animação nele. Reclamou veementemente de ter sido preso em violação de seus direitos civis, questionou em virtude de qual lei ele foi detido, invocou mandados de habeas corpus, ameaçou apresentar queixa contra qualquer pessoa que o mantinha em custódia ilegal, discursou, gesticulou, gritou e, finalmente transmitida por um gesto expressivo de que estávamos morrendo de fome.

Isso era perfeitamente verdade, mas quase havíamos esquecido o fato.

Para seu grande desgosto, o arpoador não parecia ter se tornado mais inteligível do que eu. Nossos visitantes não se mexeram. Eles evidentemente não entendiam a língua da Inglaterra nem da França.

Muito constrangido, depois de ter exaurido em vão nossos recursos de fala, não sabia que papel tomar, quando o Conselho disse:

— Se o mestre permitir, vou relatar em alemão.

— O que!? Sabe alemão? — Eu exclamei.

— Como a maioria dos flamengos, com todo o respeito ao mestre.

— Ao contrário, isso me agrada. Vá em frente, meu garoto.

E Conselho, com sua voz serena, descreveu pela terceira vez as várias adversidades de nossa história. Mas apesar do sotaque refinado do nosso narrador e frases elegantes, a língua alemã não teve sucesso.

Finalmente, como último recurso, peguei tudo de que conseguia me lembrar dos primeiros tempos de escola e tentei narrar nossas aventuras em latim. Cícero teria tapado os ouvidos e me mandado para a cozinha, mas, ainda assim, me arrisquei. Esta última tentativa foi em vão, os dois estranhos trocaram algumas palavras na sua língua desconhecida e retiraram-se.

A porta fechou.

— É uma vergonha infame! — gritou Ned Land, que explodiu pela vigésima vez. — Falamos com esses malandros em francês, inglês, alemão e latim, e nenhum deles tem a delicadeza de responder!

— Acalme-se — eu disse ao impetuoso Ned; — a raiva não fará bem.

— Não vê, professor — respondeu nosso genioso companheiro —, que morreremos de fome nesta gaiola de ferro?

— Bah! — disse o Conselho, filosoficamente. — Nós podemos aguentar algum tempo ainda!

— Meus amigos — disse eu —, não devemos nos desesperar. Já estivemos piores do que isso. Façam-me o favor de esperar um pouco antes de formar uma opinião sobre o capitão e a tripulação deste barco.

— Minha opinião está formada — respondeu Ned Land, bruscamente. — Eles são patifes.

— Bom! E de que país?

— Da terra dos bandidos!

— Meu bravo Ned, esse país não está claramente indicado no mapa do mundo, mas admito que a nacionalidade dos dois estranhos é difícil de determinar. Nem inglês, francês, nem alemão, isso é certo. No entanto, estou inclinado a pensar que o capitão e seu companheiro nasceram em baixas latitudes. Há neles sangue do sul. Mas não posso decidir pela aparência se são espanhóis, turcos, árabes ou indianos. Quanto à língua, é bastante incompreensível.

— Eis o inconveniente de não saber todas as línguas — disse o Conselho — ou a desvantagem de não ter uma língua universal.

— Que de nada adiantaria! — Ned Land respondeu. — Essas pessoas têm uma linguagem só para si, uma linguagem que inventaram apenas para desesperar as pessoas decentes que pedem um jantarzinho! Por que, em todos os países da terra, quando abre sua boca, estala suas mandíbulas, estala seus lábios e dentes, essa não é a mensagem mais compreensível do mundo? De Quebec às ilhas Tuamotu, de Paris aos Antípodas, isso significa: estou com fome, dá-me algo para comer!

— Oh! O que não falta nesse mundo é gente ignorante... — ironizou Conselho.

Ao dizer essas palavras, a porta se abriu. Um mordomo entrou. Ele nos trouxe roupas, casacos e calças, feitos de um material que eu não conhecia. Apressei-me em me vestir, e meus companheiros seguiram meu exemplo. Durante esse tempo, o mordomo — mudo, talvez surdo — arrumou a mesa e colocou três pratos.

— Finalmente algo sério! — disse o Conselho. — É um bom presságio.

— Bah! — respondeu o arpoador zangado. — O que acha que eles comem aqui? Fígado de tartaruga, tubarão em filé e bifes de carne de cação.

— Veremos! — disse o Conselho.

Sobrepostos com campânulas de prata, vários pratos foram cuidadosamente posicionados sobre a toalha da mesa, e nos sentamos para comer. Certamente, estávamos lidando com pessoas civilizadas e, se não fosse por essa luz elétrica nos inundando, eu pensaria que estávamos na sala de jantar do Hotel Adelphi em Liverpool, ou no Grand Hotel em Paris. No entanto, sinto-me compelido a referir que o pão e o vinho estavam totalmente ausentes. A água era fresca e límpida, mas ainda era água — o que não foi do agrado de Ned Land. Entre as comidas que nos serviram, consegui identificar vários peixes bem preparados; mas eu não conseguia me decidir a respeito de certos pratos, por sinal excelentes, e não conseguia nem dizer se seu conteúdo pertencia ao reino vegetal ou animal. Quanto aos talheres, eram elegantes e de perfeito gosto. Cada utensílio, colher, garfo, faca, prato, estampava uma letra encimada por uma divisa "Mobilis in Mobili N". (Móvel em elemento móvel). Era um lema altamente apropriado para essa máquina subaquática! A letra N era sem dúvida a inicial do nome daquele indivíduo misterioso no comando dos mares!

Ned e Conselho não faziam muitas reflexões. Eles devoraram a comida e eu fiz o mesmo. Além disso, fiquei tranquilo quanto ao nosso destino; e parecia evidente que nossos anfitriões não nos deixariam morrer de necessidade.

Porém, tudo tem fim, tudo passa, até a fome de gente que não come há quinze horas. Com nossos apetites satisfeitos, nos sentimos vencidos pelo sono.

— Deuses, vou dormir profundamente! — disse Conselho.

— Eu já estou dormindo! — respondeu Ned Land.

Meus dois companheiros se esticaram no tapete da cabine e logo dormiram profundamente.

Quanto a mim, cedi menos prontamente a essa necessidade intensa de sono. Muitos pensamentos se acumularam em minha mente, muitas perguntas insolúveis surgiram, muitas imagens estavam mantendo minhas pálpebras abertas! Onde nós estávamos? Que estranho poder estava nos carregando? Senti — ou pelo menos pensei que sim — a embarcação submarina afundando em direção às camadas mais baixas do mar. Pesadelos intensos me cercaram. Nestes santuários marinhos misteriosos, eu imaginei hospedeiros de animais desconhecidos, e este barco subaquático parecia ser um parente de sangue deles: vivo, respirando, da mesma forma que temível! Então minha mente ficou mais calma, minha imaginação derreteu em uma sonolência nebulosa e eu logo caí em um sono inquieto.

CAPÍTULO IX

A FÚRIA DE NED LAND

Quanto tempo dormimos, não sei; mas nosso sono deve ter durado muito, pois nos livrou completamente de nossas fadigas. Eu acordei primeiro. Meus companheiros não se moviam e ainda estavam esticados em seu canto. Quase sem me levantar do meu sofá um tanto duro, senti meu cérebro liberado, minha mente clara. Comecei então um exame atento de nossa cela. Nada foi mudado por dentro. A prisão ainda era uma prisão — os prisioneiros, prisioneiros. No entanto, o mordomo, durante nosso sono, limpou a mesa. Respirei com dificuldade. O ar pesado parecia oprimir meus pulmões. Embora a célula fosse grande, evidentemente havíamos consumido grande parte do oxigênio que ela continha. Na verdade, cada homem consome, em uma hora, o oxigênio contido em mais de 176 litros de ar, e esse ar, carregado (como então) com uma quantidade quase igual de gás carbônico, torna-se irrespirável.

Tornava-se necessário renovar o ar de nossa prisão e, sem dúvida, de todo o barco submarino. Isso deu origem a uma pergunta em minha mente. Como procederia o capitão da habitação flutuante? Ele obteria o ar por meios químicos, obtendo pelo calor o oxigênio contido no clorato de potássio e absorvendo o gás carbônico pelo potássio cáustico? Ou — uma alternativa mais conveniente, econômica e consequentemente mais provável — ele se contentaria em subir e respirar na superfície da água, como uma baleia, e assim renovar por vinte e quatro horas a provisão atmosférica?

Na verdade, já me debatia, obrigado a aumentar minha respiração para extrair daquela célula o pouco oxigênio que ela continha, quando de repente fui refrescado por uma corrente de ar puro e perfumado com emanações salinas. Era uma revigorante brisa do mar, carregada de iodo. Eu abri minha boca e meus pulmões se saturaram com partículas novas. Ao mesmo tempo, senti o barco balançando. O monstro revestido de ferro evidentemente acabara de subir à superfície do oceano para respirar, à moda das baleias. Descobri daí o modo de ventilar o barco.

Depois de inalar esse ar livremente, procurei o cano conduíte, que nos transmitia o cheiro benéfico, e não demorei a encontrá-lo. Acima da

56

porta havia um ventilador, através do qual volumes de ar puro renovavam a empobrecida atmosfera da cela.

Eu estava fazendo minhas observações, quando Ned e Conselho acordaram quase ao mesmo tempo, sob a influência desse ar revigorante. Eles esfregaram os olhos, espreguiçaram-se e ficaram de pé em um instante.

— O mestre dormiu bem? — perguntou Conselho, com sua polidez habitual.

— Muito bem, meu bravo menino. E o senhor, Senhor Land?

— Muito bem, professor. Mas, não sei se estou certo ou não, parece que está soprando uma brisa do mar!

Um marinheiro não podia se enganar, e contei ao canadense tudo o que havia passado durante seu sono.

— Boa! — disse ele. — Isso explica os rugidos que ouvimos, quando o suposto narval achava-as às vistas da *Abraham Lincoln*.

— Exatamente, Mestre Land; estava tomando fôlego.

— Apenas, professor Aronnax, eu não tenho ideia de que horas são, a menos que seja hora do jantar.

— Hora do jantar, meu bom amigo? Diga melhor hora do café da manhã, pois certamente começamos outro dia.

— Então — disse o Conselho —, nós dormimos vinte e quatro horas?

— Essa é a minha opinião.

— Não vou contradizê-lo — respondeu Ned Land. — Mas, jantar ou café da manhã, o mordomo será bem-vindo, com o que ele trouxer.

— Um e outro — disse Conselho.

— Bem colocado — respondeu o canadense. — Nós merecemos duas refeições e, falando por mim, farei justiça a ambas!

— Tudo bem, Ned, vamos esperar para ver! — Eu respondi. — É claro que esses estranhos não pretendem nos deixar morrer de fome, caso contrário, o jantar de ontem não faria sentido.

— A menos que eles estejam nos engordando! — Ned atirou de volta.

— Eu me oponho — eu respondi. — Não caímos nas mãos de canibais.

— Só porque eles não fazem disso um hábito — respondeu o canadense com toda a seriedade —, não significa que eles não se entreguem de vez em quando. Quem sabe? Talvez essas pessoas tenham ficado sem carne fresca por um longo tempo e, nesse caso, três espécimes saudáveis e bem constituídos como o professor, seu criado e eu...

— Livre-se dessas ideias, senhor Land — respondi ao arpoador. — E, acima de tudo, não deixe que eles a levem a se rebelar contra nossos anfitriões, o que só pioraria nossa situação.

57

— De qualquer forma — disse o arpoador —, estou com uma fome dos diabos, e jantar ou café da manhã, nem uma refeição insignificante chegou!

— Mestre Land — respondi — temos que nos adaptar à programação a bordo, e imagino que nossos estômagos estão correndo à frente do sino do jantar do cozinheiro-chefe.

— Bem, então, vamos ajustar nossos estômagos ao horário do chef! — Conselho respondeu serenamente.

— Isso é típico de você, amigo Conselho — disse Ned, impaciente. — Nunca está irritado, sempre calmo; você agradeceria antes mesmo de receber a graça e morreria de fome em vez de reclamar!

— E de que adiantaria reclamar? — perguntou Conselho.

— Reclamar não tem que fazer bem, só é bom! E se esses piratas — digo piratas em consideração aos sentimentos do professor, já que ele não quer que os chamemos de canibais — se esses piratas acham que vão me sufocar nesta jaula sem ouvir os palavrões que apimentam minhas explosões, eles estão muito enganados! Olhe aqui, professor Aronnax, fale francamente. Por quanto tempo o senhor acha que eles vão nos manter nesta lata de ferro?

— Para falar a verdade, amigo Land, sei tanto quanto você.

— Mas, afinal, o que acha que está acontecendo?

— Minha suposição é que o simples acaso nos tornou a par de um segredo importante. Pois bem, se a tripulação deste barco subaquático tiver interesse pessoal em guardar esse segredo e se o interesse pessoal deles for mais importante do que a vida de três homens, acredito que nossa própria existência está em perigo. Se não for esse o caso, então, na primeira oportunidade disponível, o monstro que nos engoliu nos levará de volta ao mundo habitado por nossa própria espécie.

— A menos que eles nos recrutem para servir na tripulação — disse Conselho —, e nos mantenham aqui...

— Até que alguma fragata — respondeu Ned Land — mais rápida ou mais inteligente do que a *Abraham Lincoln* capture este covil de bucaneiros e pendure todos nós pelo pescoço na ponta de um mastro principal de jarda!

— Bem pensado, Senhor Land — respondi. — Mas, por enquanto, não acredito que recebemos qualquer oferta de alistamento. Consequentemente, é inútil discutir sobre quais táticas devemos seguir em tal caso. Repito: vamos esperar, vamos nos guiar pelos acontecimentos, e não vamos fazer nada, pois agora não há nada que possamos fazer.

— Pelo contrário, professor — respondeu o arpoador, sem querer desistir. — Há algo que podemos fazer.

— Oh? E o quê, Senhor Land?

— Fugir.

— Fugir de uma prisão na costa é difícil o suficiente, mas com uma prisão subaquática, parece-me completamente impraticável.

— Ora, Ned, meu amigo — insistiu Conselho — como responderia ao argumento do mestre? Eu me recuso a acreditar que um canadense tenha esgotado suas réplicas!

Visivelmente perplexo, o arpoador não disse nada. Nas condições em que o destino nos deixou, era absolutamente impossível escapar. Mas a sagacidade de um canadense é meio francesa, e o Senhor Ned Land deixou isso claro em sua resposta.

— Então, professor Aronnax — continuou ele depois de pensar por alguns momentos —, não sabe o que as pessoas fazem quando não podem escapar da prisão?

— Não, meu amigo.

— Fácil. Elas dão um jeito para que fiquem dentro dela.

— Claro! — Conselho acrescentou. — Já que estamos nas profundezas do oceano, estar dentro deste barco é muito preferível a estar acima ou abaixo dele!

— Mas depois de expulsar os carcereiros, chaveiros e guardas — acrescentou Ned Land.

— O que é isso, Ned? Você consideraria seriamente assumir esta navegação?

— Muito seriamente — me respondeu o canadense.

— É impossível.

— E por que isso, professor? Pode surgir uma oportunidade promissora, e não vejo o que poderia nos impedir de aproveitá-la. Se houver apenas cerca de vinte homens a bordo desta máquina, não acho que eles possam afastar dois franceses e um canadense!

Pareceu mais sensato aceitar a proposta do arpoador do que debatê-la. Consequentemente, fiquei contente em responder:

— Deixe tais circunstâncias virem, senhor Land, e veremos. Mas até então, eu imploro que controle sua impaciência. Precisamos agir com astúcia e seus surtos não darão origem a nenhuma oportunidade promissora. Então, jure para mim que aceitará nossa situação sem ter um ataque de raiva por causa disso.

— Dou minha palavra, professor — Ned Land respondeu em um tom pouco entusiasmado. — Nenhuma frase violenta sairá da minha boca, nenhum gesto perverso denunciará meus sentimentos, nem mesmo quando do eles não nos alimentam na hora certa.

—Tenho sua palavra, Ned — respondi ao canadense.

59

Então nossa conversa se esvaiu e cada um de nós se retraiu em seus próprios pensamentos. De minha parte, apesar da fala confiante do arpoador, admito que não tive ilusões. Eu não tinha fé nas promessas que Ned Land fez. Para operar com tanta eficiência, o barco subaquático precisava ter uma tripulação considerável, então se fosse para uma competição física, estaríamos enfrentando um oponente esmagador. Além disso, antes que pudéssemos fazer qualquer coisa, tínhamos que ser livres, e isso definitivamente não éramos. Eu não vi nenhuma maneira de sair desta célula de chapa hermeticamente fechada. E se o estranho capitão deste barco tivesse um segredo para guardar — o que parecia bastante provável — ele nunca nos permitiria andar em liberdade a bordo de seu navio. Agora então, ele iria recorrer à violência para se livrar de nós, ou ele nos deixaria um dia em alguma costa remota? Lá estava o desconhecido. Todas essas hipóteses pareciam extremamente plausíveis para mim, e para ter esperança de liberdade por meio do uso da força, tinha que ser um arpoador.

Além disso, percebi que a preocupação de Ned Land o estava deixando mais louco a cada minuto. Aos poucos, ouvi aqueles palavrões acima mencionados brotando do fundo de sua garganta e vi seus movimentos se tornarem ameaçadores novamente. Ele se levantou, andando em círculos como um animal selvagem em uma gaiola, batendo nas paredes com o pé e o punho. Enquanto isso, as horas passavam, nossa fome era insuportável, e dessa vez o mordomo não apareceu. O que equivalia a esquecer nossa condição de náufragos, se eles realmente tivessem boas intenções para conosco.

Torturado pelo ronco de seu estômago bem construído, Ned Land estava ficando cada vez mais irritado e, apesar de sua palavra de honra, eu estava com muito medo de uma explosão quando ele estivesse na presença de um dos homens a bordo.

Por mais duas horas, a fúria de Ned Land aumentou. O canadense gritava e implorava, mas sem sucesso. As paredes de chapa de ferro eram surdas. Não ouvia um único som dentro desse barco que parecia morto. A embarcação não se mexia, porque obviamente teria sentido seu casco vibrando sob a influência da hélice. Sem dúvida afundou nas profundezas das águas e não pertencia mais ao mundo exterior. Todo esse silêncio sombrio era assustador.

Quanto ao nosso abandono, ao nosso isolamento nas profundezas da cela, tinha medo de estimas quanto tempo poderia durar. Aos poucos, as esperanças que nutri depois de nossa entrevista com o capitão do navio foram se dissipando. A suavidade do olhar do homem, a generosidade expressa em seus traços faciais, a nobreza de sua postura, tudo desapare-

60

ceu da minha memória. Eu via esse indivíduo mistificador de novo pelo que ele inevitavelmente deveria ser: cruel e impiedoso. Eu o via fora da humanidade, além de todos os sentimentos de compaixão, o inimigo implacável de seu semelhante, a quem ele deve ter jurado um ódio eterno! Mas, mesmo assim, o homem iria nos deixar morrer de fome, trancados numa prisão apertada, expostos àquelas horríveis tentações a que as pessoas são levadas pela fome extrema? Essa possibilidade sombria assumiu uma intensidade terrível em minha mente e, disparado por minha imaginação, senti um terror irracional passar por mim. Conselho permanecia calmo. Ned Land berrava.

Só então um barulho foi ouvido do lado de fora. Passos soaram no assoalho de metal. As fechaduras giraram, a porta foi aberta, o mordomo apareceu.

Antes que eu pudesse fazer um único movimento para impedi-lo, o canadense avançou contra o pobre homem, jogou-o no chão e segurou-o pelo pescoço. O mordomo estava sufocando em mãos poderosas.

Conselho já estava tentando soltar as mãos do arpoador de sua vítima meio sufocada, e eu tinha ido me juntar ao resgate, quando fui abruptamente pregado no lugar por estas palavras pronunciadas em francês:

— Acalme-se, senhor Land! E professor, por favor, me escute!

CAPÍTULO X

O HOMEM DOS MARES

Era o capitão de bordo que falava assim. Com essas palavras, Ned Land se levantou em um pulo. Quase estrangulado, o mordomo cambaleou a um sinal de seu superior; mas tal era a autoridade do capitão a bordo de seu navio, que nenhum gesto denunciou o ressentimento que aquele homem deve ter sentido em relação ao canadense. Em silêncio esperamos pelo desfecho dessa cena; Conselho, envolvido a contragosto, parecia quase fascinado, eu estava pasmo. De braços cruzados, encostado a um canto da mesa, o capitão nos estudava com muito cuidado. Ele estava relutante em falar mais? Ele se arrependeu daquelas palavras que acabara de pronunciar em francês? Nada mais plausível.

Depois de alguns momentos de silêncio, que nenhum de nós teria sonhado em interromper, ele proferiu, com voz serena e penetrante:

— Senhores, falo igualmente bem francês, inglês, alemão e latim. Poderia, portanto, ter respondido desde a nossa primeira entrevista, mas antes queria conhecê-los, depois refletir. A história contada por cada um, concordando inteiramente nos pontos principais, convenceu-me da sua identidade. Sei agora que o acaso me trouxe o senhor Pierre Aronnax, professor de História Natural do Museu de Paris, encarregado de uma missão científica no exterior, Conselho, seu criado, e Ned Land, de origem canadense, arpoador a bordo da fragata *Abraham Lincoln* da Marinha dos Estados Unidos da América.

Eu me curvei em concordância. Não foi uma pergunta que o capitão me fez. Portanto, não havia resposta a ser dada. Esse homem se expressava com perfeita facilidade, sem sotaque. Suas frases foram bem formuladas, suas palavras claras e sua fluência de fala notável. Mesmo assim, não reconheci nele um conterrâneo.

Ele continuou a conversa nestes termos:

— Julgou provavelmente, cavalheiro, que demorei muito em lhes fazer uma segunda visita. A razão é que, sua identidade reconhecida, eu queria pesar com maturidade como agir em relação aos senhores. Tive grande dificuldade em decidir. Algumas circunstâncias extremamente inconvenientes os trouxeram à presença de um homem que se desligou da humanidade. Sua vinda interrompeu toda a minha existência.

— Sem querer! — disse eu.

— Sem querer? — respondeu o estranho, levantando um pouco a voz. — Não foi intencionalmente que a *Abraham Lincoln* me perseguiu por todo o mar? Foi involuntariamente que o senhor tomou passagem nesta fragata? Não foi intencionalmente que suas balas de canhão ricochetearam na placa do meu navio? Foi sem querer que o senhor Ned Land me atingiu com seu arpão? Detectei uma irritação contida nessas palavras. Mas para essas recriminações, eu tinha uma resposta muito natural a dar, e consegui.

— Cavalheiro — disse eu —, sem dúvida ignora as discussões que ocorreram a seu respeito na América e na Europa. Não sabe que diversos acidentes, causados por colisões com sua máquina submarina, estimularam o sentimento público nos dois continentes. Omiti as inúmeras teorias pelas quais se procurou explicar o fenômeno cujo segredo só o senhor sabia. Mas deve entender que, ao persegui-lo sobre os mares do Pacífico, a *Abraham Lincoln* acreditava estar perseguindo algum poderoso monstro marinho, do qual era necessário livrar o oceano a qualquer preço.

Um meio sorriso curvou os lábios do capitão, e ele respondeu, em um tom mais calmo:

— Professor Aronnax, ousa afirmar que sua fragata não teria perseguido e canhoneado um barco submarino da mesma forma que a um monstro?

Essa pergunta me embaraçou, pois certamente o comandante Farragut não teria hesitado. Ele pode ter pensado que era seu dever destruir um artifício desse tipo, como faria com um narval gigante.

— Entende então, professor — continuou o estranho —, que tenho o direito de tratá-lo como inimigo?

Eu não respondi nada, de propósito. Para que serviria discutir tal proposição, quando a força poderia destruir os melhores argumentos?

— Hesitei por algum tempo — continuou o capitão. — Nada me obrigava a mostrar-lhes hospitalidade. Se eu decidisse me separar dos senhores, não teria nenhum interesse em vê-los novamente; poderia colocá-los sobre a plataforma deste navio, no qual já se refugiaram, afundar as águas, e esquecer que já existiram. Não seria esse um direito meu?

— Pode ser o direito de um selvagem — respondi —, mas não o de um homem civilizado.

— Professor — respondeu o capitão rapidamente —, não sou o que o senhor chama de homem civilizado! Cortei todos os laços com a sociedade, por motivos que só eu tenho o direito de valorizar. Portanto, eu não obedeço a nenhum de seus regulamentos e insisto que o senhor nunca os invoque na minha frente!

63

Isso foi dito com toda a franqueza. Um lampejo de raiva e desprezo iluminou os olhos do estranho e vislumbrei um passado terrível na vida desse homem. Ele não apenas se colocou além das leis humanas, como também se tornou independente, fora de todo alcance, livre no sentido mais estrito da palavra! Pois quem se atreveria a persegui-lo até as profundezas do mar quando ele frustrasse todos os ataques na superfície? Que nave poderia resistir a uma colisão com seu monitor subaquático? Que placa de armadura, não importa a quão pesada, poderia suportar os golpes de sua espora? Nenhum homem entre os homens poderia chamá-lo para prestar contas de suas ações. Deus, se ele acreditasse Nele e sua consciência, se ele tivesse uma — esses eram os únicos juízes a quem ele deveria prestar contas.

Esses pensamentos rapidamente cruzaram minha mente enquanto este estranho indivíduo ficava em silêncio, como alguém completamente egocêntrico. Olhei para ele com um misto de medo e fascínio, da mesma forma, sem dúvida, que Édipo olhava para a Esfinge.

Depois de um longo silêncio, o capitão retomou a conversa.

— Hesitei — disse ele —, mas pensei que o meu interesse pudesse ser conciliado com aquela piedade a que todo ser humano tem direito. Permanecerão a bordo do meu navio, já que o destino os lançou lá. Livres, e, em troca da liberdade, devo impor apenas uma única condição. E basta sua palavra de honra de que irão cumpri-la.

— Fale, senhor — respondi. — Suponho que tal condição seja daquelas que um homem de honra pode aceitar...

— Sim, professor; e aqui está ela. É possível que certos acontecimentos, imprevistos, me obriguem a mandá-los para suas cabines por algumas horas ou alguns dias, conforme o caso. Como desejo nunca usar de violência, espero dos senhores uma obediência passiva. Agindo assim, assumo toda a responsabilidade: eu os absolvo inteiramente, pois torno impossível que vejam o que não deve ser visto. Aceita a condição?

Então aconteciam coisas a bordo que, para dizer o mínimo, eram singulares, e que não deveriam ser vistas por pessoas que não foram colocadas fora do âmbito das leis sociais. Entre as surpresas que o futuro me preparava, talvez esta não seria a menor.

— Aceitamos — respondi. — Apenas pedirei sua permissão, senhor, para lhe dirigir uma pergunta e apenas uma.

— Fale, cavalheiro.

— O senhor disse que seríamos livres a bordo.

— Inteiramente.

— Eu pergunto, então, o que entende por essa liberdade?

— Resumindo, a liberdade de ir, de vir, de ver, de observar até mesmo tudo o que aqui passa, exceto em raras circunstâncias. A liberdade, em suma, que desfrutamos nós mesmos, meus companheiros e eu.

Era evidente que não nos entendíamos.

— Perdoe-me, senhor — retomei —, mas essa liberdade é apenas o que todo prisioneiro tem de andar de um lado para o outro em sua prisão. Não pode nos bastar.

— Deverá ser suficiente!

— O quê!? Devemos desistir de ver de novo nosso país, nossos amigos, nossas relações?

— Sim, professor. Mas renunciar a esse jugo mundano insuportável que os homens acreditam ser a liberdade, talvez não seja tão doloroso quanto pensa.

— Bem — exclamou Ned Land —, nunca darei minha palavra de honra para não tentar escapar!

— Eu não pedi sua palavra de honra, mestre Land — respondeu o capitão, friamente.

— Cavalheiro — respondi, exaltado a contragosto —, está abusando de sua condição! É crueldade!

— Não, professor, é clemência. São meus prisioneiros de guerra. O que faço é preservá-los quando, com uma única palavra, eu poderia mergulhá-los de volta nas profundezas do oceano! Me atacaram! Acabaram de descobrir um segredo que nenhum homem vivo deve sondar, o segredo de toda a minha existência! Acham que vou mandá-los de volta para um mundo que não deve saber mais nada sobre mim? Nunca! Mantendo-os a bordo, não são os senhores que me preocupam, sou eu!

Estas palavras indicavam uma resolução tomada por parte do capitão, contra a qual nenhum argumento prevaleceria.

— Então, capitão — respondi —, o senhor nos dá simplesmente a escolha entre a vida e a morte?

— Simplesmente.

— Meus amigos — disse eu —, a uma pergunta assim formulada, nada há a responder. Mas nenhum juramento nos vincula ao mestre deste navio.

— Nenhum, senhor — respondeu o desconhecido.

Então, em um tom mais gentil, ele prosseguiu:

— Agora, permitam-me terminar o que tenho a lhe dizer. Eu o conheço, professor Aronnax. O senhor e seus companheiros não terão, talvez, tanto a reclamar do acaso que o prendeu ao meu destino. Encontrarei entre os livros que estão entre os meus estudos favoritos a obra que publicou sobre "as profundezas do mar". Já a li muitas vezes. O senhor realizou seu trabalho tanto quanto a ciência terrestre permitiu. Mas não

65

sabe tudo — não viu tudo. Deixe-me dizer-lhe então, professor, que não se arrependerá do tempo que passará a bordo. Visitará as terras das maravilhas. O espanto atordoado provavelmente será seu estado de espírito habitual. Passará muito tempo até que se canse de ver constantemente o espetáculo diante de seus olhos. Estou prestes a fazer outro passeio subaquático pelo mundo — talvez o último, quem sabe? — e revisarei tudo que estudei nas profundezas desses mares que cruzei com tanta frequência, e o senhor pode ser meu colega. A partir de hoje, entrará em um novo elemento, verá o que nenhum ser humano jamais viu — já que meus homens e eu não contamos mais — e graças a mim, aprenderá os últimos segredos de nosso planeta.

Essas palavras do capitão tiveram um grande efeito sobre mim, não posso negar. Meu ponto fraco foi tocado; e esqueci, por um momento, que a contemplação desses assuntos sublimes não valia a perda da liberdade. Além disso, confiei no futuro para decidir esta grave questão. Então, me contentei em dizer:

— Cavalheiro, apesar de ter se desligado da humanidade, posso ver que não renegou todos os sentimentos humanos. Somos náufragos que o senhor caridosamente aceitou a bordo, nunca vamos esquecer isso. Falando por mim, não descarto que os interesses da ciência possam se sobrepor até mesmo à necessidade de liberdade, o que promete que nosso encontro trará grandes recompensas.

Achei que o capitão iria me oferecer a mão para selar nosso acordo. Ele não o fez. Me lamentei.

— Uma última pergunta — eu disse, assim que esse ser inexplicável parecia pronto para se retirar.

— Pergunte, professor.

— Por que nome devo me dirigir ao senhor?

— Professor — respondeu o capitão —, não sou nada para o senhor, exceto o capitão Nemo; e senhor e seus companheiros não são nada para mim, exceto os passageiros do *Náutilus*.

Capitão Nemo apertou um botão elétrico. Um comissário apareceu. O capitão deu suas ordens naquela língua estranha que eu não entendia. Então, voltando-se para o canadense e Conselho disse:

— Uma refeição espera-os em sua cabine. Tenham a bondade de seguir este homem.

— E agora, professor Aronnax, nosso café da manhã está servido. Permita-me que mostre o caminho.

— Estou ao seu serviço, capitão.

Eu segui o capitão Nemo; e assim que passei pela porta, encontrei-me numa espécie de corredor iluminado por eletricidade, semelhante às coxias de um navio. Depois de avançarmos uma dúzia de metros, uma segunda porta se abriu diante de mim.

Entrei então na sala de jantar decorada e mobiliada com extremo bom gosto. Altos aparadores de carvalho, incrustados com ébano, ficavam nas duas extremidades da sala, e cintilando em suas prateleiras havia fileiras escalonadas de louça, porcelana e vidro de valor incalculável. A louça prateada brilhava sob os raios que emanavam das luminárias do teto, cujo brilho era suavizado e temperado por desenhos delicadamente pintados. No centro da sala havia uma mesa ricamente disposta. O capitão Nemo indicou o lugar que eu deveria ocupar.

— Sente-se — disse-me ele — e coma como o homem faminto que deve ser.

O desjejum consistia em um certo número de pratos, cujo conteúdo era fornecido apenas pelo mar; e eu ignorava a natureza e o modo de preparação de alguns deles. Reconheci que eram bons, mas tinham um sabor peculiar, ao qual me acostumei facilmente. Esses diferentes alimentos me pareciam ricos em fósforo e pensei que deviam ser de origem marinha.

O capitão Nemo olhou para mim. Não fiz perguntas, mas ele adivinhou meus pensamentos e respondeu por sua própria iniciativa às perguntas que eu estava ansioso para dirigir-lhe.

— Apesar da maior parte desses pratos lhe serem desconhecidos — disse-me ele —, pode se servir sem medo. Eles são saudáveis e nutritivos. Por muito tempo, renunciei à comida da terra, e passou muito bem. Minha tripulação, que é saudável, se alimenta dessa mesma comida.

— Então — disse eu —, todos esses alimentos são produtos do mar?

— Sim, professor, o mar supre todas as minhas necessidades. Às vezes, lanço minhas redes em nosso rastro e as puxo para cima, prontas para explodir. Às vezes vou caçar bem no meio desse elemento que há muito parecia tão fora do alcance do homem, e monopolizo a caça que mora em minhas florestas subaquáticas. Como os rebanhos do velho Proteu, o pastor do Rei Netuno, meus rebanhos pastam sem medo nas imensas pradarias do oceano. Lá eu possuo vastas propriedades que eu mesmo colho e que são semeadas para sempre pela mão do Criador de todas as coisas.

Eu encarei o capitão Nemo com espanto definitivo, e respondi a ele:

— Capitão, eu entendo perfeitamente como suas redes podem fornecer peixes excelentes para sua mesa. Eu entendo menos como o senhor pode perseguir animais aquáticos em suas florestas subaquáticas; mas como um pedaço de carne vermelha, por menor que seja, pode figurar no seu cardápio, que eu não entendo de jeito nenhum.

— Nem eu, professor — respondeu o capitão Nemo. — Eu nunca consumo a carne de animais terrestres.

— E quanto a isso...? — continuei, apontando para um prato onde ainda havia algumas fatias de lombo.

— Isso, que acredita ser carne, professor, nada mais é do que filé de tartaruga. Aqui estão também alguns fígados de golfinhos, que o senhor toma como ragu de porco. Meu cozinheiro é um sujeito esperto, que se destaca em conservar esses vários produtos do oceano. Prove todos esses pratos. Aqui está uma compota de pepino do mar, que um malaio declararia ser incomparável no mundo; aqui está uma nata, cujo leite foi fornecido pelos cetáceos, e o açúcar pelos grandes fucos do Mar do Norte; e, por último, permita-me oferecer-lhe um pouco de geleia de anêmonas, que é igual a das frutas mais deliciosas.

Provei, mais por curiosidade, enquanto o capitão Nemo me encantava com suas histórias extraordinárias.

— Mas o mar, professor Aronnax — ele me disse —, esse viveiro prodigioso e inesgotável não só me alimenta, como também me veste. O tecido que o cobre foi feito com as massas de filamentos que ancoram certas conchas; como os antigos costumavam fazer, foi tingido com tinta roxa do caracol murex e sombreado com tons de violeta que extraio de uma lesma marinha, a lebre do mar Mediterrâneo. Os perfumes que encontrará no lavatório de sua cabine foram produzidos a partir de exsudados de plantas marinhas. Seu colchão foi feito com a erva-doce mais macia do oceano. Sua caneta de pena é osso de baleia, sua tinta um suco secretado por chocos ou lulas. Tudo vem do mar para mim, assim como um dia tudo voltará a ele!

— O senhor ama o mar, capitão.

— Sim, eu o amo! O mar é o começo e o fim de tudo! Cobre sete décimos do planeta Terra. Sua brisa é limpa e saudável. É um imenso deserto onde um homem nunca está sozinho, porque sente a vida agitar por todos os lados. O mar é simplesmente o veículo para um modo de existência prodigioso e sobrenatural; é simplesmente movimento e amor; é viver o infinito, como disse um de seus poetas. E em essência, professor, a natureza é aqui manifestada por todos os três de seus reinos, mineral, vegetal e animal. O último deles é amplamente representado pelos quatro grupos de zoófitos, três classes de articulados, cinco classes de moluscos e três classes de vertebrados: mamíferos, répteis e aquelas incontáveis legiões de peixes, uma ordem infinita de animais totalizando mais de 13.000 espécies, dos quais apenas um décimo pertence à água doce. O mar é um vasto reservatório de natureza. Nosso globo começou com o mar, por assim dizer, e quem pode dizer que não vamos acabar com ele! Aqui reside a tranquilidade suprema. O mar não pertence aos tiranos. Em sua superfície, eles ainda podem exercer suas reivindicações

68

iníquas, lutar uns contra os outros, devorar uns aos outros, transportar todos os horrores terrestres. Mas trinta pés abaixo do nível do mar, seu domínio cessa, sua influência se desvanece, seu poder se desvanece! Ah, professor, viva! Viva no coração dos mares! Só aqui reside a independência! Aqui não reconheço superiores! Aqui estou livre!

O capitão Nemo de repente se silenciou, no meio dessa efusão de entusiasmo. Ele havia se deixado levar, além dos limites de sua reserva habitual? Ele tinha falado demais? Por alguns momentos, vagueou, muito agitado. Então seus nervos ficaram mais calmos, seus traços faciais recuperaram sua compostura gelada de costume e se viraram para mim:

— Agora, professor — disse ele —, se quiser inspecionar o *Náutilus*, estou às ordens.

CAPÍTULO XI

O NÁUTILUS

O capitão Nemo se levantou e eu o segui. Uma porta dupla, postada nos fundos da sala de jantar, se abriu, e entrei em uma sala de dimensões iguais às que acabara de sair. Era uma biblioteca. Estantes altas de jacarandá, com incrustações de cobre, continham muitos livros encadernados uniformemente. Esses móveis seguiam os contornos da sala, suas partes inferiores conduziam a enormes sofás estofados em couro marrom e curvados para o máximo conforto. Suportes de leitura leves e móveis, que podiam ser afastados ou puxados para perto conforme desejado, permitiam que os livros fossem posicionados neles para facilitar o estudo. No centro havia uma enorme mesa coberta de papéis, entre os quais alguns jornais, há muito desatualizados, eram visíveis. A luz elétrica inundava a totalidade harmoniosa, caindo de quatro meios-globos fixados na trama do teto. Olhei com genuíno espanto para esta sala tão engenhosamente disposta, e não pude acreditar nos meus olhos.

— Capitão Nemo — eu disse ao meu anfitrião, que se esticava em um sofá — essa é uma biblioteca que honraria mais de um palácio continental, e eu realmente fico maravilhado em pensar que ela pode acompanhá-lo até os mares mais profundos.

— Onde se poderia encontrar maior solidão ou silêncio, professor? — respondeu o capitão Nemo. — Seu gabinete no museu o proporcionava um silêncio tão perfeito?

— Não, senhor; e devo confessar que é bastante humilde ao lado do seu. Deve haver seis ou sete mil volumes aqui.

— Doze mil, professor Aronnax. Eles são os únicos laços que me ligam à terra. Mas o mundo terminou para mim no dia em que meu *Náutilus* mergulhou pela primeira vez nas águas. Naquele dia comprei meus últimos volumes, meus últimos panfletos, meus últimos artigos e, desde então, desejo pensar que os homens não pensam nem escrevem mais. Esses livros, professor, também estão a seu serviço, e pode fazer uso deles livremente.

Agradeci ao capitão Nemo e subi até as estantes da biblioteca. Obras sobre ciência, moral e literatura eram abundantes em todas

70

as línguas; mas não vi um único trabalho sobre economia política; esse assunto parecia ser estritamente proibido. É estranho dizer que todos esses livros foram arrumados irregularmente, independente idioma em que foram escritos; e essa mistura provou que o capitão do *Náutilus* deve ter lido indiscriminadamente os livros que pegou por acaso.

Entre esses livros, observei obras-primas de grandes nomes dos tempos antigos e modernos, ou seja, tudo que a humanidade produziu na história, poesia, ficção e ciência, de Homero a Victor Hugo, de Xenofonte a Michelet, de Rabelais a Madame George Areia. Mas a ciência, em particular, representou o maior investimento desta biblioteca: livros de mecânica, balística, hidrografia, meteorologia, geografia, geologia etc., ocupavam um lugar não menos importante do que os trabalhos de história natural, e percebi que eles constituíam a leitura principal do capitão. Lá eu vi as obras completas de Humboldt, o Arago completo, bem como as obras de Foucault, Henri Sainte-Claire Deville, Chasles, Milne-Edwards, Quatrefages, John Tyndall, Faraday, Berthelot, Padre Secchi, Petermann, Capitão Maury, Louis Agassiz, etc., além das transações da Academia de Ciências da França, boletins das várias sociedades geográficas, etc., e em uma localização privilegiada, aqueles dois volumes sobre as grandes profundezas do oceano que talvez tenham me rendido essa recepção comparativamente caridosa do capitão Nemo. Entre as obras de Joseph Bertrand, seu livro intitulado *The Founders of Astronomy* até me deu uma data definida; e como eu sabia que ele havia surgido no decurso de 1865, concluí que a reforma do *Náutilus* não havia sido feita antes disso. Consequentemente, há três anos, no máximo, o capitão Nemo havia começado sua existência subaquática. Além disso, esperava que alguns livros ainda mais recentes me permitissem apontar a data com precisão; mas teria muito tempo para procurá-los e não queria adiar mais o nosso passeio pelas maravilhas da embarcação.

— Cavalheiro — disse eu ao capitão —, agradeço-lhe por ter colocado esta biblioteca à minha disposição. Ela contém tesouros da ciência e tirarei proveito deles.

— Esta sala não é apenas uma biblioteca — disse o capitão Nemo —, é também uma sala para fumantes.

— Uma sala para fumantes! — Exclamei. — Então se pode fumar a bordo?

— Certamente.

— Então, sou forçado a acreditar que o senhor mantém uma comunicação com Havana.

— Nada disso — respondeu o capitão. — Aceite este charuto, professor Aronnax; e, embora não seja de Havana, ficará satisfeito com ele, se for um conhecedor.

71

Peguei o charuto que me foi oferecido; sua forma lembrava os de Londres, mas parecia ser feito de folhas de ouro. Acendi-o num pequeno braseiro, que se apoiava numa elegante haste de bronze, e dei as primeiras baforadas com o deleite de um amante do fumo que não fuma há dois dias.

— É excelente, mas não é tabaco.

— Não! — respondeu o capitão. — Esse fumo não vem de Havana nem do Oriente. É uma espécie de alga marinha rica em nicotina, que o mar me fornece, mas com certa moderação. Sente saudades dos seus charutos cubanos, professor?

— Capitão, eu os desprezo deste dia em diante.

— Então fume esses charutos sempre que quiser, sem questionar sua origem. Eles não têm o selo de aprovação do governo, mas nem por isso são piores.

— Ao contrário.

Naquele momento, o capitão Nemo abriu uma porta que ficava oposta àquela pela qual eu havia entrado na biblioteca, e passei para um imenso salão esplendidamente iluminada.

Era um grande salão de quatro lados, nove metros de comprimento, dezoito de largura e quinze de altura. Um teto luminoso, decorado com arabescos claros, derramava uma luz clara e suave sobre todas as maravilhas acumuladas neste museu. Pois se tratava de um museu, no qual uma mão inteligente e pródiga reunira todos os tesouros da natureza e da arte, com a confusão artística que caracteriza o ateliê de um pintor.

Trinta quadros de primeira linha, emoldurados uniformemente, separados por cortinas brilhantes, ornamentavam as paredes, que eram cobertas por tapeçarias de um desenho severo. Vi obras de grande va-lor, as quais, na maior parte, havia admirado em coleções especiais da Europa e em exposições de pintura. As várias escolas dos antigos mes-tres foram representadas por uma Madonna de Rafael, uma Virgem de Leonardo da Vinci, uma ninfa de Corrège, uma mulher de Ticiano, uma Adoração de Veronese, uma Assunção de Murillo, um retrato de Holbein, um monge de Velásquez, um mártir de Ribera, uma feira de Rubens, duas paisagens flamengas de Teniers, três pequenas imagens de gênero de Gerard Dow, Metsu e Paul Potter, dois espécimes de Géricault e Prudhon e algumas peças do mar de Backhuysen e Vernet . Entre as obras de pintores modernos estavam quadros com as assinaturas de Delacroix, Ingres, Decamps, Troyon, Meissonier, Daubigny etc., e algumas estátuas admiráveis em mármore e bronze, segundo os melhores modelos antigos, estavam em pedestais nos cantos do magnífico museu. O espanto, como o capitão do *Náutilus* previra, já havia começado a se apossar de mim.

— Professor — disse aquele homem estranho —, peço desculpas pela maneira pouco cerimoniosa com que o recebo e a desordem do salão.

— Cavalheiro — respondi —, sem saber quem é o senhor, reconheço-o como um artista.

— Amador, nada mais, senhor. Antigamente eu gostava de colecionar essas belas obras criadas pela mão do homem. Busquei-as com avidez e descobri-as infatigavelmente, e pude reunir alguns objetos de grande valor. Esses são minhas últimas lembranças daquele mundo que está morto para mim. Aos meus olhos, seus artistas modernos já são velhos; eles têm dois ou três mil anos de existência; eu os confundo em minha própria mente. Os mestres não têm idade.

— E esses músicos? — disse eu, apontando algumas obras de Weber, Rossini, Mozart, Beethoven, Haydn, Meyerbeer, Herold, Wagner, Auber, Gounod e vários outros, espalhadas sobre um grande modelo de órgão que ocupava uma das abas do salão.

— Esses músicos — respondeu o Capitão Nemo, — são contemporâneos de Orfeu; pois na memória dos mortos todas as diferenças cronológicas foram apagadas; e eu estou morto, professor; tão morto quanto aqueles de seus amigos que estão dormindo a dois metros de profundidade a Terra!

Capitão Nemo ficou em silêncio e parecia perdido em devaneios. Eu o observei com intensa excitação, analisando silenciosamente sua estranha expressão facial. Apoiando o cotovelo no canto de uma valiosa mesa de mosaico, ele não me via mais, ele havia se esquecido da minha presença.

Não perturbei as suas meditações, mas continuei a revistar as curiosidades que enriqueciam o salão.

Depois das obras de arte, as raridades naturais predominaram. Elas consistiam principalmente de plantas, conchas e outras exibições do oceano que deviam ser achados pessoais do próprio capitão Nemo. No meio do salão, um jato d'água, eletricamente iluminado, caía em uma bacia esculpida a partir de um único molusco gigante. A borda delicadamente adornada dessa concha, fornecida pelo maior dos moluscos acéfalos, media cerca de seis metros de circunferência; portanto, era ainda maior do que aqueles preciosos mariscos gigantes dados ao rei Francisco I pela República de Veneza e que a Igreja de Saint-Sulpice em Paris transformou em duas gigantescas fontes de água benta.

Em torno dessa bacia, dentro de elegantes caixas de vidro fixadas com faixas de cobre, estavam classificadas e rotuladas as mais valiosas peças marinhas já colocadas diante dos olhos de um naturalista. Minha alegria professoral pode ser facilmente imaginada.

O ramo dos zoófitos ofereceu alguns espécimes muito incomuns de seus dois grupos, os pólipos e os equinodermos. No primeiro grupo: coral de tubo de órgão, górgonas em forma de leque, esponjas macias da Síria, coral de isis das Ilhas Molucas, coral de península marinha, coral maravilhoso do gênero *Virgularia* das águas da Noruega, vários corais de gênero *Umbellularia*, alcionários e, em seguida, toda uma série dessas madréporas que meu mentor, o professor Milne-Edwards tão astutamente classificou em divisões e entre as quais notei o maravilhoso gênero *Flabellina*, bem como o gênero *Oculina* da Ilha de Bourbon, além de uma "carruagem-de-Netuno" do Mar do Caribe; todas as excelentes variedades de corais e, em suma, todas as espécies desses polipeiros incomuns que se reúnem para formar ilhas inteiras que um dia se transformarão em continentes. Entre os equinodermos, notáveis pelo seu invólucro espinhento, as astérias, as estrelas-do-mar, ou ouriços, as holotúrias, as comátulas etc. representavam a coleção completa.

Um excitável conquiliólogo certamente teria desmaiado diante das outras vitrines mais numerosas, nas quais foram classificados espécimes do ramo dos moluscos. Ali eu vi uma coleção de valor incalculável que não tenho tempo de descrever completamente. Entre essas exposições, mencionarei, apenas para fins de registro: uma elegante concha de ostra-real do Oceano Índico, cujas manchas brancas uniformemente espaçadas destacavam-se nitidamente contra uma base vermelha e marrom; uma ostra-imperial espinhosa, de cores vivas, eriçada de espinhos, espécime raro nos museus europeus, cujo valor estimei em 20.000 francos; um espôndilo comum dos mares perto da Nova Holanda, muito difícil de encontrar; amêijoas exóticas do Senegal, frágeis cascas de bivalves brancas que um único sopro poderia estourar como uma bolha de sabão; várias variedades de regador-de-Java, uma espécie de tubo de calcário com franjas de folhas frondosas e muito disputado pelos colecionadores; toda uma série de caracóis de concha superior — amarelos-esverdeados pescados nos mares americanos, outros de cor marrom-avermelhada que frequentam as águas da Nova Holanda, os primeiros vindos do Golfo do México e notáveis por suas conchas sobrepostas, os últimos das estelárias encontradas nos mares mais meridionais, finalmente e mais raro de todos, o magnífico esporão da Nova Zelândia. Depois, algumas maravilhosas conchas com sulco apimentado; várias espécies valiosas de moluscos citéreas e vênus; conchas de papagaios-verdes dos mares da China; o caracol cone virtualmente desconhecido do gênero *Coenodullus*; todas as variedades de búzios usados como dinheiro na Índia e na África; uma "glória dos mares", a concha mais valiosa das Índias Orientais; finalmente, caracóis da torre, caracóis violetas, búzios europeus, caracóis voluta, conchas de azeitona, de mitra, de capacete, caracóis murex, búzios, conchas de harpa, caracóis tritões, conchas de chifres, conchas de fuso, conchas-aranha, lapas, caracóis de vidro, borboletas do mar, todo tipo de concha marinha delicada e frágil que a ciência batizou com seus nomes mais encantadores.

Ao lado e em compartimentos especiais, cordões de pérolas supremamente belas estavam separados, a luz elétrica salpicando-os com pequenas faíscas de fogo: pérolas rosa retiradas de conchas de água salgada no Mar Vermelho; pérolas verdes de haliotídeos íris; pérolas amarelas, azuis e pretas, o trabalho incomum de vários moluscos de todos os oceanos e de certos mexilhões dos rios do norte; em suma, vários espécimes de valor incalculável que foram escorridos pelo mais raro dos moluscos. Algumas dessas pérolas eram maiores do que um ovo de pombo; deviam valer mais do a que o explorador Tavernier vendeu o Xá da Pérsia por 3.000.000 de francos, e superavam aquela outra pérola pertencente ao Imam de Muscat, que eu acreditava ser incomparável no mundo inteiro.

Consequentemente, calcular o valor dessa coleção era, devo dizer, impossível. O capitão Nemo decerto gastara milhões na aquisição desses diferentes espécimes, e eu estava me perguntando quais recursos financeiros ele utilizou para satisfazer as fantasias de colecionador, quando estas palavras me interromperam:

— Está examinando minhas conchas, professor? Sem dúvida elas devem ser interessantes para um naturalista; mas para mim elas têm um encanto muito maior, pois eu as coletei com minhas próprias mãos, e não há um mar na face do globo que escapou das minhas pesquisas.

— Posso compreender, capitão, o prazer de vagar em meio a tantas riquezas. O senhor é um daqueles que colecionam seus próprios tesouros. Nenhum museu na Europa possui tal coleção de produtos do oceano. Mas se eu esgotar toda a minha admiração por ela, nada restará para o navio que a transporta. Não desejo me intrometer em seus segredos: mas devo confessar que o *Náutilus*, com a força motriz que está confinada nele, os dispositivos que permitem para ser trabalhado, o poderoso agente que o impulsiona, tudo excita minha curiosidade ao mais alto grau. Vejo suspensos nas paredes desta sala instrumentos cujo uso eu ignoro.

— Encontrará esses mesmos instrumentos em meu próprio quarto, professor, onde terei muito prazer em explicar o uso de cada um. Mas primeiro venha e inspecione a cabine que está reservada para seu próprio uso. O senhor deve ver como ficará acomodado a bordo do *Náutilus*.

Segui o capitão Nemo que, por uma das portas que se abriam em cada parede do salão, fez-me entrar na coxia do navio. Ele me conduziu até a proa e lá encontrei não uma cabine, mas um quarto elegante, com cama, penteadeira e várias outras peças de excelente mobília.

Eu só poderia agradecer ao meu anfitrião.

— Seu quarto é contíguo ao meu — disse ele, abrindo uma porta —, e o meu dá para o salão que acabamos de deixar.

Entrei no quarto do capitão: tinha um aspecto severo, quase monástico. Uma pequena cama de ferro, uma mesa, alguns artigos para o banheiro; tudo iluminado por uma claraboia. Sem confortos, apenas as necessidades mais estritas.

O capitão Nemo apontou para um assento.

— Queira sentar-se — disse ele.

Eu me sentei e ele começou assim:

CAPÍTULO XII

TUDO POR MEIO DA ELETRICIDADE

Professor — disse o capitão Nemo, mostrando-me os instrumentos pendurados nas paredes de seu quarto —, aqui estão os dispositivos necessários para a navegação do *Náutilus*. Aqui, como na sala de estar, eu os tenho sempre sob meus olhos, e eles indicam minha posição e direção exata no meio do oceano. Alguns são seus conhecidos, como o termômetro, que dá a temperatura interna do *Náutilus*; o barômetro, que indica o peso do ar e prediz as mudanças do tempo; o higrômetro, que marca a secura da atmosfera; o vidro de tempestade, cujo conteúdo, ao se decompor, anuncia a aproximação das tempestades; a bússola que guia meu curso; o sextante, que mostra a latitude pelo altitude do sol; cronômetros, pelos quais calculo a longitude; e binóculos para o dia e a noite, que uso para examinar os pontos do horizonte, quando o *Náutilus* sobe à superfície das ondas.

— Estes são os instrumentos náuticos usuais — respondi —, conheço o uso deles. Mas esses outros, sem dúvida, atendem às exigências particulares do *Náutilus*. Este mostrador com agulha móvel é um manômetro, não é?

— De fato, é um manômetro. Mas pela comunicação com a água, cuja pressão externa indica, dá ao mesmo tempo nossa profundidade.

— E esses outros instrumentos, cujo uso não consigo adivinhar?

— Aqui, professor, eu devo lhe dar algumas explicações. Faria a gentileza de me ouvir?

Ele ficou em silêncio por alguns instantes, então disse:

— Há um agente poderoso, obediente, rápido, fácil, que se adapta a todos os usos e reina supremo a bordo de minha embarcação. Tudo se faz por meio dele. Ele o ilumina, o aquece e é a alma de meu aparato mecânico. Este agente é eletricidade.

— Eletricidade! — Exclamei surpreso.

— Sim, senhor.

— No entanto, capitão, o senhor possui uma extrema rapidez de movimento, que não combina bem com a potência da eletricidade. Até agora, sua força dinâmica permaneceu sob restrição, e só foi capaz de produzir uma pequena quantidade de energia.

— Professor — disse o capitão Nemo — minha eletricidade não é igual a de todos. E, com sua permissão, vou deixar por isso mesmo.

— Não vou insistir, capitão, e vou me contentar em simplesmente ficar pasmo com seus resultados. Eu faria uma pergunta, entretanto, que o senhor não precisa responder se for indiscreta. As células elétricas que são usadas para gerar essa força maravilhosa devem se esgotar muito rapidamente. O componente de zinco deles, por exemplo: como é substituído, já que a embarcação não fica mais em contato com a costa?

— Essa pergunta merece uma resposta! — respondeu o capitão Nemo. — Em primeiro lugar, mencionarei que no fundo do mar existem filões de zinco, ferro, prata e ouro cuja mineração certamente seria viável. Mas não extraí nenhum desses metais terrestres e queria fazer demandas apenas ao próprio mar para obter as fontes de minha eletricidade.

— O próprio mar?

— Sim, professor, e essas fontes não faltaram. Na verdade, estabelecendo um circuito entre dois fios imersos em profundidades diferentes, eu seria capaz de obter eletricidade por meio das temperaturas diferentes que eles experimentam; mas preferi usar um procedimento mais prático.

— E qual foi?

— O senhor está familiarizado com a composição da água salgada. Em 1.000 gramas encontra-se 96,5% de água e cerca de 2,66% de cloreto de sódio; depois, pequenas quantidades de cloreto de magnésio, cloreto de potássio, brometo de magnésio, sulfato de magnésia, sulfato de cálcio e carbonato de cálcio. Portanto, pode-se observar que o cloreto de sódio é encontrado em proporções significativas. Pois bem, é esse sódio que extraio da água salgada e com o qual componho minhas células elétricas.

— Sódio?

— Sim, professor. Misturado ao mercúrio, forma um amálgama que ocupa o lugar do zinco nas células de Bunsen. O mercúrio nunca se esgota. Só o sódio é consumido, e o próprio mar me dá isso. Além disso, mencionarei que se descobriu que as baterias de sódio geram mais energia e sua força eletromotriz é o dobro das baterias de zinco.

— Capitão, eu entendo perfeitamente a excelência do sódio nas condições em que está sendo colocado. O mar o contém. Bem. Mas ainda precisa ser produzido, enfim, extraído. E como isso é feito? Obviamente, suas baterias poderiam fazer a extração; mas, se não me engano, o consumo de sódio necessário ao seu equipamento elétrico seria maior do que a quantidade que seria extraída. Aconteceria, então, que no processo de produção de seu sódio, o senhor usaria mais do que faria!

— Por isso, professor, não o extraio com pilhas; simplesmente, utilizo o calor do carvão mineral.

— Mineral? — eu disse, minha voz aumentando com a palavra.

— Diremos carvão marinho, se preferir — respondeu o capitão Nemo.

— E o senhor consegue explorar essas jazidas submarinas?

— Vai me assistir trabalhando neles, professor Aronnax. Peço apenas um pouco de paciência, uma vez que tem muito tempo para ser paciente. Lembre-se de uma coisa: devo tudo ao oceano; ele gera eletricidade, e a eletricidade dá ao *Náutilus* calor, luz, movimento e, em uma palavra, a própria vida.

— Mas não o ar que respira...

— Oh! Eu poderia fabricar o ar necessário para o meu consumo, mas é inútil, porque subo à superfície da água quando quero. No entanto, embora a eletricidade não me forneça ar respirável, pelo menos opera as poderosas bombas que o armazenam sob pressão em tanques especiais; o que, se necessário, me permite estender minha permanência nos estratos inferiores pelo tempo que eu quiser.

— Capitão — respondi — contento-me em admirar. O senhor obviamente encontrou o que toda a humanidade certamente encontrará um dia, o verdadeiro poder dinâmico da eletricidade.

— Não estou tão certo de que vão encontrar — respondeu o capitão Nemo friamente. — Mas seja como for, o senhor já está familiarizado com o primeiro uso que encontrei para esta força valiosa. Ela nos ilumina, e com uma uniformidade e continuidade nem mesmo possuída pela luz solar. Agora, olhe para aquele relógio: é elétrico, ele funciona com uma precisão que rivaliza com os melhores cronômetros. Dividi-o em vinte e quatro horas como os relógios italianos, pois nem dia nem noite, nem sol nem lua, existem para mim, mas apenas esta luz artificial que levo para as profundezas dos mares! Veja, agora são dez horas da manhã.

— Perfeito.

— Outro uso para eletricidade: aquele mostrador pendurado diante de nossos olhos indica a velocidade com que o *Náutilus* está indo. Um fio elétrico o coloca em contato com a hélice da barquilha; sua agulha mostra a velocidade real do meu submersível. Veja, agora estamos avançando em um ritmo moderado de quinze milhas por hora.

— É maravilhoso — respondi — e realmente vejo, capitão, como está certo em empregar tal força; com certeza tomará o lugar do vento, da água e do vapor.

— Mas isso não é tudo, professor Aronnax — disse o capitão Nemo, levantando-se. — E se quiser me seguir, vamos inspecionar a popa do *Náutilus*.

Com efeito, eu já conhecia toda a parte dianteira deste barco subaquático, e aqui estão suas subdivisões exatas, indo do centro ao contraforte: a sala de jantar, com 5 metros de comprimento e separada da biblioteca por uma divisória estanque, ou seja , a prova d'água; a biblioteca, com 5 metros de comprimento; o salão principal, com 10 metros de comprimento, separada da cabine do capitão por uma segunda divisória estanque; a citada cabine, com 5 metros de comprimento; a minha, 2,5 metros de comprimento; e, finalmente, tanques de ar com 7,5 metros de comprimento e estendendo-se até a haste. Total: comprimento de 35 metros. As portas eram cortadas por divisórias estanques e fechadas hermeticamente por meio de selos de borracha, que garantiam total segurança a bordo do *Náutilus* em caso de vazamento em qualquer seção.

Segui o capitão Nemo pelas passarelas localizadas para facilitar o trânsito e cheguei no meio do navio. Lá encontrei uma espécie de poço se abria entre duas divisórias estanques. Uma escada de ferro, presa à parede, conduzia à extremidade superior do poço. Perguntei ao capitão para que servia essa escada.

— Vai para o escaler — respondeu ele.

— O quê!? Há um escaler? — Eu espantei-me.

— Certamente. Um excelente escaler, leve e inafundável, que serve para passeios e pescarias.

— Mas então, quando quiser embarcar, é obrigado a ir à superfície da água?

— De jeito nenhum. O escaler está preso à parte superior do casco do *Náutilus* e ocupa uma cavidade feita para ele. É adornado, totalmente à prova d'água e preso por parafusos sólidos. Essa escada leva a um furo feito no casco do *Náutilus*, que corresponde a um furo semelhante feito na lateral do barco. Por esta abertura dupla entro na pequena embarcação. Fecham a abertura que pertence ao *Náutilus*; fecho a outra por meio da pressão dos parafusos. Eu desfaço os parafusos, e o barquinho sobe à superfície do mar com uma rapidez prodigiosa. Eu então abro o alçapão da ponte, cuidadosamente fechado até então; eu o mastro, iço minha vela, pego meus remos e estou de saída.

— Mas como volta a bordo?

— Eu não volto, professor Aronnax; o *Náutilus* vem até mim.

— A um comando seu?

— A um comando meu. Um fio elétrico nos conecta. Eu telégrafo para ele, e isso é o suficiente.

— Realmente — disse eu, espantado com essas maravilhas —, nada pode ser mais simples.

Após atravessar o saguão do elevador que levava à plataforma, vi uma cabine de quase dois metros de comprimento, na qual Conselho e Ned Land, encantados com sua refeição, a devoravam com avidez. Então, uma porta se abriu para uma cozinha de três metros de comprimento, situada entre os grandes depósitos. Lá a eletricidade, melhor do que o próprio gás, cozinhava. Aqueciam um aparelho de destilação, que, por evaporação, fornecia excelente água potável. Perto dessa cozinha havia um banheiro confortavelmente mobiliado, com torneiras de água quente e fria. Ao lado da cozinha ficavam os aposentos da tripulação, com 5 metros de comprimento. Mas a porta estava fechada e eu não conseguia ver suas acomodações, o que poderia ter me dado uma ideia do número de homens empregados a bordo do *Náutilus*. Na parte inferior, havia uma quarta divisória que separava os aposentos da sala de máquinas. Uma porta se abriu e eu me encontrei no compartimento onde o capitão Nemo — certamente um engenheiro de alta categoria — havia arranjado sua maquinaria de locomotiva. A casa de máquinas, claramente iluminada, não media menos de sessenta e cinco pés de comprimento. Foi dividido em duas partes; a primeira continha os materiais para a produção de eletricidade e a segunda a maquinaria que a conectava com a hélice.

Imediatamente, detectei um odor *sui generis* permeando o compartimento. O capitão Nemo percebeu a impressão negativa que isso causou em mim.

— Isso — ele me disse — é uma descarga gasosa causada pelo nosso uso de sódio, mas é apenas um pequeno inconveniente. De qualquer forma, todas as manhãs higienizamos o navio ventilando-o ao ar livre.

Enquanto isso, examinei o motor do *Náutilus* com um fascínio fácil de imaginar.

— Como vê — disse o capitão —, eu uso os artifícios de Bunsen, não os de Ruhmkorff. Estes não seriam poderosos o suficiente. Os de Bunsen são em menor número, mas fortes e grandes, cuja experiência prova ser a melhor. A eletricidade produzida passa adiante por eletroímãs de grande porte, para um sistema de alavancas e rodas dentadas que transmitem o movimento ao eixo da hélice. Esta, com diâmetro de dezenove pés, e a rosca de vinte e três pés, realiza cerca de 120 revoluções por segundo.

— Gerando então...

— Uma velocidade de cinquenta milhas por hora.

Havia um mistério, mas não insisti em explorá-lo. Como era possível a eletricidade funcionar com tanta potência? De onde se originou essa energia quase ilimitada? Foi na tensão extraordinária obtida de algum novo tipo de bobina de indução? Sua transmissão poderia ter sido incomensuravelmente aumentada por algum sistema desconhecido de alavancas? Esse era o ponto que eu não conseguia entender.

— Eu vi o *Náutilus* manobrar diante da *Abraham Lincoln* e tenho minhas próprias ideias quanto à sua velocidade. Mas isso não é sufici-

81

ente. Tem de saber para onde vai. Tem de ser capaz de direcioná-lo para a direita, para a esquerda, acima, abaixo. Como o senhor chega às grandes profundidades, onde encontra uma resistência crescente, que é avaliada por centenas de atmosferas? Como retorna à superfície do oceano? E como se mantém no meio que lhe convém? Estou pedindo demais?

— De jeito nenhum, professor — respondeu o capitão, com alguma hesitação — já que nunca poderá deixar este barco submarino. Venha para o salão, é nosso gabinete de trabalho, e lá aprenderá tudo o que quiser sobre o *Náutilus*.

CAPÍTULO XIII

ALGUNS NÚMEROS

Um instante depois, estávamos sentados em um divã do salão, fumando. O capitão me mostrou um esboço que fornecia a planta, seção e elevação do *Náutilus*. Então ele começou sua descrição com estas palavras:
— Aqui, professor Aronnax, estão as várias dimensões do barco em que estamos. É um cilindro alongado com extremidades cônicas. Tem a forma de um charuto, uma forma já adotada em Londres em várias construções do mesmo tipo. O comprimento desse cilindro, da proa à popa, é de exatamente 232 pés, e sua largura máxima é de vinte e seis pés. Não é construído exatamente como os vapores de longa viagem, mas suas linhas são suficientemente longas e suas curvas suficientemente prolongadas, para permitir que a água deslize facilmente e não oponha nenhum obstáculo à sua passagem. Essas duas dimensões permitem que se obtenha, por um cálculo simples, a superfície e o volume do *Náutilus*. Sua área é de 6.032 pés; e seu volume é de cerca de 1.500 metros cúbicos, ou seja, quando completamente imerso, desloca 50.000 pés de água, ou pesa 1.500 toneladas.

"Quando planejei esse navio submarino, pretendi que nove décimos seriam submersos: consequentemente, ele deveria apenas deslocar nove décimos de seu volume, portanto 1.356,48 metros cúbicos; em outras palavras, era para pesar apenas o mesmo número de toneladas. Portanto, fui obrigado a não exceder esse peso ao construí-lo nas dimensões mencionadas.

"O *Náutilus* é composto por dois cascos, um dentro do outro; entre eles, unindo-os, estão barras em T de ferro que dão a este navio a maior rigidez. Na verdade, graças a esse arranjo celular, ele tem a resistência de um bloco de pedra, como se fosse totalmente sólido. Seu revestimento não pode ceder; é autoaderente e não depende do aperto de seus rebites; e devido à perfeita união dos seus materiais, a solidariedade da sua construção permite-lhe desafiar os mares mais violentos.

"Os dois cascos são fabricados em aço clichê, cuja densidade relativa é 7,8 vezes a da água. O primeiro casco tem espessura não inferior a cinco centímetros e pesa 394,96 toneladas. Meu segundo casco, a cobertura externa, inclui uma quilha de cinquenta centímetros de altura por vinte e cinco de largura, que por si só pesa 62 toneladas métricas; este casco, o motor, o lastro, os vários acessórios e acomodações, mais as anteparas e cintas internas, têm um peso combinado de 961,52 toneladas métricas, que quando somadas a 394,96 toneladas métricas, dá o total de 1.356,48 toneladas métricas. Certo?"

— Certo.

— Então, quando o *Náutilus* está flutuando nessas circunstâncias, um décimo está fora da água. Ora, caso eu disponha de alguns tanques de lastro com capacidade igual a esse um décimo, portanto, capaz de conter 150,72 toneladas métricas, e se eu os encher com água, o barco desloca 1.507,2 toneladas métricas — ou pesando-as — ficaria completamente submerso. É isso que acontece, professor. Esses tanques de lastro existem com fácil acesso na parte inferior do *Náutilus*. Abro algumas torneiras, os tanques se enchem, o barco afunda e fica exatamente nivelado com a superfície da água.

— Bem, capitão, mas agora chegamos a uma dificuldade genuína. O senhor é capaz de se manter nivelado com a superfície do oceano, isso eu entendo. Mas mais abaixo, ao mergulhar sob essa superfície, seu submersível não vai encontrar uma pressão e, consequentemente, sofrer um empuxo para cima, que deve ser avaliado em uma atmosfera por cada trinta pés de água, portanto, cerca de um quilograma por cada quadrado centímetro?

— Precisamente, professor.

— Então, a menos que preencha todo o *Náutilus*, não vejo como pode forçá-lo para o coração dessas massas líquidas.

— Professor — respondeu o capitão Nemo —, os objetos estáticos não devem ser confundidos com os dinâmicos, ou estaremos sujeitos a erros graves. Comparativamente, pouco esforço é gasto para alcançar as regiões mais baixas do oceano, porque todos os objetos têm a tendência de se tornarem "abissais". Siga minha lógica aqui.

— Estou ouvindo, capitão.

— Para determinar que aumento de peso o *Náutilus* precisava receber para submergir, eu só precisei observar a redução proporcional de volume que a água salgada experimenta em camadas cada vez mais profundas.

— Isso é evidente.

— Agora, se a água não é absolutamente incompressível, é pelo menos capaz de uma compressão muito leve. Na verdade, de acordo com os cálculos mais recentes, essa redução é de apenas 0,0000436 por atmosfera ou a cada trinta pés de profundidade. Por exemplo, para descer 1.000 metros, devo levar em consideração a redução de volume que ocorre sob uma pressão equivalente à de uma coluna d'água de 1.000 metros, ou seja, sob uma pressão de 100 atmosferas. Neste caso, a redução seria de

0,00436. Consequentemente, eu teria que aumentar meu peso de 1.507,2 toneladas métricas para 1.513,77. Portanto, o peso adicionado seria de apenas 6,57 toneladas métricas.

— Isso é tudo?

— Isso é tudo, professor Aronnax, e o cálculo é fácil de verificar. Agora, tenho reservatórios de lastro suplementares capazes de transportar 100 toneladas métricas de água. Portanto, posso descer a profundidades consideráveis. Quando eu quero me levantar novamente e ficar nivelado com a superfície, tudo que tenho a fazer é expulsar a água; e se desejo que o *Náutilus* emerja acima das ondas com um décimo de sua capacidade total, esvazio todos os reservatórios completamente.

Eu não tinha nada a objetar a esses raciocínios.

— Admito seus cálculos, capitão — respondi. — Eu estaria errado em contestá los, pois a experiência diária os confirma; mas prevejo uma dificuldade real no caminho.

— O quê, senhor?

— Quando se está a cerca de 300 metros de profundidade, as paredes do *Náutilus* suportam uma pressão de 100 atmosferas. Se, então, neste momento os reservatórios suplementares fossem esvaziados, para tornar a embarcação mais leve, e para subir à superfície, as bombas devem superar a pressão de 100 atmosferas, que é 1.500 libras por polegada quadrada. A partir disso, uma potência...

— Que só a eletricidade pode me dar — disse o Capitão apressadamente. — Repito, professor, que a potência dinâmica dos meus motores é quase infinita. As bombas do *Náutilus* têm uma potência enorme, como deve ter observado quando seus jatos d'água estouraram como uma torrente sobre a *Abraham Lincoln*. Além disso, eu uso reservatórios subsidiários apenas para atingir uma profundidade média de 750 a 1.000 braças, e isso com o objetivo de gerenciar minhas máquinas. Além disso, quando tenho a intenção de visitar as profundezas do oceano cinco ou seis milhas abaixo da superfície, eu uso meios mais lentos, mas não menos infalíveis.

— Quais são eles, capitão?

— Isso envolve eu contar como o *Náutilus* funciona.

— Estou impaciente para aprender.

— Para guiar este barco a estibordo ou bombordo, para virar, em uma palavra, seguindo um plano horizontal, uso um leme comum fixado na parte de trás do poste de popa, e com uma roda e algumas talhas para guiar. Mas eu também posso fazer o *Náutilus* subir e descer, e afundar e subir, por um movimento vertical por meio de dois planos inclinados fixados em seus lados, opostos ao centro de flutuação, planos que se

85

movem em todas as direções, e que são acionados por poderosas alavancas interiores. Se os planos são mantidos paralelos ao barco, ele se move horizontalmente. Se inclinado, o *Náutilus*, de acordo com a inclinação, e sob a influência da hélice, afunda diagonalmente ou sobe diagonalmente como me convém. E mesmo que eu deseje subir mais rapidamente à superfície, basta-me engrenar a hélice, e a pressão da água faz com que o *Náutilus* suba verticalmente como um balão cheio de hidrogênio.

— Bravo, capitão! Mas como o timoneiro no meio das águas pode seguir a rota determinada?

— O timoneiro fica instalado em uma cabine envidraçada, que se projeta sobre o casco do *Náutilus*, e é provida de lentes.

— Esses vidros são capazes de resistir a tal pressão?

— Perfeitamente. O vidro, que quebra com um golpe, é, no entanto, capaz de oferecer uma resistência considerável. Durante alguns experimentos de pesca com luz elétrica efetuados em 1864 nos mares do Norte, vimos placas com menos de um terço de polegada de espessura resistir à pressão de dezesseis atmosferas. Agora, o vidro que uso não é menos do que trinta vezes mais espesso.

— Muito bem, capitão, mas se vamos ver, precisamos de luz para afastar a escuridão, e no meio das águas turvas, me pergunto como o seu timoneiro pode...

— Atrás do compartimento do timoneiro está um poderoso refletor elétrico cujos raios iluminam o mar por uma distância de meia milha.

— Oh, bravo! Bravo três vezes, capitão! Isso explica o brilho fosforescente desse suposto narval que tanto intrigou os cientistas! Pertinente a isso, vou perguntar se o choque do *Náutilus* com o *Scotia*, que causou tanto alvoroço, foi o resultado de um encontro acidental?

— Totalmente acidental, professor. Eu estava navegando dois metros abaixo da superfície da água quando ocorreu a colisão. No entanto, pude ver que não teve consequências terríveis.

— Nenhum, senhor. Mas quanto ao seu encontro com a *Abraham Lincoln...?*

— Professor, sinto muito por uma das melhores embarcações da marinha americana; mas eles me atacaram, e eu fui obrigado a me defender. Contentei-me, porém, em colocar a fragata fora de combate; ela não terá nenhuma dificuldade em ser reparada no próximo porto.

— Ah, capitão! Seu *Náutilus* é certamente um barco maravilhoso!

— Sim, professor — o Capitão Nemo respondeu com entusiasmo genuíno — e eu o amo como se fosse minha própria carne e sangue! A bordo de um navio convencional, enfrentando as ameaças do oceano, o perigo espreita por toda parte; na superfície do mar, é constante a sensação de um abismo oculto, como o holandês Jansen tão acertadamente disse; mas abaixo das ondas, a bordo do *Náutilus*, seu coração não tem o que temer! Não há deformidades estruturais com que se preocupar, pois o casco duplo deste barco tem a rigidez do ferro; nenhum cordame a ser desgastado rolando e lançando-se sobre as ondas; sem velas para o vento levar; nenhuma caldeira para o vapor rachar; não é preciso temer incêndios, porque este submersível é feito de chapa de ferro, não de madeira; nenhum carvão para esgotar, já que a eletricidade é sua força mecânica; sem colisões para temer, porque navega nas profundezas aquáticas por conta própria; sem tempestades para enfrentar, porque a poucos metros abaixo das ondas, encontra a tranquilidade absoluta! Pronto, professor. Aí está o navio ideal! E se é verdade que o engenheiro tem mais confiança em uma embarcação do que o construtor, e o construtor mais do que o próprio capitão, o senhor pode entender a confiança que coloco no *Náutilus*, já que sou seu capitão, construtor e engenheiro, tudo em um!

O capitão Nemo falava com eloquência vencedora. O fogo em seus olhos e a paixão em seus gestos o transfiguraram. Sim, ele amava seu navio da mesma forma que um pai ama seu filho!

Mas uma pergunta, talvez indiscreta, surgiu naturalmente, e não pude resistir a perguntar.

— Quer dizer que é engenheiro, capitão Nemo?

— Sim, professor — ele me respondeu. — Estudei em Londres, Paris e Nova York quando era ainda residente nos continentes da Terra.

— Mas como conseguiu construir este maravilhoso *Náutilus* em segredo?

— Cada porção separada foi trazida de diferentes partes do globo, professor Aronnax. E cada um dos fornecedores recebeu minhas especificações com um nome diferente.

— Mas — continuei — uma vez que essas peças foram fabricadas, elas não precisaram ser montadas e ajustadas?

— Professor, montei minhas oficinas em uma ilhota deserta no meio do oceano. Lá o *Náutilus* foi completado por mim e meus operários, ou seja, por meus bravos companheiros que moldei e eduquei. Então, quando a operação acabou, queimamos todos os vestígios de nossa estada naquela ilhota, que se eu pudesse, teria explodido.

— Com base em tudo isso, posso presumir que tal barco custa uma fortuna?

— Um navio de ferro, professor Aronnax, custa 1.125 francos por tonelada métrica. Agora, o *Náutilus* tem uma carga de 1.500 toneladas métricas. Consequentemente, custou 1.687.000 francos, portanto 2.000.000

de francos incluindo suas acomodações, e 4.000.000 ou 5.000.000 com todas as coleções e obras de arte que contém.

— Uma última pergunta, capitão Nemo.

— Pergunte, professor.

— O senhor é rico, então?

— Infinitamente rico, professor, e sem nenhum problema, eu poderia pagar a dívida nacional francesa de dez bilhões de francos!

Eu encarei a pessoa singular que me falava daquela forma. Ele estava jogando com minha credulidade? O futuro decidiria isso.

CAPÍTULO XIV

A CORRENTE NEGRA

A porção do globo terrestre que é coberta pela água é estimada em mais de oitenta milhões de acres. Essa massa fluida compreende dois bilhões e duzentos e cinquenta milhões de milhas cúbicas, formando um corpo esférico de um diâmetro de sessenta léguas, cujo peso seria de três quintilhões de toneladas. Para compreender o significado dessas cifras, é necessário observar que um quintilhão está para um bilhão, assim como um bilhão está para a unidade; em outras palavras, existem tantos bilhões em um quintilhão quanto unidades em um bilhão.

Durante as épocas geológicas, o oceano originalmente prevaleceu em toda parte. Então, gradualmente, no período siluriano, os topos das montanhas começaram a aparecer, as ilhas surgiram, depois desapareceram em dilúvios parciais, reapareceram, tornaram-se povoadas, formaram continentes, até que por fim a terra ficou geograficamente organizada, como vemos nos dias de hoje. O sólido tomou do líquido trinta e sete milhões seiscentos e cinquenta e sete milhas quadradas, igual a doze bilhões novecentos e sessenta milhões de acres.

A forma dos continentes nos permite dividir as águas em cinco grandes porções: o oceano Ártico, a Antártica ou oceano Congelado, o Índico, o Atlântico e o oceano Pacífico.

O oceano Pacífico se estende de norte a sul entre os dois círculos polares e de leste a oeste entre a Ásia e a América, em uma extensão de 145 graus de longitude. É o mais calmo dos mares; suas correntes são largas e lentas, tem marés médias e chuvas abundantes. O oceano era tal que meu destino me fadava primeiro a viajar sob essas condições estranhas.

— Professor — disse o capitão Nemo —, se for do seu agrado, mediremos nossa exata posição e fixaremos o ponto de partida dessa viagem. Faltam quinze minutos para o meio-dia; subirei novamente à superfície.

O capitão apertou uma campainha elétrica três vezes. As bombas começaram a tirar a água dos tanques; a agulha do manômetro marcou diferentes pressões, acompanhando a subida do *Náutilus*, até que parou.

— Chegamos — disse o capitão.

Fui até a escada central que dava para a plataforma, subi os degraus de ferro e me vi na parte superior do *Náutilus*.

A plataforma estava apenas um metro fora da água. À frente e a traseira do *Náutilus* tinham aquele formato de fuso que justamente o fazia ser comparado a um charuto. Notei que suas placas de ferro, ligeiramente sobrepostas umas às outras, se assemelhavam à concha que reveste os corpos de nossos grandes répteis terrestres. Ele me explicou como era natural, apesar de todos os óculos, que este barco fosse confundido com um animal marinho.

Em direção ao meio da plataforma, o escaler, meio enterrado no casco da embarcação, formava uma ligeira excrescência. À avante e a ré subiam duas gaiolas de altura média com lados inclinados, e parcialmente fechadas por grossos vidros lenticulares; um destinado ao timoneiro que dirigia o *Náutilus*, o outro contendo um farol brilhante para iluminar a estrada.

O mar estava lindo, o céu limpo. O longo veículo mal podia sentir as amplas ondulações do oceano. Uma leve brisa do leste agitou a superfície das águas. O horizonte, livre de neblina, facilitava a observação. Não havia nada à vista. Apenas uma imensidão deserta. A *Abraham Lincoln* sumira.

O capitão Nemo, equipado com seu sextante, mediu a altitude do sol, que deveria também dar a latitude. Esperou alguns momentos até que seu disco tocasse o horizonte. Enquanto fazia observações, nenhum músculo se movia, o instrumento não poderia ter ficado mais imóvel em uma mão de mármore.

— Meio-dia, senhor — disse ele. — Quando quiser...

Lancei um último olhar para o mar, levemente amarelado pela costa japonesa, e desci para o saguão principal.

Ali, o capitão fixou sua posição e usou um cronômetro para calcular sua longitude, que ele comparou com suas observações anteriores de ângulos horários. Então ele me disse:

— Professor Aronnax, estamos na longitude 137°15' oeste.

— A oeste de qual meridiano? — Eu perguntei rapidamente, esperando que a resposta do capitão pudesse me dar uma pista de sua nacionalidade.

— Professor — ele me respondeu —, tenho cronômetros configurados de maneira variada para os meridianos de Paris, Greenwich e Washington, DC. Mas, em sua homenagem, usarei o de Paris.

Essa resposta não me disse nada. Fiz uma reverência e o capitão continuou:

— Estamos na longitude 137°15' oeste do meridiano de Paris, e latitude 30°7' norte, ou seja, cerca de 300 milhas da costa do Japão. Ao meio-dia deste dia 8 de novembro, começamos nossa viagem de exploração sob as águas.

— Que Deus esteja conosco! — eu respondi.

— E agora, senhor, deixo-o com seus estudos — acrescentou o capitão —, nosso curso é para nordeste, nossa profundidade é de 26 braças. Aqui estão os mapas em grande escala pelos quais poderá acompanhar a rota. O salão está à sua disposição e, com sua permissão, eu me retirarei.

O capitão Nemo fez uma reverência e eu fiquei sozinho, perdido em pensamentos que se referiam ao capitão do *Náutilus*. Será que algum dia saberia a nacionalidade desse homem excêntrico que se gabava de não ter nenhuma? Seu ódio jurado pela humanidade, um ódio que talvez visasse alguma vingança terrível — o que o provocou? Ele era um daqueles estudiosos não apreciados, um daqueles gênios "amargurados pelo mundo", como Conselho expressou, um Galileu moderno, ou talvez um daqueles homens da ciência, como o capitão americano Maury, cuja carreira foi arruinada por revoluções políticas? Não sei dizer ainda. Quanto a mim, que o destino acabava de trazer a bordo de sua embarcação, cuja vida ele havia mantido em jogo: recebera-me com frieza, mas com hospitalidade. Só que ele nunca pegou a mão que eu estendi para ele. E ele nunca estendeu a sua.

Por uma hora inteira fiquei mergulhado nessas reflexões, buscando desvendar esse mistério tão interessante para mim. Então meus olhos caíram sobre o vasto planisfério aberto sobre a mesa e coloquei meu dedo no mesmo lugar onde a latitude e a longitude se cruzavam.

O mar, como os continentes, tem seus grandes rios. São correntes especiais, conhecidas por sua temperatura e cor. A mais notável delas é conhecida como corrente do Golfo. A ciência identificou no globo a direção de cinco correntes principais: uma no Atlântico Norte, uma segunda no Sul, uma terceira no Pacífico Norte, uma quarta no Sul e uma quinta no Oceano Índico Meridional. É até provável que uma sexta corrente tenha existido em um momento ou outro no Oceano Índico Norte, quando os mares Cáspio e Aral formavam apenas um vasto lençol de água.

Pois justamente no ponto indicado no planisfério, passava um desses rios marítimos, o Kuro Scivo dos japoneses, a corrente Negra: aquecida pelos raios perpendiculares do sol tropical, sai da Baía de Bengala, atravessa o Estreito de Malaca, sobe as costas da Ásia e se curva para o norte do Pacífico até as Ilhas Aleutas, carregando troncos de canforeiras e outros itens locais, o puro índigo de suas águas quentes contrastando fortemente com as ondas do oceano. Era essa corrente que o *Náutilus* estava prestes a cruzar. Percorri-a com o olhar, vi-a perder-se na imensidão do Pacífico e me senti sendo arrastado com ela, quando Ned Land e Conselho apareceram na porta da sala.

Meus dois bravos companheiros permaneceram petrificados ao ver as maravilhas que se espalharam diante deles.

91

— Onde estamos, onde estamos? — exclamou o canadense. — No museu de Quebec?

— Com o perdão do mestre — respondeu o Conselho —, mas isso se parece mais com a exposição de artefatos de Sommerard!

— Meus amigos — respondi, fazendo um sinal para que entrassem — os senhores não estão no Canadá, mas a bordo do *Náutilus*, cinquenta metros abaixo do nível do mar.

— Sou obrigado a acreditar no mestre — respondeu Conselho. — Mas, com toda a franqueza, esse salão é suficiente para surpreender até mesmo alguém flamengo como eu.

— Satisfaça seu espanto, meu amigo, e dê uma olhada, porque há muito trabalho aqui para um classificador de seus talentos.

Conselho não precisava de incentivo. Curvando-se sobre as caixas de vidro, o rapaz galante já murmurava palavras escolhidas do vocabulário naturalista: classe *Gastropoda*, família *Buccinoidea*, gênero *Cauri*, espécie Cypraea madagascariensis etc.

Enquanto isso, Ned Land, menos dedicado à conquiliologia, questionava-me sobre minha entrevista com o capitão Nemo. Eu tinha descoberto quem ele era, de onde ele veio, para onde estava indo, a que profundidade ele estava nos levando? Em suma, mil perguntas que não tive tempo de responder.

Contei tudo o que sabia — ou melhor, tudo que não sabia — e perguntei o que ele tinha visto ou ouvido de sua parte.

— Não vi ou ouvi nada! — o canadense respondeu. — Eu nem mesmo localizei a tripulação deste barco. Por acaso, eles também poderiam ser elétricos?

— Elétricos?

— Com mil diabos! Não é o que parece? Mas e o senhor, professor Aronnax? — Ned Land disse, ainda se agarrando às suas ideias. — Não pode me dizer quantos homens estão a bordo? Dez, vinte, cinquenta, cem?

— Não saberia responder, senhor Land; é melhor abandonar por um tempo qualquer ideia de apreender o *Náutilus* ou de fugir dele. Esta embarcação é uma obra-prima da indústria moderna, e eu lamentaria não a ter conhecido. Muitas pessoas aceitariam a situação imposta a nós, nem que fosse para passear entre tais maravilhas. Portanto, fique quieto e deixe-nos tentar ver o que se passa ao nosso redor.

— Ver! — exclamou o arpoador. — Mas não podemos ver nada nesta prisão de ferro! Estamos navegando às cegas...

Ned Land estava pronunciando essas últimas palavras quando de repente fomos mergulhados na escuridão, escuridão total. As luzes do teto se apagaram tão rapidamente que meus olhos literalmente doeram,

92

como se tivéssemos experimentado a sensação oposta de ir da escuridão mais profunda para a luz do sol mais forte.

Ficamos mudos, sem nos mexer e sem saber que surpresa nos aguardava, agradável ou desagradável. Pelos ruídos, escotilhas corriam nas laterais do *Náutilus*.

— É o fim do fim! — disse Ned Land.

— Ordem das hidromedusas! — murmurou Conselho.

De repente, através de duas aberturas oblongas, a luz do dia apareceu em ambos os lados da sala. As massas líquidas foram reveladas, iluminadas intensamente pelas descargas elétricas do navio. Estávamos separados do mar por duas vidraças. Inicialmente, estremeci ao pensar que essas partições frágeis poderiam quebrar; mas fortes faixas de cobre as protegiam, dando-lhes uma resistência quase infinita.

O mar era claramente visível em um raio de uma milha ao redor do *Náutilus*. Que visão! Que caneta poderia descrevê-la? Quem poderia retratar os efeitos dessa luz por meio dessas lâminas translúcidas de água, a sutileza de suas sombras progressivas nas camadas superior e inferior do oceano?

A transparência da água salgada foi reconhecida há muito tempo. Acredita-se que sua clareza exceda a da água de nascente. As substâncias minerais e orgânicas que o mar mantém em suspensão realmente aumentam sua translucidez. Em certas partes do Mar do Caribe, é possível ver o fundo arenoso com uma nitidez surpreendente de até 145 metros de profundidade, e o poder penetrante dos raios do sol parece se dissipar apenas a 300 metros de profundidade. Mas neste cenário fluido percorrido pelo *Náutilus*, nosso brilho elétrico estava sendo gerado no coração das ondas. Não era mais água iluminada, era luz líquida.

Se aceitarmos as hipóteses do microbiologista Ehrenberg, que acredita que essas profundezas subaquáticas são iluminadas por organismos fosforescentes, a natureza certamente salvou uma de suas vistas mais prodigiosas para os moradores do mar, e eu podia contemplar por mim mesmo pelos mil jogos de luz. Em ambos os lados, havia janelas que se abriam sobre essas profundezas inexploradas. A escuridão na sala realçava a claridade do lado de fora, e olhávamos como se aquele vidro transparente fosse a janela de um imenso aquário.

O *Náutilus* parecia parado, pois nos faltavam pontos de referência. Mas os riscos de água, feitos pela espora do navio, às vezes corriam diante de nossos olhos com velocidade extraordinária.

Maravilhados, apoiamo-nos nos cotovelos diante das vitrines e nosso silêncio atordoado permaneceu ininterrupto até que Conselho disse:

— Não queria ver, amigo Ned? Pois bem, está vendo!

93

— Curioso! Curioso! — resmungou o canadense, que, esquecendo seu mau humor, parecia se submeter a alguma atração irresistível — E viria gente de longe para admirar tal visão!

— Ah! — exclamei — Eu entendo a vida desse homem; ele fez um mundo à parte para si mesmo, monopolizando as suas maiores maravilhas.

— Mas onde estão os peixes? — o canadense se aventurou a observar. — Eu não vejo nenhum peixe!

— Por que se importaria, Ned, meu amigo? — Conselho respondeu. — Não os conhece mesmo!

— Eu? Um pescador! — Ned Land exclamou.

E sobre esse assunto surgiu uma disputa entre os dois amigos, já que ambos conheciam peixes, mas de pontos de vista totalmente diferentes.

Todo mundo sabe que os peixes constituem a quarta e última classe do ramo dos vertebrados. Eles foram definidos com bastante propriedade como: "vertebrados de sangue frio com sistema circulatório duplo, respirando por guelras e projetados para viver na água". São duas séries distintas: a série dos peixes ósseos, ou seja, aqueles cujos espinhos possuem vértebras de osso; e peixes cartilaginosos, ou seja, aqueles cujos espinhos têm vértebras feitas de cartilagem.

Possivelmente o canadense estava familiarizado com essa distinção, mas Conselho sabia muito mais sobre ela; e como ele e Ned agora eram amigos, ele queria se exibir. Então, disse ao arpoador:

— Ned, meu amigo, você é um matador de peixes, um pescador altamente qualificado. Capturou um grande número desses animais fascinantes. Mas aposto que não sabe como eles são classificados.

— Claro que sei — respondeu o arpoador com toda a seriedade. — Eles são classificados em peixes que comemos e peixes que não comemos!

— Fala como um verdadeiro glutão — respondeu Conselho. — Mas diga-me, você está familiarizado com as diferenças entre peixes ósseos e peixes cartilaginosos?

— Apenas talvez, Conselho.

— E quanto às subdivisões dessas duas grandes classes?

— Não tenho a menor noção — respondeu o canadense.

— Tudo bem, ouça e aprenda, amigo Ned! Os peixes ósseos são subdivididos em seis ordens. *Primo*, os acantopterígios, cuja mandíbula superior é totalmente formada e de movimento livre, e cujas guelras têm a forma de um pente. Essa ordem consiste em quinze famílias, ou seja, três quartos de todos os peixes conhecidos. Exemplo: a perca comum.

— Uma iguaria — respondeu Ned Land.

— *Secundo* — continuou Conselho —, os abdominais, cujas barbatanas pélvicas pendem sob o abdômen até a parte posterior dos peitorais,

94

mas não estão presas ao osso do ombro, uma ordem que se divide em cinco famílias e constitui a grande maioria da água doce peixe. Exemplos: a carpa e o lúcio.

— Ugh! — o canadense interveio com distinto desprezo. — Você pode ficar com os peixes de água doce!

— *Tertio* — disse Conselho, —, os sub-braquiais, cujas barbatanas pélvicas estão presas sob os peitorais e penduradas diretamente no osso do ombro. Essa ordem contém quatro famílias. Exemplos: peixes chatos, como linguado, solha, rodovalho etc.

— Excelente, realmente excelente! — o arpoador exclamou, interessado em peixes apenas do ponto de vista comestível.

— *Quarto* — continuou Conselho, impassível —, os ápodos, com corpos longos sem barbatanas pélvicas e cobertos por uma pele pesada, muitas vezes glutinosa, uma ordem constituída por apenas uma família. E-xemplos: enguias comuns e enguias elétricas.

— Medíocre! — Ned Land respondeu.

— *Quinto* — disse Conselho —, os lofobrânquios, que têm mandíbulas totalmente formadas e de movimento livre, mas cujas guelras consistem em pequenos tufos dispostos aos pares ao longo de seus arcos branquiais. Essa ordem inclui apenas uma família. Exemplos: cavalos-marinhos e pégasos-dragão.

— Ruim, muito ruim! — o arpoador replicou.

— *Sexto*, enfim — concluiu Conselho — os plectógnatas, cujo osso maxilar está firmemente preso ao lado do intermaxilar que forma a mandíbula, e cujo arco do palato é travado no crânio por suturas que tornam a mandíbula imóvel, uma ordem que falta barbatanas pélvicas verdadeiras e que consiste em duas famílias. Exemplos: os tetrodontes e peixes-lua.

— Eles são um insulto para uma frigideira! — o canadense exclamou.

— Está entendendo tudo isso, Ned meu amigo? — perguntou o acadêmico Conselho.

— Nem um pouco, Conselho, meu amigo — respondeu o arpoador. —Mas continue, porque você é deveras interessante.

— Quanto aos peixes cartilaginosos — continuou Conselho imperturbável —, eles consistem em apenas três ordens.

— Boas notícias — Ned acrescentou.

— *Primo*, os ciclóstomos, cujas mandíbulas são fundidas em um anel flexível e cujas aberturas branquiais são simplesmente um grande número de orifícios, uma ordem que compreende apenas uma família. Exemplo: a lampreia.

— Melhor ser amigo dela — respondeu Ned Land.

95

— *Secundo*, os seláquios, com guelras semelhantes às dos ciclóstomos, mas com mandíbula móvel. Essa ordem, que é a mais importante da classe, consiste em duas famílias. Exemplos: a raia e o tubarão.

— O quê?! — Ned Land exclamou. — Raias e devoradores de homens na mesma ordem? Bem, Conselho, meu amigo, em nome das raias, não o aconselho a colocá-las no mesmo aquário!

— *Tertio* — respondeu o Conselho —, os estuarinos, cuja abertura branquial é a habitual fenda única dotada de um opérculo, uma ordem que consiste em quatro gêneros. Exemplo: o esturjão.

— Ah, Conselho, meu amigo, você deixou o melhor para o final, na minha opinião, pelo menos! E isso é tudo?

— Sim, caro Ned — respondeu Conselho. — E observe bem, mesmo depois de compreender tudo isso, ainda não se sabe quase nada, porque essas famílias são subdivididas em gêneros, subgêneros, espécies, variedades...

— Tudo bem, Conselho, meu amigo — disse o arpoador, inclinando-se para o painel de vidro —, aqui estão algumas de suas raridades agora!

— Sim! Peixes! — Conselho exclamou. — É como se estivéssemos admirando um aquário!

— Não — discordei —, porque um aquário nada mais é do que uma gaiola, e esses peixes são tão livres quanto pássaros no ar!

— Bem, Conselho, meu amigo, identifique-os! Comece a nomeá-los! — Ned Land exclamou.

— Eu? — Conselho respondeu. — Eu não consigo! É da alçada do meu mestre!

E, na verdade, embora o bom rapaz fosse um maníaco por classificações, ele não era um naturalista, e duvido que ele pudesse distinguir uma cavala de um atum. Em suma, ele era exatamente o oposto do canadense, que nada sabia sobre classificação, mas podia instantaneamente dar um nome a qualquer peixe.

— Um peixe-porco — eu disse.

— É um peixe-porco chinês — respondeu Ned Land.

— Gênero *Balistes*, família *Esclerodermia*, ordem *Plectognatha* — murmurou Conselho.

Certamente, Ned e Conselho combinados eram um naturalista excepcional.

O canadense não se enganou. Cavalgando ao redor do *Náutilus* havia um cardume de peixes-porco chineses, com corpos achatados, peles granuladas, armados com ferrões em suas nadadeiras dorsais e com quatro fileiras de espinhos que se eriçavam em ambos os lados de suas caudas. Nada poderia ser mais maravilhoso do que a pele que os cobria: branco por baixo, cinza por cima, com manchas douradas cintilando nos redemoinhos escuros das ondas. Ao redor deles, as raias ondulavam como lençóis balançando ao vento, e entre elas eu avistei, para minha grande alegria, uma raia-chinesa, amarelada na parte superior, um rosa delicado na barriga e armada com três ferrões atrás dos olhos; uma espécie rara cuja existência ainda era duvidosa na época de Lacépède, que nunca a vira uma senão em um portfólio de desenhos japoneses.

Por duas horas inteiras, um exército aquático escoltou o *Náutilus*. Em meio às suas brincadeiras e piruetas, enquanto rivalizavam entre si em beleza, brilho e velocidade, distingui o bordião-verde; o salmonete-da-vasa, marcada por uma dupla linha preta; o góbio de cauda redonda, de cor branca, com manchas violáceas no dorso; a escômbrida-japonesa, uma bela cavala destes mares, de corpo azul e cabeça prateada; os brilhantes azulinos, cujo nome sozinho desafia a descrição; salamandras-japonesas, lampreias-aranhas, serpentes de quase dois metros de comprimento, olhos pequenos e vivos e uma boca enorme eriçada de dentes etc.

Nossa imaginação foi mantida no auge, as interjeições se sucediam rapidamente. Ned nomeou os peixes e Conselho os classificou. Fiquei em êxtase com a vivacidade de seus movimentos e a beleza de suas formas. Nunca me foi dado flagrar esses animais, vivos e em liberdade, no seu elemento natural. Não vou mencionar todas as variedades que passaram diante dos meus olhos deslumbrados, toda a coleção dos mares da China e do Japão. Esses peixes, mais numerosos do que os pássaros do ar, vinham atraídos, sem dúvida, pelo foco brilhante da luz elétrica.

De repente, os painéis de ferro se fecharam novamente e a visão encantadora desapareceu. Mas por muito tempo continuei sonhando, até que meus olhos pousaram nos instrumentos pendurados na divisória. A bússola ainda mostrava que o curso era leste-nordeste, o manômetro indicava uma pressão de cinco atmosferas, equivalente a uma profundidade de vinte e cinco braças, e o registro elétrico dava uma velocidade de quinze milhas por hora.

Eu esperava o capitão Nemo, mas ele não apareceu. O relógio marcava cinco horas.

Ned Land e Conselho voltaram para sua cabine e eu me retirei para meu quarto. Meu jantar estava pronto. Consistia numa sopa de tartaruga feita com o mais saboroso bico de pente, um salmonete de carne branca e ligeiramente escamosa, cujo fígado, quando preparado separadamente, dá uma comida deliciosa, mais lombo de peixe anjo imperial, cujo sabor me impressionou ainda melhor que o de salmão.

Passei a noite lendo, escrevendo e pensando. Então a sonolência tomou conta de mim, estendi-me no colchão de enguia e caí em um sono profundo, enquanto o *Náutilus* deslizava pela corrente Negra que fluía rapidamente.

CAPÍTULO XV

UM CONVITE POR ESCRITO

O dia seguinte era 9 de novembro. Acordei após um longo sono de doze horas. Conselho, uma criatura de hábitos, veio perguntar "como foi a noite do mestre" e oferecer seus serviços. Ele havia deixado seu amigo canadense dormindo como um homem que nunca fez outra coisa. Deixei o digno sujeito tagarelar como bem entendia, sem me importar em responder. Eu estava preocupado com a ausência do capitão durante nossa sessão do dia anterior, e esperava vê-lo hoje.

Logo eu coloquei minhas roupas, de fios de tecido de concha. Mais de uma vez, sua composição provocou comentários de Conselho. Informei-lhe que eram feitos de filamentos lisos e sedosos com os quais o mexilhão-em-leque, espécie de concha bastante abundante nas praias do Mediterrâneo, se fixa às rochas. Antigamente, tecidos finos, meias e luvas eram feitos desses filamentos, porque além de macios, eram muito quentes. Assim, a tripulação do *Náutilus* poderia se vestir com baixo custo, sem precisar de nada dos produtores de algodão, ovelhas ou bichos da seda na costa.

Assim que me vesti, entrei no salão. Estava deserto.

Mergulhei no estudo dos tesouros de conquiliologia escondidos atrás das vitrines. Também investiguei os enormes álbuns de plantas que continham as mais raras ervas marinhas, que, embora fossem prensadas e secas, ainda mantinham suas cores maravilhosas. Entre essas valiosas plantas aquáticas, notei várias algas marinhas: alguns cladóstefos verticilados, padinas-pavônicas, ulvas com folhas de parreira, delicado cerâmios com matizes escarlates, que se pareciam com chapéus de cogumelos achatados e durante anos foram classificados entre os zoófitos, em suma, uma série completa de alga.

O dia inteiro passou sem que eu fosse presenteado pela visita do capitão Nemo. Os painéis do salão não abriram. Talvez eles não quisessem que nos cansássemos daquela bela vista.

O curso do *Náutilus* ainda era leste-nordeste, sua velocidade de doze nós, a profundidade abaixo da superfície entre vinte e cinco e trinta braças.

No dia seguinte, 10 de novembro, o mesmo abandono, a mesma solidão. Não vi nenhum dos tripulantes do navio: Ned e Conselho passaram a maior parte do dia comigo. Eles ficaram surpresos com a desconcertante ausência do capitão. Aquele homem singular estava doente? Ele alteraria suas intenções em relação a nós? Por outro lado, como disse Conselho, gozávamos de perfeita liberdade, éramos alimentados com delicadeza e abundância. Nosso anfitrião cumpria os termos do tratado. Não podíamos reclamar e, de fato, a singularidade de nosso destino reservou para nós uma compensação tão maravilhosa que ainda não tínhamos o direito de acusá-lo.

Naquele dia, comecei o diário dessas aventuras, o que me permitiu relatá-las com uma exatidão mais escrupulosa e um detalhe estranho: escrevi-o em papel feito de zostera-do-mar.

No início da manhã de 11 de novembro, o ar fresco invadiu o interior do *Náutilus*, informando-me que havíamos retornado à superfície do oceano para renovar nosso suprimento de oxigênio. Fui para a escada central e subi na plataforma.

Eram seis horas. Achei o tempo nublado, o mar cinza mas calmo, quase liso. Eu esperava encontrar o Capitão Nemo lá. Ele viria? Vi apenas o timoneiro preso em sua casa do piloto com janela de vidro. Sentado na saliência fornecida pelo casco do escaler, inalei com grande prazer o aroma salgado do mar.

Aos poucos, a névoa desapareceu sob a ação dos raios do sol, o astro radiante surgiu atrás do horizonte oriental. Sob seu olhar, o mar flamejava como um rastro de pólvora. Espalhadas no alto, as nuvens estavam coloridas em tons brilhantes e maravilhosamente sombreados, e numerosas "línguas de gato" alertavam sobre os ventos que duravam o dia inteiro. Mas o que eram meros ventos para este *Náutilus*, que nenhuma tempestade poderia intimidar!

Achava-me eu maravilhado com aquele nascer do sol, tão vivificante e alegre, quando ouvi alguém subindo na plataforma.

Eu estava preparado para cumprimentar o capitão Nemo, mas foi seu imediato que apareceu — que eu já havia conhecido durante nossa primeira visita com o capitão. Ele avançou sobre a plataforma, parecendo não notar minha presença. Com um poderoso binóculo, ele examinou cada ponto do horizonte com o máximo cuidado. Então, encerrado o exame, ele se aproximou do alçapão e pronunciou uma frase cujo texto exato segue abaixo. Lembro-me porque, todas as manhãs, se repetia nas mesmas circunstâncias. Era assim:

— *Nautron respoc lorni virch.*

O que isso significava, eu não sabia dizer.

99

Estas palavras pronunciadas, o imediato desceu. Julgando que o *Náutilus* estivesse voltando à sua navegação submarina, voltei para o meu quarto.

Cinco dias se passaram assim, sem qualquer mudança em nossa situação. Todas as manhãs eu subia na plataforma. A mesma frase era pronunciada pelo mesmo indivíduo. Mas o capitão Nemo não aparecia. Estava resignado a não tornar a vê-lo, quando, no dia 16 de novembro, ao retornar ao meu quarto com Ned e Conselho, encontrei sobre a mesa um bilhete dirigido a mim. Eu o abri com impaciência. Estava escrito com uma caligrafia clara, os caracteres bastante pontudos, lembrando o tipo alemão. A nota foi redigida da seguinte forma:

AO PROFESSOR ARONNAX,
A bordo do Náutilus.
16 de novembro de 1867.

O capitão Nemo convida o professor Aronnax para uma caçada que acontecerá amanhã de manhã nas florestas da Ilha Crespo. Ele espera que nada impeça o professor de estar presente, e ele irá com prazer vê-lo acompanhado de seus companheiros.

CAPITÃO NEMO, Capitão do Náutilus.

— Uma caçada! — exclamou Ned.

— E nas florestas da Ilha Crespo! — adicionou Conselho.

— Oh! Então o cavalheiro pisa em terra firme? — alfinetou Ned Land.

— Isso me parece inquestionável — disse eu, lendo mais uma vez a carta.

— Bem, devemos aceitar — disse o canadense. — Mas, uma vez em terra firme, saberemos o que fazer. Na verdade, não vou lamentar comer um pedaço de veado fresco.

Sem procurar equacionar o que havia de contraditório entre a aversão manifestada por Capitão Nemo às ilhas e continentes e seu convite para caçar na floresta, contentei-me em responder:

— Vamos primeiro ver onde fica a Ilha Crespo.

Consultei o planisfério, e em 32°40' latitude norte e 167°50' oeste de longitude, encontrei uma pequena ilha, reconhecida em 1801 pelo capitão Crespo, e marcada nos antigos mapas espanhóis como Rocca de la Plata, cujo significado é "Rocha de Prata". Estávamos então a cerca de mil e quinhentas milhas de nosso ponto de partida, e o curso do *Náutilus*, um pouco alterado, o estava trazendo de volta para sudeste.

Mostrei o rochedo perdido no meio do Pacífico Norte aos meus companheiros.

100

— Se o capitão Nemo às vezes vai em solo seco — disse eu —, ele pelo menos escolhe ilhas desertas.

Ned Land deu de os ombros sem falar, e Conselho e ele me deixaram.

Depois do jantar, servido pelo mordomo, mudo e impassível, fui para a cama, não sem alguma ansiedade.

Na manhã seguinte, dia 17 de novembro, ao acordar, senti que o *Náutilus* estava perfeitamente imóvel. Vesti-me rapidamente e entrei no salão.

Capitão Nemo estava lá, esperando por mim. Ele se levantou, curvou-se e perguntou-me se era conveniente para mim acompanhá-lo. Como ele não fez alusão à sua ausência nos últimos oito dias, não a mencionei e simplesmente respondi que meus companheiros e eu estávamos prontos para segui-lo.

— Contudo, capitão — acrescentei — tomarei a liberdade de lhe fazer uma pergunta.

— Faça professor Aronnax, e se eu for capaz de responder, eu o farei.

— Bem, então, capitão, o que leva o senhor, que cortou todos os laços com a costa, ainda possuir florestas na Ilha Crespo?

— Professor — respondeu o capitão — essas minhas florestas não se aquecem com o calor e a luz do sol. Elas não são frequentadas por leões, tigres, panteras ou outros quadrúpedes. Elas são conhecidas apenas por mim. Elas crescem apenas para mim. Essas florestas não estão em terra, são florestas subaquáticas.

— Florestas subaquáticas! — eu exclamei.

— Sim, professor.

— E o senhor está se oferecendo para me levar até eles?

— Precisamente.

— A pé?

— Sem molhar os pés.

— Caçando?

— Caçando.

— Rifles na mão?

— Rifles na mão.

Eu encarei o capitão do *Náutilus* com um ar nada lisonjeiro para o homem.

"Certamente" disse a mim mesmo "ele contraiu alguma doença mental. Ele teve um ataque que durou oito dias e ainda não acabou. Que pena! Eu gostava dele mais excêntrico do que louco!"

Esses pensamentos eram claramente legíveis em meu rosto; mas o capitão Nemo ficou contente em me convidar a segui-lo, e fiz isso como um homem resignado ao pior.

Chegamos à sala de jantar, onde encontramos o café da manhã servido.

— Professor Aronnax — disse o capitão — compartilhe meu café da manhã sem cerimônia; conversaremos enquanto comemos. Pois, embora eu lhe tivesse prometido um passeio na floresta, não me comprometi a encontrar hotéis lá. Portanto, coma no café da manhã como um homem que provavelmente não vai jantar até muito tarde.

Eu não me fiz de rogado. Os pratos eram compostos de vários tipos de peixes e fatias de pepino-do-mar e diferentes tipos de algas marinhas. Nossa bebida consistia em água pura, à qual o capitão acrescentou algumas gotas de um licor fermentado, extraído pelo método Kamschatcha de uma alga conhecida como *Rodomenia palmata*. O Capitão Nemo comeu primeiro sem dizer uma palavra. Então ele começou:

— Professor, quando eu propus ao senhor caçar em minha floresta submarina de Crespo, julgou-me louco. Professor, nunca deve julgar levianamente qualquer homem.

— Mas capitão, creia-me...

— Ouça-me e veja se pode me acusar de tolice e contradição.

— Estou escutando.

— Sabe tão bem quanto eu, professor, que o homem pode viver debaixo d'água, desde que leve consigo um suprimento suficiente de ar respirável. Em trabalhos submarinos, o operário, vestido com um vestido impermeável, com a cabeça em um capacete de metal, recebe ar de cima por meio de bombas de força e reguladores.

— Isso é um aparelho de mergulho — disse eu.

— Pois é, mas nestas condições o homem não está em liberdade; está preso à bomba que lhe envia o ar por um tubo de borracha, e se fôssemos obrigados a ficar assim junto ao *Náutilus*, não poderíamos ir longe.

— E como permanecer livre? — eu perguntei.

— Usamos o dispositivo Rouquayrol-Denayrouze, inventado por dois de seus conterrâneos, mas aperfeiçoado por mim para meus próprios usos especiais, permitindo assim que nos arrisquemos a essas novas condições fisiológicas sem sofrer quaisquer distúrbios orgânicos. Consiste em um tanque construído com uma pesada folha de ferro no qual armazeno o ar sob uma pressão de cinquenta atmosferas. Esse tanque é preso às costas por meio de alças, como uma mochila de soldado. Sua parte superior forma uma caixa onde o ar é regulado por um mecanismo de fole e só pode ser liberado com a pressão adequada. No dispositivo Rouquayrol de uso geral, duas mangueiras de borracha natural saem dessa caixa e vão para uma espécie de máscara que aprisiona o nariz e a boca do operador; uma mangueira é para a entrada de ar a ser inalado, a outra para a saída de ar a ser exalado, e a língua fecha o primeiro ou o último, dependendo das necessidades do respirador. Mas, no meu caso, como enfrento pressões consideráveis no fundo do mar, precisei envolver minha cabeça em uma esfera de cobre, como as encontradas em trajes de mergulho padrão, e as duas mangueiras para inalação e exalação agora alimentam essa esfera.

— Isso é perfeito, capitão Nemo, mas o ar carregado deve se esgotar rapidamente; e uma vez que não contém mais do que 15% de oxigênio, torna-se impróprio para respirar.

— Certamente, mas como lhe disse, professor Aronnax, as bombas do *Náutilus* me permitem armazenar ar sob pressão considerável e, dada essa circunstância, o tanque do meu equipamento de mergulho pode fornecer ar respirável por nove ou dez horas.

— Não tenho mais objeções a fazer — respondi. — Eu só vou perguntar uma coisa, capitão: como ilumina seu caminho no fundo do oceano?

— Com o dispositivo Ruhmkorff, professor Aronnax. Enquanto o primeiro é carregado nas costas, o segundo é preso ao cinto. Consiste em uma bateria de Bunsen que eu ativo não com dicromato de potássio, mas com sódio. Uma bobina de indução reúne a eletricidade gerada e a direciona para uma lanterna especialmente projetada. Na lanterna, encontra-se uma espiral de vidro que contém apenas um resíduo de gás dióxido de carbono. Quando o aparelho está funcionando, esse gás torna-se luminoso e emite uma luz esbranquiçada contínua. Assim previsto, eu respiro e vejo.

— Capitão Nemo, para todas as minhas objeções o senhor dá respostas tão esmagadoras que não ouso mais duvidar. Mas, se sou forçado a admitir os aparelhos Rouquayrol e Ruhmkorff, devo ter algumas reservas em relação à arma que devo carregar.

— Mas não é uma arma de pólvora — respondeu o capitão.

— Então é uma arma de ar comprimido.

— Sem dúvida! Como eu poderia fabricar pólvora a bordo, sem salitre, enxofre ou carvão?

— Além disso — acrescentei —, para disparar sob a água em um meio oitocentas e cinquenta e cinco vezes mais denso que o ar, devemos vencer uma resistência considerável.

— Isso não seria difícil. Existem armas, de acordo com Fulton, aperfeiçoadas na Inglaterra por Philip Coles e Burley, na França por Furcy, e na Itália por Landi, que são equipadas com um sistema peculiar de fechamento, que podem disparar sob essas condições. Mas repito, não tendo pólvora, utilizo o ar sob grande pressão, que as bombas do *Náutilus* fornecem em abundância.

— Mas esse ar deve se esgotar rapidamente.

— Bem, eu não tenho meu reservatório Rouquayrol, que pode fornecê-lo quando necessário? Uma torneira é tudo o que é necessário. Aliás, professor Aronnax, o senhor mesmo verá que, durante a nossa caça ao submarino, gastamos pouco ar e poucas balas.

— Mas me parece que nessa semiescuridão, e em meio a esse fluido, que é muito denso em comparação com a atmosfera, os tiros não poderiam ir longe, nem facilmente se revelariam mortais.

— Senhor, ao contrário, com essa arma todo golpe é mortal; e, por mais levemente que o animal seja atingido, ele cai fulminado.

— Por quê?

— Porque esse rifle não atira balas comuns, mas pequenas cápsulas de vidro inventadas pelo químico austríaco Leniebroek, e eu tenho um estoque considerável delas. Essas cápsulas de vidro são cobertas com uma tira de aço e tornam-se mais pesadas com uma base de chumbo; são autênticas garrafas Leyden em miniatura, carregadas com eletricidade de alta voltagem. Implodem ao menor impacto e o animal, por mais forte que seja, cai morto. Devo acrescentar que essas cápsulas são de pequeno calibre, e a câmara de qualquer rifle comum pode conter até dez.

— Vou parar de debater — respondi, levantando-me da mesa. — E tudo o que resta é carregar meu rifle. Então, aonde o senhor for, eu o acompanharei.

O capitão Nemo me conduziu até a popa do *Náutilus* e, passando pela cabine de Ned e Conselho, convoquei meus dois companheiros, que imediatamente nos seguiram.

Em seguida, chegamos a um compartimento localizado no costado, perto da sala de máquinas; ali devíamos nos vestir para o nosso passeio.

CAPÍTULO XVI

UMA CAMINHADA NO FUNDO DO MAR

Esse compartimento era, a rigor, o arsenal e o guarda-roupa do *Náutilus*. Uma dúzia de aparelhos de mergulho pendurados na divisória aguardavam nosso uso. Ned Land, ao vê-los, demonstrou evidente repugnância em se vestir com um.

— Mas, meu digno Ned, as florestas da Ilha Crespo não passam de florestas submarinas.

— Que beleza! — disse o arpoador desapontado, que viu seus sonhos de carne fresca desvanecerem-se. — E o senhor, professor Aronnax, vai se vestir com essas roupas?

— Não há alternativa, mestre Ned.

— Como quiser, professor — respondeu o arpoador, encolhendo os ombros —, mas, quanto a mim, a menos que seja forçado, nunca entrarei em um.

— Ninguém vai forçá-lo, mestre Ned — disse o capitão Nemo.

— O Conselho vai arriscar? — perguntou Ned.

— Sigo meu mestre aonde quer que ele vá — respondeu o Conselho.

A pedido do capitão, dois tripulantes do navio vieram nos ajudar a vestir aquelas roupas pesadas e impermeáveis, feitas de borracha sem costura, e construídas expressamente para resistir a pressões consideráveis. Elas eram como armaduras flexíveis e resistentes, por assim dizer. Consistiam em jaqueta e calças, que terminavam em calçados grossos adornados com pesadas solas de chumbo. O tecido da jaqueta era reforçado com uma cota de malha de cobre que protegia o peito da pressão da água e permitia que os pulmões funcionassem livremente; as mangas terminavam em luvas flexíveis que não impediam os movimentos das mãos.

Esses verdadeiros trajes de mergulho, era fácil perceber, estavam muito longe de trajes tão disformes como as couraças de cortiça, os jumpers de couro, as túnicas de mar, os capacetes de barril etc., inventados e aclamados no século XVIII.

Conselho e eu logo vestimos nossos trajes de mergulho, assim como o capitão Nemo e um de seus companheiros — espécie de Hércules que

105

devia ser prodigiosamente forte. Tudo o que faltava era encerrar nossa cabeça na esfera de metal. Mas antes de prosseguir com esta operação, pedi ao capitão permissão para examinar os rifles reservados para nós.

Um dos homens do *Náutilus* me deu uma arma simples, cuja coronha, feita de aço, oca no centro, era bastante grande. Servia como reservatório de ar comprimido, que uma válvula, acionada por uma mola, deixava escapar para um tubo de metal. Uma caixa de projéteis embutida na culatra continha cerca de vinte dessas balas elétricas, que, por meio de uma mola, eram forçadas a entrar no cano da arma. Assim que um tiro era disparado, outro estava pronto.

— Capitão Nemo — disse eu —, esse rifle é perfeito e fácil de manejar, estou ansioso para experimentá-lo. Mas como chegaremos ao fundo do mar?

— Neste momento, professor, o *Náutilus* está pousado a cinco braças de profundidade e não temos nada a fazer a não ser começar.

— Mas como vamos sair?

— O senhor verá.

O Capitão Nemo enfiou a cabeça no capacete, Conselho e eu fizemos o mesmo, não sem ouvir um irônico "Bom esporte!" do canadense. A parte superior de nossa veste terminava em uma gola de cobre na qual estava aparafusado o capacete de metal. Três orifícios, protegidos por um vidro grosso, nos permitiam enxergar em todas as direções, bastando virar a cabeça no interior da esfera. Assim que ficou em posição, o aparelho Rouquayrol em nossas costas começou a agir; e, de minha parte, conseguia respirar com facilidade.

Com a lâmpada Ruhmkorff pendurada no meu cinto e a arma na mão, eu estava pronto para partir. Mas, para falar a verdade, preso naquelas vestes pesadas e colado ao convés por minhas solas de chumbo, era-me impossível dar um passo.

Mas essa circunstância estava prevista, pois me senti impelido para um quartinho contíguo ao guarda-roupa. Rebocados da mesma forma, meus companheiros foram comigo. Eu ouvi uma porta com lacres impermeáveis se fechando atrás de nós e fomos cercados por uma escuridão profunda.

Depois de alguns minutos, um chiado agudo chegou aos meus ouvidos. Senti uma sensação distinta de frio subindo dos pés ao peito. Aparentemente, uma torneira dentro do barco estava deixando entrar água de fora, o que nos ultrapassou e logo encheu a sala. Construída no lado do *Náutilus*, uma segunda porta se abriu. Fomos iluminados por uma luz fraca. Um instante depois, nossos pés pisavam o fundo do mar.

E agora, como posso transmitir as impressões que deixaram em mim por este passeio sob as águas? As palavras são impotentes para descrever essas maravilhas! Se nem mesmo o pincel do pintor pode representar os efeitos exclusivos do elemento líquido, como a caneta do escritor pode esperar reproduzi-los?

O capitão Nemo foi na frente e seu companheiro nos seguiu alguns passos para trás. Conselho e eu ficamos um ao lado do outro, como se sonhássemos que, por meio de nossas carapaças de metal, uma conversinha educada ainda seria possível! Já não sentia o volume de minhas roupas, calçados e tanque de ar, nem o peso da esfera dentro da qual minha cabeça chacoalhava como uma amêndoa em sua casca. Uma vez imersos na água, todos esses objetos perderam uma parte de seu peso igual ao peso do líquido que deslocaram e, graças a essa lei da física descoberta por Arquimedes, me saí bem. Não era mais uma massa inerte e tinha, comparativamente falando, grande liberdade de movimento.

Iluminando o fundo do mar, mesmo dez metros abaixo da superfície do oceano, o sol me surpreendeu com seu poder. Os raios solares cruzavam facilmente a massa aquosa e dispersavam suas cores escuras. Eu podia facilmente distinguir objetos a 100 metros de distância. Mais adiante, o fundo era tingido com finos tons de ultramar; então, ao longe, ficava azul e desbotava no meio de uma escuridão nebulosa. Na verdade, essa água ao meu redor era apenas uma espécie de ar, mais densa do que a atmosfera terrestre, mas quase tão transparente quanto ela. Acima de mim, eu podia ver a superfície calma do oceano.

Caminhávamos sobre uma areia fina e lisa, não enrugada como a areia da praia, o que preserva as marcas deixadas pelas ondas. Esse tapete deslumbrante era um verdadeiro espelho, refletindo os raios do sol com uma intensidade surpreendente. Resultado: um panorama imenso de reflexos que penetrou em cada molécula de líquido. Alguém acreditará em mim se eu afirmar que, a uma profundidade de dez metros, eu poderia ver como se fosse plena luz do dia?

Por quinze minutos, pisei naquela areia escaldante, que estava salpicada com minúsculas migalhas de concha. Parecendo um longo recife, o casco do *Náutilus* ia desaparecendo aos poucos, mas quando a noite caísse em meio às águas, o farol do navio certamente facilitaria nosso retorno a bordo, pois seus raios se propagavam com nitidez perfeita. Esse efeito é difícil de entender para quem nunca viu feixes de luz tão nitidamente definidos na costa. Ali, a poeira que satura o ar dá a tais raios a aparência de uma névoa luminosa; mas, tanto acima da água quanto embaixo dela, raios de luz elétrica são transmitidos com clareza incomparável.

Enquanto isso, íamos sempre adiante, e essas vastas planícies de areia pareciam intermináveis. Minhas mãos abriam cortinas líquidas que se fecharam novamente atrás de mim, e minhas pegadas desapareciam rapidamente sob a pressão da água.

107

De repente, antes borradas por sua distância de nós, as formas de alguns objetos desenharam-se diante de meus olhos. Reconheci as encostas mais baixas de algumas rochas magníficas acarpetadas pelos melhores espécimes de zoófitos e, imediatamente, fiquei impressionado com um efeito que aquele ambiente me causava.

A essa altura, eram dez horas da manhã. Os raios do sol atingiam a superfície das ondas em um ângulo bastante oblíquo, decompondo-se por refração como se passassem por um prisma; e quando essa luz entrou em contato com flores, rochas, botões, conchas e pólipos, as bordas desses objetos foram sombreadas com todos os sete tons do espectro solar. Essa profusão de matizes do arco-íris era uma maravilha, um banquete para os olhos: um verdadeiro caleidoscópio de vermelho, verde, amarelo, laranja, violeta, índigo e azul; em suma, toda a paleta de um pintor feliz com as cores! Se ao menos eu pudesse compartilhar com Conselho as intensas sensações que cresciam em meu cérebro, competindo com ele em exclamações de admiração! Se pelo menos eu soubesse, como o capitão Nemo e seu companheiro, como trocar pensamentos por meio de sinais combinados de antemão. Então, na falta de nada melhor, falava comigo mesmo, gritando dentro da caixa de cobre que cobria minha cabeça.

Conselho, como eu, assombrava-se diante dessa visão esplêndida. Obviamente, na presença desses espécimes de zoófitos e moluscos, o belo rapaz estava classificando-os em sua cabeça. Pólipos e equinodermos abundavam no fundo do mar: vários corais ísis, corais cornulares vivendo isolados, oculinas virgens anteriormente conhecidas pelo nome de "coral branco", coral de fungo espinhoso em forma de cogumelos, anêmona do mar unidas por seus discos musculares, proporcionando um canteiro de flores literal adornado por medusas do gênero *Porpita* usando colares de tentáculos azuis e estrelas-do-mar que salpicavam a areia. Fiquei muito triste ao esmagar sob os pés as amostras de moluscos reluzentes que cobriam o fundo do mar aos milhares: conchas de pente concêntricas, conchas de martelo, coquina (conchas que realmente pulam), caracóis de concha superior, conchas de capacete vermelhas, conchas de asas de anjo , e tantas outras exibições deste oceano inesgotável. Mas tínhamos de continuar a andar e avançávamos enquanto vagavam por cima de nossas cabeças cardumes de caravelas que deixavam os seus tentáculos ultramarinos à deriva, medusas cujas sombrinhas brancas leitosas ou rosas delicadas estavam enfeitadas com borlas azuis e nos protegiam dos raios do sol, mais as pelágias panópiras que, no escuro, teriam espalhado reflexos fosforescentes em nosso caminho!

Todas essas maravilhas eu vi no espaço de um quarto de milha, mal parando e seguindo o Capitão Nemo, que me chamava por sinais. Logo a natureza do solo mudou; à planície arenosa sucedeu uma extensão de lama viscosa que os americanos chamam de "lodo", composta de partes iguais de conchas siliciosas e calcárias. Em seguida, percorremos uma planície de algas de vegetação selvagem e luxuriante. Esse gramado era de textura cerrada e macia para os pés, e rivalizava com o tapete mais macio tecido pela mão do homem. Mas enquanto o verdor se espalhava a nossos pés, ele nos acompanhava por sobre nossas cabeças. À superfície da água crescia uma ligeira rede de plantas marinhas, daquela inesgotável família de algas marinhas das quais se conhecem mais de duas mil espécies.

Notei que as plantas verdes ficavam mais próximas do topo do mar, enquanto as vermelhas ficavam em maior profundidade, deixando às pretas ou marrons o cuidado de formar jardins e canteiros nos fundos remotos do oceano.

Havíamos abandonado o *Náutilus* há cerca de uma hora e meia. Era quase meio-dia; eu sabia pela perpendicularidade dos raios do sol, que não eram mais refratados. As cores mágicas desapareciam aos poucos e os tons de esmeralda e safira eram apagados. Caminhávamos com passos regulares, que ecoavam pelo solo com uma intensidade surpreendente; o menor ruído era transmitido com uma rapidez com a qual o ouvido não está acostumado na terra; na verdade, a água é um condutor de som melhor do que o ar, na proporção de quatro para um.

Nesse momento, a terra desceu; a luz adquiriu uma tonalidade uniforme. Estávamos a uma profundidade de cento e cinco metros e vinte polegadas, sofrendo uma pressão de seis atmosferas.

Naquela profundidade eu ainda podia ver os raios do sol, embora fracamente; ao seu brilho intenso sucedeu um crepúsculo avermelhado, mas ainda podíamos ver bem, não era necessário recorrer ao aparelho Ruhmkorff. Nesse momento, o capitão Nemo parou; ele esperou até que eu me juntasse a ele e, em seguida, apontou para uma massa obscura, assomando na sombra, a uma curta distância.

"É a floresta da Ilha Crespo" pensei; e eu não estava enganado.

CAPÍTULO XVII

UMA FLORESTA SUBMARINA

Finalmente tínhamos chegado aos arredores da floresta, certamente uma das mais exuberantes nos imensos domínios do capitão Nemo. Ele a considerava como sua e tinha feito a mesma reivindicação a ela que, nos primeiros dias do mundo, os primeiros homens tiveram suas florestas em terra. Além disso, quem mais poderia contestar a propriedade daquela terra subaquática? Que outro pioneiro mais ousado viria, com machado na mão, para limpar seus arbustos escuros?

A floresta era composta de grandes plantas parecidas com árvores, e quando entramos sob suas enormes arcadas, meus olhos foram instantaneamente atraídos pelo arranjo único de seus galhos — um arranjo que eu nunca havia encontrado antes.

Nenhuma erva que atapetava o solo, nenhum galho que cobria as árvores estava quebrado ou torto, nem se estendia horizontalmente; tudo se estendia até a superfície do oceano. Cada filamento ou fita, por mais fino que fosse, ficava ereto como uma vareta. Sargaços e cipós cresciam em rígidas linhas perpendiculares, governados pela densidade do elemento que as gerara. Quando eu os afastava com as mãos, logo eles voltavam às suas posições originais. Era o império da verticalidade.

Logo me acostumei com esse arranjo bizarro, e com a escuridão que nos cercava. O solo da floresta estava coberto de pedaços afiados de pedra que eram difíceis de evitar. Aqui, a flora subaquática parecia muito abrangente para mim, bem como mais abundante do que poderia ter sido nas zonas árticas ou tropicais, onde os espécimes são menos numerosos. Mas, por alguns minutos, continuei acidentalmente confundindo os dois reinos, confundindo zoófitos com plantas aquáticas, animais com vegetais. E quem não cometeu o mesmo erro? Flora e fauna estão intimamente associadas no mundo subaquático!

Observei que todos aqueles espécimes do reino vegetal estavam fixados ao fundo do mar apenas por uma argamassa superficial. Destituídos de raízes, eram indiferentes aos objetos sólidos aos quais se prendiam, areia, conchas, cascas ou seixos, dependendo apenas de um ponto de apoio. Essas plantas desenvolvem-se autonomamente, e o princípio de

110

sua existência está na água que as sustenta e as nutre. No lugar das folhas, a maioria delas brotava lâminas de formas caprichosas, confinadas a uma estreita gama de cores que consistia apenas em rosa, carmesim, verde, oliva, castanho e castanho. Lá eu vi novamente, mas ainda não prensado e seco como os espécimes do *Náutilus*, algumas padinas pavônicas abertas como leques para agitar uma brisa refrescante, cerâmios escarlates, laminares estendendo seus brotos jovens e comestíveis, fios de algas retorcidas do gênero *Nereocystis* que floresciam a uma altura de quinze metros, buquês de acetábulos com caules mais largos no topo e várias outras plantas de mar aberto, todas sem flores. "É uma anomalia estranha neste elemento bizarro!" como disse um espirituoso naturalista. "O reino animal floresce, mas o reino vegetal não!"

Esses vários tipos de arbustos eram tão grandes quanto árvores nas zonas temperadas; na sombra úmida entre eles, havia arbustos reais agrupados de flores em movimento, sebes de zoófitos nas quais cresciam coral rochoso listrado com sulcos retorcidos, anêmona-do-mar amarelada do gênero *Caryophylia* com tentáculos translúcidos, além de anêmona com tufos de gramíneas do gênero *Zoantharia*; e para completar a ilusão, peixinhos voavam de galho em galho como um enxame de beija-flores, enquanto peixes amarelos do gênero *Lepisocanthus* com mandíbulas eriçadas e escamas afiadas, bichos-voadores e peixes-pinha levantavam sob nossos passos, como um cardume de narcejas.

Em torno de uma hora, o capitão Nemo deu o sinal para parar. Eu, particularmente, fiquei bastante satisfeito com isso e nos deitamos sob um dossel de alariáceas, cujas lâminas longas e finas se erguiam como flechas.

Esse breve descanso me pareceu delicioso; não faltava nada, exceto o encanto da conversa; mas, impossível de falar, impossível de responder, apenas coloquei minha grande cabeça de cobre na do Conselho. Vi os olhos do digno rapaz faiscando de alegria e, para mostrar sua satisfação, ele se sacudiu em sua couraça de ar, da maneira mais cômica do mundo.

Após quatro horas dessa caminhada, fiquei surpreso por não me encontrar com uma fome terrível. Como explicar esse estado do estômago, eu não sabia. Mas, em vez disso, sentia uma vontade insuperável de dormir, que acontece com todos os mergulhadores. E meus olhos logo se fecharam atrás dos óculos de lentes grossas, e caí em um sono pesado, combatido até aquele momento apenas pelo movimento da marcha. O capitão Nemo e seu companheiro, esticados no cristal transparente, nos davam o exemplo, dormindo a sono solto.

Quanto tempo permaneci enterrado nessa sonolência, não posso avaliar, mas, quando acordei, o sol parecia se pondo no horizonte. O capitão Nemo já havia se levantado, e eu estava começando a esticar meus membros, quando uma aparição inesperada me pôs de pé rapidamente.

111

A poucos passos de distância, uma monstruosa aranha-do-mar, de cerca de trinta e oito polegadas de altura, estava me observando com os olhos semicerrados, pronta para saltar sobre mim. Embora minhas vestes de mergulhador fossem grossas o suficiente para me defender da mordida do animal, não pude deixar de estremecer de horror. Conselho e o marinheiro do *Náutilus* acordaram neste momento. O capitão Nemo apontou o crustáceo horrível para seu companheiro, que o derrubou em um golpe da coronha da arma, e eu vi as garras horríveis do monstro se contorcerem em terríveis convulsões.

Esse incidente me lembrou que outros animais mais temíveis podem assombrar as profundezas obscuras, contra cujos ataques meu traje de mergulho não me protegeria. Não tinha pensado nisso antes, mas depois resolvi ficar em guarda.

Na verdade, pensei que esse incidente marcaria o fim de nossa caminhada; mas eu estava enganado, porque, em vez de retornar ao *Náutilus*, capitão Nemo continuou sua ousada excursão. O terreno ainda estava inclinado, o declive parecia cada vez maior e nos conduzia a profundidades maiores. Deviam ser cerca de três horas quando chegamos a um vale estreito, entre altas paredes perpendiculares, situado a cerca de setenta e cinco braças de profundidade. Graças à perfeição do nosso aparelho, estávamos quarenta e cinco braças abaixo do limite que a natureza parece ter imposto ao homem nas suas excursões submarinas.

Digo setenta e cinco braças, embora não tivesse nenhum instrumento para avaliar a distância. Mas eu sabia que mesmo nas águas mais claras os raios solares não podiam penetrar mais longe. E, consequentemente, a escuridão se aprofundou. A dez passos, nenhum objeto era visível. Eu estava tateando meu caminho, quando de repente vi uma luz branca brilhante. O capitão Nemo acabara de colocar seu aparelho elétrico em uso; seu companheiro fez o mesmo, e Conselho e eu seguimos o exemplo deles. Girando um parafuso, estabeleci uma comunicação entre o fio e o vidro em espiral, e o mar, iluminado por nossas quatro lanternas, tornou-se visível em um raio de 36 metros.

Enquanto caminhávamos, pensei que a luz de nosso aparelho Ruhmkorff não poderia deixar de atrair algum habitante de seu leito escuro. Mas se eles se aproximaram de nós, pelo menos se mantiveram a uma distância respeitosa dos caçadores. Várias vezes vi o capitão Nemo parar, colocar a arma no ombro e, depois de alguns instantes, largá-la e continuar andando. Por volta das quatro horas, essa excursão maravilhosa chegou ao fim. Diante de nós erguia-se um paredão de pedras soberbas, numa massa imponente, um amontoado de blocos gigantescos, uma costa granítica enorme e íngreme, formando grutas escuras, mas que

112

não apresentavam declive praticável; era o suporte da Ilha Crespo. Era a terra! O capitão Nemo parou de repente. Um gesto seu fez todos nós pararmos; e, por mais desejoso que eu estivesse para escalar a parede, fui obrigado a parar. Aqui terminaram os domínios do capitão Nemo. E ele não iria além deles. Mais adiante estava uma parte do globo que ele não poderia pisar.

O retorno começou. Capitão Nemo retomou a liderança do nosso pequeno bando, sempre avançando sem hesitação. Observei que não seguimos o mesmo caminho ao retornar ao *Náutilus*. O novo percurso, muito íngreme e por isso muito árduo, levou-nos rapidamente para perto da superfície do mar. Mas esse retorno às camadas superiores não foi tão repentino a ponto de provocar uma descompressão muito rápida, o que poderia ter levado a graves desordens orgânicas e nos causado ferimentos internos tão fatais aos mergulhadores. A luz reapareceu e ficou mais forte; e a refração do sol, já baixo no horizonte, novamente circundou as bordas de vários objetos com todo o espectro de cores.

A dez metros de profundidade, caminhamos em meio a um enxame de pequenos peixes de todas as espécies, mais numerosos que os pássaros no ar, mais ágeis também; mas nenhuma caça aquática digna de um tiro havia ainda sido oferecida aos nossos olhos.

De súbito, vi o capitão erguer sua arma e seguir um objeto em movimento entre os arbustos. Um tiro foi disparado, ouvi um chiado fraco e um animal caiu a alguns passos, fulminado.

Era uma magnífica lontra-marinha do gênero *Enhydra*, o único quadrúpede exclusivamente marinho. Com um metro e meio de comprimento, essa lontra devia valer um bom preço. Sua pelagem, castanha por cima e prata por baixo, teria sido uma daquelas peças de pele maravilhosas tão procuradas nos mercados russo e chinês; a delicadeza e o brilho de sua pele garantiam que custaria pelo menos 2.000 francos. Fiquei maravilhado com aquele mamífero incomum, com sua cabeça circular adornada por orelhas curtas, seus olhos redondos, seus bigodes brancos como os de um gato, suas patas com membranas e garras, sua cauda espessa. Caçado e preso por pescadores, esse valioso carnívoro tornou-se extremamente raro e se refugia principalmente nas partes mais ao norte do Pacífico, onde com toda a probabilidade, sua espécie logo estará em extinção.

O companheiro do capitão Nemo pegou o animal, colocou-o no ombro e voltamos à trilha.

Por uma hora, uma planície de areia estendeu-se diante de nós. Às vezes, chegava a cerca de dois metros e alguns centímetros da superfície da água. Eu então vi nossa imagem claramente refletida, desenhada inversamente, e acima de nós apareceu um grupo idêntico refletindo nossos movimentos e nossas ações com exatidão, salvo que caminhavam com a cabeça para baixo e os pés para cima.

Outro efeito que notei, foi a passagem de nuvens pesadas acima de nós, formando-se e desaparecendo rapidamente. Mas depois de pensar sobre isso, percebi que essas chamadas nuvens foram causadas simplesmente pela mudança de densidade das longas ondas do solo, e até mesmo localizei as "calotas brancas" espumosas que se multiplicavam sobre a superfície da água, causadas pela rebentação de das cristas. Por último, não pude deixar de ver as sombras reais de grandes pássaros passando sobre nossas cabeças, deslizando rapidamente pela superfície do mar.

Nessa ocasião, pude testemunhar de um dos melhores disparos de rifle que já fez vibrar os nervos de um caçador. Um pássaro de grande largura de asas, claramente visível, aproximou-se, pairando sobre nós. O companheiro do capitão Nemo colocou sua arma no ombro e atirou, quando o animal estava a apenas alguns metros acima das ondas. A criatura caiu atordoada, e a força de sua queda colocou-a ao alcance das mãos de um caçador hábil. Era um albatroz da melhor espécie.

O incidente não interrompeu nossa caminhada. Por duas horas, éramos às vezes conduzidos por planícies de areia, outras vezes por prados de algas marinhas que eram muito difíceis de atravessar. Com toda a honestidade, eu estava morto de cansaço quando avistei um brilho nebuloso a oitocentos metros de distância, cortando a escuridão das águas. Era o farol do *Náutilus*. Em vinte minutos estaríamos a bordo e eu poderia respirar com facilidade novamente — porque o suprimento de ar atual do meu tanque parecia estar com pouco oxigênio. Mas eu não contava que um encontro inesperado atrasaria nossa chegada.

Eu havia ficado alguns passos atrás quando vi o capitão Nemo vindo apressado em minha direção. Com sua mão forte ele me abaixou no chão, seu companheiro fazendo o mesmo com o Conselho. A princípio, não sabia o que pensar desse ataque repentino, mas logo me tranquilizei ao ver o capitão se deitar ao meu lado e permanecer imóvel.

Eu estava estendido no chão, sob o abrigo de um arbusto de algas, quando, levantando a cabeça, vi passar ruidosamente uma massa enorme, lançando faíscas fosforescentes.

Meu sangue congelou em minhas veias quando reconheci dois tubarões gigantes que nos ameaçavam, um par de tintureiras, criaturas terríveis, com caudas enormes e um olhar vítreo opaco, que ejetam uma matéria fosforescente dos orifícios ao redor do focinho. Monstros que esmagariam um homem inteiro em suas mandíbulas de ferro. Não sabia se Conselho ocupava-se de classificá-los; de minha parte, notei suas barrigas prateadas e suas bocas enormes eriçadas de dentes, de um ponto

114

de vista nada científico, e mais como uma possível vítima do que como naturalista.

Felizmente esses animais vorazes não enxergam bem. Eles passaram sem nos ver, roçando-nos com suas barbatanas acastanhadas, e escapamos por um milagre de um perigo certamente maior do que encontrar um tigre na floresta. Meia hora depois, guiados pela luz elétrica, chegamos ao *Náutilus*. A porta externa havia sido deixada aberta e o capitão Nemo a fechou assim que entramos no primeiro compartimento. Ele então apertou um botão. Ouvi as bombas funcionando no meio do navio, senti a água afundar ao meu redor e em alguns momentoso compartimento estava totalmente vazio. A porta interna então se abriu e nós entramos no vestuário.

Ali nosso traje de mergulho foi tirado, não sem dificuldade, e, completamente esgotado, voltei para o meu quarto, maravilhado com essa surpreendente excursão no fundo do mar.

CAPÍTULO XVIII

QUATRO MIL LÉGUAS SOB O PACÍFICO

Na manhã seguinte, dia 18 de novembro, já estava recuperado do cansaço da véspera e subi à plataforma, no momento em que o imediato do capitão proferia sua frase do dia a dia. Então, me ocorreu que essas palavras se referiam ao estado do mar ou que significavam: "Não há nada à vista".

E, realmente, o oceano estava deserto. Nenhuma vela no horizonte. As pontas da Ilha Crespo desapareceram durante a noite. O mar, absorvendo todas as cores do prisma, exceto seus raios azuis, refletia este último em todas as direções e exibia um maravilhoso tom índigo. As ondas assumiam a aparência de seda molhada com listras largas.

Eu estava admirando o magnífico aspecto do oceano quando o capitão Nemo apareceu. Ele não pareceu notar minha presença e começou uma série de observações astronômicas. Então, quando ele terminou, se apoiou na caixa do farol, e olhou distraidamente para o oceano. Nesse ínterim, vários marinheiros do *Náutilus*, todos homens fortes e saudáveis, subiram à plataforma. Eles vieram puxar as redes do arrastão noturno. Esses marinheiros eram evidentemente de nações diferentes, embora o tipo europeu fosse visível em todos eles. Reconheci alguns inconfundíveis irlandeses, franceses, alguns eslavos e um grego ou um candiota. Eles eram corteses e usavam uma linguagem estranha entre si, cuja origem eu não conseguia adivinhar, nem poderia questioná-los.

As redes foram içadas a bordo. Eram uma espécie de redes de cerco, como os das costas da Normandia, grandes bolsões que as ondas e uma corrente fixada nas malhas menores mantinham abertos. Esses bolsos, puxados por estacas de ferro, varriam a água e recolhiam tudo em seu caminho. Naquele dia, eles trouxeram espécimes curiosos dessas costas produtivas: lofos, cujos movimentos cômicos os qualificam para o epíteto de "palhaços", comersões negros equipados com suas antenas, balistas ondulados cingidos por pequenas faixas vermelhas, bufões inchados cujo veneno é extremamente traiçoeiras, algumas lampreias de cor azeitona, bacalhau esverdeado, diversas variedades de góbideos, etc.; finalmente, alguns peixes de proporções maiores: um carangídeo de um metro, de cabeça proeminente, várias e belas escômbridas sardas enfeitadas nas cores azul e prata e três magníficos atuns cujas altas velocidades não os salvaram de nossa rede de arrasto.

Calculei que a carga trouxe mais de novecentos quilos de peixes. Foi uma bela pescaria, mas nada surpreendente, pois, com efeito, as redes são lançadas por várias horas e encerram em suas malhas uma variedade infinita. Comida excelente não nos faltaria, e a rapidez do *Náutilus* e a atração da luz elétrica podiam sempre renovar nosso abastecimento. Essas várias produções do mar foram imediatamente transferidas para as despensas, algumas para serem comidas frescas e outras em conserva.

Terminada a pesca, renovada a oferta de ar, pensei que o *Náutilus* ia continuar a sua excursão submarina, e preparava-se para regressar ao meu quarto, quando, intempestivamente, o capitão voltou-se para mim, dizendo:

— Professor, esse oceano não tem o verdadeiro dom da vida? Não sente raiva e afeto? Na noite passada ele foi dormir como nós, e aqui está ele, acordando depois de uma noite tranquila!

Nem bom dia, nem boa noite! Parecia que esse indivíduo excêntrico estava simplesmente continuando uma conversa que já havíamos começado!

— Observe — ele continuou —, ele desperta sob as carícias do sol. Vai renovar sua existência diurna. É fascinante observar o funcionamento do seu organismo. Tem pulso, artérias, espasmos; e eu dou razão a Maury, que descobriu nele uma circulação tão real quanto a circulação do sangue nos animais.

Tenho certeza de que o capitão Nemo não esperava resposta da minha parte, e parecia inútil contribuir com "Ah, sim", "Exatamente" ou "Está certo!". Ele estava simplesmente falando consigo mesmo, com longas pausas entre as frases. Estava meditando em voz alta.

— Sim — disse ele —, o oceano possui uma circulação genuína e, para ativá-la o Criador só precisa aumentar seu calor, sal e vida animal microscópica. Em essência, o calor cria as diferentes densidades que levam a correntes e contracorrentes. A evaporação, que é nula nas regiões do Alto Ártico e muito ativa nas zonas equatoriais, provoca um intercâmbio constante de águas tropicais e polares. Além do mais, detectei as correntes descendentes e ascendentes que constituem a verdadeira respiração do oceano. Já vi a molécula de água salgada aquecer na superfície, afundar nas profundezas, atingir a densidade máxima a 2 graus centígrados, depois esfriar, ficar mais leve e subir novamente. Nos polos, o senhor verá as consequências desse fenômeno e, por meio dessa lei da previdente natureza, entenderá por que a água pode congelar apenas na superfície!

Quando o capitão estava terminando sua frase, disse a mim mesmo: "O polo! Pretenderia esse indivíduo audaz nos levar até lá?"

Enquanto isso, o capitão ficou em silêncio e olhou para o elemento que ele havia estudado tão completa e incessantemente. Então, continuando:

— Sais enchem o mar em quantidades consideráveis, professor, e se o senhor extraísse todo o seu conteúdo salino dissolvido, criaria uma massa medindo 4.500.000 léguas cúbicas que, espalhada por todo o globo, formaria uma camada com mais de dez metros de altura. E não pense que a presença desses sais se deve apenas a algum capricho da natureza. Não! Eles tornam a água do oceano menos aberta à evaporação e evitam que os ventos carreguem quantidades excessivas de vapor que, ao condensar, submergiriam as zonas temperadas. Os sais desempenham um papel importante, o papel de estabilizador para a ecologia geral do globo!

Capitão Nemo parou, endireitou-se, deu alguns passos ao longo da plataforma e voltou para mim:

— Quanto aos bilhões de minúsculos animais — continuou ele —, aqueles infusórios que vivem aos milhões em uma gota de água, 800.000 dos quais são necessários para pesar um miligrama, seu papel não é menos importante. Eles absorvem os sais marinhos, assimilam os elementos sólidos da água e, como criam corais e madréporas, são os verdadeiros construtores dos continentes calcários! E assim, depois de terem acabado de privar nossa gota d'água de seus nutrientes minerais, a gota fica mais leve, sobe à superfície, absorve mais sais deixados para trás pela evaporação, fica mais pesada, afunda novamente e traz novos elementos para aqueles pequenos animais absorver. O resultado: uma dupla corrente, subindo e descendo, movimento constante, vida constante! Mais intensa do que na terra, mais abundante, mais infinita, essa vida floresce em todas as partes desse oceano, elemento mortífero para o homem, já disseram, elemento vital para miríades de animais. E para mim!

Quando o capitão Nemo falava assim, transfigurava-se e despertava uma emoção extraordinária em mim.

— Além disso — acrescentou —, a verdadeira existência está lá; e posso imaginar as fundações de cidades náuticas, aglomerados de casas submarinas, que, como o *Náutilus*, subiam todas as manhãs para respirar na superfície da água, cidades livres, se existissem, cidades independentes. Mas e se depois algum déspota...

O Capitão Nemo terminou sua frase com um gesto violento. Então, dirigindo-se a mim como se para afugentar algum pensamento triste:

— Professor Aronnax — perguntou ele —, o senhor sabe qual é a profundidade do oceano?

— Eu só sei, capitão, o que as principais sondagens nos informam.

— O senhor poderia citá-las, para que eu possa adequá-las em caso de necessidade?

— Eis algumas — respondi — de que me lembro. Se não me engano, foi encontrada uma profundidade de 8.000 jardas no Atlântico Norte e 2.500 jardas no Mediterrâneo. As sondagens mais notáveis foram feitas no Sul Atlântico, próximo ao paralelo trigésimo quinto, e deram 12.000 jardas, 14.000 jardas e 15.000 jardas. Para resumir, calcula-se que se o fundo do mar fosse nivelado, sua profundidade média seria de cerca de sete quilômetros.

— Bem, professor — respondeu o capitão — vamos mostrar-lhe coisa melhor do que isso, espero. Quanto à profundidade média desta parte do Pacífico, digo-lhe que é de apenas 4.000 metros.

Dito isso, o Capitão Nemo dirigiu-se ao alçapão e desapareceu escada abaixo. Eu o segui e entrei no grande salão. A hélice foi imediatamente colocada em movimento e o registro cedeu vinte milhas por hora.

Durante os dias e semanas seguintes, o capitão Nemo foi muito moderado em suas visitas. Eu raramente o via. Seu imediato marcava o curso do navio regularmente no mapa, então eu sempre acompanhava exatamente a rota do *Náutilus*.

Conselho e Land passaram longas horas comigo. Conselho contou ao amigo sobre as maravilhas de nosso passeio submarino, e o canadense lamentou não ter ido junto. Mas esperava que surgisse a oportunidade de uma visita às florestas da Oceania.

Quase todos os dias, durante algum tempo, os painéis da sala eram abertos, e nunca nos cansávamos de penetrar nos mistérios do mundo submarino.

O curso geral do *Náutilus* era sudeste e mantinha-se entre 100 e 150 jardas de profundidade. Um dia, porém, não sei por que, impelido na diagonal por meio dos seus planos inclinados, tocou o fundo do mar. O termômetro indicava uma temperatura de 4,25 graus centígrados, uma temperatura que, em tais profundidades, parecia comum a todas as latitudes.

Às três horas da manhã do dia 26 de novembro, o *Náutilus* cruzou o trópico de Câncer a 172° de longitude. No dia seguinte avistou as ilhas Sandwich, onde Cook morreu, em 14 de fevereiro de 1779. Tínhamos percorrido então 4.860 léguas de nosso ponto de partida. De manhã, quando subi na plataforma, vi a três quilômetros a sotavento, o Havaí, a maior das sete ilhas que formam o grupo. Vi claramente sua orla arborizada e as várias cadeias de montanhas que correm paralelas à lateral, e os vulcões que se erguem sobre Mouna-Rea, que se elevam a 5.000 metros acima do nível do mar. Além de outras coisas, as redes levantadas traziam várias flabelárias e pólipos graciosos, que são peculiares àquela parte do oceano.

Sem desviar-se de seu curso, o submarino cruzou o equador em 1° de dezembro, em 142° de longitude; e no dia 4 do mesmo mês, depois de uma travessia rápida e sem nada de especial, avistamos as ilhas das Marquesas. Vi, a cinco quilômetros de distância, o pico de Martin em Nouka-Hiva, o maior do grupo que pertence à França.

Eu vi as montanhas arborizadas apenas contra o horizonte, porque o capitão Nemo não queria aproximar-se da terra. Ali, as redes trouxeram belos espécimes de peixes: alguns com barbatanas azuis e caudas como ouro, cuja carne é incomparável; alguns quase destituídos de escamas, mas de sabor requintado; outros, com mandíbulas ósseas e guelras amareladas; todos os peixes nos seriam úteis.

Depois de deixar essas encantadoras ilhas protegidas pela bandeira francesa, de 4 a 11 de dezembro o *Náutilus* navegou cerca de 2.000 milhas. O trajeto foi marcado pelo encontro com um imenso cardume de calamares, moluscos curiosos que são próximos da lula. Os pescadores franceses dão-lhes o nome de *encornets*, e eles pertencem à classe dos cefalópodes, família dos dibranquais, composta por eles próprios junto com lulas e argonautas. Os naturalistas da antiguidade fizeram um estudo especial deles, e esses animais forneceram muitas figuras de linguagem obscenas para oradores de palanque no mercado grego, bem como excelentes pratos para a mesa de cidadãos ricos, se acreditarmos em Ateneu, um grego médico anterior a Galen.

Foi durante a noite de 9 para 10 de dezembro que o *Náutilus* encontrou esse exército de moluscos de vida essencialmente noturna. Eles somavam milhões. Estavam migrando das zonas temperadas para zonas ainda mais quentes, seguindo os itinerários do arenque e da sardinha. O-lhamos para eles através de nossas grossas janelas de vidro: eles nadavam para trás com tremenda velocidade, movendo-se por meio de seus tubos locomotores, perseguindo peixes e moluscos, comendo os pequenos, sendo comidos pelos grandes e agitando em uma confusão indescritível as dez patas que a natureza enraizou em suas cabeças como uma peruca de cobras pneumáticas. A despeito de sua velocidade, o *Náutilus* navegou por várias horas em meio a esse cardume de animais, e suas redes trouxeram um número incalculável de exemplares.

Durante essa travessia, o mar nos brindava com as paisagens mais maravilhosas. Sua variedade era infinita. Mudava de cenário e decoração para o mero prazer de nossos olhos, e éramos chamados não apenas a contemplar as obras de nosso Criador em meio ao elemento líquido, mas também a sondar os mistérios mais assustadores do oceano.

Durante o dia 11 de dezembro, estive ocupado lendo no grande salão. Ned Land e Conselho observavam a água luminosa através dos painéis entreabertos. O *Náutilus* estava imóvel. Enquanto seus reservatórios estavam cheios, ele se manteve a uma profundidade de 1.000 metros, uma região raramente visitada no oceano e na qual peixes grandes raramente eram vistos.

Eu estava lendo um livro encantador de Jean Mace, *Os escravos do estômago*, e estava aprendendo algumas lições valiosas dele, quando Conselho me interrompeu.

— O mestre poderia vir aqui por um instante? — disse ele, com uma voz curiosa.

— Qual é o problema, Conselho?

— Eu quero que o mestre veja.

Eu me levantei, fui e me apoiei nos cotovelos diante das vidraças e observei. Em meio à luz elétrica, uma enorme massa negra, absolutamente imóvel, estava suspensa no meio das águas. Observei com atenção, procurando descobrir a natureza deste gigantesco cetáceo. Mas um pensamento repentino passou pela minha cabeça.

— Uma embarcação! — eu disse meio alto.

— Sim — respondeu o canadense — um navio inválido que afundou perpendicularmente.

Ned Land não estava enganado. Estávamos na presença de um navio cujas mortalhas cortadas ainda pendiam de seus cadeados. Seu casco parecia em boas condições e só devia ter afundado algumas horas antes. Os tocos de três mastros, cortados 60 centímetros acima do convés, indicavam um navio inundado que fora forçado a sacrificar seu mastro. Mas, deitado de lado, tinha enchido e estava adernando para bombordo. Uma visão lamentável, essa carcaça perdida sob as ondas, mas mais triste ainda foi a visão em seu convés, onde, amarrados com cordas para evitar que fossem lançados ao mar, alguns cadáveres humanos ainda jaziam! Contei quatro deles — quatro homens, um ainda de pé no leme —, depois uma mulher, a meio caminho de uma claraboia no convés de ré, segurando uma criança nos braços. A mulher era jovem. Sob a luz brilhante dos raios do *Náutilus*, eu podia ver suas feições, que a água ainda não havia decomposto. Com um esforço supremo, ela ergueu o filho acima da cabeça, e os braços da pobre criaturinha ainda estavam enroscados no pescoço da mãe! As posturas dos quatro marinheiros me pareceram medonhas, distorcidas pelos movimentos convulsivos, como se estivessem fazendo um último esforço para se soltar das cordas que os prendiam ao navio. E o timoneiro, sozinho, calmo, o rosto liso e sério, o cabelo grisalho grudado na testa, as mãos agarradas ao volante, parecia ainda estar guiando seu três mastros destruídos pelas profundezas do oceano!

Que cena! Ficamos perplexos, com o coração batendo forte, diante desse naufrágio em flagrante, como se tivesse sido fotografado em seus momentos finais, por assim dizer! E eu já via tubarões enormes se movendo, os olhos em chamas, atraídos pela atração da carne humana!

Enquanto isso, virando, o *Náutilus* contornou o navio que afundava e, por um instante, pude ler a placa em sua popa:

Florida, Sunderland

CAPÍTULO XIX

VANIKORO

Esse terrível espetáculo inaugurava a série de catástrofes marítimas que o *Náutilus* estava destinado a enfrentar em seu percurso. Enquanto passava por águas mais frequentadas, víamos diversos cascos de navios naufragados que apodreciam nas profundezas e, no fundo, canhões, balas, âncoras, correntes e milhares de outros materiais de ferro comidos pela ferrugem.

No entanto, no dia 11 de dezembro avistámos as Ilhas Pomotu, o antigo "arquipélago perigoso" de Bougainville, que se estendem por um espaço de 500 léguas de lés-sudeste a oés-nordeste, da Ilha Ducie até a de Lazareff. Esse arquipélago cobre uma área de 370 léguas quadradas, e é composto por sessenta grupos de ilhas, entre as quais se destaca o grupo Gambier, sobre as quais a França exerce domínio. Essas ilhas são formações de coral. Graças ao trabalho dos pólipos, uma agitação lenta, mas constante, algum dia conectará essas ilhas umas às outras. Mais tarde, essa nova ilha será agregada aos grupos vizinhos, e um quinto continente se estenderá desde a Nova Zelândia e a Nova Caledônia até as Marquesas.

No dia em que sugeri essa teoria ao capitão Nemo, ele respondeu friamente:

— A terra não quer novos continentes, mas novos homens.

O acaso havia conduzido o *Náutilus* até a Ilha de Clermont-Tonnere, uma das mais curiosas do arquipélago, descoberta em 1822 pelo Capitão Bell da Minerva. Pude então estudar o sistema madrepórico que forjou as ilhas daqueles mares.

As madréporas (que não devem ser confundidos com corais) têm um tecido revestido por uma crosta calcária, e as modificações de sua estrutura induziram M. Milne Edwards, meu digno mestre, a classificá-los em cinco seções. Os animálculos que o pólipo marinho secreta vivem em milhões na base de suas células. Seus depósitos calcários tornam-se rochas, recifes e ilhas grandes e pequenas. Em certos pontos, formam um anel, cercando um pequeno lago interior, que se comunica com o mar por meio de fissuras. Em outros, fazem barreiras de recifes como aqueles

123

nas costas da Nova Caledônia e nas várias ilhas Pomoton. Em outros lugares, como aqueles em Reunião e em Maurício, eles erguem recifes franjados, paredes altas e retas, perto das quais a profundidade do oceano é considerável.

Alguns cabos ao largo da costa da Ilha de Clermont, admirei a cidadela gigantesca construída por esses trabalhadores microscópicos. As paredes eram especialmente obra das madréporas conhecidas pelos nomes coral-de-fogo, porites, astreias e meandrinas. Esses pólipos crescem exclusivamente nas águas agitadas da superfície do mar, e por isso é nos trechos superiores que começam essas subestruturas, que vão afundando aos poucos junto com o entulho segregado que as une. Esta, pelo menos, é a teoria do Senhor Charles Darwin, que assim explica a formação dos atóis — uma teoria superior, a meu ver, àquela que diz que esses edifícios madrepóricos ficam no topo de montanhas ou vulcões submersos a poucos metros abaixo do nível do mar.

Pude observar de perto essas curiosas paredes, pois normalmente elas tinham mais de 300 metros de profundidade, e nossas folhas elétricas iluminavam brilhantemente essa matéria calcária.

Respondendo a uma pergunta que o Conselho me fez quanto ao tempo que essas barreiras colossais demoraram para ser erguidas, eu o surpreendi muito ao dizer-lhe que os homens eruditos calculavam cerca de um oitavo de polegada em cem anos.

— Então — ele me disse —, para construir essas paredes, foram precisos...?

— 192.000 anos, meu bom Conselho, que estende significativamente os dias bíblicos da criação. Além do mais, a formação do carvão, em outras palavras, a petrificação das florestas engolidas pelas enchentes, e o resfriamento das rochas basálticas exigem um período de tempo muito mais longo. Devo acrescentar que aqueles "dias" na Bíblia devem representar épocas inteiras e não literalmente o lapso de tempo entre dois amanheceres, porque de acordo com a própria Bíblia, o sol não data do primeiro dia da Criação.

Quando o *Náutilus* voltou à superfície do oceano, pude observar a Ilha Clermont-Tonerre em toda a sua extensão plana e arborizada. Obviamente, suas rochas madrepóricas haviam se tornado férteis por tornados e tempestades. Um dia, levado por um furacão nas costas vizinhas, algumas sementes caíram nesses leitos de calcário, misturando-se com partículas decompostas de peixes e plantas marinhas para formar húmus vegetal. Impulsionado pelas ondas, um coco chegou a esta nova costa. Seu broto criou raízes. A árvore cresceu alta, retendo o vapor da água. Um riacho nasceu. Aos poucos, a vegetação se espalhou. Animais

124

minúsculos — vermes, insetos — chegaram até a praia em troncos de árvores arrancados das ilhas pelo vento. As tartarugas vieram colocar seus ovos. Pássaros se aninharam nas árvores jovens. Assim se desenvolveu a vida animal e, atraído pela vegetação e solo fértil, apareceu o homem.

Perto da noite, Clermont-Tonnerre se perdeu na distância e a rota do *Náutilus* mudou sensivelmente. Depois de ter cruzado o trópico de Capricórnio em 135° de longitude, navegou rumo oés-nordeste, rumando novamente para a zona tropical. Embora o sol do verão fosse muito forte, não sofríamos com o calor, pois a quinze ou vinte braças abaixo da superfície a temperatura se estabilizara entre dez e doze graus.

Em 15 de dezembro, deixamos a leste o encantador arquipélago das Sociedades e a graciosa Taiti, rainha do Pacífico. Vi de manhã, algumas milhas a sotavento, os picos elevados da ilha. Estas águas forneceram à nossa mesa excelentes peixes, cavalas, albacoras e algumas variedades de serpente marinha.

O *Náutilus* havia percorrido 8.100 milhas. Registramos 9.720 milhas quando passamos entre as Ilhas Tonga, onde as tripulações do *Argo*, *Port-au-Prince* e *Duke de Portland* morreram, e o grupo de ilhas de Samoa, cenário do assassinato do Capitão de Langle, amigo daquele navegador há muito perdido, o Conde de La Pérouse. Em seguida, passamos pelas ilhas Fiji, onde selvagens massacraram marinheiros do *Union*, bem como o capitão Bureau, comandante do *Darling Josephine* em Nantes, França.

Estendendo-se por uma extensão de 100 léguas de norte a sul e mais de 90 léguas de leste a oeste, esse arquipélago fica entre a latitude 2° e 6° sul e entre a longitude 174° e 179° oeste. É constituída por várias ilhas, ilhotas e recifes, entre os quais notamos as ilhas de Viti Levu, Vanua Levu e Kadavu.

Foi o navegador holandês Tasman quem as descobriu em 1643, no mesmo ano em que o físico italiano Torricelli inventou o barômetro e o rei Luís XIV ascendeu ao trono francês. Vou deixar o leitor decidir qual dessas ações foi mais benéfica para a humanidade. Vindo mais tarde, o capitão Cook em 1774, o contra-almirante d'Entrecasteaux em 1793 e, finalmente, o capitão Dumont d'Urville em 1827, desvendaram toda a geografia caótica deste grupo de ilhas. O *Náutilus* se aproximou da baía de Wailea, um lugar infeliz para o capitão Dillon da Inglaterra, que foi o primeiro a esclarecer o antigo mistério em torno do desaparecimento dos navios sob o comando do Conde de La Pérouse.

Essa baía, repetidamente dragada, fornecia um grande suprimento de excelentes ostras. Como o dramaturgo romano Sêneca recomendou, nós as abrimos diretamente na nossa mesa e depois nos empanturramos. Esses moluscos pertenciam à espécie conhecida pelo nome como

125

Ostrea lamellosa, bastante comuns ao largo da Córsega. O viveiro de ostras Wailea devia ser extenso e, com certeza, se elas não fossem controladas por numerosas causas naturais, esses conglomerados de mariscos teriam acabado por cobrir a baía, já que até 2.000.000 de ovos foram contados em um único indivíduo.

E se o Senhor Ned Land não se arrependeu de sua gula em nosso festival de ostras, é porque ostras são o único prato que nunca causa indigestão. Na verdade, são necessárias nada menos que dezesseis dúzias desses moluscos sem cabeça para fornecer os 315 gramas que satisfazem as necessidades diárias mínimas de nitrogênio de um homem.

Em 25 de dezembro o *Náutilus* navegou no meio das Novas Hébridas, descobertas por Quiros em 1606, e que Bougainville explorou em 1768, e à qual Cook deu o seu nome atual, em 1773. Esse grupo é composto principalmente por nove grandes ilhas, que formam uma banda de 120 léguas a nor-noroeste a sul-sudeste, entre 15° e 2° sul de latitude, e 164° e 168 ° de longitude. Passamos razoavelmente perto da Ilha de Auru, que ao meio-dia parecia uma massa de bosques verdes, encimada por um pico de grande altura.

Era dia de Natal e Ned Land parecia lamentar profundamente a não celebração do "Christmas", a festa de família da qual os protestantes tanto gostam. Fazia uma semana que não via o capitão Nemo, quando, na manhã do dia 27, ele entrou no grande salão, sempre parecendo um homem que se despediu cinco minutos antes. Eu estava muito ocupado traçando a rota do *Náutilus* no planisfério. O capitão veio até mim, colocou o dedo em um ponto do mapa e disse uma única palavra.

— Vanikoro.

Esse nome era mágico! Era o nome das ilhas nas quais La Pérouse se perdera! Eu me levantei de repente.

— O *Náutilus* nos trouxe para Vanikoro? — perguntei.

— Sim, professor — respondeu o capitão.

— E eu poderei visitar as ilhas famosas onde se espatifaram o *Boussole* e o *Astrolabe*?

— Se quiser, professor.

— Quando estaremos lá?

— Nós estamos lá agora.

Seguido pelo capitão Nemo, subi para a plataforma e avidamente analisei o horizonte.

A nordeste emergiam duas ilhas vulcânicas de tamanhos desiguais, rodeadas por um recife de coral que media 40 milhas de circunferência. Estávamos diante de Vanikoro, à qual Dumont d'Urville deu o nome de ilha de la Recherche, e exatamente de frente para o pequeno porto de

Vanu, situado nos 16° 4' latitude sul, e 164°32' de longitude leste. A terra parecia coberta de vegetação desde a costa até os cumes no interior, que eram coroados pelo Monte Kapogo, com 476 pés de altura.

O *Náutilus*, após atravessar o cinturão externo de rochas por um estreito, encontrou-se entre as ondas, onde o mar tinha de trinta a quarenta braças de profundidade. Sob a sombra verdejante dos manguezais, percebi alguns selvagens, que pareceram muito surpresos com nossa abordagem. Nesse objeto comprido e escuro avançando rente à água, eles não veriam algum cetáceo temível que causava desconfiança?

Nesse momento, o capitão Nemo me perguntou o que eu sabia sobre o naufrágio do La Pérouse.

— Só o que todos sabem, capitão — respondi.

— E poderia me dizer o que todos sabem sobre isso? — ele perguntou, ironicamente.

— Facilmente.

Contei a ele tudo o que as últimas obras de Dumont d'Urville haviam revelado, obras das quais segue um breve relato.

La Pérouse, e seu imediato, o capitão de Langle, foram enviados por Luís XVI, em 1785, a uma viagem de circum-navegação. Eles embarcaram nas corvetas *Boussole* e *Astrolabe*, mas não regressaram. Em 1791, o governo francês, preocupado com o destino das duas corvetas, tripulou dois grandes veleiros, o *Recherche* e o *Esperance*, que deixaram Brest em 28 de setembro sob o comando de Bruni d'Entrecasteaux.

Dois meses depois, eles souberam por um tal de Bowen, capitão do *Albemarle*, que os destroços de navios naufragados haviam sido vistos nas costas da Nova Geórgia. Mas D'Entrecasteaux, sem saber desse comunicado — um tanto duvidoso, aliás — direcionou seu curso para as Ilhas do Almirantado, mencionadas em um relatório do Capitão Hunter como o lugar onde La Pérouse naufragou.

Mas buscaram em vão. O *Esperance* e o *Recherche* chegaram a passar por Vanikoro sem lá ancorarem, e, resumindo, essa viagem foi um desastre completo, pois custou a vide de D'Entrecasteaux e de dois de seus tenentes, além de vários de sua tripulação.

Foi um velho marinheiro astuto do Pacífico, capitão Dillon, o primeiro a encontrar vestígios inconfundíveis dos destroços. Em 15 de maio de 1824, seu navio, o *St. Patrick*, passou perto da ilha de Tikopia, uma das Novas Hébridas. Ali um lascar aproximou-se e vendeu-lhe o cabo de uma espada em prata que trazia a impressão de caracteres gravados no punho. O lascar contou que seis anos antes, durante uma estadia em Vanikoro, tinha visto dois europeus pertencentes a algumas embarcações que encalharam nos arrecifes há alguns anos.

127

Dillon imaginou que ele se referia a La Pérouse, cujo desaparecimento perturbou o mundo inteiro, e planejou ir até Vanikoro, onde, segundo o lascar, encontraria vários destroços do naufrágio, mas os ventos e as marés o impediram.

Dillon voltou para Calcutá, onde conseguiu despertar o interesse da Sociedade Asiática e da Companhia Indiana pela sua descoberta. Uma embarcação, a que se deu o nome de *Recherche*, foi colocada à sua disposição e ele partiu, em 23 de janeiro de 1827, acompanhado por um agente francês.

O *Recherche*, depois de ter feito escala em vários pontos do Pacífico, ancorou diante de Vanikoro, a 7 de julho de 1827, na mesma enseada de Vanu em que então se encontrava o *Náutilus*.

Lá, ele coletou inúmeras relíquias dos destroços: utensílios de ferro, âncoras, roldanas, pistolas giratórias, um projétil de 18 libras, fragmentos de instrumentos astronômicos, uma peça de coroa e um relógio de bronze com a inscrição "Bazin me fabricou", marca da fundição do Arsenal de Brest em 1785. Não poderia haver mais dúvidas.

Dillon, a fim de completar suas investigações, permaneceu no infeliz local até outubro. Em seguida, deixou Vanikoro e dirigiu seu curso para a Nova Zelândia; aportou em Calcutá, em 7 de abril de 1828, e retornou à França, onde foi calorosamente recebido por Carlos X.

Enquanto isso, porém, sem conhecer os movimentos de Dillon, Dumont d'Urville já havia partido para encontrar a cena do naufrágio. E eles souberam por um baleeiro que algumas medalhas e uma cruz de St. Louis haviam sido encontradas nas mãos de selvagens das Lusíadas e da Nova Caledônia. Dumont d'Urville, capitão do *Novo Astrolabe*, partiu então e, dois meses depois de Dillon ter deixado Vanikoro, ele aportou diante de Hobart Town. Lá soube dos resultados das investigações de Dillon e descobriu que um certo James Hobbs, segundo-tenente da União de Calcutá, após atracar em uma ilha situada a 8°18 latitude sul e 156°30' longitude leste, tinha visto algumas barras de ferro e panos vermelhos serem usados pelos nativos da região.

Muito perplexo, Dumont d'Urville, não sabendo se deveria dar crédito a esses relatos propagados em alguns dos jornais menos confiáveis, decidiu seguir os rastros de Dillon.

Em 10 de fevereiro de 1828, o *Novo Astrolabe* apareceu ao largo de Tikopia, e tomou como guia e intérprete um desertor encontrado na ilha; fez seu caminho até Vanikoro, avistou-a no dia 12 de fevereiro, ficou entre os recifes até o dia 14, e apenas no dia 20 lançou âncora dentro da barreira no porto de Vanu.

No dia 23, vários oficiais deram a volta na ilha e trouxeram algumas ninharias sem importância. Os nativos, adotando um sistema de negativas e evasivas, recusaram-se a levá-los ao infeliz lugar. Essa conduta bastante suspeita os levou a acreditar que os nativos haviam maltratado os náufragos e, com efeito, pareciam temer que Dumont d'Urville tivesse vindo vingar La Pérouse e sua infeliz tripulação.

Porém, no dia 26, apaziguados por alguns presentes e entendendo que não tinham represálias a temer, conduziram o imediato, senhor Jacquireot ao local do naufrágio.

Ali, a três ou quatro braças de água, entre os recifes de Pacou e Vanu, estavam âncoras, canhões, peças de chumbo e ferro, incrustados nas concreções calcárias. O grande barco e o baleeiro pertencentes ao *Novo Astrolabe* foram despachados para o local e, com dificuldade, suas tripulações içaram uma âncora pesando 1.800 libras, uma arma de latão, alguns pedaços de ferro e dois morteiros de cobre.

Ao questionar os nativos, Dumont d'Urville soube também que La Pérouse, depois de perder seus dois navios nos recifes desta ilha, havia construído um barco menor, que também naufragara. Onde? Ninguém sabia.

O comandante do *Novo Astrolabe* mandou erguer um monumento sob um tufo de mangue, em memória do famoso navegador e seus companheiros. Era uma pirâmide quadrangular simples, assentada sobre uma base de coral, sem nenhum metal capaz de atrair a ganância dos nativos.

Dumont d'Urville preparou-se para partir, mas sua tripulação foi prejudicada pela febre que assolava essas praias pouco higiênicas, e ele próprio bastante doente, não conseguiu levantar âncora até 17 de março.

Enquanto isso, temendo que Dumont d'Urville não estivesse a par das atividades de Dillon, o governo francês enviou uma corveta para Vanikoro, a *Bayonnaise* sob o comando de Legoarant de Tromelin, que fazia uma escala na costa oeste americana. Ancorando diante de Vanikoro alguns meses após a partida do *Novo Astrolabe*, a *Bayonnaise* não encontrou nenhuma evidência adicional, mas verificou que os selvagens não haviam perturbado o memorial em homenagem a La Pérouse.

Esse foi o relato que fiz ao capitão Nemo.

— Quer dizer — disse ele — que ninguém sabe onde pereceu o terceiro navio que foi construído pelos náufragos na ilha de Vanikoro?

— Ninguém sabe.

O capitão Nemo não disse nada, mas sinalizou para que eu o seguisse até o grande salão. O *Náutilus* afundou vários metros abaixo das ondas e os painéis foram abertos.

Apressei-me até a os vidros e, sob as crostas de coral, cobertas de fungos, sifónilos, alcíones, madréporas, por meio das miríades de peixes encantadores — girelas, ponferídeos, diácopos e holocentros — reconheci certos detritos que os arrastos não haviam sido capaz de remover: estribos de ferro, âncoras, canhões, balas, encaixes do cabrestante, a proa de um navio, todos os objetos comprovando claramente o naufrágio de alguma embarcação, e agora atapetados com flores vivas. Enquanto eu olhava para essa cena desolada, o capitão Nemo disse, com uma voz grave:

— O capitão La Pérouse partiu em 7 de dezembro de 1785, com seus navios *Boussole* e *Astrolabe*. Ele primeiro lançou âncora na Botany Bay, visitou as Ilhas dos Amigos, a Nova Caledônia, dirigiu seu curso para Santa Cruz, e chegou a Namouka, uma das ilhas de Hapai. Em seguida, seus navios bateram nos recifes desconhecidos de Vanikoro. O *Boussole*, que capitaneava, encalhou na costa sul. O *Astrolabe* foi em seu auxílio e também encalhou. O primeiro navio foi destruído quase imediatamente. O segundo, encalhado pelo vento, resistiu alguns dias. Os nativos acolheram os náufragos, que se instalaram na ilha e construíram um barco menor com os destroços dos dois grandes. Alguns marinheiros ficaram de boa vontade em Vanikoro; os demais, fracos, doentes, partiram com La Pérouse. Dirigiram seu curso para as Ilhas Salomão, e ali todos pereceram, na costa oeste da ilha principal do grupo, entre os cabos Decepção e Satisfação.

— E como sabe disso?

— Eis o que encontrei no local onde estava o último naufrágio.

O capitão Nemo me mostrou uma caixa de lata, estampada com o brasão da França e toda corroída pela água salgada. Ele abriu e vi um maço de papéis, amarelados, mas ainda legíveis.

Eram as verdadeiras ordens militares dadas pelo Ministro da Marinha da França ao Comandante La Pérouse, com notas ao longo da margem com a caligrafia do Rei Luís XVI!

— Ah, que morte esplêndida para um marinheiro! — Capitão Nemo então disse. — Um túmulo de coral é um túmulo tranquilo, e que o céu conceda que meus companheiros e eu não descansemos em nenhum outro!

CAPÍTULO XX

O ESTREIRO DE TORRES

Durante a noite de 27 ou 28 de dezembro, o *Náutilus* deixou a região de Vanikoro com grande velocidade. Seu curso era para sudoeste e em três dias ela havia ultrapassado as 750 léguas que o separavam o arquipélago de La Pérouse da ponta sudeste da Papuásia. Em 1º de janeiro de 1868, Conselho juntou se a mim na plataforma.

— O mestre me permite desejar um feliz ano novo?

— Como não, Conselho, exatamente como se eu estivesse em Paris, em meu escritório no Jardin des Plantes! Bem, eu aceito seus votos de boa sorte e agradeço por eles. Apenas, vou perguntar o que quer dizer com "Feliz Ano Novo" em nossas circunstâncias? Será este o ano que nos levará ao fim de nossa prisão, ou o ano que nos verá continuar esta estranha viagem?

— Realmente, não sei responder o mestre. Decerto vemos coisas curiosas, e nos últimos dois meses não tivemos tempo de nos entediar. A última maravilha é sempre a mais surpreendente; e, se mantivermos tal progressão, não sei como vai acabar. Na minha opinião, nunca mais teremos uma oportunidade como essa.

— Nunca, Conselho.

— Além disso, o senhor Nemo realmente faz jus ao seu nome em latim, já que ele não incomoda mais do que se não existisse.

— É verdade, Conselho.

— Portanto, com todo o respeito ao mestre, acho que um "ano feliz" seria um ano que nos deixasse ver tudo.

— Tudo, Conselho? Nenhum ano poderia ser tão longo. Mas o que Ned Land pensa sobre tudo isso?

— Os pensamentos de Ned Land são exatamente opostos aos meus — respondeu Conselho. — Ele tem uma mente prática e um estômago exigente. Ele está cansado de olhar para peixes e comê-los dia após dia. Essa escassez de vinho, pão e carne não é adequada para um digno anglo-saxão, um homem acostumado a bifes e que não se assusta com doses regulares de conhaque ou gim!

— Pois a mim, Conselho, isso não incomoda nem um pouco, e me adaptei muito bem à dieta a bordo.

131

— Eu também — Conselho respondeu. — Consequentemente, eu penso tanto em ficar quanto o senhor Land em fugir. Assim, se esse novo ano não for feliz para mim, será para ele e vice-versa. Não importa o que aconteça, um de nós ficará satisfeito. Portanto, para concluir, desejo que o mestre tenha tudo o que seu coração desejar.

— Obrigado, Conselho. Devo apenas pedir-lhe que adie as questões pendentes e as substitua temporariamente por um caloroso aperto de mão. Isso é tudo que tenho comigo.

— O mestre nunca foi tão generoso — respondeu Conselho.

E com isso, o rapaz bom foi embora.

No dia 2 de janeiro, havíamos percorrido 11.340 milhas, ou 5.250 léguas francesas, desde nosso ponto de partida nos mares do Japão. À frente do esporão do navio se estendiam as perigosas paragens do mar de Coral, na costa nordeste da Austrália. Nosso barco estava a alguns quilômetros da margem temível em que o navio de Cook foi perdido, em 10 de junho de 1770. O barco em que Cook estava foi atingido em uma rocha, porém não afundou, devido a um pedaço de coral que foi quebrado pelo choque e fixou-se na quilha quebrada.

Queria visitar esse recife de 360 léguas de comprimento, contra o qual o mar, sempre agitado, rebentava com grande violência, com um estrondo de trovão. Mas então os planos inclinados puxaram o *Náutilus* para uma grande profundidade, e eu não consegui ver nada das altas paredes de coral. Tive de me contentar com os diferentes espécimes de peixes trazidos pelas redes. Observei, entre outros, alguns germônios, uma espécie de cavala do tamanho de um atum, com lados azulados e listrados de faixas transversais, que desaparecem com a vida do animal. Esses peixes nos seguiam em cardumes e nos forneciam alimentos muito delicados. Pegamos também muitas cabeças douradas, com cerca de quatro centímetros de comprimento, com gosto de dourado; e peixes-voadores como andorinhas submarinas, que, nas noites escuras, iluminam alternadamente o ar e a água com sua luz fosforescente. Entre os moluscos e zoófitos, encontrei nas malhas da rede várias espécies de alcionários, martelos, esporões, cerites e hialídeos. A flora era representada por belas algas flutuantes, laminárias e macrocistos, impregnados com a mucilagem que transpõe seus poros; e entre os quais reuni uma admirável *Nemastoma Geliniarois*, classificada entre as curiosidades naturais do museu.

Dois dias depois de cruzar o mar de coral, em 4 de janeiro, avistamos as costas da Papuásia. Nessa ocasião, o capitão Nemo me informou que sua intenção era entrar no oceano Índico pelo estreito de Torres. Ned observou com alegria que essa rota nos traria, mais uma vez, para mais perto dos mares europeus.

132

O estreito de Torres é considerado tão perigoso para seus arrecifes eriçados quanto para os habitantes selvagens de sua costa. Ele separa a Nova Holanda da enorme ilha da Papuásia, também chamada de Nova Guiné. Papuásia tem 400 léguas de comprimento por 130 léguas de largura, com uma superfície de 40.000 léguas geográficas. Ele está localizado entre a latitude 0°19' e 10°2' sul, e entre a longitude 128°23' e 146°15'. Ao meio-dia, enquanto o imediato estava medindo a altitude do sol, avistei os picos das montanhas Arfak, elevando-se em terraços e terminando em agulhas.

Descobertas em 1511 pelo português Francisco Serrano, essas terras foram sucessivamente visitadas por D. Jorge de Meneses em 1526, por Juan de Grijalva em 1527, pelo general espanhol Álvaro de Saavedra em 1528, por Inigo Ortiz em 1545, pelo holandês Schouten em 1616, por Nicolas Sruick em 1753, por Tasman, Dampier, Fumel, Carteret, Edwards, Bougainville, Cook, McClure e Thomas Forrest, pelo Contra-Almirante d'Entrecasteaux em 1792, por Louis-Isidore Duperrey em 1823 e pelo Capitão Dumont d'Urville em 1827. "É a origem dos negros que ocupam toda a Malásia", disse Rienzi. E eu não tinha a menor ideia de que a sorte dos marinheiros estava prestes a me deixar cara a cara com esses assustadores andamãos.

O *Náutilus* encontrava-se, portanto, na entrada do estreito mais perigoso do mundo, uma passagem que até os navegadores mais ousados hesitavam em atravessar.

O Estreito de Torres possui quase trinta e quatro léguas de largura; mas são obstruídos por uma quantidade incontável de ilhas, ilhotas, quebra-mares e rochas, que tornam sua navegação quase impraticável; de modo que o capitão Nemo tomou todas as precauções necessárias para cruzá-los. O *Náutilus*, flutuando na linha da superfície, estava em um ritmo moderado. Sua hélice, como a cauda de um cetáceo, batia nas ondas lentamente.

Aproveitando-nos dessa circunstância, eu e meus dois companheiros subimos para a plataforma deserta. Diante de nós estava a gaiola do timoneiro, e eu esperava que o capitão Nemo estivesse lá dirigindo o curso do *Náutilus*. Tinha diante de mim os excelentes mapas do Estreito de Torres, e os consultava com atenção.

Em volta do *Náutilus*, o mar batia furiosamente. O curso das ondas, que iam de sudeste para noroeste a uma velocidade de duas milhas e meia, quebrava no coral que se manifestava aqui e ali.

— Isso é o que chamo de mar ruim! — comentou Ned Land.

— Detestável de fato, e que não combina com um barco como o *Náutilus*.

— O capitão deve estar muito seguro de sua rota, pois vejo pedaços de coral que destroçariam a quilha só de tocarem levemente nela.

133

A situação era de fato perigosa, mas o *Náutilus* parecia deslizar como mágica por entre essas rochas. Não seguia exatamente a rota fatal para Dumont d'Urville. Navegando mais para o norte, contornou as ilhas de Murray e rumou para o sudoeste em direção à passagem de Cumberland. Pensei que fôssemos colidir por lá, quando, subindo para o noroeste, passamos por uma grande quantidade de ilhas e ilhotas pouco conhecidas, em direção à ilha Tounds e do canal Mauvais.

Eu já me perguntava se o capitão Nemo, tolamente imprudente, cogitava conduzir seu navio para aquela passagem onde as duas corvetas de Dumont d'Urville se tocaram; quando, desviando novamente e cortando direto para o oeste, ele rumou para a ilha de Gueboroar.

Já eram três horas da tarde. A corrente estava diminuindo, a maré estava quase cheia. O *Náutilus* aproximou-se da ilha, que ainda vejo com a sua notável orla de pinheiros mansos. Ele parou a cerca de três quilômetros de distância. De repente, um choque me derrubou. O *Náutilus* apenas tocou uma rocha e ficou imóvel, inclinando-se ligeiramente para bombordo.

Quando me levantei, vi o capitão Nemo e seu imediato na plataforma. Eles estavam examinando as circunstâncias do navio, trocando algumas palavras em seu dialeto incompreensível.

Eis um resumo da situação. Duas milhas a estibordo ficava a Ilha de Gueboroa, seu litoral curvando-se de norte a oeste como um braço imenso. Ao sul e ao leste, cabeças de coral já estavam em exibição, deixadas descobertas pelas águas vazantes. Tínhamos encalhado com a maré cheia e em um daqueles mares cujas marés são moderadas, uma situação inconveniente para o *Náutilus* flutuar. No entanto, o submarino não havia sofrido avaria alguma, de modo que seu casco estava solidamente unido. Mas embora não pudesse afundar nem se abrir, corria sério risco de ficar permanentemente preso a esses recifes, e isso teria sido um adeus ao submersível do capitão Nemo.

Assim refletia, quando o capitão, frio e calmo, sempre dono de si, se aproximou de mim.

— Um acidente? — Eu perguntei.

— Não, um incidente.

— Mas um incidente que o obrigará talvez a se tornar um habitante da terra de onde foge?

O capitão Nemo me lançou um olhar estranho e gesticulou que não. O que me disse muito claramente que nada o forçaria a pisar em uma massa de terra novamente. Então ele disse:

— Professor Aronnax, o *Náutilus* não está perdido; ele ainda o levará para o meio das maravilhas do oceano. Nossa viagem está apenas começando, e não desejo ser privado tão cedo da honra de sua companhia.

134

— Mesmo assim, capitão Nemo — continuei, ignorando sua frase irônica —, o *Náutilus* encalhou enquanto o mar estava cheio. Pois bem, as marés não são fortes no Pacífico e, se não conseguir desfazer o lastro do *Náutilus*, o que me parece impossível, não vejo como ele vai flutuar.

— Tem razão, professor, as marés do Pacífico não estão fortes — respondeu o capitão Nemo. — Mas no Estreito de Torres ainda se encontra uma diferença de um metro e meio de nível entre alto e baixo mar. Hoje é 4 de janeiro e em cinco dias a lua estará cheia. Pois bem, ficarei bastante surpreso se aquele satélite bem-humorado não aumentar suficientemente essas massas de água e me fizer um favor pelo qual serei eternamente grato.

Dito isso, o capitão Nemo, seguido por seu imediato, desceu novamente para o interior do *Náutilus*. Quanto ao submarino, este não se movia, como se os pólipos coralinos já o tivessem emparelhado com o seu cimento indestrutível.

— E então, professor? — disse Ned Land, que veio falar comigo depois da partida do capitão.

— Pois bem, amigo Ned, vamos esperar pacientemente pela maré do dia 9, pois parece que a lua terá a bondade de nos devolver ao mar.

— Isso é tudo?

— Sim.

— Então nosso capitão não vai lançar suas âncoras, colocar seus motores nas correntes e fazer qualquer coisa para nos puxar para fora?

— Para que, se a maré será suficiente? — Conselho respondeu simplesmente.

O canadense olhou para Conselho, depois deu de ombros. O marinheiro nele que falava.

— Professor, pode acreditar em mim quando digo que esse pedaço de ferro não navegará nem no mar nem no fundo do mar; só serve para ser vendido por seu peso. Acho, portanto, que chegou a hora de nos separarmos do capitão Nemo.

— Ned, meu amigo — respondi — ao contrário de você, não desisti de nosso valente *Náutilus*, e em quatro dias saberemos a que nos ater quanto às marés do Pacífico. Além disso, uma tentativa de fuga poderia ser oportuna se estivéssemos à vista das costas da Inglaterra ou da Provença, mas nos canais da Papuásia a história é outra. E teremos tempo suficiente para chegar a esse extremo se o *Náutilus* não se recuperar novamente, o que considero um acontecimento grave.

— Mas não podemos ao menos fazer um reconhecimento do terreno? Eis uma ilha; naquela ilha há árvores; sob essas árvores, animais terrestres, carregadores de costeletas e rosbife, aos quais eu daria de bom grado umas dentadas.

— Nisso, o amigo Ned tem razão — opinou Conselho — e eu concordo com ele. Não seria possível ao mestre obter permissão de seu amigo capitão Nemo para nos colocar em terra, pelo menos para não perder o hábito de pisar nas sólidas partes do nosso planeta?

— Posso perguntar a ele, mas ele recusará.

— O mestre poderia se arriscar — disse Conselho —, e saberemos quanto confiar na amabilidade do capitão.

Para minha grande surpresa, o capitão Nemo me deu a permissão que eu pedi, inclusive muito agradavelmente, sem nem mesmo exigir de mim uma promessa de voltar a bordo; mas uma fuga pela Nova Guiné podia ser muito perigosa, e eu não teria aconselhado Ned Land a tentá-la. Melhor ser um prisioneiro a bordo do *Náutilus* do que cair nas mãos dos nativos.

O escaler foi colocado à nossa disposição para a manhã seguinte. Nem precisei perguntar se o capitão Nemo viria junto. Da mesma forma, presumi que nenhum tripulante seria designado a nós e que Ned Land seria o único encarregado de pilotar o escaler. Além disso, a costa ficava a menos de três quilômetros de distância, e seria brincadeira de criança para o canadense guiar aquele barco ágil pelas fileiras de recifes tão malfadadas para grandes navios.

No dia seguinte, 5 de janeiro, o escaler foi arrancado de seu encaixe e lançado ao mar do topo da plataforma. Dois homens foram suficientes para essa operação. Os remos estavam a bordo e só tínhamos que nos sentar.

Às oito horas, armados com revólveres e machados, descemos do *Náutilus*. O mar estava bem calmo; uma leve brisa soprou na terra. Conselho e eu remávamos vigorosamente e Ned guiava-nos pela passagem reta que a arrebentação deixava entre os recifes. O barco se movia rapidamente.

Ned Land não conseguiu conter sua alegria. Era como um prisioneiro fugindo da prisão e que nunca precisaria retornar.

— Carne! Vamos comer um pouco de carne; e que carne! — ele repetia. — Caça de verdade! Nada de pão! Não digo que o peixe não seja bom, mas não devemos exagerar com ele; mas um pedaço de caça fresca, grelhada na brasa, pode variar agradavelmente nossa dieta cotidiana.

— Guloso! — zombava Conselho. — Está me dando água na boca.

— Resta saber — disse eu — se essas florestas estão cheias de caça, e se a caça não é capaz de caçar o próprio caçador.

— Muito bem, professor Aronnax — respondeu o canadense, cujos dentes pareciam afiados como a ponta de uma faca — mas comerei tigre, lombo de tigre, se não houver outro quadrúpede nessa ilha.

— Nosso amigo Ned está ficando perturbador — respondeu Conselho.

136

— Seja o que for — continuou Ned Land — todo animal com quatro patas sem penas, ou com duas patas sem penas, será saudado pelo meu primeiro tiro.

— Muito bem! As imprudências do mestre Land estão começando! — foi o meu comentário.

— Não tema, professor Aronnax — respondeu o canadense — Peço vinte e cinco minutos para lhe oferecer um prato, à minha moda.

Às oito e meia o escaler do *Náutilus* encalhava suavemente na areia grossa, depois de ter passado alegremente pelo recife de coral que rodeia a Ilha de Gueboroar.

CAPÍTULO XXI

ALGUNS DIAS EM TERRA

Fiquei muito emocionado em pisar a terra firme. Ned Land experimentou o solo com os pés, como se quisesse se apossar dele. No entanto, nem dois meses haviam se passado desde que nos tornamos, segundo o capitão Nemo, "passageiros a bordo do *Náutilus*", mas, na verdade, prisioneiros de seu capitão.

Em poucos minutos, estávamos a um tiro de rifle da costa. Todo o horizonte estava escondido atrás de uma bela cortina de florestas. Árvores enormes, cujos troncos atingiam a altura de 200 pés, eram amarradas umas às outras por guirlandas de trepadeiras, verdadeiras redes naturais, que uma leve brisa balançava. Eram mimosas, figos, hibiscos e palmeiras, misturados em profusão; e sob o abrigo de sua abóbada verdejante cresciam orquídeas, leguminosas e samambaias.

Mas, sem perceber todos esses belos exemplares da flora papuasiana, o canadense trocou o agradável pelo útil. Ele descobriu um coqueiro, derrubou algumas frutas, partiu-as, e bebemos sua água e comemos sua polpa com uma satisfação que protestava contra o cardápio do *Náutilus*.

— Excelente! — disse Ned Land.

— Delicioso! — respondeu o Conselho.

— E eu não acho — disse o canadense — que o capitão faria objeções à introdução de um carregamento de coco a bordo.

— Eu não acho que ele iria, mas ele não irá prová-los.

— Pior para ele! — disse Conselho.

— E tanto melhor para nós! — respondeu Ned Land. — Sobrará mais!

— Um detalhe apenas, mestre Land — eu disse ao arpoador, que estava começando a devastar outro coqueiro. — Cocos são coisas boas, mas antes de encher a canoa com eles seria bom fazer um reconhecimento e ver se a ilha não produz alguma substância não menos útil. Legumes frescos seriam bem-vindos a bordo do *Náutilus*.

— O mestre está certo — respondeu Conselho — e proponho reservar três lugares em nosso navio, um para frutas, outro para vegetais, e o terceiro para a carne de veado, da qual ainda não vi o menor exemplar.

— Conselho, não devemos nos desesperar — disse o canadense.

138

— Vamos continuar — respondi, — e ficar à espreita. Embora a ilha pareça desabitada, ainda pode conter alguns indivíduos que seriam menos exigentes do que nós em relação à natureza da caça.

— He! He!— divertiu-se Ned Land.

— Ouviu bem, Ned? — alfinetou Conselho.

— E como não? — respondeu o canadense — Começo a entender os encantos da antropofagia!

- Ned! Ned! O que está dizendo? Você, um devorador de homens? Não vou mais me sentir seguro dormindo na mesma cabine. Talvez eu acorde um dia e me encontre meio devorado.

— Amigo, Conselho, gosto muito de você, mas não o suficiente para comê-lo desnecessariamente.

— Eu não acredito nisso — respondeu Conselho. — Ao ataque! Devemos absolutamente trazer alguma caça para satisfazer esse canibal, ou então, em uma dessas belas manhãs, o mestre encontrará apenas pedaços de seu servo para servi-lo.

Enquanto conversávamos assim, íamos penetrando nos arcos sombrios da floresta, e por duas horas a percorremos em todas as direções.

Não poderíamos ter tido mais sorte em nossa busca por vegetação comestível, e alguns dos produtos mais úteis das zonas tropicais nos forneceram um alimento valioso que faltou a bordo. Refiro-me à árvore de fruta-pão, que é bastante abundante na Ilha de Gueboroa, e ali observei principalmente a variedade sem sementes que na Malásia é chamada de "rima".

Essa árvore se distingue das outras por um tronco reto de doze metros de altura. Aos olhos do naturalista, sua copa graciosamente arredondada, formada por grandes folhas multilobadas era o suficiente para denotar a fruta-pão que foi transplantado com tanto sucesso para as Ilhas Mascarenhas a leste de Madagáscar. Da sua massa de folhagem destacam-se imensos frutos globulares, de um decímetro de largura e revestidos no exterior por vincos de forma de hexágono. É uma planta útil que a natureza presenteou as regiões com falta de trigo; sem precisar ser cultivada, dá frutos oito meses por ano.

Ned Land conhecia bem essa fruta. Ele já o havia comido em suas muitas viagens e sabia cozinhar sua substância comestível. Então, ver aquilo despertava seu apetite, e ele não conseguia se controlar.

— Professor — disse ele —, morrerei se não provar um pouco dessa massa de fruta pão.

— Prove, amigo Ned, prove como quiser. Estamos aqui para fazer experimentos, faça-os.

— Não vai demorar muito — disse o canadense.

E, munido de uma lente, acendeu uma fogueira de lenha seca que crepitou alegremente. Durante esse tempo, Conselho e eu escolhemos

139

os melhores frutos. Alguns não haviam atingido um grau suficiente de maturidade; e sua casca espessa cobria uma polpa branca, mas bastante fibrosa. Outros, em sua maioria amarelos e gelatinosos, esperavam apenas para serem colhidos.

Essas frutas não continham caroço. Conselho trouxe uma dúzia para Ned Land, que os colocou no fogo de carvão, depois de cortá-los em fatias grossas. E enquanto cozinhava, repetia:

— Verá, professor, como esse pão é bom. Mais ainda quando alguém ficou privado dele por tanto tempo. Não é nem mesmo pão — acrescentou ele — mas uma massa delicada. Já comeu algum, professor?

— Não, Ned.

— Muito bem, prepare-se para uma coisa suculenta. Se não repetir o prato, eu não sou mais o rei dos arpoadores.

Após alguns minutos, a parte das frutas que foi exposta ao fogo estava totalmente torrada. O interior parecia uma pasta branco, uma espécie de miolo mole, com sabor a alcachofra.

Devo confessar que o pão era excelente, e comi-o com muito gosto.

— Infelizmente — eu disse — não é possível conservar essa massa fresca, então parece inútil fazer um suprimento para bordo.

— Com mil diabos, professor! — Ned Land exclamou. — Aí está, falando como um naturalista, mas enquanto isso estarei agindo como um padeiro! Conselho, colha algumas dessas frutas para levar conosco quando voltarmos.

— E como vai prepará-las? — Eu perguntei ao canadense.

— Vou fazer uma massa fermentada com a polpa que vai durar indefinidamente sem estragar. Quando eu quiser, vou apenas cozinhá-la na cozinha a bordo. Terá um sabor ligeiramente ácido, mas vai achá-la excelente.

— Então, senhor Ned, vejo que esse pão é tudo de que precisamos ...

— Não exatamente, professor — respondeu o canadense. — Precisamos de algumas frutas para acompanhar, ou pelo menos alguns vegetais.

— Procuremos frutas e vegetais.

Quando nossa colheita de fruta-pão terminou, pegamos a trilha para completar este "jantar de terra firme".

Não procuramos em vão e perto do meio-dia tínhamos um amplo suprimento de bananas. Esse delicioso produto das zonas tórridas amadurece o ano todo, e os malaios, que lhes dão o nome de "pisang", comem sem se preocupar em cozinhá-los. Além das bananas, colhemos uma jaca enorme com um sabor muito intenso, algumas mangas saborosas e alguns abacaxis de tamanho inacreditável. Mas essa busca de alimentos consumiu boa parte do nosso tempo, do qual, mesmo assim, não tínhamos motivos para nos arrepender.

140

Conselho mantinha Ned sob observação. O arpoador caminhava na frente e, durante seu passeio por esta floresta, colheu alguns frutos excelentes que deveriam ter completado suas provisões.

— Então — perguntou Conselho —, tem tudo de que precisa, Ned, meu amigo?

— Hum! — foi a resposta do canadense.

— O quê?! Do que está reclamando?

— Toda esses vegetais não fazem uma refeição — respondeu Ned. — Apenas acompanhamentos, sobremesa. Mas e a sopa? E o assado?

— De fato — eu disse. — Ned nos prometeu costeletas, o que me parece altamente questionável.

— Senhor — respondeu o canadense —, nossa caça não só não acabou, como ainda nem começou. Paciência! Tenho certeza de que vamos acabar esbarrando em algum animal com penas ou pelos, se não nesta localidade, então em outra.

— E se não for hoje, será amanhã, porque não devemos nos afastar muito — acrescentou Conselho. — É por isso que proponho que voltemos ao escaler.

— O quê?! Já?! — Ned exclamou.

— Devemos estar de volta antes do anoitecer — eu disse.

— Que horas são? — perguntou o canadense.

— Duas horas, pelo menos — respondeu o Conselho.

— Como o tempo voa em solo firme! — suspirou Ned Land.

— Vamos embora — disse Conselho.

Voltamos pela mata e completamos nossa coleta com nozes-de-areca, que colhemos do alto das árvores, feijões que reconheci como o "abrou" dos malaios e inhame de qualidade superior.

Estávamos carregados quando chegamos ao barco. Mas Ned Land ainda não achava seu estoque suficiente. O destino, entretanto, nos favoreceu. Quando estávamos nos afastando, ele percebeu várias árvores, de vinte e cinco a nove metros de altura, uma espécie de palmeira.

Eram palmeiras de sagu, vegetação que cresce sem ser cultivada; como as amoreiras, eles se reproduzem por meio de brotos e sementes.

Ned Land sabia como lidar com essas árvores. Pegando seu machado e empunhando-o com grande vigor, logo estendeu no chão duas ou três palmeiras de sagu, cuja maturidade era revelada pela poeira branca salpicada sobre suas folhas.

Eu o observei mais como um naturalista do que como um homem faminto. Ele começou removendo de cada tronco uma tira de casca de um centímetro de espessura que cobria uma rede de fibras longas e irremediavelmente emaranhadas, que foram massageadas com uma espécie de

141

farinha de goma. Esta farinha era o sagu semelhante ao amido, uma substância comestível consumida principalmente pelos povos da Melanésia.

Por enquanto, Ned Land se contentava em cortar esses troncos em pedaços, como se estivesse fazendo lenha; mais tarde, ele extrairia a farinha peneirando-a em um pano para separá-la de seus ligamentos fibrosos, deixá-la secar ao sol e endurecer dentro de moldes.

Finalmente, às cinco da tarde, carregados de nossas riquezas, saímos da costa e meia hora depois saudamos o *Náutilus*. Ninguém apareceu na nossa chegada. O enorme cilindro folheado a ferro parecia deserto. Embarcadas as provisões, desci ao meu quarto e, depois do jantar, dormi profundamente.

No dia seguinte, 6 de janeiro, nada de novo a bordo. Nenhum som dentro, nenhum sinal de vida. O escaler descansava na beira, no mesmo lugar em que o havíamos deixado. Resolvemos voltar para a ilha. Ned Land esperava ter mais sorte do que no dia anterior com relação à caça e queria visitar outra parte da floresta.

Partimos ao amanhecer. O escaler, carregado pelas ondas que desciam para a costa, chegou à ilha em poucos minutos.

Ao desembarcarmos, pensando que seria melhor ceder ao canadense, seguimos Ned Land, cujas pernas compridas ameaçavam afastar-se de nós. Ele serpenteava pela costa em direção ao oeste: então, atravessando algumas torrentes, ele ganhou a planície que era cercada por admiráveis florestas. Alguns martim-pescadores perambulavam pelos cursos d'água, sem permitir aproximação. Tal recusa me provou que essas aves sabiam o que esperar dos bípedes de nossa espécie, e concluí que, se a ilha não era habitada, pelo menos os seres humanos a frequentavam ocasionalmente.

Após atravessar uma pradaria bastante extensa, chegamos à orla de um pequeno bosque que se animava com o canto e o voo de um grande número de pássaros.

— São apenas pássaros — disse Conselho.

— Mas eles são comestíveis — respondeu o arpoador.

— Não concordo, amigo Ned, pois só vejo papagaios por lá. — replicou Conselho.

— Amigo, Conselho — disse Ned gravemente — um papagaio é como um faisão para quem não tem outra coisa para comer.

— E — acrescentei — esse pássaro, devidamente preparado, merece a honra de uma garfada.

De fato, sob a espessa folhagem dessa floresta, um mundo de papagaios voava de galho em galho, precisando apenas de uma educação cuidadosa para falar a língua humana. No momento, eles estavam conversando com periquitos de todas as cores e com graves cacatuas, que

142

pareciam meditar sobre algum problema filosófico, enquanto lóris vermelhos brilhantes passavam como um pedaço de bandeira levada pela brisa, em meio a papuas, com as melhores cores azuis, calaus de voo ruidoso e toda uma variedade de animais alados muito encantadores de se ver, mas poucos comestíveis.

No entanto, um pássaro peculiar a essas terras, e que nunca ultrapassou os limites das ilhas de Arrow e Papuásia, estava faltando nesta coleção. Mas a sorte me reservava a oportunidade de admirá-lo logo em breve. Depois de passar por um matagal, encontramos uma planície obstruída por arbustos. Vi então aqueles pássaros magníficos, cuja disposição de longas penas os obriga a voar contra o vento. Seu voo ondulante, suas curvas aéreas graciosas e o sombreamento de suas cores atraíam e encantavam o olhar. Não tive dificuldade em reconhecê-los.

— Aves-do-paraíso! — Eu exclamei.

— Ordem *Passeriforma*, divisão *Clystomora* — respondeu o Conselho.

— Família das perdizes? — perguntou Ned Land.

— Eu duvido, senhor Land. No entanto, conto com a sua destreza para me ajudar a pegar um desses encantadores representantes da natureza tropical!

— Vou tentar, professor, embora eu seja mais útil com um arpão do que com um rifle.

Os malaios, que fazem um grande comércio dessas aves com os chineses, têm vários meios que não poderíamos utilizar para capturá-los. Às vezes, colocam laços no topo de árvores altas que os pássaros do paraíso preferem frequentar. Às vezes, eles os pegam com uma viscosa cola que paralisa seus movimentos. Eles chegam a envenenar as fontes das quais os pássaros geralmente bebem. Mas fomos obrigados a atirar neles durante o voo, o que nos deu poucas chances de derrubá-los; e, de fato, exaurimos em vão metade de nossa munição.

Por volta das onze horas da manhã, a primeira cadeia de montanhas que forma o centro da ilha já havia sido atravessada e não tínhamos matado nada. A fome nos impulsionava. Felizmente, Conselho, para sua grande surpresa, deu um tiro duplo e garantiu o café da manhã. Ele derrubou um pombo branco e um pombo-florestal, que, habilmente arrancados e pendurados em um espeto, foram assados diante de uma fogueira de lenha seca. Enquanto esses pássaros interessantes cozinhavam, Ned preparou o fruto da árvore do pão. Então os pombos-da-floresta foram devorados até os ossos e declarados excelentes. A noz-moscada, com que eles vivem a se fartar, dá sabor à sua carne e torna-a deliciosa ao comer.

— Agora, Ned, do que sente falta?

— Uma caça de quatro patas, professor Aronnax. Todos esses pombos são apenas acompanhamentos e ninharias; e até que eu tenha matado um animal com costeletas, não ficarei satisfeito.

— Nem eu, Ned, se não pegar uma ave-do-paraíso.

— Vamos continuar caçando — respondeu o Conselho. — Vamos em direção ao mar. Chegamos às primeiras declividades das montanhas, e acho melhor voltarmos a região das matas.

Esse foi um conselho sensato e foi seguido. Depois de caminhar por uma hora, alcançamos uma floresta de sagu-árvores. Algumas serpentes inofensivas deslizaram para longe de nós. As aves-do-paraíso fugiram quando nos aproximamos e, na verdade, eu desisti de chegar perto de uma quando Conselho, que caminhava na frente, de repente se abaixou, soltou um grito triunfal e voltou para mim trazendo o magnífico paradiseídeo.

— Ah! Bravo, Conselho!

— O mestre está exagerando...

— Não, meu rapaz! Foi um excelente golpe. Pegar uma dessas aves viva e carregá-la na mão.

— Se o mestre o examinar, verá que não mereço grande mérito.

— Por que, Conselho?

— Porque esse pássaro está bêbado como uma codorna.

— Bêbado!

— Sim, mestre; embriagado com a noz-moscada que estava devorando debaixo da moscadeira, sob a qual a encontrei. Veja, amigo Ned, veja os efeitos monstruosos da embriaguez!

— Por Deus! — exclamou o canadense. — Pelo que eu bebi gim nesses dois meses, não tenho por que ser recriminado!

Enquanto isso, eu examinava o pássaro curioso. Conselho estava certo. A ave-do-paraíso, embriagada com o suco, estava bastante impotente. Não podia voar; mal conseguia andar.

Esse paradiseídeo pertencia à mais bela das oito espécies que se encontram na Papuásia e nas ilhas vizinhas. Era o "grande pássaro esmeralda, o tipo mais raro". Ele media um metro de comprimento. Sua cabeça era comparativamente pequena, seus olhos colocados perto da abertura do bico, também pequenos. Mas os tons de cor eram lindos, tendo um bico amarelo, pés e garras marrons, asas cor de noz com pontas roxas, amarelo claro na nuca e na cabeça, e cor de esmeralda na garganta, castanho no peito e barriga. Duas hastes flexíveis e felpudas erguiam-se acima da cauda, prolongando as longas e leves penas de admirável delicadeza, e completavam a totalidade desse pássaro maravilhoso, que os nativos poeticamente chamaram de "pássaro do sol".

Como eu gostaria de poder levar esse soberbo espécime dos paradiseídeos de volta a Paris, para presentear o zoológico do Jardim Botânico, que não possui um único exemplar vivo.

— Quer dizer que é uma raridade ou algo assim? — perguntou o canadense, no tom de um caçador que, do ponto de vista de sua arte, dá a sua caça uma avaliação bem baixa.

— Raríssimo, meu camarada, e acima de tudo muito difícil de capturar vivo. E mesmo depois de mortos, ainda há um grande mercado para essas aves. Daí os nativos terem passado a fabricá-las como fabricam pérolas ou diamantes.

— O que?! — Conselho exclamou. — Eles fabricam aves-do-paraíso falsificadas?

—Sim, Conselho.

— E o mestre está familiarizado com a maneira como fazem isso?

— Perfeitamente familiarizado. Durante a estação das monções no Leste, as aves-do-paraíso perdem as magníficas penas em volta da cauda que os naturalistas chamam de subalares. Essas penas são recolhidas pelos forjadores de aves e habilmente colocadas em algum pobre periquito previamente mutilado. Em seguida, eles pintam sobre a sutura, envernizam o pássaro e enviam os frutos de seu trabalho exclusivo para museus e colecionadores na Europa.

— Genial! — Ned Land vibrou. — Se não é o pássaro certo, pelo menos tem as penas certas e, desde que a mercadoria não seja para ser comida, não vejo grande mal!

Mas se meus desejos foram satisfeitos pela posse da ave-do-paraíso, os canadenses ainda não o foram. Felizmente, por volta das duas horas, Ned Land derrubou um magnífico porco; da ninhada daqueles que os nativos chamam de "bari-outang". O animal veio muito bem a propósito; enfim, tínhamos carne quadrúpede de verdade. Ned Land estava muito orgulhoso de seu tiro. O porco, atingido pela bala elétrica, caiu morto como uma pedra. O canadense esfolou-o e limpou-o bem, depois de ter levado meia dúzia de costeletas, destinadas a nos fornecer uma refeição grelhada à noite. Em seguida, a caça foi reiniciada, ainda mais marcada pelas façanhas de Ned e Conselho.

De fato, os dois amigos, batendo nos arbustos, despertaram uma manada de cangurus que fugiram e saltaram em suas patas elásticas. Mas esses animais não correram tão rapidamente, para que a cápsula elétrica não pudesse parar seu curso.

— Ah, professor! — gritou Ned Land, que se deixou levar pelas delícias da caça. — Que excelente caça, e cozido também! Que suprimento para o *Náutilus*! Dois! três! Cinco no chão! E pensar que vamos comer aquela carne, e que os idiotas a bordo não terão uma migalha!

145

Acho que, no excesso de alegria, o canadense, se não tivesse falado tanto, teria matado a todos. Mas ele se contentou com uma única dúzia desses marsupiais interessantes. Esses animais eram pequenos. Eram uma espécie daqueles "coelhos-canguru" que vivem habitualmente nos ocos das árvores e cuja velocidade é extrema; mas são moderadamente gordos e fornecem, pelo menos, alimento estimável. Ficamos muito satisfeitos com os resultados da caçada. O felizardo Ned propôs retornar à ilha encantada no dia seguinte, pois ele desejava despovoá-la de todos os quadrúpedes comestíveis. Mas não sabia o que esperava.

Às seis horas da tarde, chegamos de volta à praia; nosso barco estava atracado no lugar de costume. O *Náutilus*, como uma longa rocha, emergia das ondas a três quilômetros da praia.

Ned Land, sem esperar, ocupou-se com o importante negócio do jantar. Ele entendia tudo sobre cozinhar bem. O "bari-outang", grelhado na brasa, logo cheirou o ar com um odor delicioso.

Resumindo, o jantar estava excelente. Dois pombos-florestais completaram o extraordinário menu. O sagu pastoso, a fruta-pão, umas mangas, meia dúzia de abacaxis e o licor fermentado a partir de uns cocos nos alegraram muito. Acho até que as ideias de meus dignos companheiros já não tinham toda a clareza desejável.

— E se não retornássemos ao *Náutilus* esta noite? — disse o Conselho.

— E se não retornássemos nunca mais? — sugeriu Ned Land.

Nesse momento, uma pedra caiu aos nossos pés e interrompeu a proposta do arpoador.

CAPÍTULO XXII

OS RAIOS DO CAPITÃO NEMO

Olhamos para a orla da floresta sem nos levantarmos. Enquanto eu levava minha mão à boca, a de Ned Land já chegara à dele.

— Pedras não caem do céu — observou Conselho — ou mereceriam o nome de meteoritos.

Uma segunda pedra, perfeitamente arredondada, que fez cair da mão de Conselho uma deliciosa coxa de pombo, deu ainda mais peso à sua observação. Nós três nos levantamos, carregamos nossas armas e estávamos prontos para responder a qualquer ataque.

— São macacos? — gritou Ned Land.

— Quase — respondeu Conselho. — São selvagens.

— Para o escaler! — bradei, correndo para o mar.

De fato, foi necessário bater em retirada, pois cerca de vinte indígenas armados com arcos e flechas apareceram na orla de um bosque que mascarava o horizonte à direita, a apenas cem passos de nós.

Nosso barco estava atracado acerca de dezoito metros de nós. Os selvagens se aproximavam, não correndo, mas fazendo demonstrações hostis. Choviam pedras e flechas.

Ned Land se recusava a deixar suas provisões; e, apesar do perigo iminente, com um porco de um lado e cangurus do outro, ele foi razoavelmente rápido. Em dois minutos estávamos na costa. Carregar o escaler com as provisões e as armas, empurrá-lo para o mar e montar os remos foi o trabalho de um instante. Não havíamos percorrido nem dois cabos, quando cem selvagens, uivando e gesticulando, entraram na água até a cintura. Observei para ver se a aparição deles atrairia alguns homens do *Náutilus* para a plataforma. Mas não. A enorme máquina, parada, estava absolutamente deserta.

Vinte minutos depois, estávamos a bordo. Os alçapões estavam abertos. Após atracar o escaler, entramos no interior do *Náutilus*.

Desci ao salão, de onde ouvi alguns acordes. Capitão Nemo estava lá, curvado sobre seu órgão, e mergulhado em um êxtase musical.

— Capitão!

Ele não me ouviu.

147

— Capitão! — Eu disse, tocando sua mão.

Ele estremeceu e, virando-se, disse:

— Ah! É o senhor, professor? Bem, fez uma boa caçada, herborizou com sucesso?

— Sim, capitão; mas infelizmente trouxemos junto conosco um bando de bípedes.

— Que tipo de bípedes?

— Selvagens.

— Selvagens! — ele repetiu, ironicamente. — Então, está surpreso, professor, por ter pisado em uma terra estranha e encontrado selvagens? Selvagens! Onde não há nenhum? Além disso, esses que chama de selvagens, são piores do que outros?

— Mas capitão...

— Falando por mim mesmo, professor, os encontro em todos os lugares.

— Bem, então — respondi —, se o senhor não quiser recebê-los a bordo do *Náutilus*, é melhor tomar alguns cuidados!

— Calma, professor, não há motivo para alarme.

— Mas há um grande número desses nativos.

— Quantos contou?

— Cem pelo menos.

— Professor Aronnax — respondeu o Capitão Nemo, colocando os dedos nos batentes do órgão — ainda que todos os nativos de Papuásia estivessem reunidos nessa costa, o *Náutilus* nada teria a temer.

Os dedos do capitão percorreram as teclas do instrumento e observei que ele tocava apenas nas teclas pretas, o que dava às suas melodias um caráter essencialmente escocês. Logo ele se esqueceu de minha presença e mergulhou em um devaneio que não perturbei.

Subi novamente à plataforma. A noite já havia caído; pois, em baixa latitude, o sol se põe rapidamente e sem crepúsculo. Eu só conseguia ver a ilha indistintamente; mas as inúmeras fogueiras acesas na praia mostravam que os indígenas não pensavam em abandoná-la. Passei várias horas sozinho, às vezes pensando nos nativos — mas sem medo deles, pois a confiança imperturbável do capitão era contagiosa — às vezes esquecendo-os para admirar os esplendores da noite nos trópicos. Minhas lembranças foram para a França no rastro daquelas estrelas do zodíaco que a iluminariam em algumas horas. A lua brilhava no meio das constelações do zênite. Lembrei-me então de que esse satélite leal e bem-humorado voltaria a esse mesmo lugar depois de amanhã, para levantar a maré e arrancar o *Náutilus* de seu leito de coral.

Perto da meia-noite, vendo que tudo estava quieto sobre as ondas escuras, bem como sob as árvores à beira da água, voltei para minha cabine e caí em um sono tranquilo.

A noite passou sem nenhum contratempo, os selvagens sem dúvida se assustaram ao ver um monstro encalhado na baía. Os alçapões estavam abertos e teriam facilitado o acesso ao interior do *Náutilus*. Às seis horas da manhã do dia 8 de janeiro, subi à plataforma. O amanhecer estava raiando. A ilha logo apareceu através da névoa que se dissipava; primeiro a costa, depois os cumes.

Os nativos continuavam lá, mais numerosos do que no dia anterior — quinhentos ou seiscentos talvez — alguns deles, aproveitando a maré baixa, haviam chegado aos corais, a menos de dois cabos de distância do *Náutilus*. Eu os distingui facilmente; eles eram genuínos papuas, de compleição atlética, homens de boa raça, testas grandes e altas, grandes, mas não largas e planas, e dentes brancos. Seus cabelos, com uma coloração avermelhada, contrastavam com seus corpos negros e brilhantes como os dos núbios. Nos lóbulos das orelhas, cortados e distendidos, pendiam cordões de contas feitos de osso. Nus em sua maioria, observei entre eles algumas mulheres, vestidas da cintura aos joelhos com uma verdadeira saia de grama sustentada por um cinto de vegetação. Alguns dos chefes adornavam o pescoço com colares feitos de contas de vidro vermelho e branco. Armados com arcos, flechas e escudos, quase todos carregavam dos ombros uma espécie de rede, que segurava aquelas pedras polidas que suas fundas lançavam com tanta destreza.

Um desses chefes, bem perto do *Náutilus*, examinava-o com cuidado. Ele deve ter sido um "mado" de alto escalão, porque vestia uma tanga de folhas de bananeira que tinha bordas irregulares e era pintado com cores chamativas.

Eu poderia facilmente ter derrubado esse nativo, que estava perto; mas pensei que era melhor esperar por verdadeiras manifestações hostis. Entre europeus e selvagens, os europeus devem reagir, não atacar.

Durante todo o tempo de maré baixa, os nativos vagaram perto do *Náutilus*, mas não eram incômodos; ouvi-os repetir com frequência a palavra "asse" e pelos seus gestos entendi que me convidavam a ir em terra, convite que recusei.

Portanto, o escaler não saiu do submarino naquele dia, para desgosto de mestre Land, que não conseguiu completar suas provisões. O habilidoso canadense passou seu tempo preparando os produtos de carne e farinha que trouxera da Ilha de Gueboroa. Já os selvagens voltaram à orla por volta das onze horas da manhã, quando as pontas dos corais começaram a desaparecer sob as ondas da maré alta. Mas vi o número deles aumentar consideravelmente na praia. Era provável que tivessem vindo de ilhas vizinhas ou do próprio continente de Papuásia. No entanto, não vi nenhuma canoa local.

Não tendo nada melhor para fazer, imaginei dragar aquelas belas águas límpidas, que exibiam uma profusão de conchas, zoófitos e plantas de mar aberto. Além disso, era o último dia do *Náutilus* naquelas paragens, se amanhã desencalhasse, como o capitão Nemo havia prometido.

Então convoquei Conselho, que me trouxe uma pequena e leve rede de arrasto semelhante às usadas na pesca de ostras.

— E quanto a esses selvagens? — Conselho me perguntou. — Com todo o respeito ao mestre, eles não me parecem tão maus assim!

— Eles são antropófagos, meu garoto.

— Uma pessoa pode ser um antropófago e um homem decente — respondeu Conselho — assim como uma pessoa pode ser gulosa e honrada. Um não exclui o outro.

— Tudo bem, Conselho! E eu concordo que existem canibais honrados que devoram decentemente seus prisioneiros. No entanto, me oponho a ser devorado, mesmo com toda a decência. Então vou ficar em guarda, especialmente porque o comandante do *Náutilus* parece não estar tomando precauções. E agora vamos trabalhar!

Durante duas horas a nossa pesca prosseguiu com energia mas sem trazer raridades. Nossa rede de arrasto estava cheia de orelhas-de-midas, harpas, melânias e, especialmente, as melhores conchas de martelo que eu tinha visto até aquele dia. Também juntamos alguns pepinos-do-mar, algumas ostras-pérolas e uma dúzia de pequenas tartarugas que guardamos para a despensa do navio.

Mas quando eu menos esperava, coloquei minhas mãos em uma maravilha, uma deformidade natural, algo raramente encontrado. Conselho tinha acabado de lançar a rede de arrasto e seu equipamento voltou carregado com uma variedade de conchas bastante comuns, quando de repente ele me viu mergulhar meus braços rapidamente na rede, puxar um animal sem casca e dar um grito conquiliólogo, isto é, o grito mais agudo que uma garganta humana pode produzir.

— O que aconteceu ao mestre? — perguntou Conselho, muito assustado. — Foi mordido?

— Não, meu garoto, mas eu teria com prazer sacrificado um dedo por tal achado!

— O que encontrou?

— Esta concha — eu disse, exibindo o assunto do meu triunfo.

— Mas isso é simplesmente uma oliva-porfíria, gênero *Oliva*, ordem *Pectinibranchia*, classe *Gastropoda*, ramo *Mollusca*.

— Sim, sim, Conselho! Mas em vez de enrolar da direita para a esquerda, esta oliva-porfíria rola da esquerda para a direita!

— Não pode ser! — Conselho exclamou.

150

— Sim, meu garoto, é uma concha sinistrógira!

— Uma concha sinistrógira! — repetiu Conselho com o coração disparado.

— Olhe para a sua espiral!

— Oh, que o mestre creia-me — disse Conselho, pegando a valiosa concha com as mãos trêmulas —, nunca senti tanta emoção!

E havia bons motivos para estarmos animados! Na verdade, como os naturalistas se aventuraram a observar, o "destrismo" é uma lei da natureza. Em seus movimentos rotacionais e orbitais, as estrelas e seus satélites vão da direita para a esquerda. O homem usa a mão direita com mais frequência do que a esquerda e, consequentemente, seus vários instrumentos e equipamentos (escadas, fechaduras, molas de relógio etc.) são projetados para serem usados da direita para a esquerda. Pois bem, a natureza geralmente obedece a essa lei enrolando suas conchas. Elas são destras, com raras exceções, e quando por acaso a espiral de uma concha é canhota, os colecionadores pagam seu peso em ouro por ela.

Conselho e eu estávamos absortos na contemplação de nosso tesouro, e eu prometia enriquecer o museu com ele, quando uma pedra infelizmente lançada por um nativo bateu e quebrou o precioso objeto nas mãos de Conselho. Soltei um grito de desespero! Conselho pegou meu rifle e apontou para um selvagem que balançava sua funda a dez metros dele. Eu o teria impedido, mas seu tiro partiu e destroçou a pulseira de amuletos pendurada no braço do selvagem.

— Conselho! — gritei. — Conselho!

— O quê?! O mestre não viu que o canibal que iniciou o ataque?

— Uma concha não vale a vida de um homem — disse eu.

— Ah! O canalha! — gritou Conselho. — Eu preferia que ele tivesse quebrado meu ombro!

Conselho estava falando sério, mas não pude concordar com ele. Enquanto isso, a situação se alterara e não tínhamos percebido. Cerca de dez canoas cercaram o *Náutilus*. As embarcações, escavadas no tronco de uma árvore, longas, estreitas, bem adaptadas à velocidade, equilibravam-se por meio de uma longa vara de bambu, que flutuava na água. Eram controladas por hábeis remadores seminus, e eu observava seu avanço com certo desconforto. Era evidente que esses papuas já haviam feito negócios com os europeus e conheciam seus navios. Mas esse longo cilindro de ferro ancorado na baía, sem mastros nem chaminés, o que poderiam pensar? Nada de bom, pois a princípio eles mantiveram uma distância respeitosa. Porém, ao vê-lo imóvel, aos poucos tomaram coragem e procuraram familiarizar-se com ele. Agora, essa familiaridade era exatamente o que era necessário evitar. Nossas armas, que eram silenciosas, só podiam produzir um efeito moderado sobre os selvagens, que têm pouco respeito por qualquer coisa além de coisas barulhentas. O raio, sem as reverberações do trovão, pouco assustaria o homem, embora o perigo esteja na descarga elétrica e não no barulho.

Nesse momento, as canoas se aproximaram do *Náutilus* e alvejando-o com uma chuva de flechas.

— Diabo! Uma saraivada! — Conselho disse. — E com flechas envenenadas, talvez!

— Precisamos alertar o capitão Nemo — falei, entrando pelo alçapão. Desci para o salão, mas não encontrei ninguém lá. Aventurei-me a bater na porta que dava para o quarto do capitão.

— Entre — foi a resposta.

Entrei e encontrei o capitão Nemo ocupado com cálculos nos quais não faltavam X e outros sinais algébricos.

— Incomodo? — disse eu, por cortesia.

— De fato, professor Aronnax — respondeu o capitão —, mas suponho que tenha motivos sérios para desejar me ver.

— Muito sérios! Os nativos estão nos cercando em suas canoas e em poucos minutos seremos certamente atacados por muitas centenas de selvagens.

— Ah! — disse o Capitão Nemo tranquilamente — eles vieram com suas canoas?

— Sim senhor.

— Bem, professor, devemos fechar os alçapões.

— Exatamente, e eu vinha lhe dizer...

— Nada pode ser mais simples... — disse o capitão Nemo. E, apertando um botão elétrico, transmitiu uma ordem à tripulação do navio.

— Tudo em ordem, professor — disse ele, após alguns momentos. — O escaler está no lugar, e os alçapões estão fechados. Imagino que não receie que esses cavalheiros destruam paredes que os projéteis de sua fragata não conseguiram trespassar?

— Não, capitão, mas ainda existe um perigo.

— E qual seria, professor?

— É que amanhã, por volta dessa hora, devemos abrir os alçapões para renovar o ar dos *Náutilus*. Se, nesse momento, os papuas ocuparem a plataforma, não vejo como o senhor poderia evitá-los de entrar.

— Então, professor, acha que eles vão nos abordar?

— Estou certo disso.

— Bem, deixe-os vir. Não vejo razão para impedi-los. Afinal, esses papuas são pobres criaturas, e não quero que minha visita à ilha custe a vida de um único deles.

152

Eu ia me retirar mas o capitão Nemo me deteve e pediu que me sentasse ao seu lado. Ele me questionou com interesse sobre nossas excursões em terra e nossa caça; e parecia não entender o desejo por carne que possuía o canadense. Em seguida, vários assuntos foram abordados na conversa e, sem ser mais comunicativo, o capitão Nemo mostrou-se mais amável.

Entre outras coisas, falamos por acaso da situação do *Náutilus*, encalhado exatamente no mesmo ponto neste estreito onde Dumont d'Urville quase se perdeu. A propósito disso:

— D'Urville foi um grande marinheiro do seu país — disse-me o capitão —, um dos seus navegadores mais inteligentes, o Capitão Cook dos franceses! Infeliz cientista, depois de ter enfrentado os icebergs do Polo Sul, os recifes de coral da Oceania, os canibais do Pacífico, morreu miseravelmente em um desastre de trem! Se esse homem enérgico pudesse ter refletido nos últimos momentos de sua vida, o que deve ter prevalecido em seus últimos pensamentos?

Falando, o capitão Nemo parecia comovido e sua emoção melhorou minha opinião sobre ele. Em seguida, com o mapa em mãos, revisamos as viagens do navegador francês, suas viagens de circum-navegação, sua dupla incursão ao Polo Sul, que levou à descoberta de Adélia e Luís Filipe, e seus levantamentos hidrográficos das principais ilhas da Oceania.

— O que D'Urville fez na superfície dos mares — disse o capitão Nemo — eu fiz sob ela, e mais fácil e completamente do que ele. O *Novo Astrolabe* e o *Zélee* não poderiam valer o *Náutilus*, tranquilo gabinete de trabalho que ele é, um verdadeiro sedentário no meio das águas.

— Mesmo assim, capitão — eu disse — há uma grande semelhança entre os saveiros de guerra de Dumont d'Urville e o *Náutilus*.

— E o que é?

— Como eles, o *Náutilus* encalhou!

— O *Náutilus* não encalhou, professor — respondeu o capitão Nemo com frieza. — O *Náutilus* foi construído para repousar sobre o leito dos mares, e não precisar realizar as manobras árduas que D'Urville teve de tentar para desencalhar suas embarcações. O *Zélée* e o *Novo Astrolabe* quase pereceram, mas meu *Náutilus* não corre perigo. Amanhã, no dia e na hora indicados, a maré vai levantá-lo tranquilamente e ele vai retomar a sua navegação pelos mares.

— Capitão — disse eu — não tenho dúvidas...

— Amanhã — acrescentou o capitão, levantando-se —, às três da tarde, o *Náutilus* flutuará e deixará o estreito de Torres ileso.

Tendo pronunciado essas palavras bruscamente, o capitão Nemo curvou-se ligeiramente. Isso foi para me dispensar e voltei para o meu quarto.

Lá encontrei o Conselho, que desejava saber o resultado da minha conversa com o Capitão.

— Meu rapaz — disse eu — quando eu sugeri ao capitão que seu *Náutilus* estava ameaçado pelos nativos da Papuásia, o capitão me respondeu muito sarcasticamente. Só tenho uma coisa a lhe dizer: confie nele e vá para dormir em paz.

— O mestre não precisa de meus serviços?

— Não, meu amigo. O que Ned Land está fazendo?

— O mestre me dê licença — respondeu Conselho —, mas o amigo Ned está ocupado fazendo uma torta de canguru que será uma maravilha.

Fiquei sozinho e fui para a cama, mas dormi muito mal, ouvindo o barulho dos selvagens, que pisavam forte na plataforma, soltando gritos ensurdecedores. A noite passou assim, sem perturbar o repouso normal da tripulação.

Às seis da manhã me levantei. Os alçapões não foram abertos. O ar interno não foi renovado, mas os reservatórios, abastecidos para qualquer emergência, funcionavam adequadamente, descarregando vários metros cúbicos de oxigênio na atmosfera rarefeita do *Náutilus*.

Trabalhei em meu quarto até o meio-dia, sem ter visto o capitão Nemo, nem por um instante. A bordo, não se percebia preparativos para a partida.

Esperei ainda algum tempo e me dirigi ao grande salão. O relógio marcava duas e meia. Em dez minutos a maré estaria alta; e, se o capitão Nemo não tivesse feito uma promessa precipitada, o *Náutilus* seria retirado imediatamente. Do contrário, muitos meses se passariam antes que ele pudesse deixar seu leito de coral.

No entanto, algumas vibrações de aviso começaram a ser sentidas na embarcação. Eu ouvi a quilha raspando contra o áspero fundo calcário do recife de coral.

Às vinte e cinco para as três, o Capitão Nemo apareceu no salão.

— Vamos partir — disse ele.

— Ah! — foi minha reação.

— Eu dei a ordem para abrir os alçapões.

— E os papuas?

— Os papuas? — respondeu o Capitão Nemo, dando ligeiramente de ombros.

— Eles não entrarão no *Náutilus*?

— E de que maneira?

— Só saltando sobre os alçapões abertos.

— Professor Aronnax — respondeu calmamente o capitão Nemo —, eles não entrarão nos alçapões do *Náutilus* dessa maneira, mesmo que estejam abertos.

154

Eu olhei para o capitão.

— O senhor não entende? — disse ele.

— De forma alguma.

— Bem, venha e verá.

Dirigi meus passos em direção à escada central. Ned Land e Conselho observavam maliciosamente alguns tripulantes do navio, que abriam os alçapões, enquanto gritos de raiva e vociferações de medo ressoavam do lado de fora.

As tampas da porta foram puxadas para fora. Vinte rostos horríveis apareceram. Mas o primeiro nativo que colocou a mão no corrimão, atingido por trás por alguma força invisível, não sei o que, fugiu, soltando os gritos mais temíveis e fazendo as mais selvagens contorções.

Dez de seus companheiros o seguiram. Eles se encontraram com o mesmo destino.

Conselho estava em êxtase. Ned Land, levado por seus instintos violentos, correu para a escada. Mas no momento em que agarrou o corrimão com ambas as mãos, ele, por sua vez, foi derrubado.

— Levei um choque! — gritou ele, com uma praga.

Isso explica tudo. Não era mais um corrimão, mas um cabo metálico carregado com eletricidade, que chegava na plataforma. Quem o tocava sentia um forte choque — e esse choque seria mortal se o capitão Nemo tivesse descarregado no condutor toda a força da corrente. Pode-se dizer que entre si mesmo e seus agressores, ele estendeu uma rede de eletricidade pela qual ninguém poderia passar impunemente.

Enquanto isso, os exasperados papuas batiam em retirada paralisados de terror. Quanto a nós, meio rindo, consolamos o infeliz Ned Land, que praguejou como um possesso.

Neste momento, porém, o *Náutilus*, levantado pelas últimas ondas da maré, abandonou seu leito de coral exatamente no quadragésimo minuto fixado pelo Capitão. Sua hélice varreu as águas lenta e majestosamente. Sua velocidade foi aumentando gradativamente e, navegando na superfície do oceano, saiu sã e salva das perigosas passagens do Estreito de Torres.

CAPÍTULO XXIII

"AEGRI SOMNIA"
– Em latim, sonhos problemáticos

No dia seguinte, 10 de janeiro, o *Náutilus* continuou seu curso sobre as águas, mas com uma velocidade tão notável que não consegui estimar em menos de trinta e cinco milhas por hora. A rapidez da hélice era tal que eu não podia acompanhar nem contar suas revoluções.

Refletindo sobre aquele maravilhoso agente elétrico, que além de proporcionar movimento, calor e luz ao *Náutilus*, ainda o protegia de ataques externos e o transformava em uma arca de segurança que nenhuma mão profana poderia tocar sem ser atingida por um choque, minha admiração era ilimitada, e da estrutura estendia-se ao engenheiro que a criou.

Nosso curso foi direcionado para o oeste, e no dia 11 de janeiro dobramos o cabo Wessel, situado em 135° de longitude e 10° latitude sul, que forma o ponto leste do Golfo de Carpentária. Os recifes ainda eram numerosos, mas mais espalhados e marcados no mapa com extrema precisão. O *Náutilus* evitou facilmente as ondas de Money a bombordo e os recifes Victoria a estibordo, situados a 130° de longitude e no décimo paralelo.

No dia 13 de janeiro, o capitão Nemo chegou ao Mar de Timor, e reconheci a ilha de mesmo nome em 122° de longitude. Essa ilha, cuja superfície mede 1.625 léguas quadradas, é governada por rajás, aristocratas que se consideram filhos de crocodilos, ou seja, descendentes com as origens mais exaltadas que um ser humano pode reivindicar. Consequentemente, seus ancestrais escamosos infestam os rios da ilha e são objeto de veneração especial. Eles são protegidos, nutridos, lisonjeados, mimados e recebem virgens como oferendaa; e infeliz é o estrangeiro que ergue um dedo contra esses lagartos sagrados.

Mas o *Náutilus* não queria ter nada a ver com esses animais asquerosos. A Ilha de Timor ficou visível apenas por um instante ao meio-dia enquanto o imediato determinava a sua posição. Também tive apenas um vislumbre da pequena Ilha de Roti, parte desse mesmo grupo, cujas mulheres têm uma reputação bem estabelecida de beleza no mercado da Malásia.

A esse ponto, a direção do *Náutilus* se inclinava para sudoeste, voltada para o Oceano Índico. Para onde a fantasia do capitão Nemo nos levaria a seguir? Ele voltaria para a costa da Ásia ou se aproximaria novamente das costas da Europa? Ambas as conjecturas improváveis, para um homem que fugia de continentes habitados. Então, ele desceria para o sul? Iria dobrar o Cabo da Boa Esperança, depois o cabo Horn e, finalmente, ir até o polo Antártico? Ele voltaria finalmente para o Pacífico, onde seu *Náutilus* poderia navegar livre e independente? O tempo iria mostrar.

Depois de contornar as areias de Cartier, de Hibernia, Seringapatam e Scott, no dia 14 de janeiro perdemos totalmente de vista a terra. A velocidade do *Náutilus* diminuiu consideravelmente, e com curso irregular ele às vezes nadava na profundidade das águas, às vezes flutuava em sua superfície.

Nesse período da viagem, o capitão Nemo fez alguns experimentos interessantes sobre as variadas temperaturas do mar, em diferentes camadas marítimas. Em condições normais, essas observações são feitas por meio de instrumentos bastante complicados, e com resultados um tanto duvidosos, por meio de sondas termométricas, cujos vidros frequentemente quebram sob a pressão da água, ou por meio de aparelhos que se baseiam nas variações da resistência de metais às correntes elétricas. Os resultados assim obtidos não podem ser calculados corretamente. Ao contrário, o capitão Nemo media pessoalmente a temperatura nas profundezas do mar, e seu termômetro, colocado em comunicação com as diferentes camadas de água, dava-lhe o grau procurado de maneira imediata e precisa.

Foi assim que o *Náutilus* alcançou sucessivamente a profundidade de três, quatro, cinco, sete, nove e dez mil metros, e o resultado definitivo dessa experiência era que o mar preservava uma temperatura média de quatro graus e meio a uma profundidade de cinco mil braças em todas as latitudes.

Assisti a esses experimentos com o fascínio mais intenso. O capitão Nemo trouxe uma verdadeira paixão para eles. Muitas vezes me perguntei por que ele fazia essas observações. Era para o benefício de seus semelhantes? Era improvável, porque mais cedo ou mais tarde sua obra morreria com ele em algum mar desconhecido! A menos que ele destinasse os resultados de seus experimentos para mim. Mas isso significava que minha estranha viagem teria um fim, e tal fim não estava à vista.

Seja como for, o capitão Nemo também me apresentou os diferentes dados que obteve sobre as densidades relativas da água nos principais mares do nosso globo. A partir dessa notícia, obtive um esclarecimento pessoal que nada tem a ver com ciência.

157

Aconteceu na manhã do dia 15 de janeiro. O capitão, com quem eu passeava na plataforma, perguntou-me se eu sabia como a densidade da água salgada difere de mar para mar. Respondi que não, acrescentando que faltavam observações científicas rigorosas sobre o assunto.

— Eu fiz essas observações — ele me disse — e posso atestar sua confiabilidade.

— Tudo bem — respondi — mas o *Náutilus* é um mundo à parte, e os segredos de seus cientistas não chegam até os continentes.

— Tem razão, professor — ele me disse após alguns momentos de silêncio. — É um mundo à parte. É tão estranho à Terra quanto os planetas que acompanham nosso globo ao redor do Sol, e nunca nos familiarizaremos com o trabalho dos cientistas em Saturno ou Júpiter. Mas já que o destino ligou nossas duas vidas, posso revelar os resultados de minhas observações para o senhor.

— Terei prazer em ouvi-lo, capitão.

— Como sabe, professor, a água salgada é mais densa que a doce, mas essa densidade não é uniforme. Em essência, se eu represento a densidade da água doce por 1.000, então encontro 1.028 para as águas do Atlântico, 1.026 para as águas do Pacífico, 1.030 para as águas do Mediterrâneo...

"Ah!", pensei. "Então ele se aventura no Mediterrâneo?"

— 1,018 para as águas do mar Jônico e 1,029 para as águas do Adriático.

Certamente, o *Náutilus* não evitava os mares altamente viajados da Europa e, a partir dessa percepção, concluí que o navio nos levaria de volta — talvez muito em breve — a praias mais civilizadas. Eu esperava que Ned Land recebesse essa notícia com um pulo de satisfação.

Por vários dias, nossas horas de trabalho foram gastas em todos os tipos de experimentos, no grau de salinidade em águas de diferentes profundidades, ou em suas propriedades elétricas, coloração e transparência, e em todos os casos o capitão Nemo exibiu uma engenhosidade igualada apenas à sua boa disposição a meu respeito. Então não o vi mais por alguns dias e novamente vivi recluso a bordo.

No dia 16 de janeiro, o *Náutilus* parecia repousando a apenas alguns metros abaixo da superfície das ondas. Seus motores elétricos estavam inativos e sua hélice imóvel o deixava à mercê das correntes. Supus que a tripulação estava ocupada com reparos internos, tornados necessários pela violência dos movimentos mecânicos da máquina.

Meus companheiros e eu assistimos a um espetáculo curioso. Os painéis do salão estavam abertos e, como o farol do *Náutilus* estava desligado, uma obscuridade turva reinava no meio das águas. Observava o estado do mar, nessas condições, e os peixes maiores não me pareciam

158

mais do que sombras mal definidas, quando o *Náutilus* se viu repentinamente transportado para a luz total. A princípio pensei que o farol tinha sido aceso e estava lançando sua radiação elétrica na massa líquida. Eu estava enganado e, após uma rápida observação, percebi meu erro. O *Náutilus* flutuava em meio uma camada fosforescente que, na escuridão, tornava-se bastante deslumbrante. Era produzido por miríades de animálculos luminosos, cujo brilho aumentava à medida que deslizavam sobre o casco metálico da embarcação. Fui surpreendido por faíscas em meio a essas mantas luminosas, como se fossem riachos de chumbo derretido em uma fornalha ardente, de modo que, alguns conglomerados luminosos faziam sombra nesse meio ígneo que não admitia obscuridade. Não, já não era a emissão calma da nossa iluminação habitual! Essa luz pulsava com vigor e atividade sem precedentes! Era uma luz viva!

Na verdade, era uma aglomeração infinita de infusórios coloridos, de verdadeiros glóbulos de geleia, providos de tentáculos filiformes, e dos quais até vinte e cinco mil foram contados em menos de dois centímetros cúbicos de água.

Durante várias horas o *Náutilus* flutuou nessas ondas brilhantes, e nossa admiração aumentou quando vimos grandes animais marinhos se comportando como salamandras. Pude observar, em meio desse fogo que não queimava, os rápidos e elegantes golfinhos (os palhaços infatigáveis do oceano), e alguns peixes-espada de três metros de comprimento, aqueles detectores de furacão cuja espada formidável de vez em quando atingia o vidro do salão. Então apareceram os peixes menores, a balista, a cavala saltitante, peixes-lobo e uma centena de outros que riscavam a atmosfera luminosa enquanto nadavam.

Alguma magia devia estar por trás dessa visão deslumbrante! Talvez alguma condição atmosférica tenha intensificado esse fenômeno? Talvez uma tempestade tenha se desencadeado na superfície das ondas? Mas apenas alguns metros abaixo, o *Náutilus* não sentia a fúria da tempestade, e o navio balançava pacificamente em meio às águas calmas.

E assim foi, alguma nova maravilha constantemente nos deliciando. Conselho observava e classificava seus zoófitos, articulados, moluscos e peixes. Os dias passavam rapidamente e eu não os acompanhava mais. Ned, como sempre, continuava procurando diversificar a nossa dieta a bordo. Como verdadeiros caracóis, estávamos acostumados à nossa concha, e declaro que é fácil levar uma vida de caracol.

A vida parecia fácil e natural, e não pensávamos mais na vida que levamos na terra; mas algo aconteceu para nos lembrar da estranheza de nossa situação.

159

No dia 18 de janeiro, o *Náutilus* estava em 105° de longitude e 15° de latitude sul. O tempo estava ameaçador, o mar agitado e ondulante. Havia um forte vento leste. O barômetro, que vinha caindo há alguns dias, pressagiava uma tempestade que se aproximava. Subi à plataforma no momento em que o imediato estava medindo nossa posição e esperei, como sempre, até que a frase do dia fosse dita. Mas neste dia foi trocado por outra frase não menos incompreensível. Quase diretamente, vi o capitão Nemo aparecer com uma luneta, olhando para o horizonte. Por alguns minutos ele ficou imóvel, sem tirar os olhos do ponto de observação. Em seguida, ele baixou a luneta e trocou algumas palavras com seu imediato. Este parecia ser vítima de alguma emoção que tentava em vão reprimir. Capitão Nemo, tendo mais domínio sobre si mesmo, permanecia indiferente. Ele também parecia estar fazendo algumas objeções, às quais o imediato respondia com afirmações categóricas. Pelo menos concluí pela diferença de tons e gestos. Quanto a mim, olhava cuidadosamente na direção indicada sem ver nada. O céu e a água se perdiam na linha clara do horizonte.

Enquanto isso, o capitão Nemo caminhava de uma ponta a outra da plataforma, sem olhar para mim, talvez sem me ver. Seu passo era firme, mas menos regular do que o normal. Ele parava às vezes, cruzava os braços e observava o mar. O que ele poderia estar procurando naquela imensa extensão? O *Náutilus* estava então a algumas centenas de milhas da costa mais próxima.

Mas esse mistério seria inevitavelmente esclarecido, e logo, porque o capitão deu ordens para aumentar a velocidade. Imediatamente o motor aumentou sua potência de propulsão, colocando a hélice em rotação mais rápida.

Nesse momento, o imediato chamou novamente a atenção do capitão. Este parou de andar e apontou a luneta para o local indicado. Ele olhou por muito tempo. Fiquei muito intrigado e desci à sala de estar e peguei uma excelente luneta que geralmente usava. Então, apoiando-a na caixa do farol que se projetava na frente da plataforma, pus-me a olhar para toda a linha do céu e do mar.

Mas assim que olhei pela ocular, o instrumento foi arrancado de minhas mãos.

Eu me virei. O capitão Nemo estava antes de mim, mas eu não o conhecia. Seu rosto estava transfigurado. Seus olhos brilhavam carrancudos, seus dentes estavam cerrados, o corpo rígido, os punhos fechados e a cabeça encolhida entre os ombros traíam a violenta agitação que dominava todo o seu corpo. Ele não se mexia. Minha luneta, caída de suas mãos, rolou a seus pés.

160

Eu tinha, sem querer, provocado esse acesso de raiva? Essa pessoa incompreensível imaginara que eu havia descoberto algum segredo proibido? Não. Eu não era o objeto desse ódio, pois ele não estava olhando para mim; seus olhos estavam fixos no ponto impenetrável do horizonte. Por fim, o capitão Nemo se recuperou. Sua agitação diminuiu. Ele dirigiu algumas palavras em uma língua estrangeira ao seu imediato, depois se virou para mim.

— Professor Aronnax — disse ele, em um tom imperioso —, eu exijo que cumpra um dos compromissos que o prendem a mim.

— O que foi, capitão?

— O senhor deve ser confinado, com seus companheiros, até que eu ache adequado para libertá-lo.

— O senhor é o mestre — respondi, olhando fixamente para ele. — Mas posso lhe fazer uma pergunta?

— Nenhuma, senhor.

Não havia como resistir a esse comando, teria sido inútil. Desci até a cabine ocupada por Ned Land e Conselho e contei a eles a determinação do capitão. Omito como esse comunicado foi recebido pelo canadense. Mas não havia tempo para explicações. Quatro tripulantes esperavam à porta e nos conduziram até a cela onde passamos nossa primeira noite a bordo do *Náutilus*.

Ned Land teria protestado, mas a porta se fechou em sua cara.

— O mestre pode me explicar o que isso significa? — perguntou Conselho.

Contei aos meus companheiros o que havia acontecido. Eles ficaram tão surpresos quanto eu, e igualmente intrigados.

Enquanto isso, eu estava absorto em minhas próprias reflexões e não conseguia pensar em nada além do estranho medo representado no semblante do capitão. Eu estava totalmente perdido para explicar isso, quando minhas cogitações foram perturbadas por estas palavras de Ned Land:

— Viva! O café da manhã está servido!

E de fato a mesa estava posta. Evidentemente, o capitão Nemo dera essa ordem ao mesmo tempo em que acelerara a velocidade do *Náutilus*.

— O mestre permitirá que eu faça uma recomendação? — perguntou o Conselho.

— Sim, meu garoto.

— Bem, se alimente, mestre. É prudente, pois não sabemos o que pode acontecer.

— Está certo, Conselho.

— Infelizmente — disse Ned Land — trouxeram-nos apenas o cardápio de bordo.

— Amigo Ned — perguntou Conselho, — o que teria dito se o desjejum tivesse sido totalmente esquecido? Esse argumento interrompeu as recriminações do arpoador. Sentamo-nos à mesa. A refeição foi feita em silêncio.

Só então o globo luminoso que iluminava a cela apagou-se e nos deixou na escuridão total. Ned Land logo adormeceu, e o que me surpreendeu foi que Conselho também se entregou a um pesado torpor. Eu estava pensando o que poderia ter causado sua sonolência irresistível, quando senti um denso entorpecimento saturar meu cérebro. Apesar de meus esforços para manter meus olhos abertos, eles fechavam. Uma suspeita dolorosa se apoderou de mim. Evidentemente, substâncias soporíferas haviam se misturadas à comida que acabávamos de comer. A prisão não era suficiente para esconder de nós os projetos do capitão Nemo, o sono era necessário.

Então ouvi os alçapões sendo fechados. As ondulações do mar, que causavam um leve movimento ondulante, cessaram. O *Náutilus* havia saído da superfície do oceano? Voltara para o leito de água imóvel? Tentei resistir ao sono. Era impossível. Minha respiração ficou fraca. Senti um frio mortal congelar meus membros enrijecidos e meio paralisados. Minhas pálpebras, como tampas de chumbo, caíram sobre meus olhos. Eu não conseguia reerguê-las; um sono mórbido, cheio de alucinações, me privou de meu ser. Em seguida, as visões desapareceram e me deixaram em completa insensibilidade.

CAPÍTULO XXIV

O REINO DOS CORAIS

No dia seguinte, acordei com minha cabeça singularmente clara. Para minha grande surpresa, eu estava em meu próprio quarto. Meus companheiros, sem dúvida, haviam sido reintegrados em sua cabine, sem o terem percebido também. Do que se passara durante a noite eles ignoravam tanto quanto eu, e para penetrar nesse mistério só contei com os acasos do futuro.

Então pensei em sair do meu quarto. Eu estava livre de novo ou era um prisioneiro? Totalmente livre. Abri a porta, fui para as coxias, subi a escada central. Os alçapões, fechados na noite anterior, estavam abertos. Fui para a plataforma.

Ned Land e Conselho esperavam por mim. Eu os questionei; eles não sabiam de nada. Perdidos em um sono pesado em que estavam totalmente inconscientes, eles ficaram surpresos ao se encontrarem em sua cabane.

Quanto ao *Náutilus*, parecia silencioso e misterioso como sempre. Ele flutuava na superfície das ondas em um ritmo moderado. Nada parecia diferente a bordo.

Ned Land observava o mar com seus olhos penetrantes. Estava deserto. O canadense não avistou nada de novo no horizonte, nem vela, nem terra. Uma brisa soprava ruidosamente do Oeste e, compridas ondas faziam o submarino balançar de forma notável.

Renovado o ar, o *Náutilus* permanecia a uma profundidade média de quinze metros, o que lhe permitia voltar rapidamente à superfície das ondas. E, ao contrário do costume, executou essa manobra várias vezes durante aquele dia de 19 de janeiro. O imediato então subia à plataforma, e sua frase usual ecoava pelo interior do navio.

Quanto ao capitão Nemo, ele não apareceu. Dos outros homens a bordo, vi apenas meu mordomo sem emoção, que me serviu com seu eficiente mudismo habitual.

Por volta das duas horas, eu estava no salão, ocupado em arrumar minhas anotações, quando o capitão apareceu. Eu me curvei. Ele fez uma ligeira inclinação em troca, sem falar. Retomei meu trabalho, na esperança de que ele me desse alguma explicação sobre os acontecimentos

163

da noite anterior. Ele não deu nenhuma. Eu olhei para ele. Ele parecia cansado; seus olhos pesados não foram revigorados pelo sono; seu rosto parecia muito triste. Ele andava de um lado para o outro, sentava-se e levantava-se novamente, pegava um livro aleatoriamente, largava-o, consultava seus instrumentos sem tomar suas notas habituais e parecia inquieto e agitado. Por fim, ele veio até mim e disse:

— É médico, professor Aronnax.

Eu esperava tão pouco por tal pergunta que fiquei algum tempo olhando para ele sem responder.

— O senhor é médico? — ele repetiu. — Vários de seus colegas estudaram medicina.

— Bem — disse eu — sou médico e cirurgião residente em um hospital. Pratiquei vários anos antes de entrar no museu.

— Muito bem, professor.

Minha resposta evidentemente satisfez o capitão. Mas, sem saber o que ele diria a seguir, esperei por outras perguntas, reservando minhas respostas de acordo com as circunstâncias.

— Professor Aronnax, o senhor consentirá em dispensar seus cuidados a um de meus homens? — ele perguntou.

— Ele está doente?

— Sim.

— Estou pronto para acompanhá-lo.

— Venha.

Confesso que me assustei, não sei por quê. Vi certa conexão entre a doença de um dos tripulantes e os acontecimentos do dia anterior; e esse mistério me interessou pelo menos tanto quanto o doente.

O capitão Nemo me conduziu até a popa do *Náutilus* e me levou para uma cabine situada perto dos aposentos dos marinheiros.

Em uma cama, estava um homem de cerca de quarenta anos de idade, com uma expressão de semblante resoluta, um verdadeiro tipo de anglo-saxão.

Eu me inclinei sobre ele. Ele não estava apenas doente, ele estava ferido. Sua cabeça estava envolta em bandagens cobertas de sangue. Eu desfiz as ataduras, o ferido olhou para mim com seus olhos grandes mas não deu nenhum sinal de dor. Era uma ferida horrível. O crânio, despedaçado por alguma arma mortal, deixava o cérebro exposto, que estava muito ferido. Coágulos de sangue se formaram na massa machucada e quebrada, com uma cor semelhante à borra de vinho.

Tratava-se de uma contusão e comoção cerebral. Sua respiração estava lenta e alguns movimentos espasmódicos dos músculos agitavam seu rosto. Eu senti seu pulso. Foi intermitente. As extremidades do corpo já estavam esfriando e eu vi que a morte inevitavelmente aconteceria. Depois de curar as feridas do infeliz, reajustei as bandagens em sua cabeça e me virei para o capitão Nemo.

— O que causou a ferida? — perguntei.

— O que importa? — ele respondeu, evasivamente. — Um choque quebrou uma das alavancas do motor, que o atingiu. Mas e sua opinião sobre o estado dele?

Hesitei antes de me pronunciar.

— Pode falar — disse o capitão. — Esse homem não entende francês.

Eu dei uma última olhada para o homem ferido.

— Ele estará morto em duas horas.

— Nada pode salvá-lo?

— Nada.

A mão do capitão Nemo se contraiu e algumas lágrimas brilharam em seus olhos, que eu pensava incapazes de chorar.

Por alguns momentos, ainda observei o moribundo, cuja vida passava lentamente. Sua palidez aumentara sob a luz elétrica que foi lançada sobre seu leito de morte. Olhei para sua testa inteligente, com rugas prematuras, provavelmente produzidas por infortúnio e tristeza. Tentei aprender o segredo de sua vida com as últimas palavras que escaparam de seus lábios.

— Pode ir agora, professor Aronnax — disse o capitão.

Deixei-o na cabine do moribundo e voltei para o meu quarto muito afetado por essa cena. Durante todo o dia fui assombrado por desconfortáveis pressentimentos, e à noite dormi mal, e entre meus sonhos desfeitos imaginei ouvir suspiros distantes como as notas de um salmo fúnebre. Eram as orações dos mortos, murmuradas naquela língua que eu não conseguia entender?

Na manhã seguinte, subi à plataforma. O capitão Nemo já estava lá. Assim que ele me percebeu, se aproximou.

— Professor, gostaria de empreender uma excursão submarina hoje?

— Com meus companheiros? — perguntei.

— Se eles quiserem.

— Nós obedecemos às suas ordens, capitão.

— Então queiram, por favor, vestir seus trajes de mergulho.

A respeito do moribundo ou do morto, nenhuma palavra. Reencontrei Ned Land e Conselho e contei a eles a proposta do Capitão Nemo. Conselho apressou-se em aceitá-la e, desta vez, o canadense parecia bastante disposto a seguir nosso exemplo.

Eram oito horas da manhã. Às oito e meia, estávamos equipados para essa nova excursão e munidos de dois dispositivos para luz e respi-

165

ração. A porta dupla estava aberta; e, acompanhados pelo capitão Nemo, que era seguido por uma dúzia de tripulantes, pisávamos a uma profundidade de cerca de trinta pés, no fundo sólido em que o *Náutilus* repousava. Um ligeiro declive conduzia a um fundo irregular, a quinze braças de profundidade. Esse fundo era totalmente diferente daquele que visitei em minha primeira excursão sob as águas do oceano Pacífico. Aqui, não havia areia fina, nem pradarias submarinas, nem floresta marinha. Imediatamente reconheci aquela região maravilhosa em que, naquele dia, o capitão nos fez as honras. Era o reino dos corais.

No ramo dos zoófitos, classe *Alcyonaria*, encontra-se a ordem *Gorgonaria*, que contém três grupos: gorgônios, isídios e coralinas. É a este último que pertence o precioso coral, uma substância inusitada que, em diferentes épocas, foi classificada nos reinos mineral, vegetal e animal. Medicina para os antigos, joias para os modernos, foi colocado de forma decisiva no reino animal em 1694, por Peysonnel de Marselha.

O coral é uma unidade de pequenos animais montados sobre um polipeiro de natureza frágil e rochosa. Esses pólipos têm um mecanismo de geração único que os reproduz por meio do processo de brotamento e têm uma existência individual ao mesmo tempo que participam de uma vida comunitária. Portanto, eles incorporam uma espécie de socialismo natural. Eu estava familiarizado com as últimas pesquisas sobre esse zoófito bizarro, que se mineraliza a medida que se arboriza, como alguns naturalistas observaram com muita propriedade, e nada poderia ter sido mais fascinante para mim do que visitar uma dessas florestas petrificadas que a natureza plantou no fundo do mar.

Ligamos nossos dispositivos Ruhmkorff e seguimos ao longo de um banco de corais em formação, que, com o tempo, fechará toda aquela parte do Oceano Índico. Nosso caminho era formado por emaranhados de arbustos, todos cobertos por pequenas flores em forma de estrela com listras brancas. Só que, ao contrário das plantas na costa, essas formas de árvore se fixam nas rochas do fundo do mar indo de cima para baixo.

A luz produzia mil efeitos encantadores, brincando no meio dos galhos de cores tão vivas. Parecia-me ver os tubos membranosos e cilíndricos dançarem sob a ondulação das águas. Tive a tentação de recolher suas pétalas frescas, ornamentadas com tentáculos delicados, alguns simplesmente soprados, outros em flor, enquanto um peixinho, nadando veloz, tocava-as levemente, como revoadas de pássaros. Mas quando minha mão se aproximou dessas flores vivas, dessas plantas animadas e sensíveis, toda a colônia se assustou. As pétalas brancas entraram novamente em suas caixas vermelhas, as flores desbotaram conforme eu olhava e o arbusto se transformou em um bloco de botões rochosos.

O acaso colocara-me na presença dos espécimes mais preciosos do zoófito. Aquele coral era mais valioso do que o encontrado no Mediterrâneo, nas costas da França, da Itália e da Barbéria, e seus tons justificavam os nomes poéticos de "Flor de Sangue" e "Espuma de Sangue". O coral é vendido por quinhentos francos o quilo; e ali, as camadas aquosas fariam a fortuna de uma companhia de mergulhadores de coral. Essa matéria preciosa, muitas vezes confundida com outros pólipos, formava então conjuntos compactos chamados "macciota", e nos quais notei vários belos exemplares de coral rosa.

Mas logo os arbustos se contraíram e as arborizações aumentaram. Verdadeiras moitas petrificadas, longas vigas de arquitetura fantástica, foram reveladas diante de nós. Capitão Nemo colocou-se sob uma galeria escura, onde por um ligeiro declive alcançamos uma profundidade de cem metros. A luz de nossas lâmpadas produzia efeitos por vezes mágicos, seguindo os contornos dos arcos naturais e pendentes dispostos como lustres.

Enfim, depois de duas horas de caminhada, chegamos a uma profundidade de cerca de trezentos metros, ou seja, o limite extremo em que o coral começa a se formar. Mas não havia arbusto isolado, nem mato modesto, no fundo de árvores altas. Era uma imensa floresta de grandes vegetações minerais, enormes árvores petrificadas, unidas por grinaldas de elegantes trepadeiras, todas adornadas com nuvens e reflexos. Passamos livremente sob seus galhos elevados, perdidos nas sombras das ondas, enquanto aos nossos pés corais de tubos de órgãos, corais rochosos, corais estrelados, corais de fungos e anêmonas do mar do gênero *Caryophylia* formavam um tapete de flores deslumbrante.

Que visão indescritível! Oh, se pudéssemos compartilhar nossos sentimentos! Por que fomos aprisionados por trás dessas máscaras de metal e vidro? Por que fomos proibidos de falar um com o outro? Quem nos dera levar a vida dos peixes que povoam esse elemento líquido, ou melhor ainda, a vida dos anfíbios, que podem passar longas horas no mar ou em terra, viajando por seu duplo domínio conforme seus caprichos!

O capitão Nemo havia parado. Eu e meus companheiros paramos e, virando-me, vi seus homens formando um semicírculo em torno de seu chefe. Olhando com atenção, observei que quatro deles carregavam nos ombros um objeto de forma oblonga.

Ocupamos o centro de uma vasta clareira rodeada pela alta folhagem da floresta submarina. Nossas lâmpadas projetavam sobre o lugar uma espécie de crepúsculo claro que alongava singularmente as sombras no chão. No final da clareira a escuridão aumentou, e só foi aliviada por pequenas faíscas refletidas pelas pontas de coral.

167

Ned Land e Conselho estavam perto de mim. Nós assistimos e achei que fosse testemunhar uma cena estranha. No meio da clareira, sobre um pedestal de pedras aproximadamente empilhadas, erguia-se uma cruz de coral que estendia seus longos braços que se poderia pensar serem feitos de sangue petrificado.

A um sinal do Capitão Nemo, um dos homens avançou; e a alguns metros da cruz ele começou a cavar um buraco com uma picareta que tirou de seu cinto. Eu entendi tudo! A clareira era um cemitério, o buraco era uma tumba e o objeto oblongo era o corpo do homem que morrera durante a noite! O capitão e seus homens tinham vindo enterrar seu companheiro nesse local de descanso, no fundo do oceano inacessível!

A sepultura era cavada lentamente; os peixes fugiam para todos os lados enquanto sua toca era perturbada. Ouvi as pancadas da picareta, que cintilou ao atingir uma pederneira perdida no fundo das águas. O buraco logo ficou grande e profundo o suficiente para receber o corpo. Então os carregadores se aproximaram e o corpo, envolto em um tecido de linho branco, foi abaixado para a sepultura úmida. O capitão Nemo, com os braços cruzados sobre o peito, e todos os seus amigos, ajoelharam-se em oração. Meus dois companheiros e eu nos curvamos reverentemente.

A cova foi então preenchida com o escombro retirado do solo, que formou um pequeno monte. Quando isso foi feito, o capitão Nemo e seus homens se levantaram. Então, aproximando-se do túmulo, eles se ajoelharam novamente, e todos estenderam as mãos em sinal de um último adeus. Em seguida, o cortejo fúnebre voltou ao *Náutilus*, passando sob os arcos da mata, em meio a matagais, ao longo dos arbustos de coral, e ainda em ascensão. Voltamos à uma hora.

Assim que mudei de roupa, subi à plataforma e, vítima de emoções conflitantes, sentei-me perto do farol. O capitão Nemo se juntou a mim. Eu me levantei e disse a ele:

— Presumo que o homem morreu durante a noite...

— Sim, professor Aronnax.

— E ele descansa agora, perto de seus companheiros, no cemitério de coral?

— Sim, esquecido por todos, mas não por nós. Cavamos a sepultura, e os pólipos se comprometem a selar nossos mortos para a eternidade.

Enterrando rapidamente o rosto nas mãos, o capitão tentou em vão conter um soluço. Em seguida, acrescentou:

— Nosso sereno cemitério está lá, algumas centenas de metros abaixo da superfície das ondas.

— Seus mortos dormem tranquilos, capitão, fora do alcance dos tubarões.

— Sim, senhor, de tubarões e de homens — respondeu gravemente o capitão.

168

PARTE II

CAPÍTULO I

O OCEANO ÍNDICO

Começa aqui a segunda parte de nossa jornada submarina. A primeira terminou com a cena comovente no cemitério de corais, que me marcou profundamente. E assim o capitão Nemo viveria sua vida inteiramente no coração do imenso mar, e até mesmo seu túmulo estava pronto em suas profundezas impenetráveis. Lá o último sono dos ocupantes do *Náutilus*, amigos unidos na morte como em vida, não seria perturbado por nenhum animal das profundezas! "Nenhum homem, tampouco!" o capitão acrescentou.

Sempre aquela mesma desconfiança, feroz e implacável, com relação à sociedade humana!

Não pude mais me contentar com a teoria que satisfazia o Conselho. O digno rapaz insistia em ver no capitão do *Náutilus* um daqueles sábios desconhecidos que despreza a humanidade com indiferença. Para ele, Nemo era um gênio incompreendido que, cansado dos enganos da terra, se refugiou neste meio inacessível, onde poderia seguir seus instintos livremente. Na minha opinião, isso explica apenas um lado do caráter do Capitão Nemo. Com efeito, o mistério daquela última noite em que estivemos acorrentados na prisão, o sono e a precaução tão violenta do capitão de arrancar-me dos olhos a luneta que ergui para varrer o horizonte, a ferida mortal do homem, devido a um choque inexplicável do *Náutilus*, tudo me colocou em um novo caminho. Não. O capitão Nemo não se contentava em evitar o homem. Seu aparato formidável não só se adequava ao seu instinto de liberdade, como talvez também ao projeto de alguma retaliação terrível.

No presente momento, nada está claro para mim. Tive apenas um vislumbre de luz em meio a todas as trevas e devo me limitar a escrever conforme os acontecimentos ditarem.

Ademais, nada nos prende ao capitão Nemo. Ele acredita que escapar do *Náutilus* é impossível. Nem mesmo somos prisioneiros de nossa palavra de honra. Nenhuma promessa nos acorrenta. Somos simplesmente cativos, prisioneiros disfarçados sob o nome de "convidados" por uma questão de cortesia diária. Mesmo assim, Ned Land não desistiu de todas as esperanças de recuperar sua liberdade. Ele com certeza aproveitará a primeira chance que surgir. Sem dúvida farei o mesmo. E ainda assim terei algum pesar por fugir com os segredos do *Náutilus*, tão generosamente revelados para nós pelo Capitão Nemo! Em última análise, devemos detestar ou admirar esse homem? Ele é o perseguidor ou o perseguido? E com toda a franqueza, antes de deixá-lo para sempre, quero terminar esta viagem subaquática pelo mundo, cujos primeiros estágios foram tão magníficos. Quero observar a série completa dessas maravilhas reunidas sob os mares de nosso globo. Eu quero ver o que nenhum homem viu ainda, mesmo que eu tenha que pagar por essa curiosidade insaciável com minha vida! Quais são minhas descobertas até o momento? Nada, relativamente falando, já que até agora cobrimos apenas 6.000 léguas no Pacífico!

Mesmo assim, estou bem ciente de que o *Náutilus* está se aproximando de praias povoadas e, se alguma chance de salvação se tornar disponível para nós, seria pura crueldade sacrificar meus companheiros à minha paixão pelo desconhecido. Devo ir com eles, talvez até mesmo guiá-los. Mas essa oportunidade surgirá? O ser humano, privado de seu livre arbítrio, anseia por essa oportunidade; mas o cientista, sempre curioso, teme.

Naquele dia, 21 de janeiro de 1868, ao meio-dia, o imediato veio tirar a altitude do sol. Subi na plataforma, acendi um charuto e observei a operação. Pareceu-me que o homem não entendia francês; várias vezes fiz comentários em voz alta, que devem ter atraído dele algum sinal involuntário de atenção, se é que os entendeu; mas ele permaneceu imperturbável e mudo.

Enquanto ele operava o sextante, um dos marinheiros do *Náutilus* (o homem forte que nos acompanhou em nossa primeira excursão submarina à Ilha de Crespo) veio limpar os vidros do farol. Examinei os acessórios do aparelho, cuja potência era aumentada cem vezes por aros lenticulares, colocados semelhantes aos de um farol, e que projetavam seu brilho no plano horizontal. A lâmpada elétrica era disposta de forma a dar sua luz mais poderosa. Na verdade, ela foi produzida *in vacuo*, o que garantiu sua estabilidade e intensidade. Esse vácuo economizou os pontos de grafite entre os quais o arco luminoso foi desenvolvido, uma importante economia para o Capitão Nemo, que não poderia tê-los substituído facilmente; e sob essas condições seu desgaste era imperceptível. Quando o *Náutilus* estava pronto para continuar sua jornada

170

submarina, desci para o salão. O painel foi fechado e o curso marcado para oeste direto.

Estávamos atravessando o Oceano Índico, uma vasta planície líquida, com uma superfície de 1.200 milhões de hectares, e cujas águas são tão claras e transparentes que qualquer um que se incline sobre elas fica tonto. O *Náutilus* flutuava entre cinquenta e cem braças de profundidade. Continuamos assim por alguns dias. Para qualquer um, exceto eu, que tinha um grande amor pelo mar, as horas teriam parecido longas e monótonas; mas as caminhadas diárias na plataforma, quando me embebia no ar revigorante do oceano, a visão das águas pelas janelas do salão, os livros da biblioteca, a compilação das minhas memórias, ocupavam todo o meu tempo, e não me deixavam um momento de tédio ou cansaço.

Durante alguns dias vimos um grande número de aves aquáticas, palmípedes, gaivotas e alcatrazes. Alguns foram habilmente mortos e, preparados de uma certa maneira, tornaram-se um cardápio muito aceitável. Entre pássaros de asas grandes, carregados a longa distância de todas as terras e repousando sobre as ondas do cansaço do voo, vi alguns albatrozes magníficos, pertencentes à família dos longipenes, soltando gritos dissonantes como o zurro de um burro.

As redes do *Náutilus* puxaram vários tipos de tartarugas marinhas do gênero *Caret* com dorso abaulado e cuja carapaça é altamente valorizada. Ótimos mergulhadores, esses répteis podem permanecer um bom tempo debaixo d'água fechando as válvulas carnudas localizadas nas aberturas externas de suas passagens nasais. Quando foram capturadas, algumas dessas *carets* ainda dormiam dentro de suas carapaças, um refúgio de outros animais marinhos. A carne dessas tartarugas não era nada memorável, mas seus ovos eram um excelente banquete.

Quanto aos peixes, sempre nos maravilhavam quando, olhando através dos painéis abertos, podíamos desvendar os segredos de sua vida aquática. Vi muitos tipos que nunca antes tive oportunidade de observar.

Cito principalmente o baiacu-cofre, típico do Mar Vermelho, do Oceano Índico e daquela parte que banha a costa da América tropical. Esses peixes, como a tartaruga, o tatu, o ouriço-do-mar e os crustáceos, são protegidos por uma couraça que não é calcária nem pedregosa, mas osso de verdade. Em alguns, assume a forma de um triângulo sólido, em outros, de um quadrilátero sólido. Entre os triangulares, vi alguns de uma polegada e meia de comprimento, com carne saudável e um sabor delicioso; são castanhos na cauda e amarelos nas barbatanas, e recomendo a sua introdução em água doce, à qual um certo número de peixes marinhos se habituam facilmente. Eu mencionarei também os baiacus quadrangulares, tendo no dorso quatro grandes tubérculos; alguns ponti-

171

lhados com manchas brancas na parte inferior do corpo, e que podem ser domesticados como pássaros; trigônios providos de agulhões formados pelo alongamento de sua concha óssea, e que, por seus estranhos grunhidos, são chamados de "porcos-do-mar"; por fim peixes-dromedários com grandes corcovas, cuja carne é muito dura e fibrosa.

Também destaco, das anotações diárias do mestre Conselho, certos peixes do gênero *Petrodon* peculiares a esses mares, com dorso vermelho e peito branco, que se distinguem por três fileiras de filamentos longitudinais; e alguns elétricos, de sete polegadas de comprimento, enfeitados com as cores mais vivas. Então, como espécimes de outras espécies, alguns ovóides, parecendo um ovo de cor marrom escuro, marcado com faixas brancas e sem cauda; *diodons*, autênticos porcos-espinhos, providos de espinhos, e capazes de inchar de tal maneira que se assemelham a uma pelota de dardos; hipocampos, comuns a todos os oceanos; alguns pégasos com focinhos alongados, cujas barbatanas peitorais, sendo muito alongadas e em forma de asas, permitem, senão voar, pelo menos disparar para o alto; caliomoros de cores claras, com cabeças ásperas; e muitos peixes-cachimbo, com focinhos longos e tubulares, que matam os insetos atirando neles, como de uma pistola de ar, com uma única gota d'água. Podemos chamar esses papa-moscas dos mares.

De 21 a 23 de janeiro, o *Náutilus* avançou a uma velocidade de duzentas e cinquenta léguas em vinte e quatro horas, isto é, quinhentas e quarenta milhas, ou vinte e duas milhas por hora. Se reconhecemos tantas variedades de peixes, foi porque, atraídos pela luz elétrica, tentaram nos seguir; a maior parte, entretanto, logo foi distanciada por nossa velocidade, embora alguns mantivessem seu lugar no entorno do *Náutilus* por algum tempo.

Na manhã do dia 24, em 12°5 de latitude sul e 94°33' de longitude, observamos a Ilha Keeling, uma formação de coral, plantada com magníficos cocos, e que havia sido visitada pelo senhor Darwin e Capitão Fitzroy. O *Náutilus* contornou a costa dessa ilha deserta por uma pequena distância. Suas redes trouxeram inúmeros espécimes de pólipos e curiosas conchas de moluscos.

Logo a Ilha Keeling desapareceu do horizonte, e nosso curso foi direcionado para o noroeste, para a ponta da Península Índica.

— Civilização! — Ned Land comentou naquele dia. — Muito melhor do que aquelas ilhas da Papuásia onde encontramos mais selvagens do que cervos! Nessa costa indiana, professor, existem estradas e ferrovias, aldeias inglesas, francesas e hindus. Não andaríamos cinco milhas sem esbarrar em um conterrâneo. Vamos, não é hora de escapar das garras do capitão Nemo?

— Não, não, Ned — respondi em tom muito firme. — Deixemos as águas correrem, como os marinheiros dizem. O *Náutilus* está se aproximando de áreas povoadas. Está voltando para a Europa, que nos conduza até lá. Depois de chegarmos em nossos mares, podemos fazer o que acharmos adequado. Além disso, não imagino que o capitão Nemo nos autoriza ir caçar nas costas de Malabar ou Coromandel como ele fez nas florestas da Nova Guiné.

— Bem, professor, não podemos fazer isso sem sua permissão?

Não respondi ao canadense. Eu não queria discutir. No fundo, eu estava determinado a explorar ao máximo a boa sorte que me colocou a bordo do *Náutilus*.

Da Ilha Keeling nosso curso pareceu mais lento e mais variável, frequentemente nos levando a grandes profundidades. Várias vezes eles fizeram uso dos planos inclinados, que certas alavancas internas posicionavam obliquamente à linha d'água. Percorremos assim cerca de duas milhas, mas sem nunca atingirmos as maiores profundezas do mar da Índia. Quanto à temperatura das camadas inferiores, o termômetro indicava invariavelmente 4° acima de zero. Observei apenas que nas camadas superiores a água era sempre mais fria em águas rasas do que em mar aberto.

No dia 25 de janeiro, o oceano estava totalmente deserto; o *Náutilus* passou o dia na superfície, batendo nas ondas com sua poderosa hélice e fazendo-as ricochetear a uma grande altura. Quem, em tais circunstâncias, não o consideraria um cetáceo gigantesco? Passei praticamente o dia todo na plataforma, observando o mar. Nada no horizonte, exceto, perto das quatro horas da tarde, um longo navio a vapor para o oeste, correndo em nossa direção oposta. Seu mastro foi visível por um instante, mas ele não poderia ter visto o *Náutilus* porque estávamos muito rentes a água. Imagino que aquele barco a vapor pertencesse à linha *Peninsular & Oriental*, que fornece serviço da ilha de Ceilão até Sidney, também com escala no cabo King George e Melbourne.

Às cinco horas da tarde, antes do crepúsculo que liga a noite ao dia nas zonas tropicais, Conselho e eu fomos surpreendidos por um espetáculo curioso.

Era um cardume de argonautas viajando na superfície do oceano. Poderíamos contar várias centenas, todos pertencentes à espécie dos argonautas tuberculados, que é peculiar aos mares da Índia.

Os graciosos moluscos moviam-se de costas por meio de seu tubo locomotor, através do qual expeliam a água aspirada. Dos seus oito tentáculos, seis eram alongados e estendidos flutuando na água, enquanto os outros dois, espalmados e abaulados, espalhavam-se ao vento como uma vela leve. Eu vi suas conchas em forma de espiral e ondulada, se-

173

melhante a uma elegante chalupa. Um barco mesmo! Com efeito, carregando o animal que o secretou, sem que o animal nele se incruste.

— O argonauta é livre para sair de sua casca — disse eu ao Conselho — mas nunca sai.

— Não muito diferente do capitão Nemo — Conselho respondeu sabiamente. — É por isso que ele deveria ter batizado seu navio de *Argonauta*.

Por quase uma hora, o *Náutilus* flutuou no meio desse cardume de moluscos. Então eu não sei que susto repentino eles tiveram. Mas como se a um sinal, todas as velas foram enroladas, os tentáculos dobrados, o corpo recolhido, as conchas viradas, mudando seu centro de gravidade, e toda a frota desapareceu sob as ondas. Nunca os navios de um esquadrão manobraram com maior entrosamento.

Naquele momento, a noite caiu repentinamente e as marolas, mal levantadas pela brisa, pousaram pacificamente sob o casco do *Náutilus*.

No dia seguinte, 26 de janeiro, cortamos o equador no octogésimo segundo meridiano e entramos no hemisfério norte.

Durante o dia nos acompanhou uma formidável tropa de esqualos, criaturas terríveis, que se multiplicam nesses mares e tornando-os muito perigosos. Eram tubarões *Cestracio philippi*, com dorso marrom e barriga esbranquiçada, armados com onze fileiras de dentes; tubarões-olhudos, com a garganta marcada por uma grande mancha negra cercada de branco como um olho. Havia também alguns tubarões-isabelle, com focinhos arredondados e com pontinhos escuros. Essas criaturas poderosas muitas vezes se atiravam nas janelas do salão com tanta violência que nos deixavam muito inseguros. Nessas ocasiões, Ned Land não era mais senhor de si mesmo. Ele queria ir para a superfície e arpoar os monstros, especialmente os tubarões-lixa, cuja boca é cravejada de dentes como um mosaico; e grandes tubarões-tigre de quase seis metros de comprimento, que o provocavam mais particularmente. Mas o *Náutilus*, acelerando sua velocidade, facilmente deixou o mais rápido deles para trás.

No dia 27 de janeiro, na entrada da vasta baía de Bengala, nos deparamos repetidas vezes um espetáculo assustador, cadáveres flutuando na superfície da água. Eram os mortos das aldeias indígenas, carregados pelo rio Ganges até ao nível do mar e que os abutres, os únicos coveiros do país, não conseguiram devorar. Mas os tubarões não deixaram de ajudálos no funeral.

Por volta das sete horas da noite, o *Náutilus*, meio imerso, navegava em um mar de leite. À primeira vista, o oceano parecia um creme à nossa volta. Foi o efeito dos raios lunares? Não, pois a lua, naquela fase, ainda estava escondida sob o horizonte aos raios do sol. Todo o céu, embora iluminado pelos raios siderais, parecia negro em contraste com a brancura das águas.

Conselho não acreditou no que estava vendo e me questionou sobre a causa desse estranho fenômeno. Felizmente, consegui responder.

— É chamado de mar de leite — expliquei. — Uma grande extensão de ondas brancas que pode ser vista frequentemente nas costas de Amboine e nestas partes do mar.

— Entendo — disse o Conselho — mas o mestre pode me dizer o que causa esse efeito? Pois suponho que a água não se transforme realmente em leite.

— Não, meu rapaz. A brancura que te surpreende é causada apenas pela presença de miríades de animálculos infusórios, uma espécie de pequenas larvas luminosas, gelatinosas e sem cor, da espessura de um cabelo, e cujo comprimento não passa de sete milésimos de polegada. Esses bestiolas aderem-se umas às outras, às vezes por várias léguas.

— Várias léguas! — exclamou Conselho.

— Sim, meu rapaz; e mesmo se tentar calcular o número desses infusórios, não conseguirá, pois, se não me engano, navios flutuaram nestes mares de leite por mais de quarenta milhas.

Não tenho certeza se Conselho acatou minha recomendação, porque parecia estar imerso em pensamentos, sem dúvida tentando calcular quantos quintos de milímetro são encontrados em quarenta milhas quadradas. Quanto a mim, continuei observando esse fenômeno. Durante várias horas, o esporão do *Náutilus* cortou essas ondas esbranquiçadas, e eu o observei deslizar silenciosamente sobre aquela água saponácea, como se navegasse por redemoinhos espumantes que as correntes e contracorrentes de uma baía às vezes deixam entre si.

Perto da meia-noite, o mar retomou repentinamente sua cor usual; mas atrás de nós, até os limites do horizonte, o céu refletia as ondas esbranquiçadas, e por muito tempo parecia impregnado com os vislumbres vagos de uma aurora boreal.

CAPÍTULO II

UMA NOVA PROPOSTA DO CAPITÃO NEMO

No dia 28 de janeiro, quando ao meio-dia o *Náutilus* veio à superfície do mar, em 9°4' de latitude norte, havia terra à vista cerca de oito milhas a oeste. A primeira coisa que notei foi uma cadeia de montanhas com mais ou menos seiscentos metros de altura, cujas formas eram as mais caprichosas. Ao fazer a orientação, soube que estávamos nos aproximando da ilha do Ceilão, pérola que pende no lóbulo da Península Indiana. Procurei na biblioteca um livro sobre essa ilha, uma das mais férteis do mundo. Encontrei justamente um volume intitulado *Ceylon and the Cingalese* de HC Sirr, esq. Ao entrar novamente no salão, me inteirei das coordenadas do Ceilão, ao qual os antigos atribuíram tantos nomes diferentes. Estava localizado entre a latitude 5°55' e 9 °49' norte, e entre a longitude 79 °42' e 82°4' a leste do meridiano de Greenwich; seu comprimento é de 275 milhas; sua largura máxima, 150 milhas; sua circunferência, 900 milhas; sua superfície é de 24.448 milhas quadradas, ou seja, um pouco menor que a da Irlanda.

Capitão Nemo e seu imediato apareceram naquele momento. O capitão olhou para o mapa. Então, voltando-se para mim, disse:

— A Ilha do Ceilão, conhecida por seus bancos de pérolas. Gostaria de visitar um deles, professor Aronnax?

— Certamente, capitão.

— Visitaremos os viveiros, mas não veremos os pescadores, pois a pesca anual ainda não começou. Pouco importa. Darei ordens para irmos para o Golfo de Manaar, aonde chegaremos na noite.

O capitão disse algo ao seu imediato, que saiu imediatamente. Logo o *Náutilus* retornou ao seu elemento líquido, e o manômetro indicou nove metros de profundidade.

Com o mapa sob meus olhos, procurei o Golfo de Mannar. Eu o encontrei no paralelo 9 ao largo da costa noroeste do Ceilão. Era formado por uma linha que partia pequena Ilha Mannar e, para alcançá-lo, tínhamos que subir toda a costa oeste do Ceilão.

— Professor — disse-me então o capitão Nemo —, há pescarias de pérolas na Baía de Bengala, nos mares das Índias Orientais, nos mares da

China e do Japão, além daqueles mares ao sul dos Estados Unidos, Golfo do Panamá e Golfo da Califórnia; mas é ao largo do Ceilão que essa pesca consegue os melhores resultados. Sem dúvida chegamos um pouco cedo.

Os pescadores se reúnem no Golfo de Mannar apenas durante o mês de março, e durante trinta dias cerca de 300 barcos se concentram na lucrativa colheita desses tesouros no mar. Cada barco é comandado por dez remadores e dez pescadores. Estes últimos se dividem em dois grupos, mergulham alternadamente e descem a uma profundidade de doze metros com a ajuda de uma pedra pesada presa entre seus pés e uma corda amarrada ao barco.

— Quer dizer — eu disse —, que esses métodos primitivos ainda são tudo o que eles usam?

— Ainda — respondeu-me o capitão Nemo —, embora os frutos dessas pescarias pertençam ao povo mais industrializado do mundo, os ingleses, a quem foi concedido pelo Tratado de Amiens em 1802.

— No entanto, me ocorre que trajes de mergulho como os seus seriam de grande utilidade nesse tipo de trabalho.

— Sim, já que esses pobres pescadores não podem ficar muito tempo debaixo d'água. Em sua viagem ao Ceilão, o inglês Percival observou um cafre que ficou cinco minutos sem subir à superfície, mas acho isso difícil de acreditar. Eu sei que alguns mergulhadores podem durar até cinquenta e sete segundos, e outros altamente habilidosos, até oitenta e sete; mas esses homens são raros, e quando os pobres camaradas voltam a bordo, a água que sai de seus narizes e orelhas fica tingida de sangue. Acredito que o tempo médio debaixo d'água que esses pescadores podem tolerar seja de trinta segundos, durante os quais eles enchem apressadamente suas pequenas redes com todas as ostras de pérolas que conseguem arrancar. Mas esses pescadores geralmente não vivem até a idade avançada: sua visão enfraquece, úlceras aparecem em seus olhos, feridas se formam em seus corpos e alguns são até mesmo atingidos por apoplexia no fundo do oceano.

— Sim — disse eu —, é uma profissão triste e que existe apenas para satisfazer os caprichos da moda. Mas diga-me, capitão, quantas ostras pode pescar um barco em um dia de trabalho?

— Cerca de 40.000 a 50.000. Diz-se até que em 1814, durante uma pescaria patrocinada pelo governo inglês, os mergulhadores trabalharam apenas vinte dias e trouxeram 76 milhões de ostras.

— Pelo menos — perguntei — os pescadores são bem remunerados?

— Dificilmente, professor. No Panamá, eles ganham apenas um dólar por semana. Na maioria dos lugares, eles ganham apenas um centavo para cada ostra que tem uma pérola, e eles trazem várias que não têm nenhuma!

177

— Só um centavo para essas pessoas pobres que enriquecem seus patrões! Isso é horrível!

— Bem, professor — disse o capitão Nemo —, o senhor e seus companheiros visitarão o banco de Manaar, e se por acaso algum pescador estiver lá, nós o veremos trabalhando.

— Combinado!

— A propósito, professor Aronnax, tem medo de tubarões?

— Tubarões! — exclamei.

A pergunta pareceu-me, no mínimo, ociosa.

— Bem? — continuou o capitão Nemo.

— Admito, capitão, que ainda não estou muito familiarizado com esse gênero de peixes.

— Nós estamos acostumados com eles — respondeu o capitão Nemo — e com o tempo, também estará. No entanto, estaremos armados e na estrada poderemos caçar alguns membros da tribo. É interessante. Então, até amanhã, professor, e cedo.

Dito isso em um tom descuidado, o capitão Nemo saiu do salão.

Quando você, leitor, for convidado a caçar o tubarão em seu elemento natural, talvez reflita antes de aceitar o convite. Quanto a mim, passei a mão na testa, sobre a qual caíam grandes gotas de suor frio.

"Reflitamos", refleti eu, "e não tenha pressa. Caçar lontras nas matas submarinas, como fizemos na Ilha de Crespo, até vai; mas subindo e descendo no fundo do mar, onde é quase certo encontrar tubarões é outra coisa! Sei bem que em certos países, particularmente nas ilhas Andamão, os negros nunca hesitam em atacá-los com uma adaga em uma das mãos e um laço na outra; mas também sei que poucos que afrontam essas criaturas voltam vivos. Porém, eu não sou um negro, e mesmo se fosse negro, nesse caso não acho que um pouco de hesitação da minha parte seria descabido."

E lá estava eu, fantasiando sobre tubarões, imaginando mandíbulas enormes armadas com várias fileiras de dentes e capazes de cortar um homem ao meio. Eu já podia sentir uma dor definitiva em volta da minha cintura. E como fiquei ressentido com a maneira improvisada com que o capitão fez seu deplorável convite! Parecia até que se tratava de ir para a floresta em alguma caça inofensiva à raposa!

"Bem" eu disse a mim mesmo. "Conselho nunca vai querer ir junto, e essa será a minha desculpa para não ir com o capitão."

Quanto a Ned Land, admito que me senti menos confiante de sua sensatez. O perigo, por maior que fosse, exercia uma atração por sua natureza agressiva.

Voltei a ler o livro de Sirr, mas folheando-o mecanicamente. Nas entrelinhas, eu continuava vendo mandíbulas assustadoras e bem abertas.

178

Nesse momento, Conselho e o canadense entraram com um ar calmo e até alegre. Mal sabiam eles o que os esperava.

— Por Deus, professor — disse Ned Land — seu capitão Nemo, que o diabo o carregue! Acaba de nos fazer um convite muito agradável.

— Ah! — disse eu — vocês sabem...

— Se estiver de acordo com o mestre — interrompeu o Conselho —, o capitão do *Náutilus* nos convidou para visitar as magníficas pescarias do Ceilão amanhã, em sua companhia; ele o fez gentilmente e se comportou como um verdadeiro cavalheiro.

— Ele não disse mais nada?

— Nada mais, exceto que ele já havia feito o convite ao mestre.

— De fato — eu disse. — Mas ele não lhes deu detalhes sobre...

— Nenhum. O mestre irá conosco, certo?

— Eu? Sim, certamente, claro! Posso ver que gostou da ideia, senhor Land.

— Sim! Será uma experiência realmente incomum!

— E possivelmente perigosa! — adicionei em um tom insinuante.

— Perigosa? — Ned Land respondeu. — Uma viagem simples para um banco de ostras?

Certamente, o capitão Nemo não achou por bem plantar a ideia de tubarões nas mentes de meus companheiros. De minha parte, os encarei com olhos ansiosos, como se já estivessem sem um ou dois membros. Devo alertá-los? Sim, com certeza, mas eu mal sabia como fazer isso.

— O mestre poderia nos dar alguns detalhes da pesca de pérolas? — disse Conselho.

— Quanto à própria pesca — perguntei — ou quanto aos incidentes que...

— Sobre a pesca — respondeu o canadense —, antes de entrar no solo, é bom saber algo sobre ele.

— Muito bem. Sentem-se, meus amigos, e eu vou lhes ensinar tudo que eu mesmo acabei de aprender pelo inglês HC Sirr!

Ned e Conselho sentaram-se em uma poltrona, e a primeira coisa que o canadense perguntou foi:

— Professor, o que é uma pérola?

— Meu digno Ned — respondi — para o poeta, uma pérola é uma lágrima do mar; para os orientais, é uma gota de orvalho solidificado; para as senhoras, é uma joia de forma oblonga, de um brilho da substância madrepérola, que elas usam nos dedos, no pescoço ou nas orelhas; para o químico, é uma mistura de fosfato e carbonato de cal, com um pouco de gelatina; e, por último, para os naturalistas, é simplesmente uma secreção mórbida do órgão que produz a madrepérola entre certos bivalves.

— Ramo de moluscos — acrescentou Conselho —, classe dos acéfalos, ordem dos testáceos.

— Precisamente, sábio Conselho. Ora, entre esses testáceos, a orelha-domar-íris, as tridacnas, os pregados, as pinhas-marinas, enfim, todos aqueles que secretam madrepérola, isto é, a substância azul, azulada, violeta ou branca que reveste o interior de suas conchas, são capazes de produzir pérolas.

— Mexilhões também? — perguntou o canadense.

— Sim, mexilhões de certas águas na Escócia, no País de Gales, na Irlanda, na Saxônia, na Boêmia e na França.

— Bom! Para o futuro vou prestar atenção — respondeu o canadense.

— Mas — continuei — o molusco específico que secreta a pérola é a ostra perlífera, a *Meleagrina margaritiferct*, a preciosa pintadina. A pérola nada mais é do que uma formação nacarada, depositada em uma forma globular, quer aderindo à concha da ostra, ou incrustada nas dobras da criatura. Sobre as valvas, a pérola é aderente; na carne, é solta; mas sempre tem como núcleo uma pequena substância dura, pode ser um óvulo estéril, pode ser um grão de areia, em torno do qual a matéria perolada se deposita ano após ano, sucessivamente, e por finas camadas concêntricas.

— É possível encontrar mais de uma pérola na mesma ostra? — perguntou o Conselho.

— Sim, meu rapaz. Algumas pintadinas são autênticos porta-joias. Uma ostra foi mencionada, embora eu me permita duvidar, como tendo contido nada menos que cento e cinquenta tubarões.

— Cento e cinquenta tubarões! — exclamou Ned Land.

— Eu disse tubarões? — disse eu apressadamente. — Eu quis dizer cento e cinquenta pérolas. Tubarões não fariam sentido.

— Certamente que não — disse o Conselho —, mas agora que o mestre nos ensine como eles extraem essas pérolas.

— Eles procedem de várias maneiras. Quando aderem à concha, os pescadores muitas vezes as arrancam com pinças; mas a forma mais comum é deitar as ostras nas esteiras de algas que cobrem as margens. Assim, morrem ao ar livre; e ao final de dez dias eles estão em um estado avançado de decomposição. Eles são então mergulhados em grandes reservatórios de água do mar; em seguida, são abertos e lavados.

— O preço dessas pérolas varia de acordo com o tamanho? — perguntou o Conselho.

— Não apenas de acordo com seu tamanho — respondi —, mas também de acordo com sua forma, sua "água" (ou seja, sua cor) e seu brilho: isto é, aquele aspecto cintilante que as torna tão atraentes aos olhos. As mais belas são chamadas de pérolas-virgens, pois são formadas apenas no tecido do molusco; são brancas, geralmente opacas, mas às vezes têm a transparência opalina, e em geral são redondas ou ovais. As redondas são transformadas em pulseiras, as ovais em pingentes e, sendo mais preciosas, são vendidas individualmente. As que aderem à concha da ostra são mais irregulares e são vendidas a peso. Por último, em uma ordem inferior, são classificadas as pequenas pérolas conhecidas por o nome de pérolas-semente; elas são vendidas a metro e são especialmente usadas em bordados para enfeites de igrejas.

— Mas deve ser um trabalho longo e difícil, separar essas pérolas por tamanho — disse o canadense.

— Não, meu amigo. Essa tarefa é realizada com onze filtros, ou peneiras, que são perfurados com diferentes números de orifícios. As pérolas que ficam nos filtros com vinte a oitenta orifícios estão na primeira ordem. Aqueles que não escorregam pelas peneiras perfuradas com 100 a 800 orifícios estão na segunda ordem. Por fim, as pérolas para as quais se usa filtros perfurados com 900 a 1.000 orifícios constituem as pérolas-semente.

— Que engenhoso — disse Conselho — reduzir a divisão e classificação de pérolas a uma operação mecânica. E o mestre poderia nos dizer os lucros gerados pela colheita desses bancos de ostras de pérolas?

— De acordo com o livro de Sirr — respondi — essas pescarias do Ceilão são cultivadas anualmente para um lucro total de 3.000.000 devoradores de homens.

— Francos! — Conselho corrigiu.

— Sim, francos! 3.000.000 de francos! — eu continuei. — Mas não acho que essas pescarias tragam os retornos de antes. Da mesma forma, as pescarias da América Central costumavam ter um lucro anual de 4.000.000 de francos durante o reinado do rei Carlos V, mas agora rendem apenas dois terços desse montante. Ao todo, estima-se que 9.000.000 de francos é o retorno anual atual para toda a indústria de colheita de pérolas.

— A propósito — perguntou Conselho —, algumas pérolas famosas não foram cotadas a preços extremamente altos?

— Sim, meu rapaz. Dizem que Júlio César deu a Servília uma pérola no valor de 120.000 francos em nossa moeda.

— Já ouvi histórias — disse o canadense — sobre uma senhora nos tempos antigos que bebia pérolas no vinagre.

— Cleópatra — Conselho disparou de volta.

— Deve ter um gosto muito ruim — acrescentou Ned Land.

— Abominável, Ned, meu amigo — respondeu Conselho. — Mas quando um pequeno copo de vinagre vale 1.500.000 francos, seu sabor é um pequeno preço a pagar.

— Lamento não ter casado com a garota — disse o canadense, erguendo as mãos com ar de desânimo.

— Ned Land casado com Cleópatra? — Conselho exclamou.

— Já estive para me casar, Conselho — respondeu o canadense com toda a seriedade — e não foi minha culpa que todo o negócio fracassou. Até comprei um colar de pérolas para minha noiva, Kate Tender, mas ela se casou com outra pessoa. Bem, aquele colar me custou apenas um dólar e meio, mas pode confiar em mim, professor, suas pérolas eram tão grandes que não teriam passado por aquele filtro com vinte furos.

— Meu caro Ned — respondi, rindo —, aquelas eram pérolas artificiais, contas de vidro comuns cujas entranhas eram revestidas com a Essência do Oriente.

— Uau! — o canadense exclamou. — Aquela Essência do Oriente deve custar o olho da cara.

— Tão pouco quanto zero! Vem das escamas de uma carpa europeia, nada mais é do que uma substância prateada que se acumula na água e se conserva em amônia. Não tem valor nenhum.

— Talvez seja por isso que Kate Tender se casou com outra pessoa — filosofou Land.

— Mas — eu disse —, voltando às pérolas de grande valor, não acho que soberano algum jamais possuiu uma superior à pérola possuída pelo Capitão Nemo.

— Esta? — disse Conselho, apontando para uma magnífica joia em sua caixa de vidro.

— Exatamente. E certamente não estou longe quando estimo seu valor em 2.000.000 de...

— Francos! — Conselho disse rapidamente.

— Sim — eu disse — 2.000.000 de francos, e sem dúvida tudo que custou ao nosso capitão foi o esforço para pegá-la.

— Ei! — Ned Land exclamou. —Durante nosso passeio de amanhã, quem disse que não vamos encontrar uma igual a ele?

— Está brincando? — espantou-se Conselho.

— E por que não?

— De que adiantaria uma pérola no valor de milhões de nós aqui no *Náutilus*?

— Aqui, não — disse Ned Land. — Mas em outro lugar...

— Oh! Em outro lugar! — Conselho interveio, balançando a cabeça.

— Na verdade — eu disse —, senhor Land está certo. E se levarmos para a Europa ou América uma pérola no valor de milhões, isso tornaria a história de nossas aventuras mais autêntica e muito mais gratificante.

— Exatamente — animou-se o canadense.

— Mas — disse Conselho — essa pesca de pérolas é perigosa?

— Não — respondi rapidamente —, sobretudo se forem tomadas certas precauções.

— Qual seria o risco? — escarneceu Ned Land. — Engolir alguns goles de água do mar?

— Acho que sim, Ned. A propósito — disse eu, tentando interpretar o tom descuidado do capitão Nemo —, por acaso tem medo de tubarões, bravo Ned?

— Eu?! — respondeu o canadense. — Um arpoador de profissão? É meu ofício zombar deles.

— Mas — disse eu —, não se trata de pescá-los com um esmerilhão, içá-los para dentro do navio, cortar suas caudas com um golpe de um machado, rasgá-los e atirar seus corações no mar!

— Então, é uma questão de...

— Sim, precisamente.

— Na água?

— Na água.

— Com mil diabos! O professor sabe que esses tubarões são bestas malformadas! Eles se viram para abocanhá-lo e, nesse ínterim...

Ned Land tinha um jeito de dizer "abocanhar", que fazia meu sangue gelar.

— Bem, e você, Conselho, o que acha dos tubarões?

— Eu! — disse o Conselho. — Vou ser franco com o mestre.

"Já estava na hora", pensei.

— Se o mestre pretende enfrentar os tubarões, não vejo por que seu fiel servo não deveria enfrentá-los também.

CAPÍTULO III

A PÉROLA DE DEZ MILHÕES

Na manhã seguinte, às quatro horas, fui acordado pelo mordomo que o capitão Nemo havia colocado a meu serviço. Levantei-me apressadamente, vesti-me e fui para o salão.

O capitão estava me esperando.

— Professor Aronnax — disse ele —, está pronto para começar?

— Estou pronto.

— Então, por favor, me siga.

— E meus companheiros, capitão?

— Eles foram informados e estão esperando.

— Não devemos colocar nossas vestes de mergulhador? — perguntei eu.

— Ainda não. Não permiti que o *Náutilus* chegasse muito perto desta costa, e estamos a alguma distância da Margem de Manaar; mas o escaler está pronto e nos levará até o ponto exato de desembarque, o que nos economizará muito tempo caminho. Levaremos nosso aparelho de mergulho, que colocaremos quando começarmos nossa jornada submarina.

O capitão Nemo me conduziu até a escada central, que conduzia à plataforma. Ned e Conselho já estavam lá, encantados com a ideia do "entretenimento" que se preparava. Cinco marinheiros do *Náutilus*, com seus remos, esperavam no escaler, encostado na amurada.

A noite ainda estava escura. Camadas de nuvens cobriam o céu, permitindo apenas que poucas estrelas fossem vistas. Olhei para o lado onde ficava a terra e não vi nada além de uma linha escura envolvendo três quartos do horizonte, de sudoeste a noroeste. O *Náutilus*, tendo retornado durante a noite para a costa oeste do Ceilão, estava agora a oeste da baía, ou melhor, do golfo, formado pelo continente e a Ilha de Manaar. Lá, sob as águas escuras, estendia-se o viveiro das pintadinas, um campo inesgotável de pérolas, cujo comprimento é de mais de trinta quilômetros.

Capitão Nemo, Ned Land, Conselho e eu ocupamos nossos lugares na popa do escaler; o piloto foi para o leme; seus quatro companheiros apoiaram-se nos remos. Soltas as amarras, partimos.

O escaler dirigiu-se para o sul; os remadores não se apressaram. Percebi que suas braçadas, fortes na água, só se sucediam a cada dez segundos, conforme método geralmente adotado na marinha. Enquanto o barco estava correndo em sua própria velocidade, gotas de líquido caíam dos remos e atingiam as profundezas escuras das ondas como chumbo derretido. Uma marola imprimia ao bote um ligeiro balanço no barco, e algumas cristas espumavam à sua frente.

Ficamos em silêncio. O que o capitão Nemo estava pensando? Talvez essa costa se aproximando fosse muito próxima para seu conforto, ao contrário da visão do canadense, para quem ela ainda parecia muito distante. Quanto a Conselho, ele veio por simples curiosidade.

Às cinco e meia, as primeiras tonalidades no horizonte mostraram a linha superior da costa com mais nitidez. Bastante plana a leste, acidentava-se um pouco ao sul. Cinco milhas ainda a separavam de nós, e sua praia se fundia com as águas enevoadas. Entre nós e a costa, o mar estava deserto. Não havia um barco, um mergulhador. A profunda solidão reinava sobre este local de encontro dos pescadores de pérolas. Como o capitão Nemo comentou, chegávamos a essas vias navegáveis um mês antes.

Às seis horas da tarde amanheceu repentinamente, com aquela rapidez peculiar às regiões tropicais, que não conhecem o amanhecer nem o crepúsculo. Os raios solares perfuraram a cortina de nuvens, empilharam-se no horizonte oriental e o astro radiante ergueu-se rapidamente. Eu vi a terra claramente, com algumas árvores espalhadas aqui e ali. O barco se aproximou da Ilha Manaar, que era arredondada para o sul. Capitão Nemo levantou-se de seu assento e observou o mar.

A um sinal dele, a âncora foi lançada, mas a corrente mal correu, pois tinha pouco mais de um metro de profundidade, formando um dos pontos mais elevados do viveiro das pintadinas.

— Aqui estamos, professor Aronnax — disse o capitão Nemo. — Está vendo aquela baía fechada? Aqui, em um mês, estarão reunidos os numerosos barcos pesqueiros dos exportadores, e essas são as águas que seus mergulhadores saquearão com tanta ousadia. Felizmente, esta baía está bem situada para esse tipo de pesca. Protegida dos ventos mais fortes, o mar nunca é muito agitado aqui, o que o torna propício para o trabalho do mergulhador. Agora, vamos colocar nossas vestes e iniciar nossa caminhada.

Não respondi e, enquanto observava aquelas águas suspeitas, comecei a vestir meu pesado traje de mar, com a ajuda dos marinheiros. O capitão Nemo e meus companheiros também estavam se vestindo. Nenhum dos homens da *Náutilus* deveria nos acompanhar nessa nova excursão.

Logo estávamos envoltos até a garganta em roupas de borracha; o aparelho de ar preso às nossas costas por suspensórios. Quanto ao aparelho Ruhmkorff, não havia sinal dele. Antes de enfiar a cabeça na tampa de cobre, comentei o fato como capitão.

185

— Eles seriam inúteis — respondeu ele. — Não vamos a grandes profundidades e os raios solares bastarão para iluminar o nosso passeio. Além disso, não seria prudente levar luz elétrica nestas águas; o seu brilho pode atrair alguns dos perigosos habitantes do litoral.

Enquanto o capitão Nemo pronunciava essas palavras, voltei-me para o Conselho e Ned Land. Mas meus dois amigos já haviam colocado as cabeças na tampa de metal e não podiam ouvir nem responder. Restava uma última pergunta a fazer ao Capitão Nemo.

— E nossos rifles? — perguntei eu. — Nossas armas?

— Armas! Para quê? Os montanhistas não atacam o urso com uma adaga na mão, e o aço não é mais seguro do que o chumbo? Aqui está uma lâmina sólida. Coloque-a no cinto e vamos começar.

Eu olhei para meus companheiros e vi que estavam armados da mesma forma e, mais do que isso, Ned Land brandia um enorme arpão, que havia colocado no escaler antes de sair do *Náutilus*.

Então, seguindo o exemplo do capitão, vesti o pesado capacete de cobre e nossos reservatórios de ar começaram a funcionar imediatamente. Um instante depois, pousamos, um após o outro, em cerca de dois metros de água sobre uma areia plana. O capitão Nemo fez um sinal com a mão e nós o seguimos por um declive suave até desaparecer sob as ondas.

Lá os medos obsessivos em meu cérebro me deixaram. Fiquei surpreendentemente calmo novamente. A facilidade com que eu conseguia me mover aumentava minha confiança e as muitas visões estranhas cativaram minha imaginação.

O sol já estava enviando luz suficiente sob essas ondas. Os menores objetos tornavam-se visíveis. Depois de dez minutos de caminhada, estávamos em cinco metros de profundidade e o terreno havia se tornado quase plano.

Como um bando de galinholas em um pântano, erguiam-se sob os nossos pés cardumes de peixes incomuns do gênero *Monopterus*, cujos membros não têm nadadeira além da cauda. Reconheci a enguia javanesa, uma verdadeira serpente de oito decímetros de ventre cinza-azulado que, sem as linhas douradas sobre os flancos, poderia ser facilmente confundida com o côngruo. Do gênero dos estromáteos, cujos corpos ovais são muito planos, observei vários adornados com cores brilhantes e ostentando uma barbatana dorsal semelhante a uma foice, peixes comestíveis que, quando secos e marinados, dão um excelente prato conhecido pelo nome de *karawade*; em seguida, vi alguns *tranquebars*, peixes pertencentes ao gênero *Aspidophoroides*, cujos corpos são cobertos por uma armadura escamosa dividida em oito seções longitudinais.

A elevação progressiva do sol iluminava a massa de águas cada vez mais. O solo mudou gradualmente. À areia fina sucedeu uma passagem perfeita de pedregulhos, coberta por um tapete de moluscos e zoófitos. Entre os exemplares desses ramos notei alguns placenos, com conchas delgadas e desiguais, uma espécie de ostráceos peculiar ao Mar Vermelho e ao Índico; alguns lucinídeos alaranjados com conchas arredondadas; rochedos em riste de três pés e meio de comprimento, que se erguiam sob as ondas como mãos prontas para agarrar uma. Havia também pelágias panópiras, ligeiramente luminosas; e por último, algumas oculinas, como leques magníficos, formando uma das mais ricas vegetações destes mares.

Por volta das sete horas, finalmente nos vimos examinando o viveiro das pintadinas em que as ostras perlíferas são reproduzidas aos milhões. Esses preciosos moluscos grudam nas rochas, onde são fortemente presos por uma massa de filamentos marrons que os impede de se moverem. Nesse aspecto, as ostras são inferiores até mesmo aos mexilhões, aos quais a natureza não negou todo o talento para a locomoção.

O molusco *Meleagrina*, esse produtor de pérolas cujas valvas são quase iguais em tamanho, tem a forma de uma concha redonda com paredes grossas e um exterior muito rugoso. Algumas dessas conchas eram sulcadas com faixas esverdeadas e escamosas que irradiavam do topo, denotando juventude. As outras tinham superfícies pretas ásperas, mediam até quinze centímetros de largura e tinham dez ou mais anos de idade.

O capitão Nemo apontou com a mão para a enorme pilha de ostras; e pude entender muito bem que essa mina era inesgotável, pois o poder criativo da natureza está muito além do instinto de destruição do homem. Ned Land, fiel ao seu instinto, apressou-se a encher uma rede que carregava ao seu lado com alguns dos melhores espécimes.

Mas não podíamos parar. Devíamos seguir o capitão, que parecia guiar-se por caminhos que só ele conhecia. O solo estava subindo sensivelmente e, às vezes, ao erguer meu braço, ficava acima da superfície do mar. Então, o nível do banco de ostras começou a diminuir de forma imprevisível e passamos a contornar rochas altas e pontudas que se erguiam como pirâmides. Em suas fendas escuras, enormes crustáceos, mirando suas longas patas como artilharia pesada, nos observavam com olhos fixos, enquanto sob os nossos pés rastejavam mirianas, glicérios e anelídeos, cujas antenas e tentáculos tubulares eram incrivelmente longos.

Nesse momento se abriu diante de nós uma grande gruta escavada em um pitoresco monte de pedras e atapetada com toda a espessa flora submarina. No início, parecia muito escuro para mim. Os raios solares pareciam extinguir-se por gradações sucessivas.

187

O capitão Nemo entrou e nós o seguimos. Meus olhos logo se acostumaram a esse estado relativo de escuridão. Eu podia distinguir os arcos que saltavam caprichosamente dos pilares naturais, largos sobre sua base de granito, como as pesadas colunas da arquitetura toscana. Por que nosso guia incompreensível nos levou ao fundo desta cripta submarina? Eu logo saberia. Depois de descer um declive bastante acentuado, nossos pés pisaram no fundo de uma espécie de poço circular. Lá o capitão Nemo parou, e com sua mão indicou um objeto que eu ainda não havia percebido. Era uma ostra de dimensões extraordinárias, uma tridacna gigantesca, uma pia que poderia conter um lago inteiro de água benta, uma bacia com mais de dois metros e meio de largura e, consequentemente, maior do que a que ornamentava o salão de o *Náutilus*. Aproximei-me deste molusco extraordinário. Ela aderiu por seus filamentos a uma mesa de granito, e ali, isolada, desenvolveu-se nas águas calmas da gruta. Estimei o peso dessa ostra em 600 libras, ou seja, conteria 30 libras de carne; e é preciso ter estômago de um Gargântua para absorver algumas dezenas.

O capitão Nemo estava evidentemente a par da existência daquele bivalve e parecia ter um motivo particular para verificar o seu estado real. As conchas estavam um pouco abertas; o capitão se aproximou e enfiou a adaga para evitar que se fechassem; então, com a mão, ele ergueu a membrana com suas bordas franjadas, que formavam uma capa para a criatura. Ali, vi uma pérola solta, cujo tamanho era igual ao de um coco. Sua forma globular, clareza perfeita e brilho admirável o tornavam uma joia de valor inestimável. Levado pela minha curiosidade, estendi a mão para agarrá-lo, pesá-lo e tocá-lo; mas o capitão me parou, fez um sinal de recusa e rapidamente retirou sua adaga, e os dois projéteis se fecharam de repente. Então entendi a intenção do Capitão Nemo. Ao deixar essa pérola escondida no manto do tridacne, ele estava permitindo que ela crescesse lentamente. A cada ano, as secreções do molusco adicionariam novos círculos concêntricos. Estimei seu valor em 10.000.000 de francos, pelo menos.

Nossa visita a este opulento marisco gigante terminara. Capitão Nemo saiu da caverna e retornamos ao viveiro das pintadinhas, em meio àquelas águas límpidas ainda não perturbadas pelos mergulhadores em atividade.

Caminhávamos dispersamente, andarilhos genuínos parando ou se perdendo conforme nossas fantasias ditavam. De minha parte, eu não estava mais preocupado com aqueles perigos que minha imaginação havia tão ridiculamente exagerado. A parte rasa aproximou-se visivelmente e logo, ao caminhar apenas um metro de água, minha cabeça passou bem acima do nível do oceano. Conselho juntou-se a mim e, colando sua enorme cápsula de cobre na minha, seus olhos me saudaram amigavel-

188

mente. Mas esse planalto elevado media apenas algumas braças, e logo entramos novamente em nosso elemento. Acho que agora ganhei o direito de assim classificá-lo.

Depois de dez minutos, o capitão Nemo parou de repente. Com um gesto, nos mandou refugiar com ele em uma fratura profunda de uma rocha. Sua mão apontou para uma parte da massa líquida, que observei com atenção. A cerca de cinco metros de mim, uma sombra apareceu e desceu até o solo. A ideia inquietante de tubarões passou pela minha mente, mas eu estava enganado; e mais uma vez não era um monstro do oceano.

Era um homem, um homem vivo, um indiano, um pescador, um pobre diabo que, suponho, tinha vindo fazer uma triagem antes da colheita. Eu podia ver o fundo de sua canoa ancorado alguns metros acima de sua cabeça. Ele mergulhou e subiu sucessivamente. Uma pedra presa entre seus pés, enquanto uma corda o prendia ao barco, o ajudava a descer mais rapidamente. Esse era todo o seu aparelho. Chegando ao fundo, cerca de cinco metros de profundidade, ele se ajoelhou e encheu sua bolsa com ostras apanhadas ao acaso. Então subiu, esvaziou-a, puxou sua pedra e começou mais uma vez a operação, que durava trinta segundos.

O mergulhador não nos viu. A sombra dos rochedos nos escondia de vista. E como poderia esse pobre indiano sonhar que homens, seres como ele, estivessem debaixo d'água observando seus movimentos e não perdendo nenhum detalhe da pesca? Várias vezes ele subiu dessa forma e mergulhou novamente. Ele não trazia mais do que dez pintadinas em cada mergulho, pois era obrigado a arrancá-las do banco ao qual aderiam por meio de seu forte bisso. E quantas dessas ostras pelas quais ele arriscou a vida não tinham pérolas!

Eu o observava de perto; suas manobras eram regulares; e pelo espaço de meia hora nenhum perigo pareceu ameaçá-lo. Eu estava começando a me acostumar com a visão dessa pesca interessante, quando de repente, em um momento em que o indiano estava ajoelhado no chão, eu o vi fazer um gesto de terror, levantar-se e dar um salto para voltar à superfície do mar.

Eu entendi seu pavor. Uma sombra gigantesca apareceu logo acima do infeliz mergulhador. Era um tubarão de tamanho enorme avançando diagonalmente, com os olhos em chamas e as mandíbulas abertas. Fiquei mudo de terror e incapaz de me mover.

A criatura voraz disparou em direção ao indiano, que se jogou de lado para evitar as barbatanas do tubarão; mas não a cauda, pois atingiu seu peito e derrubou-o no solo.

A cena durara apenas alguns segundos: o tubarão voltou e, virando-se de costas, preparou-se para cortar o indiano em dois, quando vi o

189

capitão Nemo levantar-se repentinamente e, com a adaga na mão, caminhar direto para o monstro, pronto para lutar cara a cara com ele. No exato momento em que o tubarão ia abocanhar o infeliz pescador, ele percebeu seu novo adversário e, virando-se, foi direto para ele. Ainda posso ver a postura do capitão Nemo. Agachado, ele esperou pelo tubarão com admirável frieza; e, quando se precipitou sobre ele, atirou-se para o lado com uma rapidez maravilhosa, evitando o choque e enterrando a adaga bem fundo em sua barriga. Mas não parou por aí. Seguiu-se um terrível combate.

O tubarão rugiu, se assim posso dizer. O sangue jorrou em torrentes de sua ferida. O mar estava tingido de vermelho e, através do líquido opaco, não consegui distinguir mais nada. Nada mais até que, como um raio, vi o destemido capitão pendurado em uma das nadadeiras da criatura, lutando, por assim dizer, corpo a corpo com o monstro, e desferindo golpes sucessivos em seu inimigo, mas ainda incapaz de dar um decisivo.

A luta do tubarão agitou a água com tanta fúria que o balanço ameaçou me perturbar.

Eu queria ir em auxílio do capitão, mas, pregado no local com horror, não pude me mexer.

Com os olhos arregalados observei. Vi as diferentes fases da luta. O capitão caiu por terra, transtornado com a enorme massa que se apoiava sobre ele. As mandíbulas do tubarão se abriram, como uma tesoura de fábrica, e tudo estaria acabado com o capitão; mas, rápido como o pensamento, com arpão na mão, Ned Land correu em direção ao tubarão e o atingiu com sua ponta afiada.

As águas tingiram novamente de sangue, agitadas pelos movimentos do tubarão, que as chicoteava com uma fúria indescritível. Ned Land não errou o alvo. Atingido no coração, ele lutava em terríveis espasmos, cujas propagações na água derrubaram Conselho.

Enquanto isso, Ned Land havia libertado o capitão, que, levantando-se sem qualquer ferimento, foi direto ao indiano, cortou rapidamente a corda que o prendia à pedra, tomou-o nos braços e, com um golpe forte do calcanhar, subiu à superfície.

Nós três os seguimos. Em poucos segundos, salvos por um milagre, e alcançamos o barco do pescador.

A primeira providência do capitão Nemo foi trazer o infeliz de volta à vida. Não achei que ele pudesse ter sucesso. Eu esperava que sim, pois a pobre criatura não permaneceu muito debaixo d'água; mas o golpe da cauda do tubarão podia ter sido mortal.

Felizmente, com vigorosas massagens do capitão e do Conselho, vi a consciência do afogado retornar aos poucos. Ele abriu os olhos. Qual

190

não terá sido sua surpresa, seu terror mesmo, ao ver quatro grandes cabeças de cobre inclinadas sobre ele! E, acima de tudo, o que deve ter pensado quando o capitão Nemo, tirando do bolso de sua veste uma bolsa de pérolas, a colocou em suas mãos! Essa generosa caridade do homem das águas ao pobre indiano do Ceilão foi aceita com mãos trêmulas. Seus olhos maravilhados mostravam que ele não sabia a que criaturas sobre-humanas ele devia fortuna e vida.

A um sinal do Capitão, recuperamos o viveiro das pintadinas e, seguindo a estrada já percorrida, chegamos em cerca de meia hora à âncora que prendia a canoa do *Náutilus* à terra.

Uma vez a bordo, cada um de nós, com a ajuda dos marinheiros, livrou-se do pesado capacete de cobre.

A primeira palavra do Capitão Nemo foi para o canadense.

— Obrigado, mestre Land — disse ele.

— Estamos quites, capitão — respondeu Ned Land. — Eu lhe devia essa.

Um sorriso medonho passou pelos lábios do capitão e foi só.

— Para o *Náutilus* — disse ele.

O escaler voou sobre as ondas e, alguns minutos depois, encontramos o cadáver do tubarão flutuando. Pela marcação negra na extremidade de suas barbatanas, reconheci o terrível melanóptero dos mares indianos, da espécie de tubarão assim apropriadamente chamada. Tinha mais de vinte e cinco pés de comprimento; sua enorme boca ocupava um terço de seu corpo. Era adulto, como se sabia por suas seis fileiras de dentes dispostos em um triângulo isósceles na mandíbula superior.

Enquanto eu contemplava essa massa inerte, uma dúzia dessas feras vorazes apareceu ao redor do barco; e, sem nos notar, lançaram-se sobre o cadáver e lutaram entre si pelas peças.

Às oito e meia estávamos de novo a bordo do *Náutilus*. Lá, refleti sobre os incidentes ocorridos em nossa excursão ao banco de ostras de Manaar.

Devo inevitavelmente tirar duas conclusões; uma, sobre a coragem incomparável do Capitão Nemo, a outra, sobre sua devoção a um ser humano, um representante daquela raça da qual ele fugiu no fundo do mar. O que quer que ele pudesse dizer, esse estranho homem ainda não tinha conseguido arrancar totalmente seu coração.

Quando fiz esta observação para ele, ele respondeu em um tom ligeiramente comovido:

— Aquele indiano, professor, é um habitante de um país oprimido; e eu ainda sou, e serei, até meu último suspiro, um deles!

CAPÍTULO IV

O MAR VERMELHO

No decorrer do dia 29 de janeiro, a ilha do Ceilão desapareceu no horizonte, e o *Náutilus*, a uma velocidade de trinta quilômetros por hora, deslizou no labirinto de canais que separam as Maldivas das Laquedivas. Costeava até a Ilha de Kiltan, uma terra originalmente coralina, descoberta por Vasco da Gama em 1499, e uma das dezenove ilhas principais do Arquipélago Laquedivas, situada entre 10° e 14°30' de latitude norte e 69°50›72 de longitude leste. Havíamos percorrido 16.220 milhas, ou 7.500 léguas francesas do nosso ponto de partida nos mares japoneses.

No dia seguinte, 30 de janeiro, quando o *Náutilus* subiu à superfície do oceano, não havia terra à vista. Seu curso era nor-noroeste, em direção ao Mar de Omã, entre a Arábia e a Península Indiana, que serve de saída para o Golfo Pérsico. Era evidentemente um beco sem saída. Para onde o capitão Nemo estava nos levando? Não sei dizer. Isso, entretanto, não satisfez o canadense, que naquele dia me procurou perguntando para onde íamos.

— Estamos indo para onde a fantasia de nosso capitão nos levar, mestre Ned.

— A fantasia dele não pode nos levar longe, então — disse o canadense. — O Golfo Pérsico não tem saída: e, se entrarmos, teremos que dar de marcha a ré.

— Muito bem, então, daremos marcha a ré, mestre Land; e se, depois do Golfo Pérsico, o *Náutilus* quiser visitar o mar Vermelho, o Estreito de Bab-el-Mandeb está lá para nos dar entrada.

— Não preciso lhe ensinar, professor — disse Ned Land — que o mar Vermelho é tão fechado quanto o golfo, pois o istmo de Suez ainda não foi aberto, e, ainda que tivesse sido, um barco tão misterioso como o nosso não se arriscaria em seus canais escalonados por represas. Logo, o mar Vermelho não é o caminho para nos levar de volta à Europa.

— Mas eu nunca disse que voltaríamos para a Europa.

— O que supõe então?

— Suponho que, depois de visitar as curiosas costas da Arábia e do Egito, o *Náutilus* volte a descer o Oceano Índico, talvez atravesse o

Canal de Moçambique, ao largo de Mascarenhas, para ganhar o Cabo da Boa Esperança.

— E uma vez no Cabo da Boa Esperança? — perguntou o canadense, com ênfase peculiar.

— Bem, vamos penetrar naquele Atlântico que ainda não conhecemos. Ah! Não me diga, amigo Ned, que está se cansando desta jornada no fundo do mar; que está farto do espetáculo incessantemente variado das maravilhas do submarino. Da minha parte, verei com decepção o fim de uma viagem que tão poucos homens podem fazer.

— Mas não percebe, professor Aronnax — respondeu o canadense — que em breve completaremos três meses inteiros presos a bordo do *Náutilus*?

— Não importa, Ned. Não percebi, não quero perceber e não acompanho todos os dias e todas as horas.

— Mas e o desfecho?

— Em seu tempo determinado. Enquanto isso, não há nada que possamos fazer a respeito e nossas discussões são inúteis. Meu caro Ned, se me disser: "Temos uma chance de escapar", então discutiremos o assunto. Mas esse não é o caso, e com toda a honestidade, não acho que o capitão Nemo venha a se aventurar nos mares europeus um dia.

Esse breve diálogo revela que, fascinado pelo *Náutilus*, eu assimilara seu comandante.

Quanto a Ned Land, ele encerrou nossa conversa em seu melhor estilo discursivo:

—Tudo isso é muito bonito. Mas, na minha humilde opinião, uma vida na prisão é uma vida sem alegria.

Durante quatro dias, até 3 de fevereiro, o *Náutilus* vasculhou o Mar de Omã, em várias velocidades e profundidades. Parecia correr ao acaso, como que hesitando em que caminho seguir, mas nunca passamos pelo Trópico de Câncer.

Ao sair desse mar avistamos por um instante Mascate, uma das cidades mais importantes do país de Omã. Admirei seu aspecto estranho, rodeado por rochas negras sobre as quais suas casas brancas e fortes se destacavam. Vi as cúpulas arredondadas de suas mesquitas, as pontas elegantes de seus minaretes, seus terraços verdes e frescos. Mas foi apenas um relance! O *Náutilus* logo afundou sob as ondas escuras daquelas paragens.

Em seguida, passamos ao longo da costa árabe de Mahrah e de Hadramaut, com sua linha sinuosa de montanhas sendo ocasionalmente aliviada por alguma ruína antiga. Em 5 de fevereiro, finalmente alcançamos o Golfo de Aden, um funil perfeito introduzido no gargalo de Babel-Mandeb, através do qual as águas indianas entram no Mar Vermelho.

Em 6 de fevereiro, o *Náutilus* flutuava à vista de Aden, cidade empoleirada sobre um promontório que um estreito istmo uniu ao continente, uma espécie de Gibraltar inacessível, cujas fortificações foram reconstruídas pelos ingleses após tomarem posse em 1839. Vislumbrei os minaretes octógonos da cidade, que já foi a revista comercial mais rica da costa.

Pensei que o Ccpitão Nemo, atingindo aquele ponto, daria meia-volta mas eu estava enganado, pois ele não fez isso, para minha surpresa.

No dia seguinte, 7 de fevereiro, entramos no Estreito de Bab-el-Mandeb, cujo nome, na língua árabe, significa "O Portão das Lágrimas". Com vinte milhas de largura, tem apenas trinta e duas de comprimento. E para o *Náutilus*, partindo a toda velocidade, a travessia mal demorou uma hora. Mas não vi nada, nem mesmo a Ilha de Perim, com a qual o governo britânico fortaleceu a posição de Aden. Havia muitos navios a vapor ingleses e franceses que navegavam nesta passagem estreita, transatlânticos indo de Suez a Bombaim, Calcutá, Melbourne, Bourbon e Maurício; muito tráfego para o *Náutilus* aparecer na superfície. Portanto, ele sabiamente permaneceu no meio da água.

Finalmente, ao meio-dia, navegávamos nas ondas do Mar Vermelho.

O Mar Vermelho, aquele grande lago tão famoso nas tradições bíblicas, raramente reabastecido pelas chuvas, alimentado por nenhum rio importante, continuamente drenado por uma alta taxa de evaporação, seu nível de água caindo um metro e meio a cada ano! Se fosse totalmente fechado como um lago, esse estranho golfo poderia secar completamente; quanto a isso, é inferior a seus vizinhos, o Mar Cáspio e o Mar Morto, cujos níveis diminuem apenas até o ponto em que sua evaporação é exatamente igual à quantidade de água recebida em seu bojo.

O Mar Vermelho tem 2.600 quilômetros de comprimento com uma largura média de 240. Na época de Ptolomeu e dos imperadores romanos, foi uma grande artéria comercial para o mundo, e quando seu istmo for cortado, ela recuperará completamente a importância que as estradas de ferro de Suez já trouxeram de volta em parte.

Eu nem mesmo tentaria entender o capricho que induziu o capitão Nemo a nos levar para esse golfo. Mas eu aprovava de todo o coração o *Náutilus* ter entrado ali. Como adotou um ritmo médio, ora ficando na superfície, ora mergulhando para evitar algum navio, pude observar tanto o interior quanto a superfície desse mar tão incomum.

Em 8 de fevereiro, desde o primeiro amanhecer do dia, Moka surgiu à nossa frente, agora uma cidade em ruínas, cujas muralhas cairiam a um único tiro de canhão, mas que abriga algumas tamareiras verdejantes. Uma vez uma cidade importante, contendo seis mercados públicos e 26 mesquitas, e cujas paredes, defendidas por quatorze fortes, formavam um cinturão de duas milhas de circunferência.

O *Náutilus* então se aproximou das praias africanas, onde a profundidade do mar era maior. Lá, entre águas límpidas como cristal, pudemos, através dos painéis abertos, contemplar os belos arbustos de corais brilhantes e grandes rochedos revestidos de um feltro esplêndido de algas e fucos. Que espetáculo indescritível, e que variedade de sítios e paisagens ao longo desses bancos de areia e ilhas vulcânicas que delimitam a costa da Líbia! Mas esses arbustos apareceram em toda a sua beleza na costa leste, que o *Náutilus* logo alcançou. Ficava na costa de Tihama, e lá essas exibições de zoófitos não apenas floresciam abaixo do nível do mar, mas também formavam redes pitorescas que se desenrolavam a uma altura de dez braças acima da superfície; os últimos eram mais caprichosos, mas menos coloridos do que os primeiros, cujo frescor era propiciado pela vitalidade úmida das águas.

Que horas encantadoras passei assim na janela do salão! Que novos espécimes de flora e fauna submarina admirei sob o brilho do farol elétrico! Coral-fungo em forma de cogumelo, alguma anêmona-do-mar cor de ardósia incluindo a espécie *Thalassianthus aster*, entre outras, tubíporas organizadas como flautas e implorando por um sopro do deus Pan, conchas exclusivas deste mar, acomodadas em cavidades madrepóricas e cujos bases são torcidas em espirais atarracadas e, finalmente, mil amostras de um polipeiro que eu não tinha observado até então, a vulgar esponja.

Primeira divisão no grupo de pólipos, a classe *Spongiaria* foi criada por cientistas justamente para esse produto curioso, cuja utilidade é indiscutível. A esponja definitivamente não é uma planta, como alguns naturalistas ainda acreditam, mas um animal da ordem mais baixa, um polipeiro inferior até ao coral. Sua natureza animal não está em dúvida, e não podemos aceitar nem mesmo as opiniões dos antigos, que a consideravam a meio caminho entre a planta e o animal. Mas devo dizer que os naturalistas não estão de acordo sobre o modo estrutural das esponjas. Para alguns é um polipeiro, e para outros, como o professor Milne-Edwards, é um indivíduo único e isolado.

A classe *Spongiaria* contém cerca de 300 espécies que são encontradas em muitos mares e até mesmo em certos riachos, onde receberam o nome de esponjas de água doce. Mas suas águas de escolha são o Mar Vermelho, o Mediterrâneo, perto das ilhas gregas ou da costa da Síria. Essas águas testemunham a reprodução e o crescimento de esponjas de banho macias e delicadas, cujos preços chegam a 150 francos cada: a esponja amarela da Síria, a esponja-dura da Berbéria etc. Mas, como não tinha esperança de estudar esses zoófitos nas Escalas do Levante, do qual estávamos separados pelo insuperável istmo de Suez, tive de me contentar em observá-los nas águas do mar Vermelho.

Então, chamei Conselho para junto de mim, enquanto o *Náutilus*, a uma profundidade média de oito a nove metros, deslizava lentamente sobre aqueles belos rochedos da costa leste.

Ali cresciam esponjas em todas as formas, globulares, semelhantes a talos, folhosas, pediculadas. Seu aspecto justificava os nomes de corbelhas, cálices, rocas, chifres-de-alce, pata-de-leão, concedidos a elas por pescadores, mais poéticos que os cientistas. Uma substância gelatinosa e semifluida revestia o tecido fibroso dessas esponjas e delas escapava, em um gotejar constante, água que, após levar sustento a cada célula, era expelida por um movimento de contração. Essa substância gelatinosa desaparece quando o pólipo morre, emitindo amônia à medida que apodrece. Por fim, nada resta senão as fibras que constituem a esponja de uso doméstico.

Esses polipeiros grudavam em rochedos, conchas de moluscos e até mesmo em caules de plantas aquáticas. Eles adornavam as menores fendas, algumas espalhadas, outras em pé ou penduradas como protuberâncias de coral. Eu disse ao Conselho que as esponjas são pescadas de duas maneiras: com rede ou com a mão. O último método exige os serviços de um mergulhador, mas é preferível porque poupa o tecido do polipeiro, deixando-o com um valor de mercado muito maior.

Os demais zoófitos que enxameavam perto das esponjas consistiam principalmente de uma espécie muito elegante de água-viva; os moluscos eram representados por variedades de calamares que, de acordo com o professor d'Orbigny, são exclusivas do Mar Vermelho; e os répteis por tartarugas *virgata* pertencentes ao gênero *Chelonia*, que forneciam um prato saboroso e delicado à nossa mesa.

Quanto aos peixes, eram numerosos e frequentemente notáveis. Aqui estão aqueles que as redes do *Náutilus* mais frequentemente capturavam: raias, incluindo as limas, de forma oval e cor de tijolo vermelho, seus corpos semeados com manchas azuis e identificáveis por duplo esporão; peixes-fantasmas com dorso de prata; raias comuns com caudas pontilhadas, raias-borboleta que pareciam enormes mantos de dois metros batendo no meio da profundidade; aodontes desprovidos de dentes que eram um tipo de peixe cartilaginoso mais próximo do tubarão; moreias serpentinas com caudas prateadas e dorso azulado, além de peitorais marrons debruados de cinza; "gordinhos" zebrados com finas listras douradas e as três cores da bandeira francesa; peixes-papagaio, bodiões, balistas, gobídeos etc., além de mil outros peixes presentes nas águas que já havíamos visitado.

No dia 9 de fevereiro, o *Náutilus* flutuava na parte mais larga do ar Vermelho, que fica entre Souakin, na costa oeste, e Komfidah, na costa leste, num perímetro de noventa milhas.

Naquele dia, ao meio-dia, depois de feita a medição, o capitão Nemo subiu à plataforma, onde por acaso eu estava. Eu estava decidido a não o deixar descer novamente sem ao menos pressioná-lo quanto a seus projetos futuros. Assim que me viu, ele se aproximou e gentilmente me ofereceu um charuto.

— Bem, professor, o Mar Vermelho lhe agrada? Já observou suficientemente as maravilhas que ele encerra, seus peixes, seus zoófitos, seus canteiros de esponjas e suas florestas de coral? Teve um vislumbre das cidades em suas fronteiras?

— Sim, capitão Nemo — respondi — e o *Náutilus* é perfeitamente adequado para esse tipo de estudo. Ah! Que embarcação inteligente!

— Sim, professor, inteligente e invulnerável. Não teme as terríveis tempestades do Mar Vermelho, nem suas correntes, nem seus bancos de areia.

Certamente — disse eu —, esse mar é citado entre os piores, e no tempo dos antigos, se não me engano, sua reputação era detestável.

— Detestável, professor Aronnax. Os historiadores gregos e latinos não falam a seu favor, e Estrabão diz que é muito perigoso durante os ventos etésios e na estação das chuvas. O árabe Edrisi o retrata sob o nome de Golfo de Colzum, e relata que os navios pereceram em grande número nos bancos de areia e que ninguém se arriscava a navegar à noite. É, afirma ele, um mar sujeito a terríveis furacões, salpicado de ilhas inóspitas, e "que não oferece nada de bom também em sua superfície ou em suas profundezas".

— Pode-se ver — respondi — que esses historiadores nunca navegaram a bordo do *Náutilus*.

— Exatamente — respondeu o capitão, sorrindo — e, a esse respeito, os modernos não são mais avançados do que os antigos. Foram necessários séculos para descobrir a potência mecânica do vapor. Quem sabe se, em mais cem anos, não poderemos ver um segundo *Náutilus*? O progresso é lento, professor Aronnax.

— É verdade — respondi —, sua embarcação está pelo menos um século antes de seu tempo. Que infortúnio que o segredo de tal invenção deva morrer com seu inventor!

O capitão Nemo não respondeu. Após alguns minutos de silêncio, ele continuou:

— O senhor estava falando das opiniões de antigos historiadores sobre a perigosa navegação do Mar Vermelho.

— Exatamente — disse eu —, mas não seriam seus medos exagerados?

— Sim e não, professor Aronnax — respondeu o capitão Nemo, que parecia conhecer a fundo "seu" Mar Vermelho. — O que deixou de ser perigoso para um navio moderno, bem equipado, fortemente construído e capitão de seu destino, graças ao obediente vapor, oferecia todos os tipos de perigos aos navios dos antigos. Imagine aqueles primeiros navegadores se aventurando em navios feitos de pranchas costuradas com cordas de palmeira, saturados com a graxa do marinheiro e cobertos com resina em pó! Eles não tinham nem mesmo instrumentos para se orientar, e iam por adivinhação entre correntes das quais mal conheciam. Sob tais condições, os naufrágios foram, e devem ter sido, numerosos, mas em nossa época, os navios a vapor que navegam entre Suez e os mares do Sul não têm mais nada a temer da fúria desse golfo, apesar dos ventos alísios contrários. O capitão e os passageiros não se preparam para a partida oferecendo sacrifícios propiciatórios; e, ao voltar, não se enfeitam com coroas e guirlandas douradas para agradecer aos deuses.

— Concordo — eu disse —, e o vapor parece ter matado o senso de localização no coração dos marinheiros. Mas, capitão, como parece ter estudado especialmente este mar, pode me dizer a origem de seu nome?

— Existem várias explicações sobre o assunto, professor Aronnax. Gostaria de saber a opinião de um cronista do século XIV?

— Com prazer.

— Ele afirma que seu nome foi dado depois da passagem dos israelitas, quando o Faraó pereceu nas águas que se fecharam por ordem de Moisés. "Refletindo aquela maravilha, o mar ficou vermelho sem igual. Assim, nenhum outro nome serviria a não ser mar vermelho."

— Explicação de um poeta, capitão Nemo — respondi — mas não posso me contentar com isso. Peço sua opinião pessoal.

— Ei-la, professor Aronnax. A meu ver, o nome do Mar Vermelho é uma tradução da palavra hebraica *edrom*; e se os antigos deram a ele esse nome, foi por causa da peculiar cor de suas águas.

— Mas até agora não vi nada além de ondas transparentes e sem nenhuma cor especial.

— Decerto; mas à medida que avançamos para o fundo do golfo, verá esta aparência singular. Lembro-me de ter visto a Baía de Tor inteiramente vermelha, como um mar de sangue.

— E atribui essa cor à presença de uma alga microscópica?

— Sim.

— Então, capitão Nemo, não é a primeira vez que navega o Mar Vermelho a bordo do *Náutilus*?

— Não, professor.

— Visto que abordou o tema da passagem dos israelitas e da catástrofe para os egípcios, eu vou perguntar se encontrou os vestígios sob a água desse grande fato histórico?

— Não, professor, e isso por uma boa razão.

— E qual seria?

— É que o local por onde Moisés e seu povo passaram está agora tão bloqueado com areia que os camelos mal conseguem lavar as pernas ali. Não haveria água suficiente para meu *Náutilus* navegar.

— E esse local...?

— Está situado um pouco acima do istmo de Suez, no braço que outrora formava um estuário profundo, quando o mar Vermelho se estendia até os lagos salgados. Agora, seja essa passagem milagrosa ou não, os israelitas a atravessaram para chegar à Terra Prometida, e o exército do Faraó pereceu precisamente naquele local; e eu acho que as escavações feitas no meio da areia trariam à luz um grande número de armas e instrumentos de origem egípcia.

— Isso é evidente — respondi — e para o bem dos arqueólogos, esperemos que essas escavações sejam feitas mais cedo ou mais tarde, quando novas cidades forem estabelecidas no istmo, após a construção do Canal de Suez; um canal, porém, muito inútil para uma embarcação como o *Náutilus*.

— Sem dúvida, mas útil para o mundo inteiro — disse o capitão Nemo. — Os antigos entendiam bem a utilidade de uma comunicação entre o Mar Vermelho e o Mediterrâneo para seus negócios comerciais, mas não pensaram em cavar um canal direto e tomaram o Nilo como um intermediário. Muito provavelmente o canal que unia o Nilo a o Mar Vermelho foi iniciado por Sesóstris, se podemos acreditar na tradição. Uma coisa é certa, no ano 615 antes de Jesus Cristo, Neco empreendeu as obras de um canal alimentado pelas águas do Nilo através da planície do Egito que contempla a Arábia. Demorava quatro dias para percorrer esse canal, e era tão largo que duas trirremes podiam ir lado a lado. Foi continuado por Dario, filho de Histaspo, e provavelmente finalizado por Ptolomeu II. Estrabão viu-o dedicado a navegação, mas seu declínio desde o ponto de partida, perto de Bubaste, até o Mar Vermelho era tão leve que só possibilitava a sua navegação por alguns meses no ano. Esse canal atendia a todos os fins comerciais até a época de Antoninos, quando foi abandonado e bloqueado com areia. Restaurado por ordem do califa Omar, foi definitivamente destruído em 761 ou 762 pelo califa Al-Mansor, desejando impedir a chegada de víveres a Mohammed-ben-Abdallah, amotinados contra ele. Durante a expedição ao Egito, o seu conterrâneo general Bonaparte descobriu vestígios das obras no deserto de Suez. Surpreendido pela maré, ele quase morreu antes de alcançar Hadjaroth, no mesmo lugar onde Moisés havia acampado três mil anos antes dele.

— Bem, capitão, o que os antigos não fizeram, esta junção entre os dois mares, que encurtará a estrada de Cádiz à Índia, o senhor de Lesseps fez, transformando a África em uma imensa ilha.

— Sim, professor Aronnax, e tem o direito de se orgulhar de seu compatriota. Tal homem traz mais honra a sua nação do que grandes capitães. Ele começou, como tantos outros, sendo ironizado e desdenhado, mas triunfou, pois tinha força de vontade. E é triste pensar que uma obra como essa, que deveria ter sido uma obra internacional, que teria bastado para ilustrar um reino, foi bem-sucedida pela energia de um único homem. Toda honra para o senhor de Lesseps!

— Sim! Honra a esse grande cidadão! — respondi, surpreso com a maneira como o capitão Nemo acabara de falar.

— Infelizmente — continuou ele —, não posso levá-lo pelo canal de Suez, mas poderá ver o longo cais de Port Said depois de amanhã, quando estivermos no Mediterrâneo.

— No Mediterrâneo! — exclamei.

— Sim, professor. Admirado?

— O que me admira é pensar que estaremos lá depois de amanhã.

— Sério?

— Sim, capitão, embora eu já devesse ter me acostumado a não me surpreender com nada desde que estou a bordo do *Náutilus*.

— Mas qual o motivo de tamanha surpresa?

— Pois é! O motivo é a incrível velocidade que o senhor terá que imprimir o *Náutilus*, para depois de amanhã ele estar no Mediterrâneo, tendo dado a volta à África e dobrado o Cabo da Boa Esperança!

— Quem lhe disse que ele dará a volta na África e dobrará o Cabo da Boa Esperança, professor?

— Bem, a menos que o *Náutilus* navegue em terra firme e passe acima do istmo...

— Ou por baixo, professor Aronnax.

— Por baixo?

— Sem dúvida — respondeu o capitão Nemo calmamente. — Há muito tempo, a natureza fez sob essa língua de terra o que o homem hoje fez em sua superfície.

— O quê?! Existe uma passagem?

— Sim, uma passagem subterrânea, que denominei Túnel Árabe. Ela nos leva para baixo de Suez e se abre para o Golfo de Pelusa.

— Mas esse istmo é formado de areia movediça...

— Até uma certa profundidade. Mas a cinquenta e cinco metros apenas há uma camada sólida de rocha.

— E foi por acaso que descobriu essa passagem? — perguntei cada vez mais surpreso.

— Acaso e lógica, professor, e lógica ainda mais do que acaso.

— Capitão, meus ouvidos não acreditam no que estão ouvindo.

200

— Oh, professor! O velho ditado ainda é válido: *Aures habent et non audient* (em latim, eles têm ouvidos, mas não ouvem). Não só existe uma passagem, como já a aproveitei várias vezes. Sem ela, eu não teria me aventurado hoje em um beco sem saída como o Mar Vermelho.

— É indiscreto perguntar como descobriu esse túnel?

— Professor — respondeu o capitão — não pode haver segredos entre homens que nunca vão se separar.

Ignorei essa insinuação e esperei pela explicação do capitão Nemo.

— Professor — disse-me ele — a lógica simples do naturalista levou-me a descobrir a passagem, e só eu a conheço. Eu havia notado que no Mar Vermelho e no Mediterrâneo existem várias espécies de peixes absolutamente idênticas: enguias, peixes-manteiga, bodiões, peixes-voadores. Certo desse fato, me perguntei se não haveria uma conexão entre os dois mares. Se houvesse, sua corrente subterrânea teria que ir do mar Vermelho ao Mediterrâneo simplesmente por causa de sua diferença de nível. Então, peguei um grande número de peixes nas proximidades de Suez. Coloquei anéis de cobre em volta de suas caudas e os joguei de volta ao mar. Poucos meses depois, na costa da Síria, recapturei alguns espécimes de meus peixes, adornados com seus anéis identificadores. Então, ficou provado que existia alguma conexão entre os dois mares. Procurei por ela com meu *Náutilus*, encontrei e me aventurei nela; e em breve, professor, o senhor também terá percorrido meu Túnel Árabe!

CAPÍTULO V

O TÚNEL ÁRABE

Naquele mesmo dia, relatei aquela parte da conversa a Conselho e a Ned Land, diretamente interessados. Quando eu disse a eles que estaríamos nas águas do Mediterrâneo em dois dias, Conselho bateu palmas, mas o canadense demonstrou incredulidade:

— Um túnel subaquático! — exclamou. — Uma conexão entre dois mares! Quem já ouviu falar de tal coisa?

— Ned, meu amigo — respondeu Conselho —, já tinha ouvido falar do *Náutilus*? Não! Mas aqui está! Portanto, não desconfie tão levianamente e não repudie algo com a desculpa esfarrapada de que nunca ouviu falar sobre isso.

— Veremos em breve! — Ned Land retrucou, balançando a cabeça. — Afinal, gostaria muito de acreditar na pequena passagem do seu capitão, e que os céus garantam que ela realmente nos leve ao Mediterrâneo.

Naquela mesma noite, a 21°30' de latitude norte, o *Náutilus* flutuou na superfície do mar, aproximando-se da costa da Arábia. Eu vi Djeddah, importante entreposto do Egito, da Síria, da Turquia e da Índia. Distingui com bastante clareza as suas construções, as embarcações ancoradas no cais e aquelas cujo calado as obrigava a ancorar nas baías. O sol, já baixo no horizonte, batia forte nas casas da cidade, trazendo à tona sua brancura. Lá fora, algumas cabanas de madeira e algumas de bambu mostravam o bairro habitado pelos beduínos.

Logo Djeddah apagou-se nas sombras da noite, e o *Náutilus* voltou para baixo das águas ligeiramente fosforescentes.

No dia seguinte, 10 de fevereiro, avistamos vários navios navegando em nossa direção. O *Náutilus* voltou à sua navegação submarina; mas ao meio-dia, na hora da medição, o mar estava deserto, e ele subiu novamente à linha d'água.

Acompanhado por Ned e Conselho, sentei-me na plataforma. A costa do lado leste parecia uma massa fracamente impressa sobre uma névoa úmida.

Estávamos encostados nas laterais do escaler, conversando sobre uma coisa e outra, quando Ned Land, estendendo a mão em direção a um ponto no mar, disse:

— Vê alguma coisa lá, professor?

— Não, Ned — respondi — mas sabe que eu não tenho olhos como os seus.

— Olhe bem! — disse Ned. — Ali, a estibordo, mais ou menos na altura do farol! Não vê uma massa que parece se mover?

— Certamente — disse eu, após muita atenção. — Eu vejo algo como um longo corpo negro no topo da água.

— Um segundo *Náutilus*? — Conselho perguntou.

— Não — respondeu o canadense —, a menos que eu esteja muito enganado, é algum animal marinho.

— Existem baleias no Mar Vermelho? — perguntou Conselho.

— Sim, meu rapaz — respondi —, às vezes algumas são encontrados aqui.

— Aquilo não é uma baleia — continuou Ned Land, cujos olhos não se desviavam do objeto assinalado. — Somos velhos conhecidos, baleias e eu, e eu não me enganaria diante de uma.

— Vamos esperar para ver — disse Conselho. — O *Náutilus* está indo nessa direção e em breve saberemos o que estamos vendo.

E certamente não demorou muito para que o objeto negro estivesse a apenas um quilômetro de nós. Parecia um grande banco de areia depositado em mar aberto. O que era? Eu ainda não conseguia me decidir.

— Oh, está se movendo! Mergulhou! — Ned Land exclamou. — Com mil diabos! O que pode ser esse animal? Não tem uma cauda bifurcada como as baleias de barbatanas ou cachalotes, e suas barbatanas parecem membros amputados.

— Mas então...— hesitei.

— Vejam! — continuou o canadense. — Está virado de costas e erguendo os seios no ar!

— É uma sereia! — Conselho exclamou. — Com todo o respeito ao mestre, é uma sereia de verdade!

Aquela palavra "sereia" me deu uma pista, e percebi que o animal pertencia a aquela ordem das criaturas marinhas que as lendas transformaram em sereias, metade mulher, metade peixe.

— Não — eu disse ao Conselho —, isso não é uma sereia, é uma criatura incomum da qual apenas alguns espécimes foram deixados no mar Vermelho. Isso é um dugongo.

— Ordem *Sirenia*, grupo *Pisciforma*, subclasse *Monodelphia*, classe *Mammalia*, ramo *Vertebrata* — Conselho respondeu.

E quando o Conselho falava assim, não havia mais nada a dizer.

Ned Land parecia ansioso. Seus olhos brilharam de cobiça ao ver o animal. Sua mão parecia pronta para arpoá-lo. Alguém poderia pensar que ele estava esperando o momento de se jogar no mar e atacá-lo em seu elemento.

203

Nesse instante, o capitão Nemo apareceu na plataforma e viu o dugongo. Ao ver o estado do canadense, dirigindo-se a ele, disse:

— Se segurasse um arpão agora, mestre Land, não sentiria a mão queimando?

— Exatamente, capitão.

— E não gostaria voltar por um dia, ao seu ofício de pescador e acrescentar esse cetáceo à lista dos que já matou?

— E como.

— Pois bem, pode tentar.

— Obrigado, senhor — respondeu Ned Land, com os olhos em chamas.

— Apenas — continuou o capitão — aconselho-o, para seu próprio bem, a não perder a criatura.

— O dugongo é perigoso de se atacar? — perguntei, apesar do desdém do canadense.

— Sim — respondeu o capitão —, às vezes o animal investe contra seus agressores e vira seu barco. Mas mestre Land não deve temer esse perigo. Seu olho é aguçado, seu braço é seguro. Se eu recomendo que ele mire com cuidado nesse dugongo, é porque o animal é justamente considerado uma boa caça, e eu sei que o senhor Land não despreza iguarias.

— Ah! — fez o canadense. — A criatura oferece o luxo adicional de ser boa para comer?

— Sim, senhor Land. Sua carne é um autêntico manjar, altamente valorizada e reservada em toda a Malásia para a mesa dos aristocratas. Consequentemente, esse excelente animal foi tão intensamente caçado que, como seus parentes peixes-boi, tornou-se cada vez mais raro.

— Nesse caso, capitão — disse Conselho com toda a seriedade — no caso de essa criatura ser a última de sua raça, não seria aconselhável poupar sua vida, no interesse da ciência?

— Talvez — respondeu o canadense — seja melhor caçá-lo, no interesse da culinária.

— Vá em frente, mestre Land — foi a resposta do capitão Nemo.

Nesse momento, sete homens da tripulação, mudos e imóveis como sempre, subiram à plataforma. Um carregava um arpão e uma linha semelhantes aos usados na captura de baleias. O escaler foi retirado de seu encaixe e lançado no mar. Seis remadores ocuparam seus assentos e o timoneiro dirigiu-se ao leme. Ned, Conselho e eu fomos para a parte de trás do barco.

— Não vem, capitão? — perguntei.

— Não, professor, mas desejo-lhe boa caçada.

O barco partiu e, impulsionado pelos seis remadores, foi rapidamente em direção ao dugongo, que flutuava a cerca de três quilômetros do *Náutilus*.

204

A alguns cabos de extensão do cetáceo, a velocidade diminuiu e os remos mergulharam silenciosamente nas águas calmas. Ned Land, com arpão na mão, estava na parte dianteira do barco. O arpão usado para golpear a baleia é geralmente preso a uma corda muito longa que se desenrola rapidamente quando a criatura ferida a arrasta consigo. Mas aqui a corda não tinha mais de dez braças de comprimento, e a extremidade estava presa a um pequeno barril que, flutuando, mostraria o curso que o dugongo tomava sob a água. Eu me levantei e observei cuidadosamente o adversário do canadense. O dugongo, que também leva o nome de *halicore*, se parecia muito com o peixe-boi; seu corpo oblongo terminava em uma cauda alongada e suas nadadeiras laterais em dedos perfeitos. Sua diferença com o peixe-boi consistia em sua mandíbula superior, que era armada com dois dentes longos e pontiagudos que formavam em cada lado presas divergentes.

Esse dugongo que Ned Land se preparava para atacar tinha dimensões colossais; tinha mais de sete metros de comprimento. Ele não se movia e parecia estar dormindo nas ondas, circunstância que o tornava mais fácil de capturar.

O barco se aproximou a menos de seis metros do animal. Os remos permaneciam suspensos em seus estribos. Ned Land, com o corpo um pouco jogado para trás, brandia o arpão em sua mão experiente.

De repente, um ruído sibilante foi ouvido e o dugongo desapareceu. O arpão, embora lançado com grande força; aparentemente apenas atingiu a água.

— Com mil diabos! — exclamou o canadense furiosamente — Errei!

— Não — disse eu —, a criatura está ferida, olhe para o sangue se espalhando. Mas sua arma não ficou presa no corpo dele.

— Meu arpão! Meu arpão! — gritou Ned Land.

Os marinheiros puseram-se a remar e o timoneiro dirigiu-se ao barril flutuante. Recuperado o arpão, nós seguimos em busca do animal.

De tempos em tempos, este vinha à superfície para respirar. Seu ferimento não o enfraquecera, pois avançava com grande rapidez.

O escaler, remado por braços fortes, voava em sua trilha. Várias vezes aproximou-se a alguns metros, e o canadense estava pronto para atacar, mas o dugongo dava um salto repentino e tornando impossível alcançá-lo.

A raiva fervilhava no impaciente Ned Land! Ele dirigia à infeliz criatura os palavrões mais enérgicos da língua inglesa. De minha parte, fiquei apenas decepcionado ao ver o dugongo escapar de todos os nossos ataques.

Nós o perseguimos sem descanso por uma hora, e eu começava a pensar que seria difícil capturá-lo, quando o animal, possuído pela ideia perversa de vingança, se voltou contra o escaler e nos atacou.

Essa manobra não escapou ao canadense.

— Cuidado! — ele advertiu.

O timoneiro disse algumas palavras em sua língua bizarra, sem dúvida avisando os homens para manterem a guarda.

O dugongo chegou a seis metros do barco, parou, farejou o ar vivamente com suas grandes narinas (não perfuradas na extremidade, mas na parte superior do focinho), e, dando um salto, se jogou sobre nós. O escaler não conseguiu evitar o choque e foi invadido por pelo menos dois tonéis de água, que tiveram de ser esvaziadas. Mas, graças ao nosso hábil timoneiro, fomos atingidos no viés, e não na lateral, então não viramos. Ned Land, agarrado no castelo de proa, esmurrava o animal gigantesco com golpes de seu arpão que, com os dentes cravados na amurada, levantava o escaler para fora d'água, como um leão faz com uma corça. Estávamos caídos um sobre o outro e não sei como a aventura teria terminado, se o canadense, furioso com a fera, não a tivesse atingido no coração.

Eu ouvi seus dentes rangendo na placa de ferro, e o dugongo desapareceu, carregando o arpão com ele. Mas o barril logo voltou à superfície, e o corpo do animal ressurgiu, boiando de costas. O escaler se aproximou, puxou-o a reboque e dirigiu-se para o *Náutilus*.

Foi necessário um equipamento de enorme força para içar o dugongo até a plataforma. Ele pesava cinco toneladas. No jantar, no mesmo dia, o mordomo me serviu algumas fatias dessa carne, habilmente preparadas pelo cozinheiro do navio. Achei excelente, melhor ainda do que vitela, se não carne de vaca.

No dia seguinte, 11 de fevereiro, a despensa do *Náutilus* foi enriquecida com uma caça mais delicada. Uma revoada de andorinhas do mar pousou no *Náutilus*. Era uma espécie de *Sterna nilotica*, peculiar ao Egito; o bico é preto, a cabeça cinzenta e pontiaguda, o olho rodeado por manchas brancas, o dorso, as asas e a cauda de cor acinzentada, o ventre e a garganta brancas e as garras vermelhas. Também pegamos uma dúzia de patos-do-nilo, ave selvagem de muito sabor, de garganta e parte superior da cabeça brancas com manchas pretas.

Por volta das cinco da tarde avistamos ao norte o Cabo de Ras-Mohammed. Este cabo forma a extremidade da Arábia Pétrea, compreendida entre o golfo de Suez e o Golfo de Acabah.

O *Náutilus* penetrou no estreito de Jubal, que leva ao golfo de Suez. Vi nitidamente uma alta montanha, elevando-se entre os dois golfos de Ras-Mohammed. Era o Monte Horeb, o Sinai, no topo do qual Moisés viu Deus face a face.

Às seis horas o *Náutilus*, ora flutuando ora imerso, passou a certa distância do largo de Tor, situado no final da baía, cujas águas pareciam

206

tingidas de vermelho, observação já feita pelo capitão Nemo. Então a noite caiu no meio de um silêncio pesado, às vezes interrompido pelos pios do pelicano e de outras aves noturnas, e o barulho da rebentação ou pelo gemido de algum vapor distante batendo nas águas do Golfo com suas pás.

Das oito às nove horas, o *Náutilus* permaneceu algumas braças debaixo d'água. De acordo com meus cálculos, devíamos estar muito perto de Suez. Através do painel do salão, via um fundo do mar enxameado de rochedos brilhantemente iluminados por nossa luz elétrica. Parecia-me que o estreito afunilava cada vez.

Às nove e quinze, com o navio voltando à superfície, subi à plataforma. Impaciente para atravessar o túnel do capitão Nemo, não conseguia ficar parado, então vim respirar o ar fresco da noite.

Logo na sombra eu vi uma luz pálida, meio descolorida pela névoa, brilhando a cerca de um quilômetro de nós.

— Um farol flutuante — disse alguém perto de mim.

Eu me virei e vi o capitão.

— É o farol flutuante de Suez — continuou ele. — Não vai demorar muito para chegarmos à entrada do túnel.

— Não deve ser fácil entrar...

— Justamente, professor. Por isso estou acostumado a entrar na gaiola do timoneiro e eu mesmo dirigir o nosso curso. E agora, se quiser fazer a gentileza de descer, professor Aronnax, o *Náutilus* afundará nas ondas, e não voltará à superfície até passarmos pelo Túnel Árabe.

Eu segui o capitão Nemo. A escotilha se fechou, os tanques se encheram de água e o aparelho afundou cerca de dez metros.

Quando eu estava prestes a ir para minha cabine, o capitão me parou.

— Professor — disse-me ele — gostaria de ir comigo para a gaiola do piloto?

— Faltou-me coragem para pedir — respondi.

— Venha, então. Assim, verá tudo que é possível ver sobre essa combinação de navegação subaquática e subterrânea.

O capitão Nemo me conduziu até a escada central. No meio da escada, ele abriu uma porta, passou pelos corredores superiores e chegou à casa do piloto, que ficava em uma das extremidades da plataforma.

Era um compartimento de quase dois metros quadrados, muito parecida com a ocupada pelo piloto dos barcos a vapor do Mississippi ou Hudson. No centro, havia uma roda vertical engrenada com cabos de leme que iam até a popa do *Náutilus*. Quatro escotilhas com vidros lenticulares permitiam ao piloto ver em todas as direções.

A cabine estava na penumbra, mas logo meus olhos se acostumaram com a escuridão, e percebi o piloto, um homem forte, com as mãos

207

apoiadas no volante. Lá fora, o mar parecia vivamente iluminado pela lanterna, que irradiava seus raios da parte de trás da cabine para a outra extremidade da plataforma.

— Agora — disse o capitão Nemo — procuremos nossa passagem.

Fios elétricos conectavam a gaiola do piloto à sala de máquinas, e a partir daí o capitão podia comunicar simultaneamente ao seu *Náutilus* a direção e a velocidade. Ele apertou um botão de metal e imediatamente a velocidade da hélice diminuiu.

Observei em silêncio o paredão reto que margeávamos naquele momento, a base imóvel de uma enorme costa arenosa, o qual acompanhamos por uma hora, a apenas alguns metros de distância.

O capitão Nemo não tirava os olhos da bússola, suspensa na parede da cabine. A um simples gesto seu, o timoneiro modificava o curso do *Náutilus* a cada instante.

Eu me coloquei na escotilha de bombordo e vi algumas subestruturas magníficas de corais, zoófitos, algas marinhas e crustáceos, agitando suas enormes garras, que se estendiam das fissuras da rocha.

Às dez e quinze, o próprio capitão assumiu o comando. Uma grande galeria, negra e profunda, abriu-se diante de nós, e por ela, o *Náutilus* corajosamente entrou. Um estranho rugido foi ouvido em seus lados. Eram as águas do mar Vermelho, que a inclinação do túnel precipitava violentamente em direção ao Mediterrâneo. O *Náutilus* ia com a torrente, rápido como uma flecha, apesar dos esforços do motor, que, para resistir, batia nas ondas com hélice invertida.

Nos paredões da estreita passagem, eu não conseguia ver nada além de trações cintilantes, linhas retas, sulcos de fogo, traçados pela grande velocidade, sob a luz elétrica brilhante. Meu coração batia rápido.

Às dez e trinta e cinco, o Capitão Nemo deixou o leme e, voltando-se para mim, disse:

— O Mediterrâneo!

Em menos de vinte minutos, o *Náutilus*, carregado pela torrente, passou pelo istmo de Suez.

CAPÍTULO VI

AS ILHAS GREGAS

No dia seguinte, 12 de fevereiro, de madrugada, o *Náutilus* subiu à superfície. Corri para a plataforma. Três milhas ao sul, o contorno sombrio de Pelusa podia ser visto. Uma torrente nos levou de um mar a outro. Mas embora aquele túnel fosse fácil de descer, voltar a subir parecia impossível. Por volta das sete horas, Ned e Conselho se juntaram a mim. Esses dois companheiros inseparáveis haviam dormido serenamente, totalmente alheios ao feito do *Náutilus*.

— Bem, senhor Naturalista — disse o canadense, em um tom ligeiramente zombeteiro — e o Mediterrâneo?

— Estamos flutuando em sua superfície, amigo Ned.

— O quê!? — disse o Conselho — Quer dizer que ontem à noite...?

— Sim, ontem à noite, em poucos minutos atravessamos o istmo intransponível.

— Não acredito — insistiu o canadense.

— E está errado, mestre Land — continuei. — Essa costa baixa que contorna ao sul é a costa egípcia. E você, que tem olhos tão bons, Ned, pode ver os píeres de Port Said se estendendo para o mar.

O canadense olhou com atenção.

— O senhor está certo, professor, e seu capitão é um homem de primeira classe. Estamos no Mediterrâneo. Ótimo! Agora, por favor, vamos falar de nossos modestos assuntos, mas de maneira a que ninguém nos ouça.

Vi o que o canadense queria e, de qualquer forma, achei melhor deixá-lo falar. Assim, nós três nos sentamos perto do farol, onde ficamos menos expostos à maresia.

— Agora, Ned, pode falar. O que tem a nos dizer?

— O que tenho a dizer é muito simples. Estamos na Europa, e antes que os caprichos do capitão Nemo nos arrastem mais uma vez para o fundo dos mares polares ou nos levem para a Oceania, peço que deixemos o *Náutilus*.

Confesso que essas discussões com o canadense sempre me deixavam constrangido. Não desejava de forma alguma algemar a liberdade de meus companheiros, mas certamente não sentia desejo de deixar o

209

capitão Nemo. Graças a ele, e ao seu aparelho, eu aprimorava diariamente meus estudos submarinos, reescrevendo *in loco* meu livro sobre as grandes profundezas. Voltaria a ter essa oportunidade de observar as maravilhas do oceano? Não, certamente não! E não queria abandonar o *Náutilus* antes de completar o ciclo de investigação.

— Amigo Ned, me responda com franqueza, está cansado de estar a bordo? Lamenta que o destino nos tenha jogado nas mãos do capitão Nemo?

O canadense ficou alguns momentos sem responder. Então, cruzando os braços, ele disse:

— Francamente, não me arrependo de nossa viagem sob os mares. Ficarei feliz por tê-la feito, mas, para isso, ela precisa terminar.

— Ela vai terminar, Ned.

— Onde e quando?

— Onde? Eu não sei. Quando? Não posso dizer, ou, melhor, suponho que acabará quando esses mares não tiverem mais nada a nos ensinar.

— Penso como o mestre pensa — interveio Conselho — e é extremamente possível que, depois de cruzar todos os mares do globo, o capitão Nemo se despeça de nós três com carinho.

— Nos dar um adeus afetuoso? — o canadense exclamou. — Você quer dizer antes de nossa morte!

— Não vamos exagerar, senhor Land — eu continuei. — Não temos nada a temer do capitão, mas também não compartilho das opiniões do Conselho. Estamos a par dos segredos do *Náutilus*, e não espero que seu comandante, apenas para nos libertar, fique humildemente parado enquanto espalhamos esses segredos por todo o mundo.

— Então o que o senhor espera? — exigiu o canadense.

— Uma oportunidade clara, seja daqui a seis meses, seja como agora.

— Mas essa é boa! E onde estaremos em seis meses, por favor, senhor Naturalista?

— Talvez aqui, talvez na China. Sabe bem como o *Náutilus* é rápido. Ele cruza oceanos como as andorinhas cruzam o ar ou os trens expressos, os continentes. Não teme os mares muito navegados. Quem pode dizer que não vai abranger as costas da França, Inglaterra ou América, onde uma tentativa de fuga poderia ser realizada com a mesma eficácia que aqui.

— Professor Aronnax — respondeu o canadense — seus argumentos pecam na base. O senhor fala no futuro: "Estaremos lá! Estaremos aqui!" Eu falo no presente: "Estamos aqui e devemos nos aproveitar disso."

Eu estava pressionado pela lógica de Ned Land e me senti perdendo terreno. Eu não sabia que argumento dizer a meu favor.

— Professor — continuou Ned — suponhamos uma impossibilidade: se o capitão Nemo lhe oferecesse hoje sua liberdade. Aceitaria?

— Não sei — respondi.

— E suponha que ele acrescentasse que a oferta que está fazendo hoje nunca será repetida, então a aceitaria?

Eu não respondi.

— E o que pensa nosso amigo Conselho? — perguntou Ned Land.

— O amigo Conselho — o bom rapaz respondeu serenamente — não tem nada a dizer sobre si mesmo. Ele é uma parte completamente desinteressada pela questão. Como seu mestre, como seu camarada Ned, ele é solteiro. Nem esposa, pais ou filhos estão esperando por ele em casa. Ele está a serviço do mestre, pensa como o mestre, fala como o mestre e, para seu pesar, não se pode contar com ele para formar a maioria. Apenas duas pessoas se enfrentam aqui: o mestre de um lado, Ned Land do outro. Dito isso, seu amigo Conselho está ouvindo e pronto para marcar pontos.

Não pude deixar de sorrir enquanto Conselho se extinguia. No fundo, o canadense deve ter ficado muito feliz por não ter que lutar com ele.

— Então, professor — disse Ned Land — uma vez que Conselho não existe, teremos essa discussão apenas entre nós dois. Eu argumentei e o senhor ouviu. Qual é a sua resposta?

Era óbvio que a questão precisava ser resolvida e as evasivas eram desagradáveis para mim.

— Ned, meu amigo — curvei-me —, eis a minha resposta. A razão está contra mim. Não devemos confiar na boa vontade do capitão Nemo. A prudência mais elementar o proíbe de nos pôr em liberdade. Por outro lado, a prudência decreta que aproveitemos nossa primeira oportunidade de deixar o *Náutilus*.

— Bem, professor Aronnax, assim é que se fala.

— Apenas uma única observação. A ocasião deve ser clara e nossa primeira tentativa deve ser bem-sucedida; se falharmos, nunca encontraremos outra, e o capitão Nemo nunca nos perdoará.

— Tudo isso é verdade — respondeu o canadense. — Mas sua observação se aplica igualmente a qualquer tentativa de fuga, seja daqui a dois anos, seja daqui a dois dias. Mas a questão ainda é esta: se uma oportunidade favorável se apresentar, deve ser aproveitada.

— Concordo! E agora, pode me dizer, Ned, o que entende por uma oportunidade favorável?

— Será aquela que, em uma noite escura, levará o *Náutilus* a uma curta distância de alguma costa europeia.

— E tentaria fugir nadando?

— Sim, se estivéssemos perto o suficiente da margem e se o barco estivesse flutuando no momento. Não, se a margem estivesse longe e o barco submerso.

— E nesse caso?

— Nesse caso, tentaria me apoderar do escaler. Sei como manobrá-lo. Entraríamos nele e, com os ferrolhos desengatados, chegaríamos à superfície da água, sem nem mesmo o timoneiro, que está na proa, perceber.

— Bem, Ned, fique atento à essa oportunidade; mas não se esqueça que um fracasso seria nossa perdição.

— Eu não vou esquecer, professor.

— E agora, Ned, gostaria de saber o que eu acho do seu plano?

— Certamente, professor Aronnax.

— Bem, eu acho, não digo que espero, mas acho que essa oportunidade favorável nunca se apresentará.

— Por que não?

— Porque o capitão Nemo reconhece que não perdemos todas as esperanças de recuperar nossa liberdade e ele se manterá em guarda, principalmente nos mares à vista das costas da Europa.

— Sou da opinião do mestre — disse Conselho.

— Veremos — respondeu Ned Land, balançando a cabeça com determinação.

— E agora, Ned Land — acrescentei — vamos parar por aqui. Nem mais uma palavra sobre o assunto. No dia em que estiver pronto, venha nos avisar, e nós o seguiremos.

Foi assim que encerramos essa conversa, que mais tarde teria consequências tão graves. Devo dizer que a princípio os acontecimentos pareciam confirmar minhas previsões, para desespero do canadense. O capitão Nemo nos via com desconfiança nesses mares muito viajados ou simplesmente queria se esconder dos navios de todas as nações que aravam o Mediterrâneo? Não tenho ideia, mas geralmente ele ficava no meio-mar e bem longe de qualquer costa. Ou o *Náutilus* emergia apenas o suficiente para deixar a casa do piloto acima da linha da água, ou deslizava para as grandes profundezas, embora, entre as ilhas gregas e a Ásia Menor, não tenhamos encontrado o fundo mesmo a 2.000 metros de profundidade.

Assim, eu só sabia que estávamos perto da Ilha dos Cárpatos, uma das Espórades, pelo capitão Nemo recitando estas linhas de Virgílio:

— *Est Carpathio Neptuni gurgite vates, Caeruleus Proteus* — quando ele apontou para um ponto no planisfério.

Era de fato a antiga morada de Proteu, o antigo pastor dos rebanhos de Netuno, agora ilha de Escarpanto, situada entre Rodes e Creta. Não vi nada além da base de granito através dos painéis de vidro do salão.

No dia seguinte, 14 de fevereiro, resolvi dedicar algumas horas no estudo dos peixes do arquipélago, mas, por alguma razão ou outra, os painéis permaneceram fechados. Verificando a posição *Náutilus*, constatei que estávamos indo em direção a Cândia, a antiga Ilha de Creta. Na época em que embarquei na *Abraham Lincoln*, toda a ilha havia se levantado em uma insurreição contra o despotismo turco. Mas como os insurgentes haviam se saído desde então, eu era absolutamente ignorante, e não era o capitão Nemo, privado de todas as comunicações terrestres, que poderia me dizer.

Não fiz alusão a esse acontecimento quando naquela noite me vi sozinho com ele no salão. Além disso, ele parecia taciturno e preocupado. Depois, contrariando o seu costume, mandou abrir os dois painéis e, passando de um para o outro, observou atentamente a massa de água. Com que objetivo, eu não conseguia adivinhar; então, de minha parte, empreguei meu tempo estudando os peixes que passavam diante de meus olhos.

No meio das águas apareceu um homem, um mergulhador, carregando no cinto uma bolsa de couro. Não era um corpo abandonado às ondas; era um homem vivo, nadando com mão forte, desaparecendo ocasionalmente para respirar na superfície.

Virei-me para o capitão Nemo e, com voz agitada, exclamei:

— Um homem naufragado! Ele deve ser salvo a todo custo!

O capitão não me respondeu, mas veio e se encostou no painel.

O homem se aproximou e, com o rosto colado ao vidro, estava olhando para nós.

Para minha grande surpresa, o capitão Nemo fez-lhe um sinal. O mergulhador respondeu-lhe com a mão, subiu imediatamente à superfície da água e não apareceu novamente.

— Não se preocupe — disse o capitão Nemo. — É Nicolau, do Cabo Matapan, vulgo "Pesce". É muito conhecido em todas as Cíclades. Mergulhador arrojado! A água é o seu elemento e vive mais nela do que em terra, indo continuamente de uma ilha a outra, até tão longe como Creta.

— Conhece-o, capitão?

— Por que não, professor Aronnax?

Dizendo isso, o capitão Nemo dirigiu-se a um móvel que estava perto do painel esquerdo do salão. Junto a esse móvel, vi uma arca forrada de ferro, em cuja tampa havia uma placa de cobre, contendo a cifra do *Náutilus* com o seu emblema.

Nesse momento, o capitão, esquecendo minha presença, abriu o móvel, uma espécie de caixa-forte, que continha muitos lingotes.

Eles eram lingotes de ouro. De onde veio esse metal precioso, que representava uma soma enorme? De onde o capitão conseguiu esse ouro? E o que ele iria fazer com isso?

213

Eu não disse uma palavra. Observava. O capitão Nemo pegou os lingotes um a um e arrumou-os metodicamente no baú, enchendo-o completamente. Estimei o conteúdo em mais de 4.000 libras de peso de ouro, ou seja, quase 5.000.000 de francos.

Após fechar a arca cuidadosamente, o capitão escreveu um endereço na tampa, em caracteres que me pareceram grego moderno. Feito isso, o capitão Nemo pressionou um botão, cujo fio se comunicava com o posto da tripulação. Quatro homens apareceram e, não sem dificuldade, empurraram a arca para fora do salão. Então eu os ouvi içando-a escada acima por meio de polias.

Naquele momento, o capitão Nemo se virou para mim.

— E o que estava dizendo, professor? — disse ele.

— Eu não estava dizendo nada, capitão.

— Então, professor, se me permitir, desejo-lhe boa noite.

Em seguida, ele se virou e saiu do salão.

Voltei para o meu quarto muito intrigado, como é possível conceber. Em vão tentei dormir. Busquei o elo entre a aparição do mergulhador e o baú cheio de ouro. Logo, por certos movimentos de arremesso e adernação, senti que o *Náutilus* estava saindo das profundezas e voltando à superfície.

Então ouvi passos na plataforma; e eu sabia que eles estavam desatando o escaler e lançando-o sobre as ondas. Após um choque leve no costado do *Náutilus*, todo o barulho cessou.

Duas horas depois, os mesmos ruídos de passos se repetiram. Içado a bordo, o escaler foi reajustado em seu encaixe e o *Náutilus* mergulhou de volta sob as ondas.

Então, aqueles milhões foram entregues a seu destinatário. Em que ponto do continente? Quem recebeu o ouro do capitão Nemo?

No dia seguinte, relatei os acontecimentos da noite a Conselho e ao canadense, que inflamavam minha curiosidade ao máximo. Meus companheiros ficaram tão surpresos quanto eu.

— Mas para onde ele levou seus milhões? — perguntou Ned Land.

Para isso, não havia resposta possível. Voltei ao salão depois do café da manhã e comecei a trabalhar. Até as cinco da tarde, dediquei-me a organizar minhas anotações. Naquele momento (devo atribuí-lo a alguma predisposição natural) senti um calor tão grande que fui obrigado a tirar o casaco. Foi estranho, pois estávamos em baixas latitudes e, mesmo assim, o *Náutilus*, submerso como estava, não deveria sofrer nenhuma mudança de temperatura. Eu olhei para o manômetro; mostrava uma profundidade de 18 metros, à qual o calor atmosférico jamais poderia atingir.

Continuei meu trabalho, mas a temperatura subiu a tal ponto que se tornou insuportável.

"Seria um incêndio a bordo?" especulei.

Eu estava saindo do salão quando o capitão Nemo entrou. Ele se aproximou do termômetro, consultou-o e, voltando-se para mim, disse:

— Quarenta e dois graus.

— Eu percebi, capitão — respondi —, e se ficar muito mais quente, não poderemos suportar.

— Oh, professor, não vai ficar mais quente a menos que queiramos!

— O senhor pode controlá-lo como quiser, então?

— Não, mas posso ir mais longe do foco que o produz.

— Quer dizer que ele vem de fora?

— Certamente, estamos flutuando em uma corrente de água fervente.

— E isso é possível? — exclamei.

— Veja.

Os painéis se abriram e vi o mar inteiramente branco em toda a volta. Uma fumaça de vapores sulfúricos ondulava entre as águas, que ferviam como em um caldeirão. Coloquei minha mão em uma das vidraças, mas o calor era tão forte que rapidamente a tirei.

— Onde estamos? — perguntei.

— Perto da ilha de Santorini, professor — respondeu o capitão —, e precisamente no canal que separa as ilhotas vulcânicas de Nea Kameni e Palea Kameni. Queria proporciona-lhe a visão do curioso espetáculo de uma erupção de submarina.

— Eu pensei — disse eu — que a formação dessas novas ilhas estava encerrada.

— Nada termina nas zonas vulcânicas do mar — respondeu o capitão Nemo — e o globo está sempre sendo trabalhado por fogos subterrâneos. De acordo com os historiadores latinos Cassiodoro e Plínio, por volta do ano 19 da era cristã, uma nova ilha, a divina Teia, já havia aparecido no mesmo lugar que essas ilhotas se formaram mais recentemente. Mais tarde Teia afundou sob as ondas, para reemergia e afundar mais uma vez no ano 69. Daquele dia até hoje, esse trabalho de construção plutônica está interrompido. Mas em 3 de fevereiro de 1866, uma nova ilhota chamada rochedo de George emergiu no meio de um vapor sulfuroso perto de Nea Kameni e foi fundida a ela no dia 6 do mesmo mês. Sete dias depois, em 13 de fevereiro, apareceu a ilhota de Afroessa, deixando um canal de dez metros entre ela e Nea Kameni. Eu estava nesses mares quando esse fenômeno ocorreu e pude observar todas as suas fases. A ilhota de Afroessa era de forma circular, medindo 300 pés de diâmetro e 30 pés de altura. Era feito de lava vítrea preta misturada com pedaços de feldspato. Finalmente, em 10 de março, uma ilhota menor chamada Reka apareceu ao lado de Nea Kameni e, desde então, essas três ilhotas se fundiram para formar uma única ilha.

215

— E o canal em que estamos neste momento? — perguntei.

— Aqui está — respondeu o Capitão Nemo, mostrando-me um mapa do arquipélago. — Veja, eu marquei as novas ilhas.

Voltei à vidraça. O *Náutilus* não estava mais se movendo. O calor estava ficando insuportável. O mar, que até então era branco, estava vermelho, devido à presença de sais de ferro. Apesar de o navio estar hermeticamente fechado, um cheiro insuportável de enxofre encheu o salão, e o brilho da eletricidade foi inteiramente extinto por brilhantes chamas escarlates. Eu estava nadando em suor, estava sufocando, estava prestes a ser cozido. Sim, eu me senti cozinhando de fato!

— Não podemos mais permanecer nessa água fervente — disse eu ao capitão.

— Não seria prudente — respondeu o impassível Nemo.

Uma ordem foi dada; o *Náutilus* deu uma guinada e saiu da fornalha, que não poderia enfrentar impunemente. Quinze minutos depois, estávamos respirando ar fresco na superfície. Ocorreu-me então que, se Ned Land tivesse escolhido essa parte do mar para a nossa fuga, nunca sairíamos vivos deste mar de fogo.

No dia seguinte, 16 de fevereiro, saímos da bacia que, entre Rodes e Alexandría, tem cerca de 1.500 braças de profundidade, e o *Náutilus*, passando a certa distância de Cerigo, deixou o arquipélago grego após ter dobrado o cabo Matapan.

216

CAPÍTULO VII

O MEDITERRÂNEO EM QUARENTA E OITO HORAS

O Mediterrâneo, o mar azul por excelência, "o grande mar" dos hebreus, "o mar" dos gregos, o *mare nostrum* dos romanos, com suas margens repletas de laranjeiras, aloés, cactos e pinheiros-marítimos; embalsamado com o perfume dos mirtos, rodeado por rudes montanhas, saturado de ar puro e transparente, mas incessantemente erodido por fogos subterrâneos; um campo de batalha perfeito no qual Netuno e Plutão ainda disputam o império do mundo! É nessas margens, e nessas águas, diz Michelet, que o homem se renova em um dos climas mais pujantes do planeta.

Mas, por mais bonita que fosse, só pude dar uma olhada rápida na bacia, cuja área superficial é de dois milhões de metros quadrados. Senti falta do conhecimento do capitão Nemo, pois essa pessoa intrigante não apareceu uma vez durante aquela nossa travessia desenfreada. Estimei o curso que o *Náutilus* percorreu sob as ondas do mar em cerca de seiscentas léguas, e foi realizado em quarenta e oito horas. Partindo da costa da Grécia na manhã do dia 16 de fevereiro, havíamos cruzado o Estreito de Gibraltar ao nascer do sol do dia 18.

Era claro para mim que o Mediterrâneo, preso no meio daqueles países que ele desejava evitar, era desagradável para o capitão Nemo. Essas ondas e essas brisas traziam-lhe muitas lembranças, senão muitos arrependimentos. Aqui ele não tinha mais aquela independência e aquela liberdade que tinha em mar aberto, e seu *Náutilus* se sentia apertado entre as costas fechadas da África e da Europa.

Nossa velocidade era agora de vinte e cinco milhas por hora. Pode ser bem entendido que Ned Land, para seu grande desgosto, foi obrigado a renunciar à fuga pretendida. Indo a uma velocidade de doze ou treze metros por segundo, não havia como fazer uso do escaler. Deixar o *Náutilus* nessas condições seria tão ruim quanto pular de um trem indo a toda velocidade, manobra imprudente, para dizer o mínimo. Além disso, nossa embarcação só subia à superfície das ondas à noite para renovar seu estoque de ar; era dirigido inteiramente pela bússola e pelas marcações da barquilha.

Portanto, dentro do Mediterrâneo, não consegui captar mais de sua paisagem que passava rapidamente do que um viajante poderia ver de um trem expresso; em outras palavras, eu só podia ver os horizontes distantes porque os primeiros planos passaram como um relâmpago. Mas Conselho e eu pudemos observar aqueles peixes mediterrâneos cujas poderosas nadadeiras mantiveram o ritmo por um tempo nas águas do *Náutilus*. Ficamos de vigia junto às janelas da sala, e nossas anotações me permitem reconstruir, em poucas palavras, a ictiologia deste mar.

Entre os vários peixes que o habitavam, alguns eu vi, outros vislumbrei, e o resto perdi completamente por causa da velocidade do *Náutilus*. Que me seja então permitido classificá-los usando este sistema caprichoso de classificação. Pelo menos transmitirá a rapidez de minhas observações.

No meio da massa aquosa, fortemente iluminada por nossos feixes elétricos, serpenteava aquelas lampreias de um metro que são comuns a quase todos os climas. Um tipo de raia do gênero *Oxyrhynchus*, com um metro e meio de largura, tinha um ventre branco com o dorso acinzentado manchado e era carregada pelas correntes como um enorme xale aberto. Outras raias passaram tão rápido que eu não pude dizer se eles mereciam o apelido de "raia-águia" cunhado pelos antigos gregos, ou as designações de "raia-rato", "raia-morcego" e "raia-sapo" que os pescadores modernos lhes deram. Parecendo grandes sombras azuladas, os tubarões-raposa passaram, com 2,5 metros de comprimento e dotados de um olfato extremamente aguçado. Dourados do gênero *Sparus*, alguns medindo até treze decímetros, exibiam túnicas prateadas e azuis emolduradas por faixas, que contrastavam com a cor escura de suas nadadeiras; peixes consagrados a deusa Vênus, seus olhos embutidos em um supercílio de ouro, uma espécie valiosa que patrocina todas as águas doces ou salgadas, igualmente à vontade em rios, lagos e oceanos, vivendo em todos os climas, tolerando qualquer temperatura, sua linha remonta aos tempos pré-históricos nesta terra, mas preservando toda a sua beleza daqueles distantes dias. Esturjões magníficos, de nove a dez metros de comprimento e extremamente rápidos, batiam suas caudas poderosas contra o vidro de nossos painéis, mostrando o dorso azulado com pequenas manchas marrons; parecem tubarões, sem igualar sua força, e são encontrados em todos os mares; na primavera, eles se deliciam em nadar nos grandes rios, lutando contra as correntes do Volga, Danúbio, Pó, Reno, Loire e Oder, enquanto se alimentam de arenque, cavala, salmão e bacalhau. Embora pertençam à classe dos peixes cartilaginosos, são considerados uma iguaria; são comidos frescos, secos, marinados ou em conserva de sal e, nos tempos antigos, eram levados em triunfo à mesa da epicurista romana Lúculo.

Porém, de todos os habitantes do Mediterrâneo, os que pude observar com mais calma, pertenciam ao sexagésimo terceiro gênero de peixes ósseos. Eram atuns do gênero *Scomber*, azul-preto no topo, prata na barriga, suas listras dorsais emitindo um brilho dourado. Diz-se que eles seguem os navios em busca de uma sombra refrescante do quente sol tropical, e fizeram exatamente isso com o *Náutilus*, como haviam feito com os navios do Conde de La Pérouse. Por longas horas eles competiram em velocidade com nosso submersível. Não conseguia parar de me maravilhar com esses animais tão perfeitamente talhados para corridas, suas cabeças pequenas, seus corpos esguios, em forma de fuso e, em alguns casos, com mais de três metros de comprimento, suas nadadeiras peitorais dotadas de notável força, suas nadadeiras caudais bifurcadas. Como certos bandos de pássaros, de quem igualam a velocidade, esses atuns nadam na formação de um triângulo, o que levou os antigos a dizerem que haviam aprendido geometria e estratégia militar. E ainda assim eles não podem escapar dos pescadores provençais, que os prezam tanto quanto os antigos habitantes da Turquia e da Itália; e esses animais valiosos, tão alheios como se fossem surdos e cegos, saltam direto para as redes de atum de Marselha e morrem aos milhares.

Só para constar, mencionarei alguns peixes mediterrâneos que o Conselho e eu vislumbramos. Havia enguias esbranquiçadas da espécie *Gymnotus fasciatus* que passavam intangíveis vapores; moreias-congros de três a quatro metros de comprimento que eram enfeitadas em verde, azul e amarelo; cépolas-tênias flutuando como algas finas; triglas que os poetas chamam de lira e flautista e cujos focinhos têm duas placas triangulares recortadas em forma de lira de Homero; triglasandorinha nadando tão rápido quanto o pássaro que deram o nome, holocentro-garoupas, de cabeça vermelha e cujas barbatanas dorsais são dotadas de filamentos.

E quanto a outros peixes comuns ao Atlântico e Mediterrâneo, não pude observar peixes-raias, balistas, tetrodontídeos, hipocampos, acarás-joia, centriscos, blênios, salmonetes, peixes-espinho, ou qualquer um dos principais representantes da ordem *Pleuronecta,* como linguado, solha, salpico e rodovalho, simplesmente por causa da velocidade vertiginosa com que o *Náutilus* se apressava nessas águas opulentas.

No que se refere aos mamíferos marinhos, nas imediações do mar Adriático, pensei ter reconhecido dois ou três cachalotes dotados de uma única barbatana dorsal denotando o gênero *Physeter*; algumas delfins do gênero *Globicephalus* exclusivas do Mediterrâneo, a parte anterior da

219

cabeça listrada com pequenas linhas distintas; além de uma dezena de focas com barrigas brancas e pelagem preta, conhecidas pelo nome de "focas-monge" e tão solenes como se fossem dominicanos de três metros.

De sua parte, Conselho pensou ter visto uma tartaruga de quase dois metros de largura e adornada com três cristas salientes que corriam no sentido do comprimento. Tive pena de perder esse réptil, porque pela descrição do Conselho, creio ter reconhecido a alaúde, uma espécie bastante rara. De minha parte, notei apenas algumas tartarugas-amarelas com longas carapaças.

Quanto aos zoófitos, por alguns momentos pude me maravilhar com uma maravilhosa hidra laranja do gênero *Galeolaria* que se agarrava ao vidro de nosso painel de bombordo. Consistia em um filamento longo e esguio que se espalhava em incontáveis ramos e terminava na renda mais delicada já tecida pelos seguidores de Aracne. Infelizmente, não pude pescar esse espécime maravilhoso, e certamente nenhum outro zoófito mediterrâneo teria sido oferecido à minha vista, se, na noite do dia 16, o *Náutilus* não tivesse desacelerado de forma estranha. Eis em que circunstâncias.

A essa altura, já estávamos passando entre a Sicília e a costa da Tunísia. No espaço apertado entre o Cabo Bon e o Estreito de Messina, o fundo do mar sobe quase subitamente, formando uma verdadeira crista, com apenas dezessete metros de água remanescente acima dela, enquanto a profundidade de cada lado é de 170 metros. Consequentemente, o *Náutilus* teve que manobrar com cautela para não esbarrar nessa barreira submarina.

Mostrei ao Conselho a posição do longo recife em nosso mapa do Mediterrâneo.

— Que o mestre me perdoe — observou o Conselho — é como um verdadeiro istmo que une a Europa à África.

— Sim, meu rapaz, é uma barreira perfeita para o estreito da Líbia, e as sondagens de Smith provaram que antigamente os continentes entre o cabo Boco e o cabo Furina eram unidos.

— Posso muito bem acreditar — disse Conselho.

— Acrescentarei — continuei — que existe uma barreira semelhante entre Gibraltar e Ceuta, que em tempos geológicos fechava todo o Mediterrâneo.

— E se alguma explosão vulcânica um dia elevar essas duas barreiras acima das ondas?

— Isso é muito improvável, Conselho.

— Se o mestre permitir que eu termine, quero dizer que, se esse fenômeno ocorrer, pode ser angustiante para o senhor de Lesseps, que se deu ao trabalho de furar seu istmo!

— Concordo, mas repito, Conselho: tal fenômeno não ocorrerá. A intensidade dessas forças subterrâneas continua diminuindo. Os vulcões eram bastante numerosos nos primeiros dias do mundo, mas estão se extinguindo um por um; o calor dentro da terra está ficando mais fraco, a temperatura nas camadas inferiores do globo está esfriando consideravelmente a cada século, e tudo isso com prejuízos ao nosso globo, porque seu calor é sua vida.

— Mas o sol...

— O sol não é suficiente, Conselho. Ele pode devolver calor a um cadáver?

— Não que eu saiba.

— Bem, meu amigo, esta terra um dia será esse cadáver frio. Ela se tornará inabitável e desabitada como a lua, que há muito perdeu todo o seu calor vital.

— Em quantos séculos?

— Em algumas centenas de milhares de anos, meu garoto.

— Então — disse o Conselho —, teremos tempo para terminar nossa jornada, desde que Ned Land não interfira nela.

E Conselho, reconfortado, voltou ao estudo do fundo submarino, que desfilava rente ao *Náutilus* com uma velocidade moderada.

No fundo do mar rochoso e vulcânico, floresceu uma grande coleção de flora em movimento: esponjas, pepinos-do-mar, medusas chamadas groselhas do mar que eram adornadas com gavinhas avermelhadas e emitiam uma fosforescência sutil, comátulas ambulantes, ouriços comestíveis de espécies variadas, bem como actíneas verdes com o tronco acinzentado.

Conselho se mantinha especialmente ocupado observando moluscos e articulados e, embora sua nomenclatura seja um pouco árida, não gostaria de desmerecer o bravo rapaz deixando de fora suas observações pessoais.

Do ramo *Mollusca*, ele citou numerosas vieiras em forma de pente, ostras espinhosas em forma de casco empilhadas umas sobre as outras, donáceas triangulares, híalas tridentadas, com nadadeiras amarelas e conchas transparentes; caramujos do gênero *Pleurobranchus* que pareciam ovos salpicados de pontos esverdeados, membros do gênero *Aplysia* também conhecidos pelo nome de lebres-marinhas; orelhas-do-mar, verrucosas de vênus duplas, abundantes nas costas da América do Norte e comidas em tais quantidades pelos nova-iorquinos; conchas de favo de várias cores com cobertura de guelras, mexilhões tâmaras com um sabor apimentado; aurículas, incluindo a *Auricula myosotis* ovalada, iantinas, cinerárias, petrícolas, lamelares, pandoras, etc.

Quanto aos articulados, em suas notas Conselho muito apropriadamente os dividiu em seis classes, três das quais pertencem ao mundo marinho. Essas classes são *Crustacea*, *Cirripedia* e *Annelida*.

Os crustáceos são subdivididos em nove ordens, sendo a primeira delas constituída pelos decápodes, ou seja, animais cuja cabeça e tórax costumam se fundir, cujo aparelho bucal é constituído por vários pares de membros, e cujo tórax possui quatro, cinco ou seis pares de pernas ambulantes. Conselho seguira os métodos de nosso mentor, professor Milne-Edwards, que estabelece três divisões para os decápodes: *Brachyura*, *Macrura* e *Anomura*. Esses nomes podem parecer um pouco bárbaros, mas são precisos e apropriados. Entre os *Brachyura*, Conselho menciona amatias cuja fronte é armada com duas grandes pontas divergentes; o escorpião que — não sei por quê - simbolizava sabedoria para os gregos antigos; caranguejos das variedades *massena* e *spinimane* que provavelmente se perderam nestas águas rasas porque geralmente vivem em maiores profundidades; xantos, pilunas, romboides, caranguejos granulosos (fáceis de digerir, como Conselho observou em suas anotações), caranguejos *ebalia*, caranguejos *cymopolia*, etc. Entre os *Macrura* (que são subdivididos em cinco famílias: os couraçados, os escavadores, os ástacos, os selicoques, e os oquizópodes, Conselho menciona algumas lagostas-vermelhas comuns cujas fêmeas fornecem uma carne altamente valorizada; cigarras-do-mar; pitus ribeirinhos e todos os tipos de espécies comestíveis. Omite, porém, a subdivisão dos ástacos, que inclui a verdadeira lagosta, porque as lagostas-vermelhas são o único tipo no Mediterrâneo. Finalmente, entre os *Anomura*, ele viu drômias comuns, morando dentro de quaisquer conchas marinhas abandonadas que elas pudessem assumir; caranguejos hômolos com frentes espinhosas, caranguejos eremitas etc.

Nesse ponto, o trabalho de Conselho foi interrompido. Faltara-lhe tempo para acabar com a classe dos crustáceos, por meio de um exame dos estomatópodes, dos anfípodes, dos homópodes, dos isópodes, dos trilobitos, dos branquiópodes, dos ostracódeos e dos entomostráceos. E para completar o estudo dos articulados marinhos, precisava citar a classe *Cirripedia*, que contém pulgas d'água e piolhos da carpa, mais a classe *Annelida*, que ele teria dividido entre tubículos e dorsibrânquios. Mas, tendo passado pela parte rasa do estreito da Sicília, o *Náutilus* retomou sua velocidade usual em águas profundas. A partir de então, sumiram os moluscos, os zoófitos e os articulados. Apenas alguns peixes grandes passavam como sombras.

Durante a noite de 16 para 17 de fevereiro, havíamos entrado na segunda bacia do Mediterrâneo, cuja maior profundidade era de 1.450 braças. O *Náutilus*, pela ação de sua hélice e recorrendo aos seus planos inclinados, se enterrou nas profundezas do mar.

Ali, no lugar de maravilhas naturais, a massa aquosa ofereceu algumas cenas emocionantes e terríveis aos meus olhos. De fato, estávamos então cruzando uma zona Mediterrâneo fecunda em sinistros marítimos. Da costa de Argel às praias da Provença, quantos navios naufragaram, quantos navios desapareceram! Comparado com as vastas planícies líquidas do Pacífico, o Mediterrâneo é um mero lago, mas é um lago imprevisível com ondas inconstantes: hoje gentil e afetuoso, amanhã mal-humorado e turbulento, agitado pelos ventos, demolindo os navios mais fortes sob ondas repentinas que se quebram com um golpe de cabeça.

Então, em nosso rápido cruzeiro por essas camadas profundas, quantas embarcações eu vi no fundo do mar, algumas já encrustadas de coral, outras revestidas apenas com uma camada de ferrugem, além de âncoras, canhões, conchas, acessórios de ferro, pás de hélice, peças de motores, cilindros rachados, caldeiras embutidas e, em seguida, cascos flutuando no meio da água, uns em pé, outros tombados.

Alguns desses navios naufragaram em colisões, outros por bater em recifes de granito. Vi alguns que haviam afundado com os mastros ainda em pé, o cordame enrijecido pela água. Pareciam que estavam ancorados em uma imensa enseada, aguardando a hora da partida. Quando o *Náutilus* passou entre eles, envolvendo-os com halo elétrico, eles pareciam prontos para nos saudar com suas bandeiras e nos enviar seu número de série! Mas não, nada além de silêncio e morte preenchiam esse campo de catástrofes!

Observei que essas profundezas do Mediterrâneo ficavam cada vez mais atulhadas de destroços horríveis à medida que o *Náutilus* se aproximava do estreito de Gibraltar. Àquela altura, as costas da África e da Europa estavam convergindo e, nesse espaço estreito, as colisões eram comuns. Vi numerosas quilhas de ferro, ruínas fantasmagóricas de vapores, alguns deitados, outros de pé, como animais temíveis. Um desses barcos causou uma péssima primeira impressão: laterais rasgadas, chaminé dobrada, rodas de pás arrancadas dos suportes, leme separado da popa e ainda pendurado por uma corrente de ferro, o emblema da popa corroído por sais marinhos! Quantas vidas foram destruídas naquele naufrágio! Quantas vítimas foram arrastadas para baixo das ondas! Algum marinheiro a bordo teria sobrevivido para contar a história deste terrível desastre, ou as ondas ainda mantêm esse segredo? Ocorreu-me, não sei por que, que este barco enterrado no mar poderia ter sido o *Atlas*, perdido há cerca de vinte anos e do qual nunca mais se ouviu falar! Oh, que história horrível essas profundezas do Mediterrâneo poderiam contar, onde tanta riqueza foi perdida, onde tantas vítimas encontraram suas mortes!

Enquanto isso, indiferente e célebre, o *Náutilus* corria a toda velocidade no meio dessas ruínas. No dia 18 de fevereiro, por volta das três horas da manhã, estávamos na entrada do Estreito de Gibraltar.

223

Deparamo-nos com duas correntes: uma superior, há muito reconhecida, que transporta as águas do oceano para a bacia do Mediterrâneo; e uma contracorrente mais baixa, cuja existência acha-se atualmente demonstrada por dedução. Com efeito, o volume de água do Mediterrâneo, incessantemente alimentado pelas ondas do Atlântico e pelos rios que nele caem, aumentaria todos os anos o nível deste mar, pois a sua evaporação não é suficiente para restabelecer o equilíbrio. Como não é assim, temos necessariamente de admitir a existência de uma contracorrente, que deságua na bacia do Atlântico, pelo estreito de Gibraltar, as águas excedentárias do Mediterrâneo.

Isto efetivamente se comprovou, pois foi dessa contracorrente que se beneficiou o *Náutilus*. Ele avançou rapidamente pela passagem estreita. Por um instante, tive um vislumbre das belas ruínas do templo de Hércules, submergido, segundo Plínio, e com a ilha que o sustentava; e alguns minutos depois estávamos flutuando no Atlântico.

CAPÍTULO VIII

A BAÍA DE VIGO

O Atlântico! Vasta extensão de água cuja área superficial cobre vinte e cinco milhões de milhas quadradas, com um comprimento de nove mil milhas e uma largura média de duas mil e setecentas. Oceano cujas margens sinuosas paralelas abrangem uma imensa circunferência, regada pelo maiores rios do mundo, o São Lourenço, o Mississipi, o Amazonas, o Prata, o Orinoco, o Níger, o Senegal, o Elba, o Loire e o Reno, que lhe trazem água dos países mais civilizados, assim como dos mais selvagens! Magnífica planície, incessantemente varrida por navios de todas as nações, protegida pelas bandeiras de todas as nações, e que termina naqueles dois terríveis pontos tão temidos pelos marinheiros, o Cabo de Horn e o Cabo das Tormentas.

O *Náutilus* rasgava a água com sua ponta afiada, após ter percorrido quase dez mil léguas em três meses e meio, extensão superior ao grande círculo da terra. Para onde estávamos indo agora e o que estava reservado para o futuro? O *Náutilus*, deixando o estreito de Gibraltar, voltou à superfície das ondas e nossas caminhadas diárias na plataforma foram restauradas.

Não demorei a subir, acompanhado por Ned Land e Conselho. A uma distância de cerca de doze milhas, o Cabo de São Vicente era vagamente visto, formando a ponta sudoeste da península espanhola. Uma forte ventania soprava do sul. O mar estava cheio e ondulado; o *Náutilus* balançava violentamente. Era quase impossível manter-se de pé na plataforma, pois as fortes ondas do mar batiam a cada instante. Então descemos depois de inalar um pouco de ar fresco.

Voltei para meu quarto, Conselho para sua cabine; mas o canadense, com ar preocupado, me seguiu. Nossa rápida passagem pelo Mediterrâneo não permitiu que ele colocasse seu projeto em execução e ele não deixava de mostrar seu desapontamento. Quando a porta do meu quarto foi fechada, ele se sentou e olhou para mim em silêncio.

— Amigo Ned — disse eu — entendo sua decepção, mas tem por que recriminar-se. Tentar deixar o *Náutilus* naquelas circunstâncias teria sido uma loucura.

225

Ned Land não respondeu. Seus lábios comprimidos e sua testa franzida indicavam nele a violenta obsessão de uma ideia fixa.

— Mas veja — continuei —, ainda não há motivo para desespero. Vamos subir a costa de Portugal, nas proximidades da França e da Inglaterra, onde podemos facilmente encontrar refúgio. Agora, se o *Náutilus*, ao deixar o Estreito de Gibraltar, tivesse ido para o sul, se nos tivesse levado a regiões onde não havia continentes, eu compartilharia sua inquietação. Mas sabemos agora que o Capitão Nemo não foge de mares civilizados e, em alguns dias, acho que poderemos agir com segurança.

Ned Land ainda me olhava fixamente. Por fim, seus lábios fixos se separaram e ele disse:

— É para esta noite.

Eu me recompus de repente. Eu estava, admito, pouco preparado para essa notícia. Eu queria responder ao canadense, mas as palavras não saíram.

— Concordamos em esperar por uma oportunidade — continuou Ned Land — e a oportunidade chegou. Esta noite estaremos a apenas alguns quilômetros da costa espanhola. Está nublado. O vento sopra livremente. Tenho sua palavra, professor Aronnax, e conto com ela.

Como eu permanecia em silêncio, o canadense se aproximou de mim.

— Esta noite, às nove horas — disse ele. — Eu avisei o Conselho. Nesse momento, o Capitão Nemo estará trancado em seu quarto, provavelmente deitado. Nem os maquinistas nem a tripulação do navio poderão nos ver. Conselho e eu iremos até a escada central, e senhor, professor Aronnax, permanecerá na biblioteca, a dois passos de nós, esperando meu sinal. Os remos, o mastro e a vela estão no escaler. Até consegui obter algumas provisões. Consegui uma chave inglesa para desapertar os parafusos que o prendem à concha do *Náutilus*. Então, tudo está pronto. Para esta noite.

— O mar está bravo — eu alertei.

— De fato — respondeu o canadense —, mas devemos arriscar. Vale a pena pagar pela liberdade. Além disso, o barco é forte, e algumas milhas com um vento favorável para nos levar não é grande coisa. Quem sabe amanhã não estaremos a cem léguas daqui? Se as circunstâncias colaborarem, por volta das dez ou onze horas teremos pousado em algum ponto de terra firme, vivos ou mortos. Mas adeus agora e até à noite.

Com essas palavras, o canadense se retirou, deixando-me quase mudo. Eu havia imaginado que, se a ocasião de apresentasse, teria tempo para refletir e discutir o assunto. Meu obstinado companheiro não me deu tempo. E, afinal, o que eu poderia ter dito a ele? Ned Land estava perfeitamente certo. Era uma chance boa. Por que descumprir minha palavra e assumir a responsabilidade de comprometer o futuro de meus

226

companheiros? Amanhã o Capitão Nemo poderia nos levar para longe de todas as terras.

Naquele momento, um ruído sibilante bastante alto me disse que os reservatórios estavam se enchendo e que o *Náutilus* estava afundando sob as ondas do Atlântico.

Eu fiquei na minha cabine. Queria evitar o capitão, esconder de seus olhos a agitação que me oprimia. Que dia agonizante eu passei, dividido entre meu desejo de recuperar minha liberdade e meu pesar por abandonar o maravilhoso *Náutilus*, deixando minha pesquisa subaquática incompleta! Como poderia abandonar este oceano, "meu próprio Atlântico", como gostava de chamá-lo, sem observar suas camadas inferiores, sem arrancar dele os tipos de segredos que me foram revelados pelos mares das Índias Orientais e do Pacífico! Eu estava largando meu romance pela metade, estava acordando quando meu sonho se aproximava do clímax! Que horas terríveis passei assim! Às vezes me vendo com meus companheiros em segurança, em terra, às vezes desejando, apesar da minha razão, que algum imprevisto impedisse a realização do projeto de Ned.

Fui duas vezes ao salão, consultar a bússola. Queria ver se a direção que o *Náutilus* estava tomando estava nos aproximando ou nos afastando da costa. Mas não; o *Náutilus* permanecia em águas portuguesas.

Eu devia, portanto, participar e me preparar para a fuga. Minha bagagem não era pesada, eram minhas notas e nada mais.

Quanto ao capitão Nemo, perguntei a mim mesmo o que ele pensaria de nossa fuga. Que problema isso poderia causar e o que ele poderia fazer em caso de descoberta ou falha. Certamente eu não tinha motivo para me queixar dele. Pelo contrário, nunca foi a hospitalidade mais franca do que a dele. Por outro lado, ao deixá-lo, eu não poderia ser acusado de ingratidão. Nenhum juramento nos vinculou a ele. Foi com base nas circunstâncias que ele acreditou que nos manteria ali para sempre, e não em nossa palavra.

Não via o capitão desde a nossa visita à Ilha de Santorini. O acaso me levaria à sua presença antes de nossa partida? Eu desejava e temia ao mesmo tempo. Apurei os ouvidos para tentar ouvi-lo caminhando pelo quarto contíguo ao meu. Nenhum som chegou ao meu ouvido. Aquele quarto parecia estar deserto.

Então comecei a me perguntar se aquele indivíduo excêntrico estava mesmo a bordo. Desde a noite em que o escaler deixou o *Náutilus* em alguma missão misteriosa, minhas ideias sobre ele mudaram sutilmente. Apesar do que dizia o capitão, eu ainda acreditava que ele mantinha algum tipo de relação com a terra. Não sairia nunca do *Náutilus*? Muitas semanas se passaram sem que eu o encontrasse. O que ele

227

estava fazendo esse tempo todo? Durante todos aqueles momentos em que pensei que ele estava às voltas com algum ataque misantrópico, ele estava, em vez disso, longe do navio, envolvido em alguma atividade secreta cuja natureza ainda me escapava?

Todas essas ideias e mil outras me assaltara ao mesmo tempo. Nessas circunstâncias estranhas, o espaço para conjecturas era ilimitado. Senti um enjoo insuportável. Este dia de espera parecia interminável. As horas passavam muito devagar para acompanhar minha impaciência. Meu jantar foi servido no meu quarto, como de costume. Cheio de ansiedade, comi pouco. Saí da mesa às sete horas. Cento e vinte minutos (contei-os) ainda me separavam do momento em que me juntaria à Ned Land. Minha agitação aumentava. Meu pulso batia violentamente. Eu não conseguia ficar quieto. Andava de um lado para o outro, esperando acalmar meu espírito perturbado com o movimento. A ideia de fracasso em nosso empreendimento ousado era a menos dolorosa de minhas ansiedades. Ante a possibilidade de ver nosso projeto descoberto ainda no *Náutilus*, de ser levado perante o capitão Nemo, irritado, ou (o que era pior) entristecido, com a minha deserção, fazia meu coração disparar.

Queria ver o salão pela última vez. Desci as escadas e cheguei ao museu, onde havia passado tantas horas úteis e agradáveis. Olhei para todas as suas riquezas, todos os seus tesouros, como um homem às vésperas de um exílio eterno, que parte para nunca mais voltar.

Estas maravilhas da Natureza, estas obras-primas, entre as quais durante tantos dias se concentrou a minha vida, iria abandoná-las para sempre! Gostaria de ter dado uma última olhada pelas janelas do salão nas águas do Atlântico: mas os painéis estavam hermeticamente fechados e um manto de aço separava-me daquele oceano que ainda não tinha explorado.

Ao passar pelo salão, cheguei perto da porta que dava para o quarto do capitão. Para minha grande surpresa, a porta estava entreaberta. Recuei involuntariamente. Se o capitão Nemo estivesse em seu quarto, ele poderia me ver. Mas, sem ouvir nenhum som, aproximei-me. O cômodo estava deserto. Empurrei a porta e dei alguns passos à frente.

Meu olho foi atraído por algumas gravuras penduradas na parede, que eu não tinha notado durante minha primeira visita. Eram retratos de grandes homens da história que haviam passado a vida em devoção perpétua a um grande ideal humano: Thaddeus Kosciusko, o herói cujas últimas palavras foram *"Finis Polloniae"* (em latim, salve as fronteiras da Polônia); Markos Botzaris, o Rei Leônidas da Grécia moderna; Daniel O'Connell, defensor da Irlanda; George Washington, fundador da União americana; Manin, o patriota italiano; Abraham Lincoln, morto pela bala de um escravagista; e, finalmente, aquele mártir pela redenção da raça

228

negra, John Brown, pendurado em sua forca como o lápis de Victor Hugo tão terrivelmente retratou.

Qual era o vínculo entre essas almas heroicas e a alma do Capitão Nemo? Com essa coleção de retratos, eu poderia finalmente desvendar o mistério de sua existência? Ele foi um lutador dos povos oprimidos, um libertador de raças escravizadas? Ele havia participado das recentes convulsões políticas ou sociais deste século? Ele foi um herói daquela terrível guerra civil na América, uma guerra lamentável e para sempre gloriosa...? De repente, o relógio bateu oito horas. A primeira batida do martelo na campainha me despertou dos meus sonhos. Estremeci como se um olho invisível tivesse mergulhado em meus pensamentos mais secretos e saí correndo do quarto.

Consultei a bússola. Nosso curso ainda era para o norte. A barquilha indicava velocidade moderada, o manômetro, uma profundidade de cerca de 18 metros. Portanto, as circunstâncias eram favoráveis aos planos do canadense.

Voltei para o meu quarto, vesti-me com roupas quentes, botas de mar, um gorro de pele de lontra, um grande casaco de bisso forrado com pele de foca. Eu estava pronto, estava esperando. Somente a vibração da hélice quebrava o silêncio profundo que reinava a bordo. Eu escutei com atenção. Será que uma explosão repentina de vozes me diria que os planos de fuga de Ned Land acabaram de ser detectados? Uma inquietação medonha passou por mim. Tentei em vão recuperar minha compostura.

Faltando alguns minutos para as nove, encostei o ouvido na porta do quarto do capitão. Sem barulho. Saí do meu quarto e voltei ao salão, que se achava mergulhado na obscuridade, mas deserto. Abri a porta que se comunicava com a biblioteca. Mesma luz insuficiente, mesma solidão. Coloquei-me perto da porta que dava para a escada central e esperei pelo sinal de Ned Land.

Naquele momento, o tremor da hélice diminuiu perceptivelmente, depois, parou por completo. O silêncio agora era apenas perturbado pelas batidas do meu próprio coração. De repente, um leve choque foi sentido; e eu sabia que o *Náutilus* havia parado no fundo do oceano. Minha inquietação aumentou. O sinal do canadense não veio. Senti-me inclinado a me juntar a Ned Land e implorar a ele que adiasse sua tentativa. Senti que não estávamos navegando em nossas condições normais.

Nesse momento, a porta do grande salão se abriu e o capitão Nemo apareceu. Ele me viu, e sem mais preâmbulos começou em um tom de voz amável:

— Ah, professor! Tenho procurado pelo senhor. Conhece a história da Espanha?

229

Ainda que alguém soubesse a história de seu próprio país de cor, no estado em que me encontrava, com a mente perturbada e a cabeça completamente perdida, não poderia ter dito uma palavra a respeito.

— E então? — continuou o capitão Nemo — Ouviu minha pergunta? Conhece a história da Espanha?

— Muito pouco — respondi.

— Os homens mais eruditos — disse o capitão — ainda têm muito a aprender. Sente-se — acrescentou ele — que vou lhe contar sobre um episódio curioso dessa história.

O capitão estendeu-se em um sofá e mecanicamente me sentei perto dele, na penumbra.

— Professor — disse ele — ouça com atenção. Vai se interessar pela história, porque vai responder a uma pergunta que o senhor sem dúvida foi incapaz de resolver.

— Escuto, capitão — disse eu, sem saber aonde meu interlocutor queria chegar, e me perguntando se esse incidente estava relacionado à nossa fuga projetada.

— Professor — continuou o capitão Nemo — se não for incômodo, voltaremos a 1702. O senhor está ciente de que naquela época o seu rei Luís XIV pensava que um gesto imperial seria suficiente para conquistar os Pirineus, então ele impôs seu neto, o duque d'Anjou, aos espanhóis. Reinando relativamente mal sob o nome de Rei Filipe V, esse aristocrata teve que lidar com poderosos oponentes no exterior.

"Pois veja, no ano anterior, as casas reais da Holanda, Áustria e Inglaterra haviam assinado um tratado de aliança em Haia, com o objetivo de arrancar a coroa espanhola do rei Filipe V e colocá-la na cabeça de um arquiduque a quem apelidaram prematuramente de Rei Carlos III.

"A Espanha teve que resistir a esses aliados, mas o país praticamente não tinha exército ou marinha. No entanto, não faltava dinheiro, desde que seus galeões, carregados de ouro e prata da América, pudessem entrar em seus portos. Pois bem, no final de 1702, a Espanha esperava um rico comboio, que a França se aventurou a escoltar com uma frota de vinte e três navios sob o comando do almirante de Château-Renault, porque nessa época as marinhas aliadas percorriam o Atlântico.

"Este comboio deveria entrar em Cádiz, mas depois de saber que a frota inglesa cruzava aquelas vias navegáveis, o almirante decidiu rumar para um porto francês.

"Os comandantes espanhóis do comboio se opuseram a essa decisão. Queriam ser levados para um porto espanhol, sendo Cádis impossível, impuseram a baía de Vigo, situada na costa noroeste da Espanha, a qual não se achava bloqueada.

"O almirante Château-Renaud teve a fraqueza de obedecer a essa ordem e os galeões entraram na baía de Vigo.

"Infelizmente, essa baía forma uma enseada aberta que não podia ser defendida de forma alguma. Convinha, portanto, apressar-se em descarregar os galeões antes da chegada das frotas coligadas, e tempo não teria faltado se não houvesse uma questão miserável de rivalidade surgida de repente."

— Está seguindo a cadeia de eventos? — perguntou o capitão Nemo.

— Perfeitamente — disse eu, sem saber o fim proposto por aquela aula histórica.

— Vou continuar. Eis o que aconteceu. Os mercadores de Cádiz tinham o privilégio de receber toda a mercadoria proveniente das Índias Ocidentais. Ora, desembarcar os lingotes dos galeões no porto de Vigo os privava dos seus direitos. Queixaram-se em Madrid e obtiveram o consentimento do débil Filipe para que o comboio, sem descarregar a carga, permanecesse sob custódia na enseada de Vigo até o desaparecimento do inimigo.

"Enquanto tal decisão era tomada, a 22 de outubro de 1702, os navios ingleses chegavam à baía de Vigo. O almirante Chateau-Renaud, apesar das forças inferiores, lutou com bravura. Mas, ao ver o tesouro na iminência de cair nas mãos do inimigo, ele queimou e afundou cada galeão, com suas imensas riquezas."

O capitão Nemo parou. Admito que ainda não conseguia ver por que essa história deveria me interessar.

— E o que mais? — eu perguntei.

— Pois bem, professor Aronnax — respondeu o capitão Nemo — estamos na baía de Vigo, e cabe ao senhor desvendar seus mistérios.

O capitão se levantou, dizendo-me para segui-lo. Tive tempo para me recuperar. Eu obedeci. O salão estava escuro, mas através do vidro transparente as águas cintilavam. Eu olhei.

Por oitocentos metros ao redor do *Náutilus*, as águas pareciam carregadas de luz elétrica. O fundo de areia estava limpo e claro. Alguns tripulantes do navio em seus trajes de mergulho estavam retirando barris meio apodrecidos e caixas vazias do meio dos destroços enegrecidos. Destas caixas e desses barris escaparam lingotes de ouro e prata, montes de piastras e joias. A areia estava cheia deles. Carregados com seu precioso saque, os homens retornaram ao *Náutilus*, livraram-se de sua carga e voltaram para a pescaria inesgotável de ouro e prata.

Eu entendi agora. Este foi o cenário da batalha de 22 de outubro de 1702. Aqui, neste mesmo local, os galeões carregados para o governo espanhol haviam afundado. Aqui o Capitão Nemo veio, de acordo com sua vontade, para embalar aqueles milhões com os quais sobrecarregou o

Náutilus. Foi por ele e apenas ele que a América fornecera seus metais preciosos. Ele era o herdeiro direto, sem ninguém para compartilhar, daqueles tesouros arrancados dos Incas e dos conquistados de Hernán Cortez.

— Sabia, professor — perguntou ele, sorrindo — que o mar continha tantas riquezas?

— Eu sabia — respondi — que se estima em dois milhões de toneladas a prata mantida em suspensão nessas águas.

— Sem dúvida, mas, para extrair essa prata, a despesa seria maior do que o lucro. Aqui, ao contrário, só tenho de recolher o que o homem perdeu, e não apenas na baía de Vigo, mas em mil outros portos onde os naufrágios aconteceram, e que estão marcados no meu mapa submarino. Consegue entender agora que sou bilionário?

— Eu entendo, capitão. Mas permita-me dizer-lhe que ao explorar a baía de Vigo, o senhor faz senão antecipar-se a uma empresa rival.

— E qual?

— A empresa que recebeu do Governo espanhol o privilégio de buscar esses galeões enterrados. Os acionistas são levados pela sedução de uma enorme recompensa, pois avaliam esses ricos naufrágios em quinhentos milhões de francos.

— Quinhentos milhões eram — respondeu o capitão Nemo — mas não são mais.

— Exatamente — disse eu. — Portanto, um aviso oportuno a esses investidores seria um ato de caridade. No entanto, quem sabe se seria bem recebido? Normalmente, o que os jogadores mais lamentam não é a perda de seu dinheiro, mas a perda de suas esperanças insanas. Mas, no final das contas, sinto menos por eles do que pelos milhares de infelizes que teriam se beneficiado de uma distribuição justa desta riqueza, ao passo que agora não será de nenhuma ajuda para eles!

Mal expressei esse pesar, senti que isso deve ter ferido o capitão Nemo.

— Nenhuma ajuda! — ele respondeu com crescente animação. — Senhor, o que o faz supor que essa riqueza vai para o lixo quando sou eu quem a está acumulando? Acha que eu trabalho duro para reunir esse tesouro por egoísmo? Quem disse que não faço bom uso disso? Acha que eu não estou ciente dos seres sofredores e das raças oprimidas que vivem nesta terra, pobres pessoas para confortar, vítimas para vingar? O senhor não entende...?

O capitão Nemo parou com essas últimas palavras, lamentando talvez ter falado tanto. Mas eu tinha adivinhado que, qualquer que seja o motivo que o forçou a buscar a independência no fundo do mar, ele nunca deixara de ser um homem. Seu coração ainda batia pelos sofrimentos da humanidade, e sua imensa caridade era para as raças e indivíduos oprimidos. E então entendi para quem estavam destinados aqueles milhões que foram encaminhados pelo Capitão Nemo quando o *Náutilus* estava navegando nas águas de Creta.

CAPÍTULO IX

UM CONTINENTE PERDIDO

Na manhã seguinte, 19 de fevereiro, vi o canadense entrar em meu quarto. Eu esperava essa visita. Ele parecia muito desapontado.

— E então, professor? — disse ele.

— Bem, Ned, a sorte estava contra nós ontem.

— Sim! Esse capitão precisava parar exatamente na hora em que pretendíamos fugir de seu barco!

— Sim, Ned, ele tinha negócios com seu banqueiro.

— Seu banqueiro!

— Ou melhor, seu banco. Com isso quero dizer o oceano, onde suas riquezas estão mais seguras do que nos cofres do Estado.

Em seguida, contei ao canadense os incidentes da noite anterior, na esperança de trazê-lo de volta à ideia de não abandonar o capitão, mas meu relato não teve outro resultado senão um desconsolo expresso por Ned por não ter participado da excursão pelo campo de batalha de Vigo.

— No entanto — disse ele — nem tudo está perdido. Foi apenas um golpe do arpão em falso. Em outra ocasião, devemos ter sucesso, quem sabe esta noite mesmo...

— Em que direção o *Náutilus* está indo? — eu perguntei.

— Não sei — respondeu Ned.

— Bem, ao meio-dia saberemos nossa posição.

O canadense voltou ao Conselho. Assim que me vesti, entrei no salão. A bússola não me tranquilizou. O curso do *Náutilus* era sul-sudoeste. Estávamos dando as costas à Europa.

Esperei com alguma impaciência até que nossa posição fosse levantada no mapa. Por volta das onze e meia, os reservatórios foram esvaziados e o navio subiu à superfície do oceano. Corri até a plataforma, onde encontrei Ned Land. Não havia mais terra à vista. Nada além de um mar imenso. Algumas velas no horizonte, daquelas que vão a São Roque em busca de ventos favoráveis para dobrar o Cabo da Boa Esperança. O tempo estava nublado. Armava-se uma ventania.

Furioso, Ned tentava ver através da névoa no horizonte, na esperança de que, por trás de toda aquela névoa, estivessem as praias que ele tanto desejava.

234

Ao meio-dia, o sol fez uma aparição momentânea. Aproveitando essa fenda nas nuvens, o imediato mediu a sua altura. Então o mar ficou turbulento, descemos novamente e a escotilha se fechou mais uma vez.

Uma hora depois, ao consultar o mapa, vi que a posição do *Náutilus* estava marcada a 16°17' de comprimento e 33°22' de latitude, a 150 léguas da costa mais próxima. Não havia meio de fugir, e deixarei que o leitor decida com que rapidez o canadense teve um acesso de raiva quando me atrevi a lhe contar nossa situação. Da minha parte, não lamentava muito. Senti-me aliviado do fardo que me oprimia e pude voltar com alguma calma aos meus estudos habituais.

Naquela noite, por volta das onze horas, recebi a visita bastante inesperada do capitão Nemo. Ele me perguntou muito gentilmente se eu me sentia cansado pela noite anterior. Eu respondi negativamente.

— Então, professor Aronnax, proponho-lhe uma curiosa excursão.

— Proponha, capitão.

— Até agora o senhor só visitou as profundezas submarinas à luz do dia, sob o brilho do sol. Gostaria de vê-las na escuridão da noite?

— Seria esplêndido!

— Aviso-lhe que o passeio vai ser cansativo. Teremos que caminhar muito e subir uma montanha. As estradas não são bem conservadas.

— O que diz, capitão, só aumenta minha curiosidade. Estou pronto para segui-lo.

— Venha então, professor, colocaremos nossas vestes de mergulho.

Chegando ao vestiário, vi que nenhum dos meus companheiros nem nenhum dos tripulantes do navio nos acompanharia nesta excursão. O capitão Nemo nem mesmo propôs que eu levasse Ned ou Conselho.

Em poucos instantes vestimos nossas vestes de mergulho, instalamos nas nossas costas os reservatórios de ar. Não vendo as lanternas elétricas, questionei o capitão.

— Elas seriam inúteis — respondeu ele.

Julguei não ter ouvido direito, mas não pude repetir minha observação, pois a cabeça do capitão já havia desaparecido em sua cápsula metálica. Terminei de me equipar. Senti que colocavam um cajado com ponta de ferro na minha mão e alguns minutos depois, pisávamos no fundo do Atlântico a 150 braças de profundidade.

A meia-noite estava próxima. As águas estavam profundamente escuras, mas o capitão Nemo apontou ao longe um ponto avermelhado, brilhando intensamente a cerca de três quilômetros do *Náutilus*. O que poderia ser esse fogo? O que poderia alimentá-lo? Por que e como se revigorava nessa massa líquida? Não saberia dizer. Em todo caso, iluminou nosso caminho, vagamente é verdade, mas logo me acostumei com

235

a escuridão peculiar e compreendi, em tais circunstâncias, a inutilidade do aparelho Ruhmkorff.

Lado a lado, o capitão Nemo e eu caminhamos diretamente em direção a essa chama notável. O nível do fundo do mar subia imperceptivelmente. Dávamos passos largos, ajudados por nossos cajados, mas em geral nosso progresso era lento, porque nossos pés continuavam afundando em uma espécie de lama viscosa misturada com algas marinhas e diversas pedras chatas.

Enquanto avançávamos, eu ouvia uma espécie de tamborilar acima da minha cabeça. Às vezes, esse ruído aumentava e se tornava um estalo contínuo. Logo percebi a causa. Era uma chuva forte batendo na superfície das ondas. Instintivamente, fiquei preocupado em ficar encharcado! Pela água, no meio da água! Não pude deixar de sorrir com essa ideia estranha. Mas, para falar a verdade, vestindo esses macacões de mergulho pesados, não sentíamos mais o elemento líquido, simplesmente pensávamos estar em meio a uma atmosfera um pouco mais densa do que a atmosfera terrestre, só isso.

Após meia hora de caminhada, o solo tornou-se pedregoso. Medusas, crustáceos microscópicos e penátulas iluminavam-no levemente com seu brilho fosforescente. Tive um vislumbre de pedaços de pedra cobertos com milhões de zoófitos e algas marinhas. Meus pés muitas vezes escorregavam nesse tapete pegajoso de sargaços e, sem meu cajado com ponta de ferro, eu teria caído mais de uma vez. Ao me virar, ainda podia ver a lanterna esbranquiçada do *Náutilus* começando a empalidecer na distância.

Os blocos minerais que acabo de mencionar estavam dispostos no fundo do oceano com uma simetria distinta, mas inexplicável. Eu avistava sulcos gigantescos se arrastando na escuridão distante, cujo comprimento era incalculável. Também havia outras peculiaridades que eu não conseguia entender. Tive a impressão de que minhas pesadas solas de chumbo estavam esmagando uma confusão de ossos que fazia um estalido seco. Então, o que eram a vasta planície que estávamos percorrendo? Eu queria perguntar ao capitão, mas ainda não entendia aquela linguagem de sinais que lhe permitia conversar com seus companheiros quando eles o acompanhavam em suas excursões subaquáticas.

Mas a luz rosada que nos guiava aumentou e iluminou o horizonte. A presença desse fogo sob a água me intrigou ao mais alto grau. Eu estava indo em direção a um fenômeno natural ainda desconhecido para os sábios da Terra? Ou porventura — pois esse pensamento cruzou minha mente — tinha a mão do homem algo a ver com essa combustão? Ele havia atiçado essa chama? Iria encontrar nestas profundezas companheiros e amigos do capitão Nemo que, como ele, viviam uma existência estranha? Encontraria lá uma colônia de exilados que, cansados das misérias desta terra, buscaram e encontraram independência nas profundezas do oceano? Todas essas ideias tolas e irracionais me perseguiam. E nesse estado de espírito, superexcitado pela sucessão de maravilhas que passavam continuamente diante de meus olhos, não deveria ter ficado surpreso de encontrar no fundo do mar uma daquelas cidades submarinas com que o capitão Nemo sonhava.

Nossa trilha ia se tornando cada vez mais clara. O brilho vermelho ficou branco e irradiava de um pico de montanha com cerca de 250 metros de altura. Mas o que vi foi simplesmente um reflexo produzido pelas águas cristalinas. A fornalha que era a fonte dessa luz inexplicável ocupava o outro lado da montanha.

No meio desse labirinto de pedras que sulcava o fundo do Atlântico, o capitão Nemo avançou sem hesitação. Ele conhecia aquela estrada sombria. Sem dúvida, ele havia viajado muitas vezes por ela e jamais se perderia. Eu o segui com uma confiança inabalável. Ele me parecia um gênio do mar; e, enquanto ele caminhava à minha frente, não pude deixar de admirar sua estatura, que se delineava em preto no horizonte luminoso.

Era uma da manhã quando chegamos às primeiras encostas da montanha, mas para ter acesso a elas, devíamos nos aventurar pelos difíceis caminhos de um vasto bosque.

Sim! Um bosque de árvores mortas, sem folhas, sem seiva, árvores petrificadas pela ação da água e aqui e ali dominadas por gigantescos pinheiros. Era como uma vala de carvão ainda de pé, presa pelas raízes ao solo quebrado, e cujos galhos, como finos recortes de papel preto, desenhavam-se nitidamente no teto aquoso. Imagine uma floresta de Hartz, agarrada às encostas de uma montanha, mas uma floresta submersa. Os caminhos estavam cheios de algas e fucos, entre os quais rastejava todo um mundo de crustáceos. Eu ia escalando as rochas, caminhando sobre troncos estendidos, arrebentando os cipós marinhos que pendiam de uma árvore para a outra, e assustando os peixes, que voavam de galho em galho. Prosseguindo, não sentia cansaço. Seguia meu guia, que nunca se cansava.

Que espetáculo! Como reproduzi-lo? Como pintar o aspecto daquelas madeiras e rochas no meio líquido, suas partes inferiores escuras e ferozes, a parte superior colorida em tons vermelhos, sob uma claridade que os poderes de reflexão das águas dobraram? Escalávamos rochas que caíam logo, desmoronando em seções enormes com o estrondo oco de uma avalanche. À direita e à esquerda havia tenebrosas galerias onde o olhar se perdia. Enormes clareiras se abriam, que pareciam esculpidas pela mão do homem, e às vezes eu me perguntava se alguns residentes dessas regiões subaquáticas apareceriam de repente diante de mim.

Mas o capitão Nemo continuava subindo, e eu não queria ficar para trás. Eu o seguia com audácia. Meu cajado foi de grande ajuda. Um passo em falso teria sido desastroso nos caminhos estreitos abertos nas laterais desses abismos, mas caminhei com passo firme e sem a menor sensação de tontura. Ora eu saltava sobre uma fenda cuja profundidade teria me feito recuar se eu estivesse no meio de geleiras na costa, ora me aventurava em um tronco vacilante de uma árvore lançada de um abismo a outro, sem olhar para baixo, tendo olhos apenas para me maravilhar com a paisagem selvagem daquela região. Ali, apoiadas em fundações de corte irregular, rochas monumentais pareciam desafiar as leis do equilíbrio. Entre seus joelhos pedregosos, árvores brotaram sob uma pressão extraordinária, sustentando outras árvores que as sustentavam por sua vez. Vi também torres naturais, cortadas perpendicularmente, feito cortinas, inclinadas em um ângulo que as leis da gravitação não tolerariam em regiões terrestres.

E eu também podia sentir a diferença resultante da poderosa densidade da água — apesar de minhas roupas pesadas, capacete de cobre e sola de metal, eu escalava escarpas mais impossivelmente íngremes com a agilidade de uma camurça ou de um cabrito dos Pireneus!

Quanto ao meu relato desta excursão sob as águas, estou bem ciente de que parece incrível! Sou o historiador de coisas aparentemente impossíveis e, no entanto, incontestavelmente reais. Isso não era fantasia. Foi isso que vi e vivi!

Duas horas depois de deixar o *Náutilus*, havíamos cruzado a linha das árvores e, a trinta metros acima de nossas cabeças, erguia-se o topo da montanha, que lançava uma sombra sobre a brilhante radiação da encosta oposta. Alguns arbustos petrificados corriam fantasticamente aqui e ali. Os peixes subiram sob nossos pés como pássaros na grama alta. As rochas maciças estavam rachadas com fraturas impenetráveis, grutas profundas e buracos insondáveis, no fundo dos quais criaturas formidáveis podiam ser ouvidas se movendo. Meu sangue gelava quando via enormes antenas bloqueando minha estrada, ou alguma garra terrível se fechando com um ruído na sombra de alguma cavidade. Milhões de pontos luminosos brilhavam intensamente no meio da escuridão. Eram olhos de crustáceos gigantes encolhidos em seus buracos, lagostas gigantes apontando como alabardas e movendo suas garras com o som de pinças, caranguejos titânicos, apontados como canhões sobre sua base, e polvos de aparência assustadora, entrelaçando seus tentáculos como um ninho vivo de serpentes.

O que era aquele mundo surpreendente que eu ainda não conhecia? A que ordem pertenciam esses articulados, essas criaturas para as quais as rochas forneciam uma segunda carapaça? Onde a natureza aprendeu o segredo de sua existência vegetativa, e por quantos séculos eles viveram nas camadas mais baixas do oceano? Mas eu não podia parar. O capitão Nemo, que conhecia bem esses animais terríveis, simplesmente ignorava-os. Chegáramos agora à primeira plataforma, onde outras surpresas me aguardavam. Diante de nós estavam algumas ruínas pitorescas, que denunciavam a mão do homem e não mais a do Criador. Havia enormes montes de pedra, entre os quais se podiam localizar as formas vagas e sombrias de castelos e templos, revestidos de um mundo de zoófitos em flor, e sobre os quais, em vez de hera, algas marinhas e fuco jogavam um espesso manto vegetal.

Mas o que era aquela parte do globo que foi engolida por cataclismos? Quem colocou aquelas rochas e pedras como dolmens dos tempos pré-históricos? Onde eu estava? Para onde a fantasia do capitão Nemo me levara?

Eu gostaria de perguntá-lo. Não sendo capaz, eu o parei e agarrei seu braço. Mas, balançando a cabeça e apontando para o ponto mais alto da montanha, ele parecia dizer:

— Venha, venha! Venha mais alto!

Eu o segui e, em poucos minutos, havia escalado até o pico, que dominava toda aquela massa rochosa de uns dez metros de altura.

Olhei para o lado que tínhamos acabado de escalar. A montanha não se erguia mais do que setecentos ou oitocentos metros acima do nível da planície, mas do lado oposto coroava com o dobro dessa altura as profundezas daquela porção do Atlântico. Meus olhos percorriam um grande espaço iluminado por uma violenta fulguração. Na verdade, a montanha era um vulcão.

A quinze metros abaixo do pico, no meio de uma chuva de pedras e escórias, uma grande cratera vomitava torrentes de lava que caíam em uma cascata de fogo no seio da massa líquida. Assim situado, o vulcão iluminava a planície inferior como uma imensa tocha, até os limites extremos do horizonte.

Eu disse que a cratera submarina lançava lava, mas nenhuma chama. As chamas requerem o oxigênio do ar para se alimentar e não podem ser desenvolvidas sob a água, mas as correntes de lava, tendo em si mesmas os princípios de sua incandescência, podem atingir e lutar vigorosamente contra o elemento líquido, transformando-o em vapor por contato. Rápidas corredeiras, transportando todos esses gases em difusão e torrentes de magma, deslizavam para o fundo da montanha como uma erupção do Vesúvio em outra torre del Greco.

Ali, de fato, sob meus olhos, arruinada, destruída, estava uma cidade: seus telhados abertos para o céu, seus templos caídos, seus arcos

239

deslocados, suas colunas jazendo no chão, da qual ainda se reconheceria o caráter da arquitetura toscana. Mais adiante, alguns vestígios de um aqueduto gigante; aqui, a base alta de uma acrópole, com o contorno flutuante de um Partenon; havia vestígios de um cais, como se um antigo porto tivesse antes confinado as fronteiras do oceano e desaparecido com seus navios mercantes e suas trirremes de guerra. Mais adiante novamente, longas filas de paredes afundadas e ruas largas e desertas — toda uma Pompeia afogada sob as águas e que o capitão Nemo ressuscitava diante dos meus olhos! Onde eu estava? Onde eu estava? Queria saber a qualquer custo. Tentei falar, mas o Capitão Nemo me deteve com um gesto e, pegando um pedaço de pedra-giz, avançou até uma rocha de basalto negro e traçou a única palavra:

ATLÂNTIDA

Senti-me fulminado por um raio! Atlântida! A Atlântida de Platão, esse continente negado por Orígenes e Humboldt, que colocou seu desaparecimento entre os contos lendários. Eu tinha essa terra bem sob meus olhos, fornecendo sua própria evidência incontestável da catástrofe que a atingiu! Era então aquela região submersa que existia fora da Europa, Ásia e Líbia, além das colunas de Hércules, onde viviam os poderosos atlantes, contra quem as primeiras guerras dos gregos antigos foram travadas.

O historiador cujas narrativas registram os feitos grandiosos daqueles tempos heroicos é o próprio Platão. Seus diálogos entre Timeu e Crítias foram redigidos com o poeta e legislador Sólon como inspiração, por assim dizer.

Um dia, Sólon estava conversando com alguns sábios idosos na cidade de Sais, uma cidade já com 8.000 anos de idade, conforme documentado pelos anais gravados nas paredes sagradas de seus templos. Um desses anciãos relatou a história de outra cidade 1.000 anos mais velha ainda. Esta cidade original de Atenas, com noventa séculos de idade, foi invadida e parcialmente destruída pelos atlantes que, dizia ele, residiam em um imenso continente maior que a África e a Ásia combinadas, ocupando uma área que ia desde a latitude 12 graus até 40 graus ao norte. Seu domínio se estendia até mesmo ao Egito. Eles tentaram impor seu governo até a Grécia, mas tiveram que recuar diante da resistência indomável do povo helênico. Séculos se passaram. Ocorreu um cataclismo, inundações, terremotos. Uma única noite e um dia bastaram para destruir Atlântida, cujos picos mais altos, Madeira, Açores, Canárias, Cabo Verde ainda emergem acima das ondas.

Essas foram as memórias históricas que os rabiscos do Capitão Nemo faziam palpitar em minha mente. Assim, conduzido pelo mais estra-

240

nho destino, eu pisava nas montanhas daquele continente, tocando com a mão aquelas ruínas milenares e contemporâneas das épocas geológicas. Eu estava caminhando no mesmo lugar onde os contemporâneos do primeiro homem haviam caminhado.

Ah, se houvesse tempo, eu teria descido as encostas íngremes daquela montanha, cruzado todo aquele imenso continente, que certamente conecta a África com a América, e visitado suas grandes cidades pré-históricas. Sob meus olhos talvez estivesse a belíssima cidade de Makhimos ou a piedosa aldeia de Eusebes, cujos gigantescos habitantes viveram séculos inteiros e tiveram força para erguer blocos de pedra que ainda resistiam à ação das águas. Um dia, talvez, algum fenômeno vulcânico trará essas ruínas submersas de volta à superfície das ondas! Numerosos vulcões subaquáticos foram avistados naquela parte do oceano e muitos navios sentiram tremores terríveis ao passar por essas profundezas turbulentas. Alguns ouviram ruídos ocos que anunciaram alguma luta dos elementos muito abaixo, outros arrastaram cinzas vulcânicas lançadas acima das ondas. Até o equador, todo o fundo do mar ainda está em construção por forças plutônicas. E em alguma época remota, formada por estragos vulcânicos e sucessivas camadas de lava, quem sabe se os picos dessas montanhas podem reaparecer acima da superfície do Atlântico?

Enquanto tentava fixar em minha mente cada detalhe daquela grandiosa paisagem, o Capitão Nemo permanecia imóvel, como se petrificado em êxtase mudo, apoiado em uma pedra musgosa. Estaria sonhando com aquelas gerações há muito desaparecidas, perguntando-lhes o segredo do destino humano? Era ali que aquele homem estranho mergulhava em recordações históricas e vivia novamente a vida arcaica, ele que não queria uma vida moderna? O que eu não teria dado para conhecer seus pensamentos, para compartilhá-los, para compreendê-los! Permanecemos uma hora no local, contemplando as vastas planícies sob o brilho da lava, que por vezes era maravilhosamente intensa. Tremores rápidos corriam ao longo da montanha causados por borbulhas internas, ruídos profundos, distintamente transmitidos através do meio líquido, ecoando com majestosa grandeza. Nesse momento, a lua apareceu através da massa de águas e lançou seus raios pálidos sobre o continente soterrado. Foi apenas um brilho, mas que efeito indescritível! O capitão levantou-se, lançou um último olhar para a imensa planície e ordenou que eu o seguisse.

Descemos a montanha rapidamente e, uma vez que a floresta mineral passou, vi a lanterna do *Náutilus* brilhando como uma estrela. O capitão foi direto até ele e embarcamos quando os primeiros raios de luz embranqueceram a superfície do oceano.

241

CAPÍTULO X

AS MINAS DE CARVÃO SUBMARINAS

No dia seguinte, 20 de fevereiro, acordei muito tarde: o cansaço da noite anterior havia prolongado meu sono até as onze horas. Vesti-me rapidamente e corri para descobrir o curso que o *Náutilus* estava tomando. Os instrumentos mostraram que ele estava avançando em direção ao sul, com uma velocidade de trinta quilômetros por hora e uma profundidade de cinquenta braças.

Conselho entrou. Descrevi nossa excursão noturna para ele e, como os painéis estavam abertos, ele ainda podia ter um vislumbre desse continente submerso.

Na verdade, o *Náutilus* deslizava apenas dez metros sobre o solo das planícies da Atlântida. O navio seguia em disparada como um balão de ar levado pelo vento sobre alguma pradaria em terra; mas seria mais correto dizer que nos sentamos na sala de estar como se estivéssemos em um vagão de um trem expresso. Os primeiros planos que passavam diante de nossos olhos, eram rochas incrivelmente esculpidas, florestas de árvores que haviam passado do reino vegetal para o reino mineral, suas silhuetas imóveis espalhadas sob as ondas. Também havia massas rochosas enterradas sob tapetes de ascídias e anêmonas do mar, com longos hidrófitos em riste, depois blocos de lava com contornos estranhos que testemunhavam toda a fúria daqueles desenvolvimentos plutônicos.

Enquanto aqueles sítios barrocos resplandeciam sob nossos feixes de luz elétricos, contei ao Conselho a história dos atlantes, que inspiraram o velho cientista francês Jean Bailly a escrever tantas páginas divertidas, embora totalmente fictícias. Contei ao rapaz sobre as guerras dessas pessoas heroicas. Discuti a questão de Atlântida com o fervor de um homem que já não tinha dúvidas. Mas Conselho estava tão distraído que mal me ouviu, e sua falta de interesse em qualquer comentário sobre este tópico histórico foi logo explicada.

Com efeito, vários peixes chamaram sua atenção e, quando os peixes passam, Conselho desaparece em seu mundo de classificação e deixa a vida real para trás. Nesse caso, eu só poderia seguir em frente e retomar nossa pesquisa ictiológica.

As espécies de peixes aqui não diferiam muito das já notadas. Havia raias de tamanho gigante, com cinco metros de comprimento e dotadas de grande força muscular, que lhes permitia disparar acima das ondas; tubarões de muitos tipos; entre eles, um glauco de cinco metros de comprimento, com dentes triangulares afiados, e cuja transparência o tornava quase invisível na água.

Entre os peixes ósseos, Conselho notou alguns marlins escuros com cerca de três metros de comprimento, armados na mandíbula superior com uma espada pontiaguda; outras criaturas de cores vivas, conhecidas na época de Aristóteles pelo nome de dragão-do-mar, perigosos de capturar por causa dos espinhos em suas costas; corifenídeos com dorso marrom listrado de azul e com bordas de ouro, belos dourados e peixes-lua semelhantes a discos azuis, mas que os raios do sol transformam em manchas de prata; finalmente xífias-espadas de oito metros, nadando em cardumes, ostentando barbatanas em forma de foice amareladas e longos gládios de quase dois metros, animais robustos, comedores de plantas, obedecendo aos menores sinais de suas fêmeas como maridos dominados.

Mas enquanto observava esses diferentes espécimes da fauna marinha, não parei de examinar as longas planícies da Atlântida. Às vezes, uma irregularidade imprevisível no fundo do mar forçava o *Náutilus* a desacelerar, e então ele deslizava para os canais estreitos entre as colinas com a destreza de um cetáceo. Se o labirinto ficasse irremediavelmente emaranhado, o submersível se elevava acima dele como uma aeronave e, após superar o obstáculo, retomava seu curso veloz apenas alguns metros acima do fundo do oceano. Era uma maneira agradável e impressionante de navegar que realmente lembrava as manobras de uma viagem de dirigível, com a grande diferença de que o *Náutilus* obedecia fielmente às mãos de seu timoneiro.

Por volta das quatro horas, o terreno, até ali composto de uma lama espessa misturada com galhos mineralizados, mudou gradualmente e tornou-se mais pedregoso, e parecia coberto de conglomerados e pedaços de basalto, com algumas solidificações de lava. Imaginei que uma região montanhosa sucederia às longas planícies, e com efeito, após algumas evoluções do *Náutilus*, eu vi o horizonte sul bloqueado por um muro alto que parecia fechar todas as saídas. Seu cume evidentemente ultrapassava o nível do oceano. Deve ser um continente, ou pelo menos uma ilha — uma das Canárias ou das Ilhas de Cabo Verde. Como as orientações ainda não haviam sido feitas, talvez propositalmente, eu ignorava nossa posição exata. Em todo caso, essa parede parecia-me marcar os limites de Atlântida, da qual, na verdade, havíamos percorrido apenas uma pequena parte.

O anoitecer não interrompeu minhas observações. Eu fui deixado sozinha, pois Conselho foi para sua cabine. O *Náutilus* diminuiu a velocidade, pairando acima das massas confusas no fundo do mar, às vezes como se quisesse parar, às vezes subindo de forma imprevisível à superfície das ondas. Então eu vislumbrei algumas constelações brilhantes através das águas cristalinas, especificamente cinco ou seis dessas estrelas zodiacais que se arrastam na cauda de Orion.

Eu teria ficado muito mais tempo na janela admirando as belezas do mar e do céu, mas os painéis se fecharam. O *Náutilus* chegara ao paredão da alta muralha. Como manobraria, eu não conseguia adivinhar. Voltei para o meu quarto. O *Náutilus* já não se movia. Deitei-me com a intenção de acordar depois de algumas horas de sono.

Porém, eram oito horas do dia seguinte quando entrei no salão. Eu olhei para o manômetro. Mostrava que o *Náutilus* estava flutuando na superfície do oceano. Além disso, ouvi passos na plataforma. Subi até o alçapão, que estava aberto. Mas, em vez de plena luz do dia, como eu esperava, estava cercado por uma escuridão profunda. Onde nós estávamos? Eu estava enganado? Ainda era noite? Não, nenhuma estrela brilhava e a noite não tinha aquela escuridão absoluta.

Eu não sabia o que pensar, quando uma voz perto de mim disse:

— É o senhor, professor?

— Ah! Capitão — respondi — onde estamos?

— No subterrâneo, professor.

— Subterrâneo! — Eu exclamei. — E o *Náutilus* continua flutuando?

— Ele sempre flutua.

— Mas eu não entendo.

— Espere alguns minutos, nosso farol se acenderá e, se o senhor gosta de situações mais claras, ficará satisfeito.

Fiquei na plataforma e esperei. A escuridão era tão completa que eu nem conseguia ver o capitão Nemo. Mas, olhando para o zênite, exatamente acima da minha cabeça, julguei captar um brilho indeciso, uma espécie de crepúsculo preenchendo um buraco circular. Nesse instante, o farol foi aceso e sua nitidez dissipou a luz fraca.

Fechei meus olhos, ofuscados pela luz forte por um instante, e depois olhei novamente. O *Náutilus* estava parado, flutuando perto de uma praia disposta como um cais. O lago, então, que o sustentava era um lago aprisionado por um círculo de paredes, medindo duas milhas de diâmetro e seis de circunferência. Seu nível (mostrou o manômetro) só poderia ser igual ao nível externo, pois deve haver necessariamente uma comunicação entre o lago e o mar. As paredes altas, inclinadas para frente em sua base, abaulavam-se em cúpula, com a forma de um imenso funil virado

244

de cabeça para baixo, a altura sendo cerca de quinhentos ou seiscentos metros. No cume havia um orifício circular, pelo qual captei o leve brilho de luz, evidentemente a luz do dia.

— Onde estamos? — perguntei.

— Em pleno coração de um vulcão extinto, cujo interior foi invadido pelo mar, depois de alguma grande convulsão da terra. Enquanto dormia, professor, o *Náutilus* penetrou nesta lagoa por um canal natural, que se abre a cerca dez metros abaixo da superfície do oceano. Este é o seu porto de refúgio, seguro, confortável e misterioso, protegido de todos os vendavais. Mostre-me, se puder, nas costas de qualquer um dos seus continentes ou ilhas, uma estrada que pode dar um refúgio perfeito contra todas as tempestades.

— Certamente — assenti — está seguro aqui, capitão Nemo. Quem poderia alcançá-lo no coração de um vulcão? Mas eu não teria visto uma abertura em seu cume?

— Sim, a cratera, antes cheia de lava, vapor e chamas, e que agora dá entrada ao ar vivificante que respiramos.

— Mas que montanha vulcânica é essa?

— Pertence a uma das numerosas ilhas de que o mar está cheio. Para os navios um simples banco de areia, para nós uma caverna imensa. O acaso me levou a descobri-la, e o acaso me serviu bem.

—Mas não poderia alguém entrar pela boca de sua cratera?

— Não, assim como eu não poderia sair por ela. É possível escalar cerca de 30 metros na base interna desta montanha, mas as paredes se projetam e se inclinam muito para dentro para serem escaladas.

— Mas de que serve este refúgio, capitão? O *Náutilus* não carece de um porto.

— Não, professor, mas carece de eletricidade para fazê-lo se mover e os meios para fazer a eletricidade, de sódio para alimentar os elementos, de carvão para obter o sódio e de uma mina de carvão para fornecer o carvão. E exatamente aqui o mar cobre florestas inteiras submersas durante os períodos geológicos, agora mineralizadas e transformadas em carvão. Para mim são uma mina inesgotável.

— Seus homens exercem a profissão de mineiros aqui, então, capitão?

— Exatamente. Essas minas se estendem sob as ondas como as minas de Newcastle. Aqui, em seus trajes de mergulho, picareta e pá na mão, meus homens extraem o carvão. Quando queimo esse combustível para a fabricação de sódio, a fumaça, escapando da cratera da montanha, dá a aparência de um vulcão ainda ativo.

— E vamos ver seus companheiros em ação?

— Não, não dessa vez, pois estou com pressa para continuar nossa

245

viagem submarina. Portanto, vou me contentar em abastecer com a reserva de sódio que já possuo. O tempo para carregar é apenas um dia, e continuamos nossa viagem. Portanto, se deseja percorrer a caverna e dar a volta na lagoa, deve aproveitar o dia de hoje, professor Aronnax.

Agradeci ao capitão e fui procurar meus companheiros, que ainda não haviam saído de sua cabine. Convidei-os a me seguir sem dizer onde estávamos. Eles subiram na plataforma. Conselho, que não se espantava com nada, parecia considerar bastante natural que ele acordasse sob uma montanha, depois de ter adormecido sob as ondas. Mas Ned Land não pensou em nada além de descobrir se a caverna tinha alguma saída. Depois do café da manhã, por volta das dez horas, descemos para a montanha.

— Aqui estamos nós, mais uma vez sobre a terra — disse o Conselho.

— Eu não chamo isso de terra — disse o canadense. — E, além disso, não estamos sobre, mas embaixo dela.

Entre as paredes das montanhas e as águas do lago havia uma costa arenosa que, em sua maior largura, media quinhentos pés. Por essa praia, era possível contornar o lago. Mas a base dos altos paredões era um terreno pedregoso, com eclusas vulcânicas e enormes pedras-pomes em montes pitorescos. Todas essas massas destacadas, recobertas de esmalte, polidas pela ação dos fogos subterrâneos, brilhavam resplandecentes à luz de nosso farol elétrico. A poeira de mica da costa, subindo sob nossos pés, voava como uma nuvem de faíscas. Logo chegamos a longas encostas tortuosas, ou planos inclinados, que nos levaram mais alto aos poucos, mas éramos obrigados a caminhar com cuidado por entre esses conglomerados, sem nenhum cimento, os pés escorregando nos cristais de feldspato e quartzo.

A natureza vulcânica daquela enorme escavação era confirmada por todos os lados, e eu comentei isso aos meus companheiros.

— Imaginem — disse eu — o que deve ter sido esta cratera quando cheia de lava fervente e quando o nível do líquido incandescente subiu até o orifício da montanha.

— Posso imaginar perfeitamente — disse Conselho. — Mas o mestre pode me dizer por que o Grande Arquiteto suspendeu as operações e como a fornalha foi substituída pelas águas calmas do lago?

— Muito provavelmente, Conselho, porque alguma convulsão sob o oceano produziu aquela mesma abertura que serviu de passagem para o *Náutilus*. Então as águas do Atlântico correram para o interior da montanha. Deve ter havido uma luta terrível entre os dois elementos, uma luta que terminou com a vitória de Netuno. Mas muitas eras se passaram desde então, e o vulcão submerso é agora uma gruta pacífica.

— Muito bem — respondeu Ned Land. — Aceito a explicação, professor, mas, no nosso próprio interesse, lamento que a abertura de que fala não tenha sido feita acima do nível do mar.

— Mas, amigo Ned — disse Conselho — se a passagem não fosse no fundo do mar, o *Náutilus* não poderia ter passado por ela.

— E devo acrescentar, senhor Land — eu disse —, que as águas não teriam corrido para baixo da montanha, e o vulcão ainda seria um vulcão. Então, não tem do que reclamar. Continuamos subindo. As rampas tornavam-se cada vez mais perpendiculares e estreitas, cortadas por abismos profundos, que éramos obrigados a transpor. Massas de rocha pendentes tiveram que ser contornadas. Nós deslizávamos de joelhos e rastejávamos. Mas a destreza do Conselho e a força do canadense superaram todos os obstáculos.

A uma altura de cerca de 31 pés, a natureza do solo mudou, sem que por isso se tornasse mais fácil. Aos conglomerados e traquitos sucedeu o basalto negro, uns espalhados em camadas cheias de bolhas, uns formando prismas regulares, colocados como uma colunata sustentando os arcos daquela imensa abóbada, admirável exemplar de arquitetura natural. Entre os blocos de basalto serpenteavam longas correntes de lava, há muito esfriadas, estriadas por listras betuminosas, e em alguns lugares foram espalhados grandes tapetes de enxofre. Uma luz mais poderosa brilhou através da cratera superior, lançando um vago vislumbre sobre essas depressões vulcânicas para sempre enterradas no seio desta montanha extinta.

Mas nossa marcha para cima logo foi interrompida a uma altura de cerca de duzentos e cinquenta pés por obstáculos intransponíveis. A lateral interna voltava a dar para o vazio, e nossa subida foi alterada para uma caminhada circular. Naquele último plano, a vida vegetal começava a lutar contra o mineral. Alguns arbustos e até algumas árvores cresceram a partir das fraturas das paredes. Reconheci alguns eufórbios, expelindo suco cáustico; heliótropos, cuja incompetência não fazia jus ao seu nome, uma vez que os raios solares não os atingiam, tristemente caídos, sem a cor e o perfume. Aqui e ali, alguns crisântemos cresciam timidamente ao pé de aloés com folhas compridas e de aspecto doentio. Mas entre os riachos de lava, vi algumas pequenas violetas levemente perfumadas e admito que as cheirei com prazer. O perfume é a alma da flor e as flores do mar não têm alma.

Havíamos chegado ao pé de alguns robustos dragoeiros, que afastaram as rochas com suas raízes fortes, quando Ned Land exclamou:

— Oh! Professor, uma colmeia! Uma colmeia!

— Uma colmeia! — repeti, com um gesto de incredulidade.

— Sim, uma colmeia! E abelhas zumbindo em volta dela.

Aproximei-me e acreditei nos meus próprios olhos. Ali, num buraco escavado num dos dragoeiros, encontravam-se alguns milhares destes engenhosos insetos, tão comuns em todas as Canárias e cuja produção é tão estimada.

Naturalmente, o canadense queria colher o mel, e eu não pude me opor a seu desejo. Ele acendeu, com uma faísca de sua pederneira, uma quantidade de folhas secas, misturadas com enxofre, e começou a defumar as abelhas. O zumbido cessou gradualmente, e a colmeia acabou rendendo vários quilos do mais doce mel, com o qual Ned Land encheu sua mochila.

— Depois de misturar este mel com a pasta de fruta-pão — disse ele — poderei oferecer-lhe um bolo suculento.

— Por Deus! — disse Conselho. — Teremos pão de mel!

— Não importa o pão de mel — suspirei —, vamos continuar nossa caminhada interessante.

A cada curva do caminho que seguíamos, o lago aparecia em toda a sua extensão e largura. A lanterna iluminou toda a sua superfície pacífica, que não conhecia ondulação. O *Náutilus* permanecia perfeitamente imóvel. Na plataforma e na montanha, a tripulação do navio trabalhava como sombras negras claramente esculpidas contra a atmosfera luminosa. Estávamos agora contornando a crista mais alta das primeiras camadas de rocha que sustentavam a abóbada. Então, vi que as abelhas não eram as únicas representantes do reino animal no interior deste vulcão. Aves de rapina ora pairavam aqui e ali nas sombras, ora deixavam seus ninhos empoleirados no topo das rochas. Eram gaviões de barriga branca e pio estridente. Com toda a velocidade que suas pernas de palafitas conseguiam reunir, belas abetardas gordas corriam pelas encostas. Deixarei ao leitor imaginar a cobiça do canadense ao ver este jogo saboroso, e o quanto ele se arrependeu de não ter arma. Mas ele fez o possível para substituir o chumbo por pedras e, após várias tentativas infrutíferas, conseguiu ferir um pássaro magnífico. Dizer que ele arriscou sua vida vinte vezes antes de alcançá-lo é apenas a verdade; mas ele se saiu tão bem que a criatura se juntou às pelotas de mel em sua bolsa.

Fomos obrigados então a descer em direção à costa, pois não havia mais como prosseguir a partir da crista. Acima de nós, a cratera parecia se abrir como a boca de um poço. Desse lugar, o céu podia ser visto claramente, e as nuvens, dissipadas pelo vento oeste, deixavam para trás, mesmo no topo da montanha, seus resquícios enevoados — prova irrefutável de que aquelas nuvens achavam-se estacionadas a uma pequena altura , pois o vulcão não se elevou mais do que dois mil e quinhentos metros acima do nível do oceano.

Meia hora depois da última façanha do canadense, voltamos à praia interna. Aqui a flora era representada por grandes tapetes de cristal marinho, uma pequena planta umbelífera muito boa para conservas, que também leva o nome de pedra perfurada e funcho-do-mar, da qual Conselho coletou alguns espécimes. Quanto à fauna, abrangia milhares de crustáceos de todos os tipos, lagostas, caranguejos, palemonídeos, misídios, e um grande número de conchas, peixes-rocha e lapas. Naquele local abria-se a boca de uma caverna magnífica. Meus companheiros e eu tivemos grande prazer em nos esticar em sua areia fina. O fogo havia polido o esmalte cintilante de suas paredes internas, polvilhado com poeira rica em mica. Ned Land bateu nessas paredes e tentou sondar sua espessura. Não pude deixar de sorrir. Nossa conversa então se voltou para seus planos de fuga eternos e, sem ir muito longe, senti que poderia lhe oferecer esta esperança: o capitão Nemo havia descido para o sul apenas para reabastecer seus suprimentos de sódio. Então, eu esperava que ele agora abraçasse as costas da Europa e da América, o que permitiria ao canadense tentar novamente com uma chance maior de sucesso.

Ficamos esticados nesta caverna encantadora por uma hora. Nossa conversa, animada no início, depois definhou. Uma sonolência definitiva nos dominou. Como não vi nenhuma boa razão para resistir ao chamado do sono, caí em um cochilo pesado. Sonhei — não se escolhe os sonhos — que minha vida se reduzira à existência vegetativa de um simples molusco. Pareceu-me que esta caverna constituía a minha concha de válvula dupla...

De repente, fui despertado pela a voz de Conselho.

— Alerta! Alerta! — gritou o bom rapaz.

— O que há? — perguntei, soerguendo-me.

— A água está subindo!

Eu me levantei. Como uma torrente, o mar precipitava-se para o nosso refúgio e, como definitivamente não éramos moluscos, precisávamos fugir.

Em alguns segundos, estávamos seguros no topo da caverna.

— Mas afinal o que aconteceu? — perguntou Conselho. — Algum fenômeno novo?

— Não é bem isso, meus amigos! — respondi. — Foi a maré, apenas a maré, que quase nos pegou de surpresa, assim como ao herói de Walter Scott! O oceano lá fora está subindo e, por uma lei de equilíbrio perfeitamente natural, o nível deste lago também está subindo. Banho, já tomamos. Vamos trocar de roupa no *Náutilus*.

249

Quarenta e cinco minutos depois tínhamos terminado nossa caminhada tortuosa e estávamos a bordo. A tripulação havia acabado de carregar o sódio e o *Náutilus* poderia ter partido naquele instante. Mas o capitão Nemo não deu nenhuma ordem. Ele queria esperar até a noite, e deixar a passagem do submarino secretamente? Talvez. Seja o que for, no dia seguinte, o *Náutilus*, deixando seu porto seguro, navegou distante de qualquer pedaço de terra, a alguns metros abaixo das ondas do Atlântico.

CAPÍTULO XI

O MAR DE SARGAÇOS

Naquele dia, o *Náutilus* cruzou uma parte singular do Oceano Atlântico. Ninguém ignora a existência de uma corrente de água quente conhecida pelo nome de corrente do Golfo, a qual partindo dos canais da Flórida, alcança Spitzbergen. Mas antes de entrar no golfo do México, a cerca de 45° de latitude norte, essa corrente divide-se em dois braços: o principal indo em direção à costa da Irlanda e da Noruega, enquanto o segundo curva-se para o sul na altura dos Açores; em seguida, tocando a costa africana e descrevendo uma curva oval alongada, retorna às Antilhas.

Esse segundo braço — que é mais um colar do que um braço — envolve com seus anéis de água quente uma porção do oceano frio, silencioso e imóvel chamado Mar dos Sargaços. Um verdadeiro lago em pleno Atlântico, leva não menos que três anos para que a grande corrente passe ao seu redor.

O Mar dos Sargaços propriamente dito cobre todas as partes submersas da Atlântida. Certos autores chegaram a afirmar que o viscoso capinzal que nele cresce foi arrancado das planícies daquele antigo continente. Mas é mais provável que essas gramíneas, algas e plantas de fuco tenham sido levadas das praias da Europa e da América até essa zona pela corrente do Golfo. Esta é uma das razões pelas quais Cristóvão Colombo assumiu a existência de um Novo Mundo. Quando os navios daquele ousado explorador chegaram ao Mar dos Sargaços, tiveram grande dificuldade em navegar em meio àquele mato, que, para desespero de suas tripulações, os atrasou em três longas semanas.

Essa era a região que o *Náutilus* estava visitando agora, um verdadeiro prado, um tapete fechado de algas, fucos e uvas do trópico, tão espesso e compacto que a proa de um navio mal conseguia rasgá-lo. E o Capitão Nemo, não querendo a hélice naquela massa vegetal, manteve-se alguns metros abaixo da superfície das ondas.

O nome Sargaços vem da palavra espanhola *sargazzo*, planta que é a principal formação desse imenso viveiro. Eis por que essas plantas aquáticas se acumulam nessa sossegada bacia atlântica, segundo o especialista no assunto, comandante Maury, autor de *Geografia física do globo*:

"A única explicação que pode ser dada", diz ele, "parece-me resultar da experiência conhecida por todo o mundo. Coloque em um vaso alguns fragmentos de cortiça ou outro corpo flutuante, e dê à água do vaso um movimento circular, os fragmentos espalhados se unirão em um grupo no centro da superfície do líquido, ou seja, na parte menos agitada. No fenômeno que estamos considerando, o Atlântico é o vaso, a Corrente do Golfo a corrente circular e o Mar dos Sargaços o ponto central no qual os corpos flutuantes se unem."

Compartilho a opinião de Maury e pude estudar o fenômeno naquele meio ambiente único, onde os navios raramente penetram. Acima de nós flutuavam corpos de todos os tipos, amontoados entre essas plantas acastanhadas; troncos de árvores arrancados dos Andes ou das Montanhas Rochosas e carreados pelo Amazonas ou pelo Mississippi; numerosos destroços, restos de quilhas ou fundo de navios, conchas e cracas que não podiam mais subir à superfície. E o tempo um dia justificará a outra opinião de Maury, de que essas matérias, assim acumuladas durante séculos, ficarão petrificadas pela ação da água e então formarão inesgotáveis minas de carvão. Uma reserva preciosa preparada pela precavida natureza para o momento em que os homens esgotarem as minas dos continentes.

Em meio a esse inextricável tecido de plantas e algas marinhas, notei alguns encantadores alcíones estrelados, em tons de rosa; actínias com seus longos tentáculos arrastando-se atrás delas; e medusas verdes, vermelhas e azuis.

Passamos o dia 22 de fevereiro no Mar dos Sargaços, onde os peixes que gostam de plantas marinhas encontram alimento abundante. No dia seguinte, o oceano havia voltado ao seu aspecto habitual.

Desta vez, durante dezenove dias, de 23 de fevereiro a 12 de março, o *Náutilus* manteve-se no meio do Atlântico, transportando-nos a uma velocidade constante de cem léguas em vinte e quatro horas. O Capitão Nemo evidentemente pretendia cumprir seu programa submarino, e imaginei que pretendia, depois de dobrar o cabo Horn, retornar aos mares australianos do Pacífico.

Ned Land, portanto, tinha motivos para temer. Nesses grandes mares, sem ilhas, não poderíamos tentar fugir do barco, nem nos opor à vontade do capitão Nemo. Nossa única alternativa era nos submeter. Mas o que não poderíamos obter nem pela força nem pela astúcia, eu achava ser possível obter pela persuasão. Terminada a viagem, não consentiria ele em restaurar a nossa liberdade, sob juramento de nunca revelar a sua existência? Nossa palavra de honra, que sinceramente teríamos cumprido. Porém, essa delicada questão teria que ser negociada com o capitão. Mas eu estava livre para reivindicar essa liberdade? Não havia ele mesmo dito desde o início, de maneira mais firme, que o segredo de sua vida exigia dele nosso encarceramento duradouro a bordo do *Náutilus*? E meu silêncio de quatro meses não pareceria para ele uma aceitação tácita de nossa situação? Um retorno ao assunto não resultaria em levantar suspeitas que poderiam ser prejudiciais aos nossos projetos, se em algum momento futuro se oferecesse uma oportunidade favorável para retornar a eles? Durante os dezenove dias mencionados acima, nenhum incidente especial marcou nossa viagem. Eu vi o capitão pouco, ele estava trabalhando. Na biblioteca, muitas vezes encontrava livros que ele deixava entreabertos, especialmente sobre história natural. Minha obra sobre as profundezas submarinas, folheada por ele, estava coberta de notas nas margens, muitas vezes contradizendo minhas teorias e sistemas. Mas o Capitão limitava-se a aprimorar o meu trabalho, era muito raro ele discutir isso comigo. Às vezes eu ouvia os tons melancólicos de seu órgão, mas apenas à noite, em meio à mais secreta escuridão, quando o *Náutilus* dormia no oceano deserto.

Nessa parte da viagem, navegamos dias inteiros na superfície das ondas. O mar parecia abandonado. Alguns veleiros, a caminho da Índia, dirigiam-se ao cabo da Boa Esperança. Um dia fomos seguidos pelos barcos de um baleeiro que, sem dúvida, nos tomou por uma enorme baleia de grande valor. Mas o Capitão Nemo não queria que os dignos rapazes perdessem tempo, então encerrou a perseguição mergulhando na água.

Os peixes que Conselho e eu observamos, durante esse período, diferiam pouco daqueles que já havíamos estudado em outras latitudes. O principal deles eram espécimes daquele terrível gênero cartilaginoso que é dividido em três subgêneros, numerando pelo menos trinta e duas espécies: esqualos agaloados de cinco metros de comprimento, a cabeça atarracada e mais larga que o corpo, a nadadeira caudal curvada, o dorso com sete grandes listras pretas; esqualos perolados, cor de borralho, dotados com sete aberturas branquiais, e uma única barbatana dorsal colocada quase exatamente no meio do corpo.

Um grande cão-do-mar também passou, uma espécie voraz de tubarão. Temos o direito de não acreditar nas histórias dos pescadores, mas um deles conta ter encontrado dentro do corpo de um desses animais uma cabeça de búfalo e um bezerro inteiro; em um outro, dois atuns e um marinheiro de uniforme; em outro, um soldado com seu sabre; em outro, finalmente, um cavalo com seu cavaleiro. Com franqueza, nada disso soa como verdade. Mas o fato é que nem um único desse animal se deixou ser capturado nas redes do *Náutilus*, então não posso garantir sua voracidade.

Cardumes de golfinhos elegantes e brincalhões nadaram ao nosso lado por dias inteiros. Eles iam em grupos de cinco ou seis, caçando em

253

matilhas como lobos no campo. Por sinal, tão vorazes quanto os cães-do-mar, se é que posso acreditar em um certo professor de Copenhague que diz que do estômago de um golfinho tirou treze botos e quinze focas. Era, é verdade, uma orca, pertencente à maior espécie conhecida, cujo comprimento às vezes ultrapassa os vinte e quatro pés. A família *Delphinia* conta com dez gêneros, e os golfinhos que vi eram semelhantes ao gênero *Delphinorhynchus*, notáveis por um focinho extremamente estreito quatro vezes mais longo que o crânio. Medindo três metros, seus corpos eram pretos em cima, embaixo de um branco rosado com pequenas manchas muito espalhadas.

Mencionarei também alguns espécimes de peixes incomuns da ordem *Acanthopterygia*, família *Scienidea*. Alguns autores — mais poetas do que naturalistas — afirmam que esses peixes são cantores melodiosos, que suas vozes em uníssono proporcionam concertos que coristas humanos seriam incapazes de igualar. Não digo que não, mas, para minha tristeza, os que vimos não fizeram uma serenata à nossa passagem.

Por fim, para concluir, Conselho classificou uma grande quantidade de peixes-voadores. Nada poderia ter sido uma visão mais incomum do que o momento maravilhoso em que os golfinhos caçam esses peixes. Qualquer que seja o alcance de seu voo, por mais evasivo que seja sua trajetória (mesmo para cima do *Náutilus*, o infeliz peixe-voador sempre encontrava um golfinho para recebê-lo de boca aberta.

Nossa navegação continuou nessas condições até o dia 13 de março, quando o *Náutilus* passou a fazer testes de sondagens, o que me interessava muito.

Havíamos percorrido cerca de 13.000 léguas desde a nossa partida dos altos mares do Pacífico. Medida nossa posição, estávamos a 45°37' de latitude sul e 37°53' de longitude oeste. Era a mesma região em que o capitão Denham, do *Herald*, desdobrou 7.000 braças de sonda sem encontrar o fundo. Lá, também, o tenente Parker, da fragata americana *Congress*, não conseguiu tocar o fundo com 15.140 braças.

O capitão Nemo decidiu levar o *Náutilus* até a profundidade máxima para verificar novamente essas diferentes sondagens. Eu me preparei para registrar os resultados desse experimento. Os painéis do salão se abriram e começaram as manobras para alcançar aquelas camadas tão prodigiosamente distantes.

Aparentemente, foi considerado fora de questão mergulhar enchendo os tanques de lastro. Talvez eles não aumentassem suficientemente o peso específico do Náutilus. Além disso, para voltar a subir, seria necessário expulsar o excesso de água, e nossas bombas não seriam fortes o suficiente para vencer a pressão externa.

254

O capitão Nemo optou por buscar o fundo do oceano fazendo uma diagonal suficientemente alongada, através dos planos laterais colocados em um ângulo de 45 ° com a linha d'água do *Náutilus*. Então, a hélice começou a trabalhar em sua velocidade máxima e suas quatro lâminas bateram nas ondas com uma força descritível.

Sob esse forte impulso, a estrutura do *Náutilus* estremeceu como um acorde sonoro e afundou nas águas. O capitão e eu, a postos no salão, observávamos o ponteiro deslizar rapidamente sobre o manômetro. Logo estávamos abaixo da zona habitável onde a maioria dos peixes reside. Alguns desses animais podem prosperar apenas na superfície dos mares ou rios, mas uma minoria pode habitar em profundidades razoavelmente grandes. Entre os últimos, observei uma espécie de tubarão chamado albafar, dotado de seis fendas respiratórias; o peixe-telescópio com seus olhos enormes; o bacamarte com barbatanas torácicas cinzentas e barbatanas peitorais pretas; e por fim, o granadeiro, vivendo a uma profundidade de 1.200 metros, tolerando a essa altura uma pressão de 120 atmosferas.

Perguntei ao capitão Nemo se ele havia observado peixes em profundidades maiores.

— Peixes? Raramente! — ele me respondeu. — Mas, dado o estado atual da ciência, o que é presumido e o que é sabido?

— Vejamos, capitão. Indo em direção às camadas mais baixas do oceano, é sabido que a vida vegetal desaparece mais rapidamente do que a vida animal e que criaturas em movimento ainda podem ser encontradas onde plantas aquáticas não crescem mais. Também é sabido que ostras e vieiras vivem em 2.000 metros de água e que o almirante McClintock, o herói dos mares polares da Inglaterra, puxou uma estrela marinha viva de uma profundidade de 2.500 metros. Além disso, é sabido que a tripulação do *Bulldog* da Marinha Real pescou uma estrela do mar de 2.620 braças, portanto, de uma profundidade de mais de uma légua vertical. Mas talvez o capitão Nemo me diga que ninguém sabe coisa alguma...

— Não, professor — surpreendeu-me o capitão —, eu não seria tão descortês. No entanto, vou pedir-lhe para explicar como essas criaturas podem viver em tais profundezas?

— Eu explico por dois motivos — respondi. — Em primeiro lugar, porque as correntes verticais, que são causadas por diferenças na salinidade e densidade da água, podem produzir movimento suficiente para manter a vida rudimentar dos crinoides e astérias.

—Verdade — o capitão aprovou.

— Em segundo lugar, porque, como o oxigênio é a base da vida, e sabemos que a quantidade de oxigênio dissolvido na água salgada aumenta em vez de diminuir com a profundidade, a pressão nessas camadas inferiores ajuda a concentrar seu conteúdo de oxigênio.

— Oh! Nós sabemos disso, não é? — O capitão Nemo respondeu em um tom de leve surpresa.

— Devo acrescentar que as bexigas de ar dos peixes contêm mais nitrogênio do que oxigênio quando esses animais são capturados na superfície da água e, inversamente, mais oxigênio do que nitrogênio quando são puxados das profundidades mais baixas. O que confirma sua formulação. Mas vamos continuar nossas observações. Verifiquei o manômetro. O instrumento indicava uma profundidade de 6.000 metros. Nossa submersão já durava uma hora. O *Náutilus* deslizava para baixo através de seus planos inclinados, ainda afundando. Essas águas desertas eram maravilhosamente claras, com uma transparência impossível de transmitir. Uma hora depois estávamos a 13.000 metros — cerca de três e um quarto de léguas verticais — e o fundo do oceano ainda não estava à vista.

No entanto, a 14.000 metros, vi picos escuros subindo no meio das águas. Mas esses picos podem ter pertencido a montanhas tão altas ou até mais altas que o Himalaia ou o Mont Blanc, e a extensão dessas profundezas permanecia incalculável.

O *Náutilus* desceu ainda mais baixo, apesar da grande pressão. Senti as placas de aço tremerem sob a juntura dos parafusos; suas vigas abaulavam-se, as paredes gemiam; as janelas do salão pareciam se curvar com a pressão das águas. E essa estrutura firme sem dúvida teria cedido, se, como dissera seu capitão, não fosse capaz de resistir como um bloco sólido. Tínhamos atingido uma profundidade de 16.000 jardas (quatro léguas) e os lados do *Náutilus* suportavam então uma pressão de 1.600 atmosferas, ou seja, 3.200 libras para cada dois quintos de polegada quadrada de sua superfície.

— Que situação! — exclamei. — Percorrer essas regiões profundas onde o homem nunca pisou! Olhe, capitão, olhe essas rochas magníficas, essas grutas desabitadas, esses receptáculos mais baixos do globo, onde a vida não é mais possível! Que paisagens desconhecidas estão aqui! Por que somos obrigados a recolher apenas a lembrança dessas regiões desconhecidas?

— Gostaria de levar mais que a lembrança? — perguntou o capitão Nemo.

— O que sugere com essas palavras?

— Quero dizer que nada é mais fácil do que fazer bater um instantâneo fotográfico dessa região submarina.

Não tive tempo de expressar minha surpresa com essa nova proposta, quando, a pedido do Capitão Nemo, um objeto foi trazido para o salão. Através do painel amplamente aberto, a massa líquida brilhava com a eletricidade, distribuída com tal uniformidade que nenhuma sombra, nenhuma gradação era vista de nossa luz artificial. O *Náutilus* permaneceu imóvel, a força de sua hélice controlada pela inclinação de seus planos. O dispositivo foi apontado para o fundo oceânico e em poucos segundos, tínhamos obtido um negativo perfeito. Descrevo-o aqui como prova material. Nele podemos ver rochas primordiais que nunca viram a luz do dia, granitos inferiores que formam a poderosa base do nosso globo, cavernas profundas vazadas na massa rochosa. À distância, está um horizonte montanhoso, uma linha maravilhosamente ondulada que forma o pano de fundo desta paisagem. O efeito geral dessas rochas lisas é indescritível: pretas, polidas, sem musgo ou outra mancha, esculpidas em formas estranhas, assentadas firmemente em um tapete de areia que brilhava sob nossos raios de luz elétrica.

Mas, terminada a operação, o Capitão Nemo disse:

— Vamos subir; não devemos abusar de nossa posição, nem expor o *Náutilus* por muito tempo a tamanha pressão.

— Vamos! — exclamei.

— Segure-se bem.

Não tive tempo de entender por que o capitão me advertiu assim, quando fui jogado para a frente no tapete.

A um sinal do capitão, a hélice foi engrenada e os planos inclinados erguidos verticalmente. O *Náutilus* disparou no ar como um balão, subindo com uma rapidez impressionante e cortando a massa de águas com uma agitação sonora. Não era possível ver nada. Em quatro minutos, ele atravessara as quatro léguas que o separavam da superfície e, depois de emergir como um peixe-voador, caiu, fazendo as ondas ricochetearem a uma altura enorme.

257

CAPÍTULO XII

CACHALOTES E BALEIAS

Durante as noites de 13 e 14 de março, o *Náutilus* voltou ao seu curso para o sul. Imaginei que, ao chegar ao nível do cabo de Horn, ele viraria o leme para oeste, a fim de vencer os mares do Pacífico e assim completar a volta ao mundo. Mas não fez nada disso, continuando seu caminho para as regiões do sul. Para onde ele estava indo? Para o polo? Não fazia sentido. Comecei a pensar que a ousadia do capitão justificava os temores de Ned Land.

Há algum tempo, o canadense não me falava de seus projetos de fuga. Tornara-se menos comunicativo, quase silencioso. Eu podia ver que essa prisão prolongada lhe pesava e senti que a raiva fermentava dentro dele. Quando se via diante do capitão, seus olhos brilhavam com ódio reprimido, e eu começava a temer que sua violência natural o levasse a algum extremo.

Naquele dia, 14 de março, Conselho e ele vieram até mim em meu quarto. Eu perguntei a causa de sua visita.

— Uma pergunta simples para lhe fazer, professor — respondeu o canadense.

— Fale, Ned.

— Quantos homens acha que há a bordo do *Náutilus*?

— Eu não sei dizer, meu amigo.

— Parece que seu funcionamento não requer uma grande equipe.

— Certamente, nas condições existentes, dez homens, no máximo, deveriam ser suficientes.

— Bem, por que haveria mais?

— Por quê? — respondi, olhando fixamente para Ned Land, cujas intenções eram fáceis de adivinhar. — Porque — acrescentei — se minhas suposições estiverem corretas, e se entendi bem a existência do capitão, o *Náutilus* não é apenas uma embarcação, é também um local de refúgio para aqueles que, como seu capitão, romperam todo o relacionamento com a terra.

— Talvez — disse o Conselho — mas, em qualquer caso, o *Náutilus* só pode conter um certo número de homens. Não poderia o mestre estimar essa capacidade máxima?

258

— Como, Conselho?

— Por cálculo. Dado o tamanho da embarcação, que o mestre conhece, e consequentemente a quantidade de ar que contém, sabendo também quanto cada homem gasta em uma respiração, e comparando esses resultados com o fato de que o *Náutilus* é obrigado a subir à superfície a cada vinte e quatro horas...

Conselho não havia terminado a frase, mas eu via claramente aonde ele queria chegar.

— Já entendi — falei — mas esse cálculo, embora bastante simples, pode dar apenas um resultado muito incerto.

— Não importa — disse Ned Land com urgência.

— Então vamos aos cálculos — respondi. — Em uma hora cada homem consome o oxigênio contido em 100 litros de ar, portanto, durante vinte e quatro horas, o oxigênio contido em 2.400 litros. Então, devemos buscar o múltiplo de 2.400 litros de ar que nos dá a quantidade encontrada no *Náutilus*.

— Precisamente — disse Conselho.

— Bem — eu continuei —, a capacidade do *Náutilus* é 1.500 toneladas métricas, e a de uma tonelada é 1.000 litros, então o *Náutilus* comporta 1.500.000 litros de ar, que, dividido por 2.400...

Fiz um cálculo rápido a lápis.

— Nos dá o quociente de 625. O que equivale a dizer que o ar contido no *Náutilus* seria exatamente o suficiente para 625 homens em 24 horas.

— Seiscentos e vinte e cinco! — repetiu Ned.

— Mas fique tranquilo — acrescentei — que entre passageiros, marinheiros ou oficiais, não totalizamos um décimo desse número.

— Ainda são muitos para três homens — murmurou Conselho.

— Então, meu caro Ned, só posso aconselhar paciência.

— E — acrescentou Conselho — ainda mais do que paciência, resignação.

Conselho havia dito a palavra certa.

— Mas o capitão Nemo não pode ir para o sul para sempre! — Conselho o consolou — Ele certamente terá que parar, nem que seja por causa da geleira, e retornará aos mares civilizados! Aí sim, será hora de retomar os planos de Ned Land.

O canadense balançou a cabeça, passou a mão pela testa e saiu da sala sem responder.

— O mestre me permite fazer uma observação? — disse o Conselho. — Esse desventurado Ned anseia por tudo o que ele não pode ter. Sua vida passada está sempre presente para ele. Tudo que nos é proibido parece-lhe maravilhoso. Sua cabeça está cheia de velhas lembranças. E

259

devemos entendê-lo. O que ele tem a fazer aqui? Nada. Ele não é erudito como o mestre, e não tem o mesmo gosto pelas belezas do mar que nós. Ele arriscaria tudo para poder ir mais uma vez a uma taberna em seu próprio país. Certamente a monotonia a bordo devia parecer intolerável para o canadense, acostumado como estava a uma vida de liberdade e atividade. Eram raros os eventos que podiam despertá-lo para qualquer demonstração de ânimo, mas naquele dia aconteceu um acontecimento que o lembrou os dias brilhantes de arpoador. Por volta das onze da manhã, estando na superfície do oceano, o *Náutilus* deparou-se com um bando de baleias, encontro que não me surpreendeu, sabendo que essas criaturas, mortas pela caça, se refugiam nas altas latitudes.

Estávamos sentados na plataforma, com um mar tranquilo. O mês de outubro nessas latitudes proporcionou-nos belos dias de outono. Foi o canadense — nisso ele não se enganava — quem sinalizou uma baleia no horizonte oriental. Olhando com atenção, pode-se ver seu dorso negro subir e descer com as ondas, a cinco milhas do *Náutilus*.

— Ah — exclamou Ned Land —, se eu estivesse a bordo de um baleeiro, eis um encontro que me daria prazer. Que criatura imensa. Veja com que força seus orifícios de sopro lançam colunas de ar e vapor! Com mil demônios! Por que fui parar dentro dessa casca de aço?

— Quer dizer, Ned — questionei-o —, ainda não desistiu da velha atividade pesqueira?

— E um pescador de baleias pode esquecer seu antigo ofício, professor? É possível enfastiar-se de tal caça?

— Nunca pescou nesses mares, Ned?

— Nunca, professor. Apenas nos mares do norte, tanto no estreito de Bering quanto no de Davis.

— Então ainda não conhece a baleia-austral. Foi a baleia-franca que caçou até agora, e ela não correria o risco de passar pelas águas quentes do equador.

— Ouvi direito, professor? — o canadense respondeu em um tom razoavelmente cético.

— São apenas fatos.

— Pelo trovão! Em 1865, há apenas dois anos e meio, eu capturei uma baleia perto da Groenlândia, que ainda levava em seu flanco o arpão de um navio baleeiro do mar de Bering. Ora, pergunto-lhe eu: depois de ter sido ferido no oeste da América, como esse animal poderia ser morto no leste, a menos que tivesse ultrapassado o equador e dobrado o cabo Horn ou o cabo da Boa Esperança?

— Concordo com o amigo Ned — disse Conselho, — e estou esperando para ouvir como o mestre responderá a ele.

260

— O mestre responderá, meus amigos, que as baleias barbatanas estão localizadas, de acordo com as espécies, em certos mares dos quais nunca saem. E se um desses animais foi do estreito de Bering ao estreito de Davis, é simplesmente porque existe alguma passagem de um mar para o outro, seja ao longo das costas do Canadá ou da Sibéria.

— Devo acreditar no senhor? — o canadense perguntou, piscando para mim.

— Se o mestre disse — respondeu o Conselho.

— Está querendo dizer que — continuou o canadense —, como nunca pesquei nessa região, não conheço as baleias que a frequentam?

— Digo e repito, Ned.

— Mais uma razão para conhecê-la — disse Conselho.

— Vejam! Vejam! — exclamou o canadense — Ela se aproxima! Ela ri da minha cara! Sabem que eu não posso alcançá-la!

Ned batia os pés. Sua mão tremia, brandindo um arpão imaginário.

— Esses cetáceos são tão grandes quanto os dos mares do norte? — perguntou ele.

— Quase do mesmo tamanho, Ned.

— Porque eu vi baleias grandes, professor, baleias medindo trinta metros. Até me disseram que as de Hullamoch e Umgallick, das Ilhas Aleutas, às vezes têm mais de quarenta e cinco metros de comprimento.

— Isso me parece um exagero, Ned. Essas criaturas são apenas baleinópteros, dotados de nadadeiras dorsais, e, como os cachalotes, são geralmente muito menores do que a baleia da Groenlândia.

— Ei! — exclamou o canadense, sem desgrudar os olhos do oceano.

— Ela está se aproximando! Vem para a água do *Náutilus*!

Então, voltando à conversa, ele disse:

— O senhor falou do cachalote como uma pequena criatura. Já ouvi falar em cachalotes gigantes. Eles são cetáceos inteligentes. Diz-se que alguns ficam cobertos de algas marinhas e fucos, sendo confundido com ilhas. As pessoas acampam neles e instalam-se, acendendo fogueira.

— E constroem casas — troçou Conselho.

— Sim, piadista — disse Ned Land. — E um belo dia a criatura mergulha, levando consigo todos os habitantes para o fundo do mar.

— Como nas viagens de Simbad, o marujo — respondi, rindo. — Ah, mestre Land, vejo que tem gosto por contos fantásticos! Espero que realmente não acredite neles!

— Senhor Naturalista — respondeu o canadense com toda a seriedade — quando se trata de baleias, pode-se acreditar em qualquer coisa! Veja só aquele movimento! Veja como ela esquiva! As pessoas afirmam que esses animais podem dar a volta ao mundo em apenas quinze dias.

— Não digo o contrário.

— Mas o que sem dúvida não sabe, professor Aronnax, é que no início do mundo, as baleias viajavam ainda mais rápido.

— Oh, sério, Ned?! E por quê?

— Porque naquela época a cauda delas movia-se de um lado para o outro, como nos peixes, ou seja, achatada verticalmente, ela sacudia a água da esquerda para a direita, da direita para a esquerda. Mas, percebendo que eles nadavam rápido demais, nosso Criador torceu suas caudas, e desde então elas estão batendo as ondas para cima e para baixo, perdendo velocidade.

— Muito bem, Ned — eu disse, usando uma expressão típica do canadense. — E devemos acreditar em você?

— Não muito — respondeu Ned Land — e não mais do que se eu lhe dissesse que existem baleias com 300 pés de comprimento e pesando 1.000.000 libras.

— Impensável, de fato — concordei. — Nem por isso deixo de admitir que certos cetáceos crescem a um tamanho significativo, já que dizem que fornecem até 120 toneladas métricas de óleo.

— Quanto a isso, eu vi — afirmou o canadense.

— Posso acreditar facilmente, Ned, assim como posso acreditar que certas baleias equivalem a 100 elefantes em tamanho. Imagine o impacto de tal massa se fosse lançada a toda velocidade!

— É verdade — perguntou Conselho — que elas podem afundar navios?

— Navios? Duvido — respondi. — No entanto, dizem que em 1820, bem nestes mares do sul, uma baleia avançou contra o *Essex* e o empurrou para trás a uma velocidade de quatro metros por segundo. Sua popa foi inundada e o *Essex* afundou rapidamente.

Ned olhou para mim com um olhar desconfiado.

— Falando por mim mesmo — disse ele —, uma vez fui atingido pela cauda de uma baleia, dentro do meu bote, obviamente. Meus companheiros e eu fomos lançados a uma altura de seis metros. Mas ao lado da baleia do professor, a minha era apenas um baleiote.

— E esses animais vivem muito tempo? — perguntou Conselho.

— Mil anos — respondeu o canadense sem hesitação.

— E como sabe disso, Ned? — perguntei.

— Porque dizem.

— E por que dizem isso?

— Porque sabem.

— Não, não sabem, Ned, supõem, e eis a lógica em que se baseia tal suposição. Quando os pescadores caçaram baleias pela primeira vez, há 400 anos, esses animais eram maiores do que hoje. Razoavelmente, presume-se que as baleias de hoje são menores porque não tiveram tempo de atingir seu crescimento total. É por isso que a enciclopédia do Conde de Buffon diz que os cetáceos podem viver, e até devem viver, por mil anos. Entende?

Ned Land não entendeu. Ele nem me ouvia mais. Aquela baleia continuava se aproximando. Seus olhos a devoravam.

— Ah! — exclamou Ned Land. — Não é uma baleia, são dez, são vinte, é um rebanho inteiro! E eu não posso fazer nada! Mãos e pés atados!

— Mas, amigo Ned — disse o Conselho —, por que não pede permissão ao capitão Nemo para persegui-las?

Conselho não havia terminado sua frase quando Ned Land escorregou pelo alçapão para procurar o capitão. Poucos minutos depois, os dois apareceram juntos na plataforma.

O capitão Nemo observou a tropa de cetáceos brincando nas águas a cerca de um quilômetro do *Náutilus*.

— São baleias-austrais — disse ele. — A grande sorte para uma frota de baleeiros.

— Justamente, senhor — rogou o canadense — não posso persegui-la, nem que seja para me lembrar de meu antigo ofício de arpoador?

— E com que propósito? — perguntou o capitão Nemo. — Caçar apenas para destruir? Não temos uso para óleo de baleia a bordo.

— Mas, capitão — continuou o canadense —, no Mar Vermelho, o senhor nos permitiu seguir o dugongo.

— A finalidade era para obter carne fresca para minha tripulação. Aqui estaria matando por matar. Sei que é um privilégio reservado ao homem, mas não aprovo esse passatempo assassino. Ao destruir a baleia-austral ou a baleia-franca, uma criatura inofensiva, seus semelhantes realizam uma ação culpável, mestre Land. Eles já despovoaram toda a Baía de Baffin e estão aniquilando uma classe de animais muito úteis. Deixe os infelizes cetáceos em paz. Eles têm muitos inimigos naturais — cachalotes, peixes-espada e peixes-serra — sem a sua intromissão.

Deixo ao leitor imaginar a cara que o canadense fez durante essa palestra sobre ética da caça. Fornecer tais argumentos a um arpoador profissional era um desperdício de palavras. Ned Land olhava para o capitão Nemo e obviamente não entendia o que ele queria dizer. Mas o capitão estava certo. Graças à sede de sangue bárbara e irresponsável dos pescadores, a última baleia um dia desaparecerá do oceano.

Ned Land assobiou seu "Yankee Doodle" entre os dentes, enfiou as mãos nos bolsos e deu as costas para nós.

Enquanto isso, o Capitão Nemo estudava a manada de cetáceos e, dirigindo-se a mim, disse:

263

— Não menti ao dizer que as baleias já têm inimigos naturais o suficiente, sem contar com o homem. Elas terão muito o que fazer em pouco tempo. Percebe, professor Aronnax, cerca de 13 quilômetros a sotavento, aqueles pontos negros em movimento?

— Sim, capitão — respondi.

— São cachalotes, animais terríveis que já encontrei em cardumes de duzentos ou trezentos. Estes, sim, são criaturas cruéis e travessas e estaríamos certos em exterminá-los.

O canadense se virou rapidamente com as últimas palavras.

— Bem, capitão — intervim —, ainda é tempo, no próprio interesse das baleias...

— É inútil se expor, professor. O *Náutilus* vai dispersá-los. Ele está armado com um esporão de aço tão boa quanto o arpão do Mestre Land, imagino.

O canadense, esquecendo os bons modos, fez um muxoxo.

— Atacar os cetáceos com golpes de esporão! Quem já tinha ouvido falar de tal coisa?

— Espere, professor Aronnax — disse o capitão Nemo. — Vai assistir a uma caçada que nunca viu. Impossível sentir pena dessas criaturas ferozes. Elas não são nada além de boca e dentes.

Boca e dentes! Impossível descrever melhor o cachalote macrocéfalo, que às vezes tem mais de vinte e cinco metros de comprimento. Sua enorme cabeça ocupa um terço de todo o corpo. Mais equipado do que a baleia, cuja mandíbula superior é provida apenas de barbelas, ele é munido de vinte e cinco grandes presas, com cerca de 20 centímetros de comprimento, cilíndricas e cônicas no topo, cada uma pesando um quilo. É na parte superior dessa enorme cabeça, em grandes cavidades divididas por cartilagens, que se encontram de seis a oitocentas libras daquele precioso óleo chamado espermacete. O cachalote é uma criatura desagradável, mais embrião do que peixe, segundo a descrição de Fredol. É um pouco disforme, tendo por assim dizer "perdido" todo o seu lado esquerdo, e só podendo enxergar com o olho direito.

Mas a formidável manada estava se aproximando de nós. Eles tinham visto as baleias e estavam se preparando para atacá-las. Podia-se julgar de antemão que os cachalotes seriam vitoriosos, não apenas porque eram mais bem construídos para o ataque do que seus adversários inofensivos, mas também porque podiam permanecer mais tempo debaixo d'água sem vir à superfície.

Urgia ir em ajuda às baleias. O *Náutilus* submergiu. Conselho, Ned Land e eu tomamos nossos lugares diante da janela do salão, e o capitão Nemo se juntou ao piloto para operar seu submarino como uma arma mortífera. Logo eu senti as batidas da hélice acelerarem e nossa velocidade aumentou.

A batalha entre os cachalotes e as baleias já havia começado quando o *Náutilus* chegou. A princípio, eles não demonstraram medo ao ver esse novo monstro entrando no conflito. Mas logo tiveram que se proteger contra seus golpes. Que batalha! O *Náutilus* não passava de um arpão formidável, brandido pela mão de seu capitão. Ele se atirava contra aquelas massas carnudas, atravessando-as de lado a lado, deixando apenas duas metades trêmulas do animal. Não podia sentir os golpes formidáveis de suas caudas nas laterais do submarino. Exterminado um cachalote, o navio corria ao seguinte, girando em seu eixo para não perder a presa, indo para a frente e para trás, respondendo ao seu timão, mergulhando quando o cetáceo mergulhava nas águas profundas, subindo com ele quando voltava para a superfície, batendo na frente ou de lado, cortando ou rasgando em todas as direções e em qualquer ritmo, perfurando-o com sua terrível espora.

Que carnificina! Que barulho na superfície das ondas! Que assobio agudo e que bufado peculiar desses animais enfurecidos! Por uma hora esse massacre continuou, do qual os cachalotes não podiam escapar. Várias vezes dez ou doze unidos tentaram esmagar o *Náutilus* com seu peso. Da janela, podíamos ver suas bocas enormes, cravejadas de presas, e seus olhos ciclópicos. Ned Land não conseguia se conter, ele ameaçava e praguejava contra eles. Podíamos senti-los agarrados ao nosso barco como cães a um osso. Mas o *Náutilus*, forçando sua hélice, carregava-os aqui e ali, ou para os níveis superiores do oceano, sem se importar com seu enorme peso.

Por fim, a massa de cachalotes se desfez, as ondas se aquietaram e eu senti que estávamos subindo à superfície. O alçapão se abriu e corremos para a plataforma. O mar estava coberto de corpos mutilados. Uma explosão não poderia ter dividido e rasgado esta massa carnuda com mais violência. Flutuávamos em meio a corpos gigantescos, azulados no dorso e brancos embaixo, cobertos de enormes protuberâncias. Alguns cachalotes apavorados estavam fugiam em direção ao horizonte. As ondas ficaram tingidas de vermelho por vários quilômetros, e o *Náutilus* flutuava em um mar de sangue.

Capitão Nemo se juntou a nós.

— O que me diz, mestre Land? — perguntou.

— Bem, senhor — respondeu o canadense, cujo entusiasmo havia se acalmado um pouco — foi um espetáculo terrível, com certeza. Mas não sou um açougueiro. Sou um caçador e chamo isso de açougue.

— Um massacre de criaturas malignas — respondeu o Capitão — e o *Náutilus* não é uma faca de açougueiro.

— Gosto mais do meu arpão — disse o canadense.

—Cada um com sua arma — respondeu o capitão, olhando fixamente para Ned Land.

Eu temia que o arpoador pudesse se deixar arrebatar por alguma explosão violenta que poderia ter tido consequências deploráveis. Mas sua raiva foi desviada pela visão de uma baleia se aproximando do *Náutilus*. A criatura não havia escapado dos dentes do cachalote. Reconheci a baleia-austral por sua cabeça achatada, que é totalmente preta. Anatomicamente, ela se distingue da baleia branca e da baleia do Cabo Norte pelas sete vértebras cervicais, além de possuírem duas costelas a mais que suas congêneres. O infeliz cetáceo estava deitado de lado, o centre esburacado pelas mordidas e quase morto. Na sua barbatana mutilada ainda pendia um pequeno filhote, que ela não pôde salvar do massacre. Sua boca aberta deixava a água entrar e sair, murmurando como as ondas quebrando na praia.

O capitão Nemo conduziu o *Náutilus* para perto do cadáver da criatura. Dois de seus homens montaram em seu flanco, e vi, não sem surpresa, que retiravam de seus seios todo o leite que continham, ou seja, cerca de dois ou três tonéis.

O capitão me ofereceu um copo desse leite, que ainda estava morno. Não pude deixar de mostrar minha repugnância pela bebida, mas ele me garantiu que era excelente, e não se distinguia do leite de vaca. Eu provei, e tive que concordar. Era uma reserva útil para nós, pois, na forma de manteiga salgada ou queijo, aquele leite serviria para variar um pouco nosso cardápio.

A partir daquele dia, observei com preocupação que a aversão de Ned Land ao capitão Nemo aumentava, e resolvi observar os gestos do canadense de perto.

266

CAPÍTULO XIII

O BANCO DE GELO

O *Náutilus* retomara seu imperturbável curso para o sul, seguindo o quinquagésimo meridiano com considerável velocidade. Pretendia alcançar o polo? Acho que não, porque todas as tentativas anteriores de chegar a aquele ponto do globo falharam. Além disso, a estação climática já estava bastante avançada, pois o dia 13 de março nas costas antárticas corresponde ao dia 13 de setembro nas regiões mais setentrionais, que marca o início do período equinocial.

Em 14 de março, avistei blocos de gelo flutuando na latitude 55°; meros detritos lívidos de seis a vinte e cinco pés de comprimento, formando escolho contra os quais o mar explodia em espuma. O *Náutilus* mantinha-se na superfície do oceano. Ned Land, que pescou nos mares árticos, estava familiarizado com seus icebergs; mas Conselho e eu os admirávamos pela primeira vez. Na atmosfera, em direção ao horizonte sul, estendia-se uma faixa branca deslumbrante, denominada *iceblink* pelos baleeiros ingleses. Por mais espessas que sejam as nuvens, elas não conseguem escurecê-lo e anuncia a presença de um banco de gelo.

Com efeito, blocos maiores logo apareceram, cujo brilho alterava-se com os caprichos da névoa. Algumas dessas massas apresentavam veios esverdeados, como se longas linhas onduladas tivessem sido traçadas com sulfato de cobre; outros pareciam enormes ametistas com a luz brilhando através deles. Alguns refletiam a luz do dia em mil facetas de cristal. Outros sombreados com reflexos calcários vívidos pareciam uma cidade perfeita de mármore.

Quanto mais nos aproximávamos do Sul, mais aquelas ilhas flutuantes aumentavam em número e importância, abrigando milhares de ninhos de pássaros polares. Eram petréis, pardelas e grazinas, e seus chamados eram ensurdecedores. Confundindo o *Náutilus* com o cadáver de uma baleia, alguns vinham pousar em cima dele e cutucavam sua chapa de ferro ressonante com seus bicos.

Durante a navegação no meio do gelo, o capitão Nemo praticamente não saiu da plataforma. Ele observava cuidadosamente esses cursos d'água desertos. Eu via seus olhos calmos às vezes se animarem. Nesses

267

mares polares proibidos ao homem, ele se sentia em casa, o senhor dessas regiões inacessíveis? Possivelmente. Mas ele não disse. Imóvel, atuava apenas quando seus instintos de piloto prevaleciam. Então, dirigindo seu *Náutilus* com destreza consumada, ele habilmente esquivava-se das massas de gelo, algumas medindo vários quilômetros de comprimento, com alturas variando de setenta a oitenta metros. Frequentemente, o horizonte parecia completamente fechado. A 60 ° de latitude, nosso caminho parecia bloqueado. Mas, procurando atentamente, o capitão Nemo logo encontrou uma abertura estreita, por onde ousadamente se esgueirou, sabendo, entretanto, que ela se fecharia atrás dele.

Assim, guiado por essa mão hábil, o *Náutilus* atravessou todo o gelo com uma precisão que encantou Conselho; icebergs ou montanhas, *icefields* ou planícies suaves, parecendo não ter limites, *driftice* ou blocos flutuantes, bancos rachados, chamados *palchs* quando são circulares e *streams* quando formam longas tiras.

A temperatura estava muito baixa; o termômetro exposto ao ar marcou 2 graus ou 3 ° abaixo de zero, mas estávamos agasalhados com pele, às custas do urso-marinho e da foca. O interior do *Náutilus*, regularmente aquecido por seus aparelhos elétricos, resistia ao frio mais intenso. Além disso, bastaria andar alguns metros abaixo das ondas para encontrar uma temperatura mais suportável.

Dois meses antes, deveríamos ter luz do dia perpétua nessas latitudes, mas a noite já se fazia presente durante três ou quatro horas e, aos poucos, haveria seis meses de escuridão nessas regiões circumpolares.

Em 15 de março, estávamos na latitude das ilhas New Shetland e Orkney do Sul. O capitão me disse que antigamente numerosas tribos de focas as habitavam; mas que os baleeiros ingleses e americanos, em sua fúria pela destruição, massacraram adultos e fêmeas prenhas. Assim, onde antes havia vida e animação, eles deixaram o silêncio e a morte.

Por volta das oito horas da manhã do dia seguinte, o *Náutilus*, seguindo o quinquagésimo quinto meridiano, cortou o círculo polar antártico. O gelo nos cercava por todos os lados e fechava o horizonte. Mesmo assim, o capitão Nemo avançava de passagem em passagem, sempre seguindo para o sul.

— Mas para onde ele está indo? — perguntei.

— Sempre em frente — respondeu Conselho. — No final das contas, quando ele não puder ir mais longe, vai parar.

— Eu não apostaria nisso! — duvidei.

E, com toda a franqueza, confesso que essa arriscada excursão estava longe de me desagradar. Não consigo expressar a intensidade do meu espanto com as belezas dessas novas regiões. O gelo assumia as for-

268

mas mais surpreendentes. Aqui, seu agrupamento formava uma cidade oriental, com inúmeras mesquitas e minaretes; ali, uma cidade em ruínas lançada ao solo, por assim dizer, por alguma convulsão da natureza. Todo o aspecto era mudado constantemente pelos raios oblíquos do sol, ou era perdido na névoa acinzentada. Colisões e desmoronamentos eram ouvidos por todos os lados, alterando toda a paisagem como um diorama. Muitas vezes, não vendo saída, eu julgava-nos definitivamente prisioneiros. Porém, orientado pelo instinto, o capitão Nemo descobriria uma nova passagem. Ele nunca se enganava quando via os filetes de água azulada escorrendo pelos *icefields*; e eu não tinha dúvidas de que ele já havia se aventurado no meio desses mares da Antártica antes.

No dia 16 de março, no entanto, os campos de gelo bloquearam totalmente nossa estrada. Ainda não era um iceberg, mas vastos *icefields* cimentados pelo frio. Esse obstáculo não podia deter o Capitão Nemo: ele se lançou contra ele com terrível violência. O *Náutilus* entrou na massa frágil como uma cunha e a partiu com estalos terríveis. Era o aríete dos antigos lançado com força infinita. Pedaços de gelo, lançados para o alto, caíram como granizo ao nosso redor. Por seu próprio poder de impulsão, nosso aparelho criou um canal para si mesmo. Algumas vezes, estilingado pelo próprio movimento, o submarino montava no bloco de gelo, esmagando-o com seu peso; outras, enterrando-se sob ele, dividia-o por um simples movimento de arremesso, produzindo nele grandes rupturas.

Ao longo desses dias, fomos atingidos por tempestades violentas. As névoas eram tão pesadas, que não podíamos ver de uma ponta a outra da plataforma. O vento zunia, vindo de todos os quadrantes. A neve estava se acumulando em camadas tão compactadas que precisava ser solta com golpes de picaretas. Mesmo em uma temperatura de apenas -5 graus centígrados, todas as partes externas do *Náutilus* estavam cobertas de gelo. O cordame de um navio teria ficado inutilizável, pois as suas boças emperrariam nas ranhuras das polias. Somente uma embarcação sem velas, movida por um motor elétrico que não precisava de carvão, poderia enfrentar latitudes tão altas.

Nessas condições, o barômetro indicava queda constante, chegando a marcar 73,5 centímetros. Nossas indicações, a bússola não oferecia mais nenhuma garantia. As agulhas enlouquecidas marcavam direções contraditórias conforme nos aproximávamos do polo magnético sul, que não coincide com o polo sul propriamente dito. Na verdade, de acordo com o astrônomo Hansteen, este polo magnético está localizado bem próximo à latitude 70° e longitude 130°, ou obedecendo às observações de Louis-Isidore Duperrey, na longitude 135° e latitude 70°30'. Por isso, tivemos que transportar bússolas para diferentes partes do navio, fazer muitas leituras e atingir uma média. Em geral, baseávamos nosso curso apenas em suposições, um método pouco satisfatório em meio a essas passagens sinuosas cujas referências mudam continuamente.

Por fim, em 18 de março, após vinte tentativas infrutíferas, o *Náutilus* foi contido de forma decisiva. Não eram mais *streams, palchs* ou *icefiels* — era uma barreira interminável e imóvel, formada por montanhas de gelo fundidas umas às outras.

— Um banco de gelo! — disse o canadense para mim.

Compreendi que, para Ned Land e todos os outros navegadores o haviam precedido, esse era um obstáculo inexpugnável. Com o sol aparecendo por um instante ao meio-dia, o capitão Nemo obteve uma medição bastante precisa, que mostrava nossa situação a 51°30' de longitude e 67°39' de latitude sul. Tínhamos avançado um grau a mais na região antártica.

Não havia mais sinal da superfície líquida do mar. Sob o esporão do *Náutilus* estendia-se uma vasta planície, emaranhada por blocos de gelo acavalados. Aqui e ali, picos afiados e agulhas finas subindo a uma altura de 200 pés; mais adiante, uma costa íngreme, revestida de tons acinzentados, refletindo alguns raios de sol como um enorme espelho. E sobre aquela natureza desolada reinava um silêncio severo, mal quebrado pelo bater das asas de petréis e papagaios-do-mar. Tudo estava congelado, até o som.

O *Náutilus* foi obrigado a interromper seu curso arriscado entre as extensões de gelo.

— Professor — Ned Land me disse naquele dia — se o seu capitão for mais longe...

— Sim?

— Ele será um titã.

— Como assim, Ned?

— Porque ninguém pode transpor o banco de gelo. Seu capitão é um homem poderoso, mas ele não é mais poderoso que a natureza, e ali onde ela estabeleceu limites, somos obrigados a parar, quer gostemos ou não!

— Correto, Ned Land, mas ainda quero saber o que está por trás desse banco de gelo! Veja minha maior fonte de irritação, um muro!

— O mestre está certo — interveio Conselho. — Os muros foram inventados simplesmente para frustrar os cientistas. Todos os muros deveriam ser banidos.

— Ora! — o canadense acrescentou. — Mas já sabemos o que está por trás dessa banquisa.

— O quê? — perguntei.

— Gelo, gelo e mais gelo.

— Pode estar certo, Ned — respondi —, mas eu não. É por isso que quero ver por mim mesmo.

270

— Bem, professor — respondeu o canadense — desista da ideia! Já chegou ao banco de gelo, que já é longe o suficiente, mas não irá mais longe, nem seu capitão Nemo ou seu *Náutilus*. E quer ele queira ou não, iremos para o norte novamente, em outras palavras, para a terra das pessoas sensatas.

E de fato, o *Náutilus* foi obrigado a parar seu curso de aventura em meio a esses campos de gelo. Apesar de nossos esforços, apesar dos poderosos meios empregados para quebrar o gelo, o *Náutilus* estacou. Geralmente, quando não podemos prosseguir, ainda temos o retorno aberto para nós; mas aqui o retorno era tão impossível quanto o avanço, pois todas as passagens haviam se fechado atrás de nós; e durante os poucos momentos em que ficamos parados, éramos provavelmente totalmente bloqueados, o que de fato aconteceu por volta das duas horas da tarde, com o gelo fresco se formando em torno de seus lados com sur preendente rapidez. Fui obrigado a admitir que o capitão Nemo foi mais do que imprudente.

Eu estava na plataforma naquele momento. O capitão, analisando a situação por alguns instantes, interrogou-me:

— Bem, professor, o que acha disso?

— Acho que estamos presos, capitão.

— Então, professor Aronnax, realmente acha que o *Náutilus* não pode se libertar?

— Com dificuldade, capitão, pois a temporada já está muito avançada para que se possa contar com o degelo.

— Ah, professor — disse o Capitão Nemo, em tom irônico —, o senhor continua o mesmo. Não vê nada além de dificuldades e obstáculos. Afirmo que não só o *Náutilus* pode se libertar, como também pode ir mais longe.

— Mais para o sul? — perguntei, olhando para o capitão.

— Sim, professor, ele irá ao polo.

— Ao polo! — exclamei, incapaz de reprimir um gesto de incredulidade.

— Sim — respondeu o capitão friamente —, para o polo antártico, para aquele ponto desconhecido de onde nascem todos os meridianos do globo. O senhor sabe que posso fazer o que quiser com o *Náutilus*!

Sim, eu sabia disso. Eu sabia que aquele homem era ousado. Mas vencer os espinhosos obstáculos do Polo Sul, mais inacessível do que o Norte, que ainda não fora alcançado pelos navegadores mais ousados, era uma empreitada insensata, que só um louco teria concebido. Então me veio à cabeça perguntar ao Capitão Nemo se ele já havia descoberto aquele polo que nunca havia sido pisado por uma criatura humana?

271

— Não, professor — respondeu ele —, o descobriremos juntos. Onde outros falharam, eu não irei falhar. Eu nunca levei meu *Náutilus* tão longe nos mares do sul. Mas, repito, ele irá mais longe.

— Quero crer no senhor, capitão — foi minha vez de ironizar. — Acredito no senhor! Vamos em frente! Não há obstáculos para nós! Vamos quebrar esse banco de gelo! Vamos explodi-lo, e, se ele resistir, vamos dar asas aos *Náutilus* para voar sobre ele!

— Por cima, professor? — disse o capitão Nemo, calmamente. — Não, não por cima, mas por baixo!

— Por baixo! — exclamei, uma ideia repentina dos projetos do Capitão passando pela minha mente. Eu havia compreendido. As qualidades maravilhosas do *Náutilus* iriam nos servir mais uma vez em um empreendimento sobre-humano.

— Vejo que estamos começando a nos entender, professor — disse o capitão, com um meio sorriso. — Já vislumbra a possibilidade, devo dizer o sucesso, dessa tentativa. O que é impossível para uma embarcação comum é fácil para o *Náutilus*. Se um continente emergir no polo, ele se deterá antes do continente; mas se, pelo contrário, o polo é banhado por mar aberto, alcançará o próprio polo.

— Certamente — disse eu, levado pelo raciocínio do capitão —, se a superfície do mar é solidificada pelo gelo, as profundidades mais baixas estão livres pela razão providencial que colocou o máximo de densidade das águas do oceano num grau acima do ponto de congelamento; e, se não me engano, a parte dessa geleira que está acima da água é de um a quatro para a que está abaixo.

— Aproximadamente, professor. Para um pé de iceberg acima do mar, há três abaixo dele. Se essas montanhas de gelo não estão a mais de 300 pés acima da superfície, elas não estão a mais de 900 pés abaixo. E o que são 900 pés para o *Náutilus*?

— Nada, capitão.

— Pode até buscar, em profundidades maiores, a temperatura uniforme da água do mar, e aí enfrentar impunemente os trinta ou quarenta graus de frio superficial.

— Correto, capitão! — respondi, ficando animado.

— A única dificuldade — continuou o capitão Nemo — é ficar vários dias sem renovar nossa provisão de ar.

— Só isso? O *Náutilus* tem vastos reservatórios, basta enchê-los e eles nos fornecerão todo o oxigênio que precisamos.

— Bem pensado, professor Aronnax — respondeu o capitão, sorrindo. — Mas, para depois não ser acusado de imprudência, submeto-lhe antecipadamente todas as minhas objeções.

272

— E ainda tem mais alguma?

— Só uma. É possível, se viermos a encontrar marpolo sul, pode ser que esteja bloqueado, e, consequentemente, não poderemos vir à superfície.

— Bom, capitão! Mas não esqueça que o *Náutilus* está armado com um poderoso esporão, que poderíamos lançar diagonalmente contra esses campos de gelo, abrindo-os com o choque.

— Ah! Professor, o senhor hoje está cheio de ideias.

— Além disso, capitão — acrescentei, com entusiasmo —, por que não encontraríamos o mar aberto tanto no polo sul quanto no norte? Os polos gelados da terra não coincidem, nem no sul, nem no norte; e, até que se prove o contrário, podemos supor um continente ou um oceano livre de gelo nesses dois pontos do globo.

— Eu também acho, professor Aronnax — respondeu o capitão Nemo. Chamo apenas sua atenção para o fato de que, depois de ter feito tantas objeções ao meu projeto, agora está me esmagando com argumentos a seu favor!

O capitão Nemo estava certo. Eu estava superando-o em ousadia! Eu estava liderando o caminho, estava na frente... vã ilusão, mente insensata! O capitão Nemo já conhecia os prós e os contras dessa questão, e se divertiu em me ver voando em fantasias impossíveis!

Enquanto isso, sem perder um minuto, ele chamou e o imediato apareceu. Os dois homens mantiveram uma rápida troca em sua linguagem incompreensível e ou o imediato havia sido avisado anteriormente ou achou o plano viável, porque não demonstrou surpresa.

Mas, por mais impassível que fosse, ele não poderia ter sido mais impecavelmente destituído de emoções do que Conselho quando contei ao bom rapaz nossa intenção de seguir para o polo sul. Ele saudou meu anúncio com o usual "Como o mestre deseja", e eu tive que me contentar com isso. Quanto a Ned Land, nenhum ombro humano deu de ombros mais alto do que o par pertencente ao nosso canadense.

— Honestamente, professor — ele me disse. — Você e seu capitão Nemo me decepcionam.

— Mas iremos para o polo, mestre Land.

— Talvez, mas quero ver voltar de lá!

E Ned Land voltou a entrar em sua cabine, "para não fazer uma besteira", disse ele ao me deixar.

Enquanto isso, os preparativos para a aventura haviam começado. As poderosas bombas do *Náutilus* colocavam o ar nos reservatórios e o armazenavam em alta pressão. Por volta das quatro horas, o capitão Nemo anunciou o fechamento dos alçapões da plataforma. Dei uma última olhada na enorme banquisa que iríamos cruzar. O tempo estava

273

claro, a atmosfera bastante pura, o frio muito forte, estando 12° abaixo de zero. Mas, com o vento diminuindo, essa temperatura não era tão insuportável. Cerca de dez homens montaram nas laterais do *Náutilus*, armados com picaretas para quebrar o gelo ao redor do navio, que logo estava livre. A operação foi realizada rapidamente, pois o gelo fresco ainda era muito fino. Todos nós descemos. Os reservatórios usuais foram enchidos com a água recém-liberada, e o *Náutilus* logo desceu.

Eu havia ocupado meu lugar com Conselho no salão. Pela janela aberta, podíamos ver as camadas inferiores do Oceano Antártico. O termômetro subiu, o ponteiro do manômetro divergia do mostrador.

A cerca de 300 metros, como o Capitão Nemo previra, estávamos flutuando sob o fundo ondulante do banco de gelo. Mas o *Náutilus* desceu ainda mais e atingiu a profundidade de quatrocentas braças. A temperatura da água na superfície marcava doze graus, agora era apenas dez, tínhamos ganhado dois. Não preciso dizer que a temperatura do *Náutilus* foi elevada a um grau muito mais alto por seu aparelho de aquecimento. Cada manobra foi realizada com uma precisão maravilhosa.

— Passaremos, o mestre tenha paciência — disse-me Conselho.

— Eu acredito que sim — respondi, em um tom de firme convicção.

Nesse mar aberto, o *Náutilus* havia feito seu curso direto para o polo, sem se afastar do quinquagésimo segundo meridiano. De 67°30' a 90°, restavam vinte e dois graus e meio de latitude para viajar; ou seja, cerca de quinhentas léguas. O *Náutilus* mantinha uma velocidade média de vinte e seis milhas por hora, a velocidade de um trem expresso. Se assim fosse, em quarenta horas deveríamos alcançar o polo.

Durante uma parte da noite, a novidade da situação nos manteve na janela. A luz do farol iluminava o mar deserto. Os peixes não peregrinavam nessas águas aprisionadas, vendo nelas somente uma passagem para levá-los do Oceano Antártico ao mar aberto polar. Nosso ritmo era rápido; podíamos sentir pelo estremecimento do longo casco de aço.

Por volta das duas da manhã, tirei algumas horas de repouso, e Conselho fez o mesmo. Atravessando as coxias, não encontrei o Capitão Nemo. Supus que ele estivesse na casinha do timoneiro.

Na manhã seguinte, 19 de março, retomei o meu posto no salão. O barquilha elétrica indicou que a velocidade do *Náutilus* havia diminuído. Estava então indo para a superfície, mas esvaziando seus reservatórios com prudência, muito lentamente.

Eu estava tenso. Iríamos emergir e recuperar a atmosfera polar aberta? Não! Um choque me disse que o *Náutilus* havia atingido o fundo do banco de gelo, ainda muito espesso, a julgar pelo som amortecido. De fato, havíamos "tocado", para usar uma expressão do mar, mas no sen-

274

tido inverso, e a 300 metros de profundidade. Isso daria três mil pés de gelo acima de nós; mil estando acima da superfície.

Várias vezes naquele dia o *Náutilus* tentou novamente, e todas as vezes atingiu a parede que parecia um teto acima dele. Em certos momentos, o navio encontrou gelo a uma profundidade de 900 metros, denotando uma espessura de 1.200 metros, dos quais 300 metros se elevaram acima do nível do oceano. Essa altura triplicou desde o momento em que o *Náutilus* mergulhou sob as ondas.

Observei cuidadosamente as diferentes profundidades, e, assim, obtive um perfil submarino da cadeia que se desenvolvia sob a água.

Naquela noite, nenhuma mudança ocorreu em nossa situação. Ainda gelo entre quatrocentos e quinhentos metros de profundidade! Evidentemente estava diminuindo, mas, ainda assim, que espessura entre nós e a superfície do oceano!

Eram então oito horas. Pela rotina diária a bordo do *Náutilus*, seu ar deveria ter sido renovado há quatro horas. Apesar disso, não sofri muito, embora o Capitão Nemo ainda não tivesse feito nenhuma exigência sobre sua reserva de oxigênio.

Dormi mal aquela noite. A esperança e o medo me cercavam alternadamente. Levantei-me várias vezes. As tentativas do *Náutilus* continuavam. Por volta das três da manhã, percebi que a superfície inferior do banco de gelo tinha apenas cerca de quinze metros de profundidade. Cento e cinquenta pés agora nos separavam da superfície das águas. O banco de gelo estava gradualmente se tornando um *icefield*.

Meus olhos não desgrudavam no manômetro. Ainda estávamos subindo diagonalmente para a superfície, que brilhava sob os raios elétricos. O banco de gelo afinava-se a cada milha percorrida. Por fim, às seis da manhã daquele dia memorável, 19 de março, a porta do salão se abriu e o capitão Nemo apareceu.

— O mar está aberto!!! — foi tudo o que ele disse.

CAPÍTULO XIV

O POLO SUL

Corri para a plataforma. Sim! O mar estava aberto, com apenas alguns pedaços de gelo espalhados e icebergs em movimento. Ao longe, uma longa extensão de mar; um mundo de pássaros no ar e miríades de peixes sob aquelas águas, que variavam do azul intenso ao verde oliva. O termômetro marcava 3°C acima de zero. Era relativamente primavera, encerrada atrás daquele banco de gelo, cuja massa alongada era mal vista em nosso horizonte ao norte.

— Estamos no polo? — perguntei ao capitão, alvoroçado.

— Não sei — respondeu ele. — Ao meio-dia eu tomarei nossa posição.

— Mas será que o sol vai aparecer através desta névoa? — disse eu, notando o cinza do céu.

— Se aparecer um instante que seja, será o suficiente — respondeu o capitão.

Cerca de dezesseis quilômetros ao sul, uma ilha solitária erguia-se a uma altura de cento e quatro metros. Avançávamos em sua direção, mas com cuidado, para evitar colisões.

Uma hora depois a havíamos alcançado, duas horas depois havíamos dado a volta nela. Ela media quatro ou cinco milhas de circunferência. Um estreito canal a separava de uma extensão considerável de terra, talvez um continente, pois não podíamos ver seus limites. A existência dessa terra parecia dar razão à teoria de Maury. O engenhoso americano observou que, entre o polo sul e o sexagésimo paralelo, o mar está coberto por gelo flutuante de enormes dimensões, o que não acontece no Atlântico Norte. Desse fato, ele chegou à conclusão de que o Círculo Antártico contém terras consideráveis, pois os icebergs não podem se formar em mar aberto, mas apenas nas costas. De acordo com seus cálculos, a massa de gelo ao redor do polo sul forma uma vasta calota, cuja largura deve ser de pelo menos 2.500 milhas.

Mas o *Náutilus*, por medo de encalhar, havia parado a cerca de três cabos de extensão de uma praia dominada por um soberbo conglomerado de pedras. O escaler foi lançado ao mar e o capitão, dois de seus homens carregando instrumentos, o Conselho e eu embarcamos. Eram dez da

276

manhã. Eu não vira Ned Land. Sem dúvida, o canadense não queria retratar-se na presença do polo sul.

Algumas remadas levaram o escaler à costa, onde encalhou. Conselho se preparava para desembarcar, quando eu o impedi.

— Capitão — disse eu ao capitão Nemo — ao senhor pertence a honra de pisar pela primeira vez nesta terra.

— Sim, professor — disse o capitão — e se não hesito em trilhar o polo sul, é porque, até agora, nenhum ser humano deixou aqui vestígio de seus passos.

Dizendo isso, sob forte emoção, ele escalou uma rocha saliente que terminava em um pequeno promontório e lá, mudo e imóvel, com os braços cruzados e os olhos brilhantes, ele parecia estar tomando posse dessas regiões mais ao sul. Depois de passar cinco minutos nesse transe, ele se virou para nós.

— Quando quiser, professor.

Desembarquei, seguido por Conselho, deixando os dois homens no barco. Por um longo caminho, o solo era composto de uma pedra arenosa avermelhada, algo como tijolo triturado, escórias, torrentes de lava e pedra-pomes. Impossível ignorar sua origem vulcânica. Em algumas partes, leves fumarolas emitiam um cheiro sulfuroso, provando que os fogos internos não haviam perdido nada de seus poderes expansivos, embora, mesmo tendo escalado um alto aclive, eu não pudesse ver nenhum vulcão em um raio de vários quilômetros. É sabido que naquelas regiões da Antártica, James Ross encontrou duas crateras, o Erebus e o Terror, em plena atividade, no meridiano 167, latitude 77°32'.

A vegetação deste continente desolado pareceu-me muito limitada: alguns líquens jaziam em rochas escuras, algumas plântulas microscópicas, diatomeias rudimentares, uma espécie de células dispostas entre duas conchas de quartzo e compridos fucos roxos e escarlates, apoiados em pequenas bexigas natatórias, que o quebrar das ondas trazia para a praia.

A costa estava repleta de moluscos, pequenos mexilhões e lapas. Também vi incontáveis clios-boreias, com 2,5 centímetros de comprimento, dos quais uma baleia engoliria um mundo inteiro a cada mordida e algumas autênticas borboletas marinhas, animando as águas na orla da praia.

Entre outros zoófitos, surgiam nas profundezas algumas formas de árvores de coral que, de acordo com Sir James Ross, vivem nesses mares da Antártica em profundidades de até 1.000 metros; em seguida, pequenos corais-moles pertencentes à espécie *Procellaria pelagica*, também um grande número de astérias exclusivas desses climas, e algumas estrelas-do-mar constelando o solo.

Mas era no ar que a vida fervilhava. Lá várias espécies de pássaros voavam e esvoaçavam aos milhares, ensurdecendo-nos com seus gritos. Outras aglomeravam-se nas rochas, observando sem medo enquanto passávamos e correndo atrás de nós com familiaridade. Eram pinguins, tão ágeis e flexíveis na água, quanto desajeitados e pesados em terra. Eles emitiam gritos estranhos e reuniam-se em concorridas assembleias que apresentavam muito barulho, mas pouca ação.

Entre outras aves, notei a pomba-antártica da família das aves pernaltas, do tamanho de pombos, de cor branca, o bico curto e cônico, os olhos emoldurados por círculos vermelhos. Conselho fez um estoque delas, porque quando são devidamente cozidos, essas criaturas dão um saboroso prato. Pelos ares, passou albatroz fuliginoso com envergadura de quatro metros, pássaros apropriadamente apelidados de "abutres do oceano"; também petréis gigantes, incluindo vários com asas arqueadas, comedores de foca e pombos-do-cabo, uma espécie de pequeno pato, o topo de seus corpos preto e branco; por fim, uma série de pétreis, de diversas cores.

Um quilômetro adiante, o solo estava completamente crivado de ninhos, tocas construídas para a postura de ovos, de onde emergiam várias aves. Mais tarde, o capitão Nemo mandou caçar centenas delas porque sua carne escura é altamente apreciável.

Enquanto isso, a névoa não se dissipou e, às onze horas, o sol ainda não havia aparecido. Sua ausência me perturbava. Sem ele, era impossível saber nossa posição. Então, como poderíamos saber se havíamos alcançado o polo?

Quando me juntei ao capitão Nemo, encontrei-o encostado silenciosamente em um pedaço de rocha e olhando para o céu. Ele parecia impaciente, perplexo. Mas o que nós poderíamos fazer? Aquele homem ousado e poderoso não conseguia controlar o sol como fazia com o mar.

O meio-dia chegou sem que o astro do dia aparecesse por um único instante. Impossível saber sequer onde se encontrava detrás da cortina de névoa. E logo essa névoa começou a se condensar em neve.

— Veremos amanhã — limitou-se em dizer o capitão, e voltamos ao *Náutilus* em meio aos turbilhões da atmosfera.

A tempestade de neve continuou até o dia seguinte. Era impossível permanecer na plataforma. Do salão, onde eu estava anotando os incidentes daquela excursão ao continente polar, podia ouvir os gritos dos petréis e albatrozes brincando no meio da violenta tempestade. O *Náutilus* não permaneceu imóvel e, contornando a costa, avançou mais dezesseis quilômetros para o sul na meia-luz deixada pelo sol ao resvalar nas bordas do horizonte.

No dia seguinte, 20 de março, a neve cessou. O frio estava um pouco maior, o termômetro marcando 2° abaixo de zero. A neblina subiu e eu esperava que naquele dia nossas observações pudessem ser feitas. Como o Capitão Nemo não aparecera, Conselho e eu embarcamos no escaler, que nos deixou na terra. O solo ainda era da mesma natureza vulcânica; em todos os lugares havia vestígios de lava, escórias, e basalto; mas a cratera que os expelira eu não enxergava. Aqui e ali miríades de pássaros animavam essa parte do continente polar, partilhando o império com grandes rebanhos de mamíferos marinhos, olhando para nós com seus olhos meigos. Havia vários tipos de focas, algumas esticadas na terra, algumas em blocos de gelo, muitas entrando e saindo do mar. Eles não fugiam quando nos aproximávamos, nunca tendo lidado com o homem, e calculei que ali havia provisões para centenas de embarcações.

— Ó deuses — disse Conselho — é uma sorte que Ned Land não tenha vindo conosco!

— Por que diz isso, Conselho?

— Porque aquele caçador desvairado mataria todos os animais aqui.

— Que exagero! Mas, na verdade, duvido conseguiríamos impedir nosso amigo canadense de arpoar alguns desses cetáceos magníficos. O que seria uma afronta ao capitão Nemo, já que ele odeia matar feras inofensivas desnecessariamente.

— No que tem toda a razão.

— Certamente, Conselho. Mas diga-me, já classificou esses espécimes soberbos da fauna marinha?

— O mestre está bem ciente — respondeu Conselho — de que não sou experiente na aplicação prática. Quando o mestre me disser os nomes desses animais...

— São focas e morsas.

— Dois gêneros — o sábio Conselho se apressou a dizer — que pertencem à família *Pinnipedia*, ordem *Carnivora*, grupo *Unguiculata*, subclasse *Monodelphia*, classe *Mammalia*, ramo *Vertebrata*.

— Muito bom, Conselho — respondi — mas esses dois gêneros de focas e morsas são divididos em espécies e, se não estou enganado, teremos a oportunidade de observá-las. Vamos.

Eram oito da manhã. Restavam-nos quatro horas antes que o sol pudesse ser observado de forma produtiva. Dirigi nossos passos em direção a uma vasta baía cortada na íngreme costa de granito.

Ali, creiam-me, a terra e o gelo eram perdidos de vista pela quantidade de mamíferos marinhos que os cobriam, e involuntariamente procurei o velho Proteu, o pastor mitológico que observava esses imensos rebanhos de Netuno. Havia mais focas do que qualquer outra coisa, formando grupos distintos, machos e fêmeas, o pai cuidando da família, a mãe amamentando os pequeninos, alguns já fortes o suficiente para dar alguns passos. Quando queriam mudar de lugar, davam pequenos pulos, causados pela contração de seus corpos, e ajudando-se de maneira bastante desajeitada por sua nadadeira imperfeita, que, como acontece com o peixe-mulher, seu congênere, forma um verdadeiro antebraço. Devo dizer que, na água, seu elemento por excelência, essas criaturas de espinha flexível, pelo liso e pés palmados, nadam admiravelmente. Ao descansar na terra, exibem atitudes graciosas. Assim os antigos, observando seus olhares macios e expressivos, que não podem ser superados pelo olhar mais bonito que uma mulher pode dar, seus olhos claros e voluptuosos, suas posições encantadoras e a poesia de seus modos, os metamorfosearam, o masculino em um tritão e a mulher em uma sereia.

Chamei a atenção de Conselho para o desenvolvimento considerável dos lobos do cérebro nesses cetáceos interessantes. Nenhum mamífero, exceto o homem, possui tal quantidade de matéria cerebral; eles também são capazes de receber uma certa quantidade de educação, são facilmente domesticados, e acredito — do mesmo modo que outros naturalistas — que, se devidamente ensinados, seriam de grande utilidade como cães de pesca.

A maior parte delas dormia nas pedras ou na areia. Entre essas focas, propriamente ditas, que não têm orelhas externas (nas quais se diferenciam da lontra, cujas orelhas são proeminentes), notei diversas variedades de focas com cerca de três metros de comprimento, com pelagem branca, cabeças de buldogue, armadas com dentes em ambas as mandíbulas, quatro incisivos superiores e quatro inferiores, e dois grandes caninos em forma de flor-de-lis. Entre eles, elefantes-marinhos deslizavam, uma espécie de foca, com trombas curtas e flexíveis. Os gigantes dessa espécie mediam seis metros de circunferência e dez metros e meio de comprimento. Não esboçavam nenhuma reação à nossa aproximação.

— Essas criaturas não são perigosas? — perguntou o Conselho.

— Não, a menos que atacados. Quando eles têm que defender seus filhotes, sua raiva é terrível, e não é incomum que quebrem os barcos de pesca em pedaços.

— Eles estão certos — julgou Conselho.

— Não digo que não.

Três quilômetros adiante, fomos parados por um promontório que protegia a baía dos ventos do sul e caía direto no mar, espumando com a rebentação. Do outro lado, ressoavam mugidos ensurdecedores, como os que um rebanho de gado pode produzir.

— Ora! — disse Conselho — Um concerto de touros!

— Não, um concerto de morsas.

280

— Estão brigando?

— Brigando ou brincando.

—Com todo o respeito ao mestre, isso nós devemos ver.

— Então vamos ver, Conselho.

E lá fomos nós, escalando as rochas escuras, em meio a tropeços imprevistos, e sobre as pedras que o gelo tornava escorregadias. Mais de uma vez, escorreguei, sentindo as costelas doloridas. Conselho, mais prudente ou mais firme, não tropeçava e ajudou-me a levantar-me, dizendo:

— Se o mestre tivesse a gentileza de dar passos mais amplos, preservaria melhor seu equilíbrio.

Chegando à aresta superior do promontório, vi uma vasta planície branca coberta de morsas. Eles estavam brincando entre si, e o que ouvíamos eram gritos de alegria, não de raiva.

As morsas lembram as focas no formato de seus corpos e na disposição de seus membros. Mas suas mandíbulas inferiores não têm caninos e incisivos e, quanto aos caninos superiores, consistem em duas presas de oitenta centímetros de comprimento, cujo alvéolo mede trinta e três centímetros de circunferência. Feitos de marfim maciço, sem estrias, mais duros que as presas de elefante e menos sujeitos ao amarelecimento, esses dentes são muito cobiçados. Consequentemente, as morsas são vítimas de uma caça irracional que logo destruirá a todas, já que seus caçadores matam fêmeas grávidas e filhotes indiscriminadamente, e mais de 4.000 indivíduos são destruídos anualmente.

Passando perto desses animais incomuns, eu pude examiná-los à vontade, pois eles não se mexiam. Suas peles eram ásperas e grossas, de uma cor bronzeada tendendo para um marrom avermelhado. Alguns tinham quatro metros de comprimento. Mais tranquilos e menos temerosos do que seus parentes do norte, não delegavam a sentinelas escolhidas a tarefa de vigiar as proximidades de seu acampamento.

Depois de examinar essa comunidade de morsas, decidi voltar no meu caminho. Eram onze horas e, se o capitão Nemo encontrasse condições favoráveis para calcular nossa posição, eu queria estar presente na operação. Mas eu não tinha esperança de que o sol fizesse uma aparição naquele dia. Estava escondido de nossos olhos por nuvens compactas no horizonte. Aparentemente, o astro ciumento não queria revelar esse local inacessível do globo para nenhum ser humano.

Seguimos um caminho estreito que corria no topo do penhasco. Às onze e meia chegamos ao local onde desembarcamos. O escaler deixara o capitão e terra e eu o avistei de pé em um bloco de basalto, seus instrumentos a seu alcance. Seus olhos se fixavam no horizonte norte, próximo ao qual o sol então descrevia uma curva alongada. Tomei meu lugar ao

281

lado dele e esperei sem falar. Chegou o meio-dia e, como na véspera, o sol não apareceu.

Era uma fatalidade. Ainda não tínhamos nossa posição. Se no dia seguinte a situação persistisse, teríamos de desistir de calcular nossas coordenadas.

Com efeito, estávamos exatamente no dia 20 de março. Amanhã, dia 21, seria o equinócio; o sol desapareceria atrás do horizonte por seis meses, e com seu desaparecimento começaria a longa noite polar. A contar do equinócio de setembro, ele despontara do horizonte setentrional, elevando-se em espirais alongadas até 21 de dezembro. Nesse período, o solstício de verão das regiões boreais, recomeçara a descer; e no dia seguinte, deveria dardejar-lhe seus últimos raios.

Comuniquei minhas observações e temores ao capitão Nemo.

— Tem razão, professor Aronnax — disse ele —, se amanhã não puder medir a altitude do sol, não poderei fazê-lo por seis meses. Mas, justamente porque o acaso me levou a estes mares em 21 de março, minha orientação será fácil de tomar, se ao meio-dia, o sol dignar-se a aparecer.

— Por que, capitão?

— Porque, quando o astro do dia descreve espirais tão alongadas, é difícil medir exatamente sua altura acima do horizonte, e erros graves podem ser cometidos com instrumentos.

— O que vai fazer então?

— Usarei apenas o meu cronômetro — respondeu o capitão Nemo. — Se amanhã, dia 21 de março, o disco do sol, considerando a refração, for cortado exatamente pelo horizonte norte, mostrará que estou no polo sul.

— É verdade — concordei. — Mas essa afirmação não é matematicamente correta, porque o equinócio não começa necessariamente ao meio-dia.

— Sem dúvida, professor, mas o erro não será mais de cem metros, o que é desprezível. Até amanhã, então!

O capitão Nemo voltou a bordo. Conselho e eu permanecemos observando a costa, observando e estudando até as cinco horas. Depois fui para a cama, mas não sem invocar, como o índio, o favor do astro radiante.

No dia seguinte, 21 de março, às cinco da manhã, subi na plataforma, onde encontrei o capitão Nemo.

— O tempo está melhorando um pouco — me comunicou ele. — Tenho alguma esperança. Depois do café da manhã, iremos para a costa e escolheremos um posto de observação.

Isso decidido, fui ao encontro de Ned Land. Eu queria levá-lo comigo. Mas o obstinado canadense recusou, e vi que seu ar taciturno e seu mau humor cresciam dia após dia. Naquela circunstância, não tentei vencer sua teimosia. Na verdade, havia muitas focas na costa, e não convinha colocar tal tentação no caminho do pescador indócil. Terminado o café da manhã, fomos para a costa. O *Náutilus* avançara alguns quilômetros à noite. Estava a uma boa légua da costa, acima da qual erguia-se um pico agudo de cerca de quinhentos metros de altura. Além de mim, o escaler levava o capitão Nemo, dois homens da tripulação e os instrumentos, que consistiam em um cronômetro, um telescópio e um barômetro.

Durante a travessia, vi numerosas baleias pertencentes aos três tipos peculiares dos mares do sul; a baleia-franca inglesa, que não possui barbatana dorsal; a *hump-back*, de peito canelado e barbatanas largas e esbranquiçadas, que, apesar do nome, não formam asas; e a fing-back, de um marrom amarelado, o mais vivo de todos os cetáceos. Esta poderosa criatura é ouvida de muito longe quando lança a uma grande altura colunas de ar e vapor, que parecem redemoinhos de fumaça. Esses diferentes mamíferos se divertiam em tropas nas águas calmas; e pude ver que essa bacia do Polo Antártico serve de refúgio para os cetáceos mais encarniçadamente perseguidos pelos caçadores.

Às nove horas, atracamos. O céu estava clareando, as nuvens fugiam para o sul e a neblina parecia estar deixando a superfície fria das águas. O capitão Nemo dirigiu-se ao pico, que sem dúvida pretendia ser seu observatório. Foi uma subida dolorosa sobre a lava afiada e as pedra-pomes, em uma atmosfera muitas vezes impregnada do cheiro de enxofre das fendas fumegantes. Para um homem desacostumado a andar em terra, o capitão subia as encostas íngremes com uma agilidade que nunca vi igual e que um caçador teria invejado.

Levamos duas horas para chegar ao cume desse pico, que era metade pórfiro e metade basalto. Dali avistamos um vasto mar que, ao norte, traçava distintamente sua linha de limite no céu. Aos nossos pés havia campos de uma brancura deslumbrante. Sobre nossas cabeças, um azul claro, sem névoa. Ao norte, o disco do sol parecia uma bola de fogo, já ceifada pelo corte do horizonte. Do seio da água erguiam-se centenas de feixes de jatos de líquido. À distância, estava o *Náutilus* como um cetáceo adormecido na água. Atrás de nós, a sul e a leste, um país imenso e um monte caótico de pedras e gelo, cujos limites não eram visíveis.

Ao chegar ao cume, o capitão Nemo mediu cuidadosamente a altura média do barômetro, pois ele teria que levar isso em consideração ao fazer suas observações. Faltando quinze para o meio-dia, o sol, então visto apenas por refração, parecia um disco dourado derramando seus últimos raios sobre aqueles mares que o homem jamais havia desbravado.

O capitão Nemo, munido de uma luneta reticulada a qual, por meio de um espelho, corrigia a refração, observou o astro que se esgueira-

283

va abaixo do horizonte, seguindo uma diagonal alongada. Eu segurei o cronômetro. Meu coração batia rápido. Se o desaparecimento do meio disco do Sol coincidisse com as 12 horas do cronômetro, estávamos no próprio polo.

— Meio-dia! — Eu exclamei.

— O polo Sul! — respondeu o Capitão Nemo, com voz grave, entregando-me a luneta, que mostrava o astro cortado em partes exatamente iguais pelo horizonte.

Observei os últimos raios que coroavam o pico e as sombras subindo gradativamente pelas encostas. Naquele momento o capitão Nemo, pousando a mão no meu ombro, disse:

— Eu, capitão Nemo, neste dia 21 de março de 1868, cheguei ao Polo Sul no nonagésimo grau; e tomo posse desta parte do globo, igual a um sexto dos continentes conhecidos.

— Em nome de quem, capitão?

— No meu, professor!

Dizendo isso, o Capitão Nemo desenrolou uma bandeira preta, com um "N" em ouro esquartelado em sua bandeira. Então, voltando-se para o astro do dia, cujos últimos raios banhavam o horizonte do mar, ele exclamou:

— Adeus, sol! Desapareça, ó orbe radiante! Descanse sob este mar aberto e deixe uma noite de seis meses espalhar suas sombras sobre meus novos domínios!

CAPÍTULO XV

ACIDENTE OU INCIDENTE?

No dia seguinte, 22 de março, às seis da manhã, começaram os preparativos para a partida. As últimas luzes do crepúsculo dissolviam-se na gélida noite. O frio estava forte, as constelações brilhavam com uma intensidade maravilhosa. No zênite brilhava aquele maravilhoso Cruzeiro do Sul, constelação polar das regiões da Antártica. O termômetro mostrava 12 graus abaixo de zero e, quando o vento soprava, fustigava como chicote. Flocos de gelo proliferavam nas águas abertas. Numerosas manchas pretas espalham-se pela superfície do mar, anunciando a formação de gelo fresco. Evidentemente, a bacia sul, congelada durante os seis meses de inverno, estava absolutamente inacessível. O que acontecia com as baleias naquela época? Sem dúvida, eles foram para baixo das banquisas, em busca de mares mais navegáveis. Quanto às focas e morsas, acostumados a viver em climas difíceis e dotadas do instinto de abrir buracos nos *icefields* e mantê-los sempre abertos, permaneciam naquelas paragens geladas. A esses buracos eles vêm para respirar; quando os pássaros, afugentados pelo frio, emigram para o norte, esses mamíferos marinhos permanecem os únicos donos do continente polar.

Enquanto isso, os reservatórios estavam se enchendo de água e o *Náutilus* descia lentamente. A 300 metros de profundidade ele parou. Sua hélice batia nas ondas e avançava direto para o norte a uma velocidade de quinze milhas por hora. Perto da noite, ele já flutuava sob o imenso corpo do banco de gelo.

Por precaução, os painéis do salão permaneceram fechados, pois o casco do *Náutilus* poderia bater em algum bloco de gelo submerso. Então, passei o dia colocando minhas anotações na forma final. Minha mente estava completamente envolvida em minhas recordações do polo. Havíamos chegado àquele local inacessível sem enfrentar a exaustão ou o perigo, como se nosso vagão de passageiros tivesse deslizado ali pelos trilhos da ferrovia. E agora tínhamos realmente iniciado nossa jornada de retorno. Ainda me reservaria surpresas iguais? Eu tinha certeza que sim, dado o inesgotável número de maravilhas subaquáticas! Por outro lado,

285

fazia cinco meses e meio que o destino nos trouxe a bordo, havíamos percorrido 14.000 léguas, e ao longo desta trilha mais longa que o equador da Terra, quantos incidentes fascinantes ou assustadores não haviam colorido nossa viagem: aquela viagem de caça em as florestas de Crespo, o nosso encalhe no Estreito de Torres, o cemitério de corais, a pesca de pérolas do Ceilão, o túnel árabe, os incêndios de Santorini, aqueles milhões na Baía de Vigo, Atlântida, o Polo Sul! Durante a noite, todas essas memórias passaram de um sonho para o outro, não dando ao meu cérebro um momento de descanso.

Às três da manhã fui acordado por um choque violento. Sentei-me na cama e escutava em meio à escuridão, quando fui atirado para o meio do quarto. O *Náutilus*, evidentemente, havia perdido o rumo após uma colisão.

Apoiei-me nas paredes e me arrastei pelas coxias o salão iluminado. A mobília estava virada. Felizmente os expositores estavam bem fixos e seguros. Os painéis de estibordo, devido o deslocamento vertical, juntaram-se às tapeçarias, enquanto os de bombordo estavam pendurados a pelo menos trinta centímetros da parede. O *Náutilus* estava deitado de lado a estibordo, perfeitamente imóvel. Eu ouvi passos e uma confusão de vozes, mas o capitão Nemo não apareceu. Quando eu estava saindo do salão, Ned Land e Conselho entraram.

— O que está havendo? — perguntei, imediatamente.

— É o que vim perguntar ao mestre — respondeu Conselho.

— Com mil diabos! — exclamou o canadense. — Eu sei muito bem! O *Náutilus* colidiu. A julgar pela maneira como está inclinado, não acho que se endireitará como fez da primeira vez no estreito de Torres.

— Mas pelo menos retornou à superfície? — perguntei.

— Não sabemos — disse Conselho.

— É fácil saber — respondi.

Consultei o manômetro. Para minha grande surpresa, ele mostrou uma profundidade de mais de 180 braças.

— O que isso significa? — exclamei.

— Devemos perguntar ao capitão Nemo — disse Conselho.

— Mas onde o encontraremos? — perguntou Ned Land.

— Sigam-me — convoquei meus companheiros.

Saímos do salão. Não havia ninguém na biblioteca. Na escada central, no posto tripulação do navio, ninguém. Achei que o capitão Nemo devia estar na casinha do timoneiro. Era melhor esperar. Todos nós voltamos para o salão.

Estávamos assim fazia vinte minutos, tentando ouvir o menor ruído que pudesse ser feito a bordo do *Náutilus*, quando o Capitão Nemo entrou. Ele pareceu não nos ver. Seu rosto, geralmente tão impassível,

286

mostrava sinais de inquietação. Ele observou a bússola em silêncio, depois o manômetro, e, indo para o planisfério, colocou o dedo em um local que representava os mares do sul.

A princípio não quis interrompê-lo, mas, alguns minutos depois, quando ele se voltou para mim, interpelei-o usando uma de suas expressões no estreito de Torres:

— Um incidente, capitão?

— Não, professor, um acidente desta vez.

— Grave?

— Possivelmente.

— O perigo é imediato?

— Não.

— O *Náutilus* encalhou?

Sim.

— E isso aconteceu como?

— Por um capricho da natureza, não por ignorância do homem. Nenhum erro de manobra foi cometido. Mas não podemos impedir que o equilíbrio produza seus efeitos. Podemos enfrentar as leis humanas, mas não podemos resistir às leis naturais.

O capitão Nemo escolheu um momento singular para proferir esta reflexão filosófica. De modo geral, sua resposta pouco me ajudou.

— Posso perguntar, capitão, a causa desse acidente?

— Um enorme bloco de gelo, uma montanha inteira, desmoronou — ele explicou. — Quando os *icebergs* são minados em sua base por águas mais quentes ou choques reiterados, seu centro de gravidade sobe e tudo gira. Foi isso que aconteceu. Um desses blocos, ao cair, atingiu o *Náutilus*. Em seguida, deslizando sob seu casco, ergueu-o com uma força irresistível, arrastando-o para camadas que não são tão densas do oceano, onde ele se encontra deitado de lado.

— Mas não é possível libertar o *Náutilus* esvaziando seus reservatórios, para que ele possa recuperar o equilíbrio?

— Isso, professor, está sendo feito neste momento. Pode ouvir as bombas funcionando. Observe o ponteiro do manômetro. Indica que o *Náutilus* está subindo, mas o bloco de gelo está vindo junto com ele e, até algum obstáculo pare esse movimento ascendente, nossa posição não pode ser alterada.

Na verdade, o *Náutilus* ainda se mantinha deitado a estibordo. Provavelmente ele se endireitaria quando o bloco parasse. Mas antes que isso acontecesse, quem poderia saber se não poderíamos atingir a parte inferior do banco de gelo e ser horrivelmente espremidos entre duas superfícies congeladas?

Eu refletia sobre todas as consequências de nossa posição. O capitão Nemo não desgrudava os olhos do manômetro. Desde a queda do *iceberg*, o *Náutilus* havia subido cerca de cento e cinquenta pés, mas ainda fazia o mesmo ângulo com a perpendicular.

De repente, um leve movimento foi sentido no casco. Evidentemente, o *Náutilus* recobrava um pouco o prumo. As coisas penduradas no salão estavam voltando sensivelmente à sua posição normal. As paredes estavam se aproximando da vertical. Ninguém falava. Com o coração batendo, observávamos e sentíamos o endireitamento. As tábuas ficaram horizontais sob nossos pés. Dez minutos se passaram.

— Finalmente nós endireitamos! — exclamei.

— Sim — disse o capitão Nemo, indo até a porta do salão.

— Mas estamos flutuando? — perguntei.

— Certamente — respondeu ele —, já que os reservatórios não estão vazios e, quando vazios, o *Náutilus* deve subir à superfície do mar.

O capitão saiu e logo vi que, por ordem dele, o *Náutilus* havia parado de subir. Na verdade, ele logo teria atingido a parte inferior do banco de gelo, mas havia parado a tempo e estava flutuando no meio da água.

— Foi por pouco! — Conselho então disse.

— Sim. Poderíamos ter sido esmagados entre essas massas de gelo, ou pelo menos aprisionados entre elas. E então, sem ter como renovar nosso suprimento de ar... Sim, foi por pouco!

— Se é que acabou! — Ned Land murmurou.

Eu não quis entrar em uma discussão sem sentido com o canadense e não respondi. Além disso, os painéis se abriram naquele momento, e a luz externa irrompeu pelas janelas descobertas.

Estávamos em mar aberto, mas a uma distância de cerca de dez metros, de cada lado do *Náutilus*, erguia-se uma estonteante parede de gelo. Acima e abaixo, a mesma parede. Acima, porque a superfície inferior do banco de gelo se estendia sobre nós como um imenso teto. Abaixo, porque o bloco tombado, tendo escorregado aos poucos, havia encontrado um local de descanso nos paredões laterais, o que o mantinha naquela posição. O *Náutilus* estava realmente preso em um verdadeiro túnel de gelo com aproximadamente vinte metros de largura, tomado por águas tranquilas. Era-lhe então fácil sair dali indo para a frente ou para trás e depois fazer uma passagem livre sob o banco de gelo, algumas centenas de metros mais fundo.

As luzes do teto estavam apagadas, mas a sala ainda estava bem iluminada. Isso era devido ao poder de reflexão das paredes de gelo, que emitia os raios de nosso farol de volta para nós. Palavras não podem descrever os efeitos produzidos por nossos raios voltaicos sobre esses

288

blocos enormes e caprichosamente esculpidos, cujos ângulos, saliências e facetas emitiam um brilho diferente, dependendo da natureza dos veios que corriam dentro do gelo. Era uma mina deslumbrante de pedra preciosas, em particular safiras e esmeraldas, cujos jatos de azul e verde se cruzavam. Aqui e ali, tons opalinos de infinita sutileza corriam entre fagulhas de luz que eram como muitos diamantes de fogo, seu brilho maior do que qualquer olho poderia suportar. A potência do nosso farol fora aumentada cem vezes, como uma lâmpada brilhando através das lentes biconvexas de um potente holofote.

— Que lindo! Que lindo! — gritou Conselho.

— É verdade — eu disse —, é uma visão maravilhosa. Não é, Ned?

— Com mil diabos, sim! — respondeu Ned Land. — É excelente! É triste ser obrigado a admitir isso. Ninguém nunca viu nada parecido. Mas esse espetáculo pode nos custar caro. E, já que é para dizer tudo, digo que estamos vendo aqui coisas que Deus nunca pretendeu que o homem visse.

Ned estava certo, era terrivelmente belo. De repente, um grito de Conselho me fez virar.

— O que há? — perguntei.

— O mestre deve fechar os olhos! Que o mestre não veja!

Dizendo isso, Conselho tapou seus próprios olhos com as mãos.

— Mas qual é o problema, meu rapaz?

— Estou ofuscado, cego!

Meus olhos se voltaram involuntariamente para a vidraça, mas não pude suportar o fogo que parecia devorá-la.

Eu entendi o que tinha acontecido. O *Náutilus* acabava de pôr-se em alta velocidade. Todo o brilho silencioso das paredes de gelo foi imediatamente transformado em raios fulgurantes. O fogo daquelas miríades de diamantes era cegante.

Em seguida, os painéis do salão se fecharam. Mantivemos as mãos sobre os olhos, que estavam totalmente saturados daqueles brilhos concêntricos que giram diante da retina quando a luz do sol a atinge com muita intensidade. Demorou algum tempo para melhorar a turvação de nossas vistas.

Finalmente, baixamos nossas mãos.

— Por Deus, eu nunca teria acreditado — disse Conselho.

— E eu ainda não acredito! — reforçou o canadense.

— Quando voltarmos para a terra, exaustos de todas essas maravilhas naturais — acrescentou Conselho —, o que pensaremos daquelas massas de terra lamentáveis, essas obras insignificantes do homem! Não, o mundo civilizado não será bom o suficiente para nós!

289

Essas palavras, vindas dos lábios desse menino flamengo sem emoção, mostraram o grau de ebulição do nosso entusiasmo. Mas o canadense não deixou de jogar seu gole de água fria sobre nós.

— O mundo civilizado! — ele disse, balançando a cabeça. — Não se preocupe, Conselho, meu amigo, nunca vamos voltar para aquele mundo! Eram então cinco da manhã. Naquele momento, sentimos um choque na proa do *Náutilus*. Compreendi que seu esporão havia atingido um bloco de gelo. Era possivelmente uma manobra equivocada, pois aquele túnel submarino, obstruído por blocos, não era muito fácil de navegar. Pensei que o capitão Nemo, mudando sua rota, ou contornaria esses obstáculos ou seguiria as curvas do túnel. Em qualquer caso, não havia mais como interromper seu avanço. Mas, ao contrário de minhas expectativas, o *Náutilus* adotou um decidido movimento retrógrado.

— Estamos indo para trás? — perguntou Conselho.

— Sim — respondi. — O túnel não deve ter saída por aquele lado.

— O que significa...

— A manobra é simples — expliquei. — Voltaremos por onde viemos e sairemos pela abertura sul. Isso é tudo.

Ao falar assim, queria parecer mais confiante do que realmente estava. Mas o movimento retrógrado do *Náutilus* estava acelerando e, revertendo a hélice, arrastava-nos em grande velocidade.

— Mais um atraso — reclamou Ned.

— O que importa, algumas horas a mais ou menos, contanto que finalmente saiamos?

— O que importa — repetiu Ned Land — contanto que finalmente saiamos!

Fui do salão para a biblioteca. Meus companheiros mantiveram seus assentos e não se moveram. Logo me joguei no sofá e peguei um livro, que meus olhos percorreram mecanicamente.

Quinze minutos depois, Conselho, aproximando-se de mim, indagou:

— O que o mestre está lendo é muito interessante?

— Muito interessante! — respondi.

— Acredito que sim. É o seu próprio livro que está lendo.

— Meu livro?

E de fato, sem me dar conta, eu estava segurando em minhas mãos a obra sobre A*s Grandes Profundezas Submarinas*. Fechei o livro e voltei ao meu vaivém. Ned e Conselho levantaram-se para sair.

— Fiquem aqui, meus amigos — disse eu, detendo-os. — Vamos ficar juntos até que estejamos fora desse beco.

— Como o mestre deseja — respondeu o Conselho.

Algumas horas se passaram. Muitas vezes olhei para os instrumentos pendurados na parede. O manômetro mostrou que o *Náutilus* se

290

mantinha a uma profundidade constante de mais de trezentos metros, a bússola ainda apontava para o sul, a barquilha indicava uma velocidade de vinte milhas por hora, o que, em um espaço tão apertado, era muito grande. Mas o capitão Nemo sabia que não podia se precipitar e que minutos equivaliam a séculos naquele momento. Às oito e vinte e cinco minutos, ocorreu um segundo choque, desta vez por trás. Eu fiquei pálido. Meus companheiros estavam ao meu lado. Segurei a mão de Conselho. Nossos olhares expressavam nossos sentimentos melhor do que palavras. Nesse momento, o capitão entrou no salão. Eu fui até ele.

— Nosso curso está bloqueado para o sul? — perguntei.

— Sim, professor. Ao desmoronar, o iceberg fechou todas as saídas.

— Estamos bloqueados então?

— Sim.

CAPÍTULO XVI

FALTA DE AR

Assim, ao redor do *Náutilus*, acima e abaixo, havia uma parede de gelo impenetrável. Éramos prisioneiros do iceberg. Eu observei o capitão. Seu semblante havia retomado a sua habitual imperturbabilidade.

— Senhores — disse ele calmamente —, existem duas maneiras de morrer nas circunstâncias em que somos colocados.

O intrigante personagem tinha o ar de um professor de matemática dando aula para seus alunos.

— A primeira — continuou — é sermos esmagados. A segunda é morrermos sufocados. Não falo da possibilidade de morrer de fome, porque o fornecimento de mantimentos no *Náutilus* certamente durará mais do que nós. Vamos, então, calcular nossas chances.

— Quanto ao sufocamento, capitão — respondi — isso não deve ser temido, porque nossos reservatórios estão cheios.

— Exatamente, mas eles vão render apenas dois dias de suprimento de ar. Ora, faz 36 horas estamos enfurnados sob a água, e a pesada atmosfera do *Náutilus* precisa ser renovada. Em 48 horas nossa reserva se esgotará.

— Nesse caso, capitão, temos que sair daqui antes de quarenta e oito horas!

— Vamos tentar, perfurando a parede que nos cerca.

— De que lado?

— A sonda nos dirá. Vou estacionar o *Náutilus* no banco inferior e meus homens atacarão o iceberg pelo paredão menos grosso.

— Os painéis da sala podem ser deixados abertos?

— Não vejo inconveniente, já que não estamos mais em movimento.

O capitão Nemo saiu. Logo descobri, por meio de um silvo, que a água estava entrando nos reservatórios. O *Náutilus* afundou lentamente e pousou no gelo a uma profundidade de 350 metros, profundidade na qual a margem inferior estava imersa.

— Meus amigos — disse eu — nossa situação é séria, mas conto com sua coragem e energia.

— Professor — respondeu o canadense —, estou pronto para fazer qualquer coisa pela segurança geral.

292

—Ótimo! Ned — agradeci, estendendo minha mão para o canadense.

—Acrescento — continuou ele — que, sendo tão hábil com a picareta quanto com o arpão, se eu puder ser útil ao capitão, ele pode dispor de meus serviços.

— Ele não recusará a sua ajuda. Venha, Ned!

Eu o levei para a sala onde a tripulação do *Náutilus* estava colocando suas vestes de mergulho. Comunique a proposta de Ned ao capitão, que foi aceita. O canadense vestiu seus trajes de mar e ficou a postos junto com seus companheiros.

Quando Ned se vestiu, voltei ao salão, onde os painéis estavam abertos, e, me posicionado perto do Conselho, examinei as camadas ambientais que sustentavam o *Náutilus*.

Alguns instantes depois, vimos uma dezena de tripulantes pisar na margem de gelo, entre eles Ned Land, facilmente reconhecido por sua estatura. O Capitão Nemo estava com eles.

Antes de começar a escavação das muralhas, ele determinou a realização de sondagens, para ter certeza de que estavam trabalhando na direção certa. Compridas sondas foram inseridas nas paredes laterais, mas depois de quinze metros foram novamente detidas pela parede espessa. Era inútil atacar a superfície parecida com o teto, já que o próprio *iceberg* media mais de 400 metros de altura. O capitão Nemo então sondou a superfície inferior. Lá, dez metros de parede nos separavam da água, tão grande era a espessura do campo de gelo. O objetivo, portanto, era cortar dela um pedaço igual em extensão à linha de flutuação do *Náutilus*. Eram cerca de 6.000 jardas cúbicas para romper, de modo a cavar um buraco pelo qual pudéssemos atravessar o campo de gelo.

O trabalho começou imediatamente e prosseguiu com uma energia infatigável. Em vez de cavar em volta do *Náutilus*, o que envolveria maiores dificuldades, o capitão Nemo mandou fazer uma imensa trincheira a oito metros de sua alheta de bombordo. Em seguida, os homens começaram a perfurar simultaneamente em vários pontos de sua circunferência. A picareta não demorou para atacar vigorosamente aquela matéria compacta, e grandes blocos foram destacados da massa. Por um curioso efeito de gravidade específica, esses blocos, mais leves que a água, voavam, por assim dizer, para a abóbada do túnel, que aumentava de espessura no topo à medida que diminuía na base. Mas isso pouco importava, desde que a parte inferior ficasse mais fina.

Após duas horas de trabalho árduo, Ned Land retornou exausto. Ele e seus camaradas foram substituídos por novos trabalhadores, aos quais Conselho e eu nos juntamos. O imediato do *Náutilus* nos supervisionou.

293

A água parecia estranhamente fria, mas logo me esquentei ao manusear a picareta. Meus movimentos eram suficientemente livres, embora fossem feitos sob uma pressão de trinta atmosferas. Quando entrei novamente, depois de trabalhar duas horas, para comer e descansar, encontrei uma diferença perceptível entre o fluido puro a mim fornecido pelo aparelho Rouquayrol e a atmosfera do *Náutilus*, já carregada de gás carbônico. O ar não era renovado há 48 horas, e suas qualidades vivificantes estavam consideravelmente enfraquecidas. Além de tudo, num lapso de doze horas, havíamos retirado da superfície desenhada apenas um bloco de gelo de um metro de espessura, ou seja, cerca de 600 metros cúbicos! Admitindo que o ritmo de trabalho se mantivesse, levaria cinco noites e quatro dias para levar a cabo a empreitada.

— Cinco noites e quatro dias! — desabafei com meus companheiros

— E só temos ar suficiente para dois dias nos reservatórios!

— Sem levar em conta — disse Ned — que, mesmo que saiamos dessa prisão infernal, ainda estaremos presos sob o banco de gelo.

Uma observação apropriada. Pois quem poderia prever o tempo mínimo de que precisaríamos para nos libertar? Antes que o *Náutilus* pudesse retornar à superfície das ondas, não poderíamos todos morrer de asfixia? O navio e todos a bordo estavam condenados a morrer naquela tumba de gelo? Era uma situação terrível. Mas enfrentaríamos isso de frente, cada um de nós determinado a cumprir seu dever até o fim.

Durante a noite, confirmando minhas previsões, uma nova fatia de um metro foi retirada do imenso bloco. Mas pela manhã, usando meu traje de mergulho, estava atravessando a massa líquida a uma temperatura de -6 graus a -7 graus centígrados, quando notei que aos poucos as paredes laterais estavam se fechando. As camadas de líquido mais distantes da trincheira, não aquecidas pelos movimentos dos operários e das ferramentas, apresentavam tendência a solidificar. Diante desse novo perigo iminente, o que aconteceria com nossas chances de salvação, e como poderíamos evitar que esse meio líquido se solidificasse e, em seguida, quebrasse o casco do *Náutilus* como vidro?

Não contei a meus companheiros esse novo perigo. De que adiantaria minar a energia que exibiam no penoso trabalho de salvamento? Mas quando voltei a bordo, contei ao capitão Nemo essa grave complicação.

— Eu sei — disse ele, naquele tom calmo que poderia neutralizar as mais terríveis apreensões. — É mais um perigo, mas não vejo como escapar dele. A única chance de salvação é ir mais rápido do que a solidificação. Trata-se de chegar na frente. Simples.

Naquele dia, usei minha picareta vigorosamente por várias horas. O trabalho me mantinha acordado. Além disso, trabalhar era abandonar o

294

Náutilus e respirar diretamente o ar puro retirado dos reservatórios e fornecido por nosso aparelho, e abandonar a atmosfera rarefeita e viciada.

Perto da noite, o buraco avançara um metro. Quando voltei a bordo, quase fui sufocado pelo gás carbônico com que o ar era preenchido. Ah! Se tivéssemos os meios químicos para expulsar aquele gás deletério. Tínhamos bastante oxigênio, toda essa água continha uma quantidade considerável e, decompondo-a com nossas poderosas pilhas, restauraria o fluido da vida. Eu havia pensado bem sobre isso... Mas de que adiantaria, já que o gás carbônico produzido por nossa respiração invadira todas as partes da embarcação? Para absorvê-lo, era necessário encher alguns potes com potássio cáustico e sacudi-los incessantemente. Ora, essa substância faltava a bordo, e nada poderia substitui-la.

Naquela noite, o capitão Nemo foi obrigado a abrir as torneiras de seus reservatórios e deixar um pouco de ar puro no interior do *Náutilus*. Sem essa precaução não teríamos nos livrado da sensação de sufocação.

No dia seguinte, 26 de março, retomei meu trabalho de mineiro desbastando o quinto metro. As paredes laterais e a superfície inferior do *iceberg* engrossaram visivelmente. Era evidente que eles se encontrariam antes que o *Náutilus* pudesse se soltar. O desespero tomou conta de mim por um instante e minha picareta quase caiu de minhas mãos. De que adiantava cavar se seria sufocado, esmagado pela água que se transformava em pedra? Um castigo que a ferocidade dos selvagens nem mesmo teria inventado!

Então o capitão Nemo passou perto de mim. Toquei sua mão e mostrei-lhe as paredes de nossa prisão. A parede a bombordo havia avançado pelo menos quatro metros do casco do *Náutilus*. O capitão me entendeu e me indicou que o seguisse. Nós embarcamos. Tirei meu traje de mergulho e o acompanhei até o salão.

— Professor Aronnax, devemos tentar alguns meios desesperados, ou seremos emparedados nessa água solidificada como em cimento.

— Sim, mas o que deve ser feito?

— Ah! Se meu *Náutilus* fosse forte o suficiente para suportar essa pressão sem ser esmagado!

— O que aconteceria? — perguntei, não entendendo a ideia do capitão.

— Não percebe — continuou ele — que esse congelamento da água nos ajudaria? Não vê que, pela sua solidificação, ela romperia este campo de gelo que nos aprisiona, pois, quando congela, rompe as pedras mais duras? Não percebe que seria um agente de salvação em vez de destruição?

— Sim, capitão, talvez. Mas, qualquer que seja a resistência ao esmagamento do *Náutilus*, ele não poderia suportar essa pressão terrível e seria achatado como uma folha de metal.

— Eu sei, professor. Portanto, não devemos contar com a ajuda da natureza, mas com nossos próprios esforços. Devemos parar essa solidi-

295

ficação. Não só as paredes laterais estão se fechando, como restam três metros de água tanto na frente quanto atrás do *Náutilus*. O congelamento nos atinge de todos os lados.

— Quanto tempo vai durar o ar nos reservatórios para que possamos respirar a bordo?

O capitão me encarou.

— Depois de amanhã eles estarão vazios!

Comecei a suar frio. No entanto, eu deveria ter ficado surpreso com a resposta? Em 22 de março, o *Náutilus* estava em mares polares abertos. Estávamos no dia 26. Havia cinco dias que vivíamos com as reservas a bordo. E o que restou do ar respirável devia ser guardado para os trabalhadores. Mesmo agora, enquanto escrevo, minhas lembranças ainda são tão vívidas que um terror involuntário se apodera de mim e meus pulmões parecem estar sem ar. Enquanto isso, o capitão Nemo refletia em silêncio e, evidentemente, uma ideia o atingiu, mas ele parecia rejeitá-lo. Por fim, essas palavras escaparam de seus lábios:

— Água fervente! — ele murmurou.

— Água fervente?! — exclamei.

— Sim, professor. Estamos encerrados em um espaço relativamente confinado. Os jatos de água fervente, constantemente injetados pelas bombas do *Náutilus* não aumentariam a temperatura do ambiente e impediriam o congelamento?

— Vamos tentar — eu disse resolutamente.

— Vamos tentar, professor.

O termômetro marcava então 7° do lado de fora. O capitão Nemo levou-me à cozinha, onde ficavam as imensas máquinas destilatórias que forneciam a água potável por evaporação. Estes foram carregados de água, e todo o calor elétrico das pilhas foi lançado através das serpentinas banhadas pelo líquido. Em poucos minutos, essa água atingira 100° e fora direcionada para as bombas, enquanto a água nova a substituía proporcionalmente. O calor desenvolvido pelas pilhas era tal que bastava a água fria, retirada do mar, passar pelos aparelhos para chegar em ebulição à bomba. A injeção foi iniciada, e três horas depois o termômetro marcou 6° abaixo de zero lá fora. Era um grau conquistado. Duas horas depois, o termômetro marcava apenas 4°.

— Teremos sucesso — disse eu ao capitão, depois de observar ansiosamente o resultado da operação.

— Acho — respondeu ele — que não seremos esmagados. Temos apenas a asfixia a temer.

Durante a noite, a temperatura da água subiu para 1° abaixo de zero. As injeções não poderiam levá-la a uma temperatura mais alta. Mas,

296

como o congelamento da água do mar só se produz a 2° negativos, terminei por sossegar quanto aos perigos da solidificação.

No dia seguinte, 27 de março, seis metros de gelo foram removidos, restando apenas doze metros para serem removidos. Ainda havia quarenta e oito horas de trabalho. O ar não podia ser renovado no interior do *Náutilus*. E este dia tornaria tudo pior.

Um peso insuportável me oprimiu. Por volta das três horas da tarde, esse sentimento aumentou de forma violenta. Bocejos deslocaram minhas mandíbulas. Meus pulmões ofegavam ao inalar esse fluido ardente, que ficava cada vez mais rarefeito. Um torpor moral tomou conta de mim. Eu estava impotente, quase inconsciente. Meu corajoso Conselho, embora exibindo os mesmos sintomas e sofrendo da mesma maneira, não me deixou. Ele pegou minha mão e me encorajou, e eu o ouvi murmurar:

— Oh! Se eu pudesse não respirar, para deixar mais ar para meu mestre!

Lágrimas vieram aos meus olhos ao ouvi-lo falar assim.

Como as condições internas eram insuportáveis para todos, com que pressa, com que alegria, colocávamos nossos trajes de mergulho para nos revezarmos no trabalho! Picaretas retiniam naquelas camadas de gelo. Braços ficavam cansados, mãos eram esfregadas em carne viva, mas quem se importava com a exaustão, que diferença eram as feridas? O ar que sustenta a vida atingia nossos pulmões! Podíamos respirar! Podíamos respirar!

Todo esse tempo, ninguém prolongou sua tarefa voluntária além do tempo prescrito. Cumprida a tarefa, cada um entregava a seus companheiros ofegantes o tanque que lhe dava vida. O capitão Nemo dava o exemplo e se submetia primeiro a essa disciplina severa. Quando chegava a hora, ele entregava seu aparelho a outro e voltava ao ar viciado a bordo, sempre calmo, inflexível, sem resmungar.

Naquele dia, rotina foi realizada com vigor incomum. Restavam apenas dois metros para serem retirados da superfície. Dois metros apenas nos separavam do mar aberto. Mas os reservatórios estavam quase sem ar. O pouco que restou devia ser guardado para os trabalhadores. Nenhum átomo para o *Náutilus*.

Quando voltei a bordo, sofri com a falta de ar. Que noite! Não sei como descrever. No dia seguinte, senti minha respiração opressa. A tontura acompanhava a dor na minha cabeça e me deixava como um homem embriagado. Meus companheiros apresentavam os mesmos sintomas. Alguns membros da tripulação estertoravam.

Naquele dia, o sexto do nosso confinamento, o capitão Nemo, julgando que as picaretas funcionavam muito lentamente, resolveu esmagar a camada de gelo que ainda nos separava do lençol líquido. A frieza e a

297

energia desse homem nunca o abandonaram. Ele subjugava suas dores físicas pela força moral.

A uma ordem sua, a embarcação foi aliviada, isto é, elevada da camada de gelo em virtude de uma mudança de gravidade específica. Quando flutuou, foi manobrada de maneira a se posicionar acima da imensa vala desenhada conforme sua linha de flutuação. Então, enchendo seus reservatórios de água, ele desceu e se encaixou no buraco.

Nesse momento, toda a tripulação subiu a bordo e a porta dupla de comunicação foi fechada. O *Náutilus* então pousou na camada de gelo, que não tinha nem um metro de espessura, e que as sondas haviam perfurado em mil lugares.

As torneiras dos reservatórios foram então abertas e uma centena de metros cúbicos de água foi deixada entrar, aumentando o peso do *Náutilus* para 1.800 toneladas.

Esperamos, ouvindo atentamente, esquecendo nossos sofrimentos. Nossa segurança dependia dessa última chance. Apesar do zumbido em minha cabeça, logo ouvi os estremecimentos sob o casco do *Náutilus*. O gelo estalou com um ruído singular, como papel rasgando, e o *Náutilus* afundou.

— Passamos! — murmurou Conselho em meu ouvido.

Eu não pude responder a ele. Segurei sua mão e apertei-a convulsivamente. De repente, levado por sua terrível sobrecarga, o *Náutilus* afundou como um projétil sob as águas, ou seja, caiu como se estivesse no vácuo.

Em seguida, toda a força elétrica foi colocada nas bombas, que logo começaram a escoar a água dos reservatórios. Após alguns minutos, nossa queda foi interrompida. Logo, também, o manômetro indicou um movimento ascendente. A hélice, girando a toda velocidade, fazia estremecer o casco de ferro até os parafusos e nos puxava para o norte. Mas se essa flutuação sob o *iceberg* durasse mais um dia, antes de chegarmos ao mar aberto eu estaria morto.

Esticado em um divã na biblioteca, eu estava sufocando. Meu rosto estava roxo, meus lábios azuis, minhas faculdades suspensas. Eu não via nem ouvia. Toda a noção de tempo havia sumido de minha mente. Meus músculos não podiam se contrair. Não sei quantas horas se passaram assim, mas estava consciente da agonia que se abatia sobre mim. Eu me sentia como se fosse morrer.

De repente, acordei. Algumas lufadas de ar penetraram em meus pulmões. Havíamos subido à superfície das ondas? Estávamos livres do *iceberg*?

Não! Ned e Conselho, meus dois bravos amigos, estavam se sacrificando para me salvar. Algumas partículas de ar ainda permaneciam no fundo de um aparelho. Em vez de usar, guardaram para mim e, enquanto eram sufocados, deram-me a vida, gota a gota. Quis rechaçar o aparelho. Eles seguraram minhas mãos, e por alguns momentos respirei livremente.

Olhei para o relógio, eram onze da manhã. Deveria ser 28 de março. O *Náutilus* avançava em um ritmo assustador, sessenta quilômetros por hora. Ele literalmente rasgava a água. Onde estava o capitão Nemo? Ele tinha sucumbido? Seus companheiros estavam mortos com ele? No momento, o manômetro indicava que não estávamos a mais de seis metros da superfície. Um mero prato de gelo nos separava da atmosfera. Não poderíamos quebrá-lo? Possivelmente. Em qualquer caso, o *Náutilus* iria tentar. Senti que estava em uma posição oblíqua, baixando a popa e levantando a proa. A introdução da água foi o meio de perturbar seu equilíbrio. Então, impelido por sua poderosa hélice, ele atacou o campo de gelo por baixo como um poderoso aríete. Ele o quebrou dando ré e depois avançando contra o campo, que gradualmente cedeu.

O alçapão foi aberto, na realidade quase arrancado, e o ar puro entrou em abundância em todas as partes do *Náutilus*.

CAPÍTULO XVII

DO CABO HORN AO AMAZONAS

Não tenho ideia de como subi para a plataforma, talvez o canadense tenha me carregado até lá. O fato é que eu respirava, inalava o ar marinho vivificante. Meus dois companheiros inebriavam-se com as partículas frescas de oxigênio. Puxávamos esse ar livremente para os pulmões, e era a brisa, apenas a brisa, que nos enchia de grande alegria.

— Ah! — disse o Conselho. — Como o oxigênio é delicioso! O mestre não precisa ter medo de respirá-lo. Há o suficiente para todos.

Ned Land não falou, mas abria as mandíbulas o suficiente para assustar um tubarão. Nossas forças logo voltaram e, quando olhei em volta, vi que estávamos sozinhos na plataforma. Os marinheiros estrangeiros do *Náutilus* se contentavam com o ar que circulava no interior. Nenhum deles tinha vindo se deliciar ao ar livre.

As primeiras palavras que falei foram palavras de reconhecimento e gratidão aos meus dois companheiros. Ned e Conselho prolongaram minha vida durante as últimas horas dessa longa agonia. Nada poderia retribuir tamanha devoção.

— Meus amigos — disse eu —, estamos ligados uns aos outros para sempre e estou sob infinitas obrigações para com vocês.

— Das quais vou aproveitar — insinuou o canadense.

— O que quer dizer? — desconfiou Conselho.

— Quero dizer que devo levá-lo comigo quando eu deixar este demônio do *Náutilus*.

— A propósito — indagou Conselho —, estamos na direção correta?

— Sim — respondi —, pois estamos seguindo para o lado do sol, e aqui o sol está ao norte.

— Sem dúvida — concordou Ned Land —, mas resta saber se ele levará o navio para o Pacífico ou para o oceano Atlântico, isto é, para mares frequentados ou desertos.

Para essa pergunta eu não tinha resposta, e temia que o capitão Nemo preferisse nos levar ao vasto oceano que toca as costas da Ásia e da América ao mesmo tempo. Ele completaria assim a volta submarina e retornaria às águas em que o *Náutilus* poderia navegar livremente.

Não demoraria até que fosse esclarecido esse ponto importante. O *Náutilus* avançava em um ritmo rápido. O círculo polar foi logo ultrapassado e rumamos para o cabo Horn. Em 31 de março, às sete horas da noite, estávamos diante da ponta americana.

Então, todos os nossos sofrimentos anteriores foram esquecidos. A lembrança daquela prisão no gelo foi apagada de nossas mentes. Nós apenas pensávamos no futuro. O capitão Nemo não voltou a aparecer nem no salão nem na plataforma. As coordenadas, registradas no planisfério pelo imediato, me mostrava a direção exata do *Náutilus*. Ora, naquela noite, era evidente, para minha grande satisfação, que estávamos voltando para o Norte pelo Atlântico.

Compartilhei os resultados de minhas observações com Ned Land e Conselho.

— São boas notícias — respondeu o canadense —, mas para onde vai o *Náutilus*?

— Não sei dizer, Ned.

— Depois do polo Sul, nosso capitão quer enfrentar o polo Norte e depois voltar para o Pacífico pela notória passagem do Noroeste?

— Eu não o desafiaria — respondeu Conselho.

— Pois bem — disse o canadense —, escaparemos antes.

— Em qualquer caso — acrescentou Conselho —, ele é um homem tremendo, esse capitão Nemo, e nunca nos arrependeremos de tê-lo conhecido.

— Especialmente depois que o deixarmos — Ned Land disparou de volta.

No dia seguinte, 1º de abril, quando o *Náutilus* subiu à superfície alguns minutos antes do meio-dia, avistamos terras a oeste. Era a Terra do Fogo, que os primeiros navegadores batizaram assim ao ver a quantidade de fumaça que subia das cabanas dos índios. A costa pareceu baixa para mim, mas à distância erguiam-se altas montanhas. Cheguei a pensar ter visto um vislumbre do Monte Sarmiento, que se eleva 2.070 metros acima do nível do mar, com um cume muito pontiagudo, que por estar aparente ou nublado é sinal de "tempo bom ou ruim", nas palavras de Ned Land.

Nesse momento, o pico estava claramente definido contra o céu. O *Náutilus*, mergulhando novamente sob a água, aproximou-se da costa, que estava a apenas alguns quilômetros de distância. Das janelas de vidro do salão, vi algas compridas e gigantescos fucos e sargaços vesiculosos, dos quais o mar aberto polar contém tantos espécimes, com seus filamentos afiados e viscosos; mediam cerca de 300 metros de comprimento, verdadeiros cabos, mais grossos que o polegar. Outra planta conhecida como velp, com folhas de mais de um metro de comprimento, enterradas nas concreções de coral, atapetava as profundezas, servindo de ninho e alimento para miríades de crustáceos e moluscos, caranguejos e chocos. Ali, as focas e as lontras comiam esplêndidas refeições, misturando carne de peixe com vegetais do mar, à moda inglesa.

Sobre esse solo fértil e luxuriante o *Náutilus* passou com grande rapidez. Perto da noite, ele se aproximou do arquipélago das Malvinas, cujos cumes avistei no dia seguinte. A profundidade do mar era moderada. Portanto, não sem uma boa razão, presumi que aquelas duas ilhas, mais as muitas ilhotas que as cercam, costumavam fazer parte do litoral de Magalhães. As Malvinas foram provavelmente descobertas pelo famoso navegador John Davis, que lhes deu o nome de Ilhas do Sul de Davis. Mais tarde, Sir Richard Hawkins os chamou de Terra da Donzela, em homenagem à Santíssima Virgem. Posteriormente, no início do século XVIII, foram chamados de Malvinas pelos pescadores de Saint-Malo, na Bretanha, e finalmente apelidadas de Falklands pelos ingleses, aos quais pertencem hoje.

Ali, nossas redes trouxeram belos exemplares de algas marinhas e, em particular, um certo fuco, cujas raízes estavam carregadas com os melhores mexilhões do mundo. Gansos e patos arremeteram às dezenas na plataforma e logo ocuparam seus lugares na despensa a bordo.

Quando as últimas montanhas das Malvinas desapareceram do horizonte, o *Náutilus* afundou para cerca de vinte a vinte e cinco metros de profundidade e seguiu a costa americana. O capitão Nemo não apareceu.

Até o dia 3 de abril permanecemos em águas da Patagônia, às vezes no fundo do mar, às vezes na superfície. O *Náutilus* passou pelo largo estuário formado pela foz do Rio da Plata e, em 4 de abril, chegamos ao Uruguai, embora a oitenta quilômetros de distância. Mantendo seu rumo ao norte, seguiu os longos meandros da América do Sul. Havíamos alcançado então 16.000 léguas desde que embarcamos nos mares japoneses.

Perto das onze horas da manhã, cortamos o Trópico de Capricórnio no meridiano 37, passando bem longe do Cabo Frio. Para desgosto de Ned Land, o capitão Nemo não gostava das vizinhanças do litoral populoso do Brasil, porque passava disparado com velocidade vertiginosa. Nem mesmo os peixes ou pássaros mais velozes conseguiam nos acompanhar, e as curiosidades naturais desses mares escapavam completamente à nossa observação.

Essa velocidade foi mantida por vários dias e, na noite de 9 de abril, avistamos o ponto mais oriental da América do Sul, o Cabo de São Roque. Mas então o *Náutilus* desviou novamente e foi procurar as profundezas de um vale subaquático escavado entre este cabo e Serra Leoa, na costa da África. Ao lado das Índias Ocidentais, esse vale se divide em dois braços e, ao norte, termina em uma enorme depressão de

302

9.000 metros de profundidade. Desta localidade às Pequenas Antilhas, o perfil geológico do oceano apresenta um penhasco de corte acentuado de seis quilômetros de altura e, ao lado das ilhas de Cabo Verde, existe outra parede imponente. Juntas, essas duas barricadas confinam todo o continente submerso da Atlântida. O fundo deste imenso vale é tornado pitoresco por montanhas que fornecem vistas panorâmicas a essas profundezas subaquáticas. Menciono-os baseado nos mapas manuscritos que estavam na biblioteca do *Náutilus*, mapas evidentemente traçados à mão pelo capitão Nemo, e feitos após suas observações pessoais.

Durante dois dias, recorrendo aos planos inclinados, visitamos aquelas águas desertas e profundas. O *Náutilus* fazia longos estirões na diagonal, que o levavam a todos os níveis. Mas no dia 11 de abril subiu repentinamente, e a terra voltou a se descortinar na foz do rio Amazonas, um vasto estuário, cuja vazão é tão grande que deixa a água do mar dessalinizada por várias léguas.

Havíamos cruzado o equador. Vinte milhas a oeste ficavam as Guianas, território francês, onde teríamos encontrado refúgio. Mas soprava uma forte brisa e as ondas furiosas não teriam permitido que um único barco as enfrentasse. Ned Land deve ter percebido isso, sem dúvida, pois não disse uma palavra a respeito. De minha parte, não fiz alusão a seus esquemas de fuga, pois não o incentivaria a fazer uma tentativa que inevitavelmente fracassaria.

Aproveitei aquele atraso para realizar estudos interessantes. Durante os dias 11 e 12 de abril, o *Náutilus* não saíra da superfície do mar, e a rede trouxe uma maravilhosa coleção de zoófitos, peixes e répteis.

Alguns zoófitos foram pescados pelas malhas da rede. Eram, em sua maioria, belas anêmonas, pertencentes à família *actinidiana* e, entre outras espécies, os *Phyctalis protexta*, peculiar àquela parte do oceano, com um pequeno tronco cilíndrico, ornamentado com linhas verticais, salpicado de pontos vermelhos, coroando um maravilhoso desabrochar de tentáculos. Quanto aos moluscos, eles consistiam em alguns que eu já havia observado: turritelas, porfírias de oliveira, com linhas regulares entrecruzadas; pteróceras extravagantes, como escorpiões petrificados; híalas translúcidas, argonautas e certas espécies de calamares que os naturalistas da antiguidade classificavam entre os peixes-voadores e que servem principalmente como isca para a pesca do bacalhau.

Dos peixes dessa região que eu ainda não tivera a oportunidade de estudar, observei várias espécies. Entre os cartilaginosos, lampreias-dos-rios, uma espécie de enguia, de quinze centímetros de comprimento, cabeça esverdeada, nadadeiras violeta, dorso cinza-azulado, ventre marrom e prata com pontos brilhantes, a pupila do olho rodeada de ouro — animal

303

curioso, que a corrente do Amazonas atraíra para o mar, por habitarem águas doces —; raias tuberculadas, com focinho pontiagudo e cauda longa e solta, armado com um longo agulhão denteado; pequenos tubarões, de um metro de comprimento, pele cinza e esbranquiçada, e várias fileiras de dentes, curvados para trás, que geralmente são conhecidos pelo nome de "pantufas"; lofos-vespertílios, uma espécie de triângulo isósceles vermelho, com meio metro de comprimento, ao qual os peitorais são fixados por prolongamentos carnudos quē os fazem parecer morcegos, mas que seu apêndice córneo, situado perto das narinas, lhes deu o nome de unicórnios-do-mar; por último, algumas espécies de balistas, o de Curaçao, cujas manchas eram de uma cor dourada brilhante, e o peixe-porco violeta, com tonalidades variadas como o papo de um pombo.

Termino aqui esse catálogo, talvez um tanto seco, mas muito exato, com uma série de peixes ossudos que observei de passagem pertencentes aos *apteronotes*, e cujo focinho é branco como a neve, o corpo de um belo negro, dotados de um chicote carnudo comprido e desfiado; odontágnatos, armados com espinhos; sardinhas com vinte centímetros de comprimento, brilhando com uma luz prateada; uma espécie de cavala dotada de duas barbatanas anais; centronotes de tonalidade enegrecida, geralmente pescados com archotes, peixes longos, de dois metros de comprimento, com carne gorda, branca e firme, que, quando frescos, têm gosto de enguia e, quando secos, de salmão defumado; bodiões vermelhos, cobertos por escamas apenas na parte inferior das nadadeiras dorsal e anal; crisópteros, sobre os quais ouro e prata misturam seu brilho com o do rubi e do topázio; esparídeos-pobs, em tons laranja, com línguas finas; cienas-corbs, com barbatanas caudais douradas; acanturos pretos; anablepídeos do Suriname, etc.

Apesar desse *et cetera*, não devo deixar de mencionar os peixes dos quais o Conselho se lembrará por muito tempo, e com razão. Uma de nossas redes havia içado uma espécie de raia muito chata, que, com a cauda cortada, que formava um disco perfeito e pesava vinte onças. Era branca por baixo, vermelha por cima, com grandes manchas redondas de azul escuro circundadas de preto; tinha a pele bem lisa e rematada por uma barbatana bilobada. Estendida sobre a plataforma, a raia lutava, tentando se virar com movimentos convulsivos e fez tantos esforços, que uma última virada quase a jogou no mar. Mas Conselho, não querendo soltar o peixe, correu até ele e, antes que eu pudesse impedi-lo, agarrou-o com as duas mãos.

Em um momento ele foi derrubado, com as pernas no ar e metade de seu corpo paralisado, gritando:

— Oh, mestre! Você precisa me ajudar!

304

Foi a primeira vez que o pobre menino falou comigo de forma tão familiar.

O canadense e eu o sentamos, massageamos seus braços contraídos, e quando ele recuperou seus cinco sentidos, aquele eterno classificador murmurou em uma voz entrecortada:

— Classe de peixes cartilaginosos, ordem *Chondropterygia* com guelras fixas, subordem *Selacia*, família *Rajiiforma*, gênero dos poraquês.

— Sim, meu amigo — respondi — foi um poraquê que o colocou neste estado deplorável.

— Oh, mestre pode confiar em mim — Conselho disparou de volta. —Vou me vingar daquele animal!

— E como?

— Eu o comerei.

O que ele fez naquela mesma noite, mas estritamente como retaliação. Porque, francamente, tinha gosto de couro.

O infeliz Conselho lidara com um peixe-elétrico da espécie mais perigosa, a cumana. Esse estranho animal, em um meio condutor como a água, atinge peixes a vários metros de distância, tão grande é a potência de seu órgão elétrico, cujas duas superfícies principais não medem menos de vinte e sete pés quadrados.

No dia seguinte, 12 de abril, o *Náutilus* se aproximou da costa holandesa, próximo à foz do Maroni. Ali viviam vários grupos de peixes-mulher. Eram peixes-boi marinhos, que, como o dugongo e o leão-marinho, pertencem à ordem dos sirenídeos. Os belos animais, pacíficos e inofensivos, de dezoito a vinte e um pés de comprimento, pesam pelo menos quatro toneladas. Eu disse a Ned Land e a Conselho que a previdente natureza atribuíra um papel importante a esses mamíferos. Na verdade, eles, como as focas, foram projetados para pastar nas pradarias submarinas e, assim, destruir o acúmulo de algas que obstruem os rios tropicais.

— E sabem — acrescentei — qual foi o resultado desde que os homens aniquilaram quase totalmente essas generosas raças? Que as algas putrefatas envenenaram o ar, e o ar envenenado causa a febre amarela, que assola esses belos países. Enormes vegetações se multiplicam sob os mares tórridos, e o mal se desenvolve irresistivelmente da foz do Rio da Plata até a Flórida.

E se o professor Toussenel estiver correto, tal flagelo não é nada comparada com o que atingirá nossos descendentes quando os mares forem despovoados de baleias e focas. A essa altura, repletos de águas-vivas, polvos e calamares, os oceanos terão se tornado grandes centros de infecção, porque suas ondas não terão mais "esses estômagos enormes que Deus confiou para limpar a superfície do mar".

305

Enquanto isso, sem desdenhar tais teorias, a tripulação do *Náutilus* capturou meia dúzia de peixes-boi. Em essência, tratava-se de abastecer a despensa com excelente carne vermelha, ainda melhor do que carne bovina. A caçada não teve nada de interessante. Os peixes-boi se deixaram abater sem oferecer resistência. Vários milhares de quilos de carne foram transportados para dentro da embarcação, para serem secos e armazenados.

Terminada a pesca, o *Náutilus* aproximou-se da costa, onde várias tartarugas-marinhas dormiam na superfície das ondas. Teria sido difícil capturar esses valiosos répteis, porque eles acordam ao menor som e suas sólidas carapaças são à prova de arpões. Mas nossa rêmora efetuou sua captura com extraordinária certeza e precisão.

Essa pescaria encerrou nossa permanência nos cursos d'água do Amazonas, e naquela noite o *Náutilus* ganhou novamente o alto-mar.

CAPÍTULO XVIII

OS POLVOS

Por vários dias, o *Náutilus* manteve-se afastado da costa americana. Evidentemente, não queria atravessar as marés do golfo do México ou do mar das Antilhas.

Em 16 de abril, avistamos a Martinica e Guadalupe a uma distância de cerca de trinta milhas. O canadense, que tinha em mente executar os seus projetos no Golfo, fosse desembarcando ou acostando um dos inúmeros barcos que navegam de uma ilha a outra, ficou bastante decepcionado. A fuga teria sido possível se Ned Land tivesse conseguido tomar posse do escaler sem o conhecimento do capitão. Mas em mar aberto era impensável.

O canadense, Conselho e eu tivemos uma longa conversa sobre esse assunto. Por seis meses éramos prisioneiros a bordo do *Náutilus*. Havíamos viajado 17.000 léguas e, como disse Ned Land, não havia sinal de que aquilo fosse terminar. Nada poderíamos esperar do capitão do *Náutilus*, mas apenas de nós mesmos. Além disso, já fazia algum tempo que ele se tornara mais sério, mais sombrio, menos sociável. Ele parecia me evitar. Eu o encontrava raramente. Anteriormente, ele tinha o prazer de explicar as maravilhas do submarino para mim; agora me deixava com meus estudos e não aparecia mais no salão.

Que mudança havia acontecido com ele? Por qual motivo? Eu não fizera nada digno de censura. Mesmo assim, eu não nutria esperanças de que o homem nos libertasse.

Então, pedi a Ned que me deixasse refletir antes de agir. Se a tentativa não desse certo, ela poderia despertar suspeitas no capitão, tornar nossa situação ainda mais árdua e prejudicar os planos do canadense. Devo acrescentar que dificilmente poderia usar nosso estado de saúde como argumento. Exceto por aquela provação extenuante sob o banco de gelo no polo sul, nunca nos sentimos melhor, nem Ned, Conselho, nem eu. A comida nutritiva, o ar vital, a rotina regular e a temperatura uniforme mantinham as doenças sob controle; e para um homem em quem as lembranças da terra não deixavam nenhuma saudade, para um capitão Nemo que estava em casa aqui, que vai para onde quer, que tomou caminhos

307

misteriosos para os outros, não para si mesmo, para atingir seus objetivos, eu poderia entender tal vida. Mas nós mesmos não havíamos cortado todos os laços com a humanidade. Particularmente, eu não queria que minha nova e incomum pesquisa fosse enterrada com meus ossos. Eu havia conquistado o direito de escrever o livro definitivo sobre o mar e, mais cedo ou mais tarde, queria que esse livro fosse publicado.

Nas águas das Antilhas, dez metros abaixo da superfície das ondas, quantas exposições fascinantes para descrever em minhas anotações diárias! Entre outros zoófitos, havia galeras conhecidas pelo nome de *Physalia pelagica*, como grandes bexigas oblongas de brilho perolado, estendendo suas membranas ao vento, deixando seus tentáculos azuis flutuarem como fios de seda; aos olhos, deliciosas águas-vivas, ao toque, verdadeiras urtigas que escoam um líquido corrosivo. Dentre os articulados, anelídeos de um metro e meio de comprimento, dotados de 1.700 órgãos de locomoção, serpenteando pelas águas e, à medida que avançavam, dardejavam todos os tons do espectro solar. Do ramo dos peixes, raias-manta, peixes cartilaginosos enormes com três metros de comprimento e pesando 600 libras, suas barbatanas peitorais triangulares, suas costas ligeiramente arqueadas, seus olhos presos às bordas do rosto na parte frontal da cabeça; flutuavam como destroços de um navio, às vezes prendendo-se às nossas janelas como venezianas opacas. Havia ainda balistas-americanos para os quais a natureza reservou apenas pigmentos pretos e brancos, gobies-plumários longos e rechonchudos com nadadeiras amarelas e mandíbulas salientes; e cavalas de dezesseis decímetros com dentes curtos e afiados, cobertas por pequenas escamas, pertencentes à espécie das albacoras. Depois, enxames de sardas com espartilhos em faixas de ouro da cabeça à cauda, agitando suas barbatanas brilhantes, verdadeiras obras-primas de ourivessaria, anteriormente consagradas a deusa Diana, muito procuradas pelos romanos ricos, e sobre as quais diz o velho ditado: "Quem as apanha, não as come!" Finalmente, adornado com fitas esmeraldas e trajando veludo e seda, os peixes-anjos dourados passaram diante de nossos olhos como cortesãos nas pinturas de Veronese; salemas com esporas esquivaram-se suas rápidas nadadeiras torácicas; clupanodontes de quinze polegadas de comprimento estavam envolviam-se em seus reflexos fosforescentes; tainhas cinzas sacudia o mar com suas grandes caudas carnudas; salmões vermelhos pareciam cortar as ondas com seus peitorais bem-desenhados; e peixes-lunares prateados, dignos desse nome, erguiam-se no horizonte das águas como os reflexos esbranquiçados de muitas luas.

Quantos outros novos espécimes maravilhosos eu ainda poderia ter observado se, aos poucos, o *Náutilus* não tivesse se acomodado às camadas

308

mais profundas! Seus planos inclinados o levaram a profundidades de 2.000 e 3.500 metros. Lá a vida animal era representada por nada mais do que lírios-marinhos, estrelas-do-mar, encantadores pentácrinos cabeça-de-medusa, troquídeos, conchas-sangretas e caracóis fissurelas.

Em 20 de abril, subíramos novamente a uma profundidade média de 1.500 metros. A terra mais próxima era o grupo de ilhas das Bahamas, espalhado como um grupo de paralelepípedos sobre a superfície da água. Lá se erguiam altos penhascos submarinos, paredes retas feitas de blocos desgastados dispostos como grandes fundações de pedra, entre as quais havia cavernas negras tão profundas que nossos raios elétricos não podiam iluminá-las até o fim.

Essas rochas estavam cobertas por capinzais gigantes, laminares gigantes, fucos gigantes; uma verdadeira treliça de plantas aquáticas adequada para um mundo de gigantes.

Ao discutir essas plantas colossais, Conselho, Ned e eu fomos naturalmente levados a mencionar os animais gigantescos do mar. O primeiro era obviamente destinado a alimentar o último. No entanto, pelas janelas de nosso *Náutilus* quase imóvel, não podia ver nada entre aqueles longos filamentos, a não ser os principais articulados da divisão *Brachyura*: caranguejos-aranha de pernas compridas, caranguejos-violeta e caranguejos-esponja únicos nas águas das Antilhas.

Eram cerca de onze horas quando Ned Land chamou minha atenção para uma movimentação assustadora em meio a uma enorme alga marinha.

— Bem — eu disse —, essas são cavernas adequadas para polvos, e eu não me surpreenderia de ver alguns desses monstros.

— O quê!? — reagiu Conselho. — Calamares, verdadeiros calamares da classe dos cefalópodes?

— Não — adverti —, polvos de grandes dimensões.

— Nunca vou acreditar que tais animais existam — disse Ned.

— Bem — disse Conselho, com o ar mais sério do mundo —, lembro-me perfeitamente de ter visto uma grande embarcação ser puxada sob as ondas pelos tentáculos de um polvo.

— Viu mesmo? — disse o canadense.

— Sim, Ned.

— Com seus próprios olhos?

— Com meus próprios olhos.

— Onde, por favor?

— Em Saint Malo — afirmou o imperturbável Conselho.

— No porto? — disse Ned, ironicamente.

— Não, em uma igreja — respondeu Conselho.

309

— Na igreja! — exclamou o canadense.

— Sim, amigo Ned. Em um quadro representando o polvo em questão.

— Essa é boa! — disse Ned Land, desatando a rir. — O senhor Conselho me fez de bobo!

— Na verdade, Conselho tem razão — eu disse. — Já ouvi falar dessa foto; mas o tema representado é retirado de uma lenda, e sabem o que pensar sobre lendas em matéria de história natural. Além disso, quando se trata de monstros, a imaginação tende a correr solta. Não só se supõe que esses polvos são capazes de arrastar navios, como um certo Olaus Magnus fala de um cefalópode de uma milha de comprimento que se parece mais com uma ilha do que com um animal. Conta-se também que o bispo de Nidros estava construindo um altar em uma rocha imensa. Terminada a missa, a rocha começou a andar e voltou ao mar. A rocha era um polvo. Outro bispo, Pontoppidan, fala também de um polvo sobre o qual um regimento de cavalaria podia manobrar. Por último, os antigos naturalistas falam de monstros cujas bocas eram como golfos, cujo tamanho os impedia de atravessar o estreito de Gibraltar.

— Que disparate! — zombou o canadense.

— Mas o quanto é verdade sobre essas histórias? — perguntou Conselho.

— Nada, meus amigos. Pelo menos nada que ultrapasse o limite da verdade para ser promovido a fábula ou lenda. No entanto, deve haver algum pretexto para a imaginação dos contadores de histórias. Não se pode negar que existem povos e calamares de espécies colossais, inferiores, no entanto, aos cetáceos. Aristóteles afirmou que as dimensões de um calamar são de cinco côdeas, ou nove pés e duas polegadas. Nossos pescadores costumam se deparar com alguns com mais de um metro de comprimento. Há esqueletos de polvos preservados nos museus de Trieste e Montpellier que medem dois metros de comprimento. Além disso, segundo os cálculos de alguns naturalistas, um desses animais de apenas seis metros de comprimento teria tentáculos de vinte e sete metros de comprimento. Isso seria suficiente para transformá-lo em um monstro formidável.

— E são pescados ainda hoje? — perguntou Ned.

— Se os marinheiros não os pescam, os veem pelo menos. Um de meus amigos, o capitão Paul Bos do Havre, não se cansava de me contar seu encontro com um desses monstros de dimensões colossais nos mares indianos. Mas o fato mais surpreendente, e que não permite a negação da existência desses gigantescos animais, ocorreu há alguns anos, em 1861.

— Qual é o fato? — interessou-se Ned Land.

— Ouça: em 1861, ao nordeste de Tenerife, quase na mesma latitude em que estamos agora, a tripulação do barco despachante *Alecton* percebeu um monstruoso calamar nadando nas águas. O capitão Bouguer aproximou-se do animal, e atacou-o com arpão e espingardas, mas sem muito sucesso porque balas e arpões atravessaram sua carne macia como se fosse geleia. Após várias tentativas infrutíferas, a tripulação conseguiu colocar um laço em volta do corpo do molusco. O laço deslizou até as barbatanas caudais e parou. Em seguida, eles tentaram puxar o monstro para bordo, mas seu peso era tão considerável que, quando puxaram a corda, o animal se separou da cauda; e privado daquele adorno, desapareceu sob as águas.

— Isso é um fato? — duvidou Ned Land.

— Um fato indiscutível, meu bom Ned. Sugeriu-se inclusive chamar esse animal de "calamar-de-bouguer".

— Qual era o comprimento? — perguntou o canadense.

— Não media cerca de seis metros? — disse Conselho, que, postado na janela, examinava novamente as curvas irregulares do penhasco.

— Precisamente — respondi.

— Sua cabeça — continuou Conselho — não era coroada por oito tentáculos, que se agitavam na água como um ninho de serpentes?

— Precisamente. — respondi.

— Não tinham seus olhos um desenvolvimento considerável?

— Sim, Conselho.

— E sua boca não era como o bico de um papagaio?

— Exatamente, Conselho.

— Muito bem! Sem ofensa ao mestre — concluiu ele, calmamente —, mas se aquele não é o calamar-de-bouguer, é, pelo menos, um de seus irmãos.

Eu olhei para Conselho. Ned Land correu para a janela.

— Que besta horrível! — ele exclamou.

Olhei por minha vez e não pude reprimir um gesto de nojo. Diante dos meus olhos estava um monstro horrível digno de figurar nas lendas teratológicas.

Era um calamar imenso, com oito metros de comprimento. Ele nadava de ré na direção do *Náutilus* com grande velocidade, observando-nos com seus enormes olhos verdes fixos. Seus oito braços, ou melhor, pés, fixos na cabeça, que deram a esses animais o nome de cefalópode, tinham o dobro do comprimento do seu corpo e eram retorcidos como os cabelos das Fúrias. Podia-se ver as 250 ventosas ar no lado interno dos tentáculos. A boca do monstro, um bico córneo como o de um papagaio, abria e fechava verticalmente. Sua língua, de uma substância igualmente rígida, provida de várias fileiras de dentes pontiagudos, projetava-se vibrando para fora daquela autêntica tesoura. Que aberração da natureza! Um bico de pássaro em um molusco! Seu corpo fusiforme formava uma massa

311

carnuda que devia pesar de 4.000 a 5.000 libras. Sua cor, inconstante, variava com grande rapidez, de acordo com a irritação do animal, passando sucessivamente do cinza lívido ao marrom avermelhado.

O que estava irritando esse molusco? Sem dúvida a presença do *Náutilus*, ainda mais temível do que ele, e que não conseguia agarrar com as mandíbulas ou com as ventosas dos tentáculos. E, no entanto, que monstros são esses calamares, que vitalidade nosso Criador lhes deu, que vigor em seus movimentos, graças a terem três corações!

O mero acaso nos colocou na presença daquele animal e eu não queria perder a oportunidade de estudar cuidadosamente esse espécime de cefalópodes. Superei o horror que me inspirava e, pegando um lápis, comecei a desenhar.

— Talvez seja o mesmo que o *Alecton* viu — disse o Conselho.

— Não — respondeu o canadense —, pois esse está inteiro, e o outro perdeu a cauda.

— Isso não é motivo — respondi. — Os tentáculos e cauda desses animais são reformados pela regeneração; e em sete anos, a cauda do calamar-de-bouguer sem dúvida teve tempo de crescer.

A essa altura, outros polvos apareceram na vidraça de estibordo. Eu contei sete. Eles formavam uma procissão atrás do *Náutilus*, e ouvia seus bicos rangendo contra o casco de ferro. Continuei meu trabalho. Esses monstros se mantinham em nossas águas com tanta precisão que pareciam imóveis. De repente, o *Náutilus* parou.

— Nós encalhamos? — perguntei.

— Se for o caso, já estamos livres — respondeu o canadense, porque estamos flutuando.

O *Náutilus* estava flutuando, sem dúvida, mas não se movia. Um minuto se passou. O capitão Nemo, seguido por seu imediato, entrou na sala. Eu não o via há algum tempo. Ele parecia aborrecido. Sem perceber ou falar conosco, ele foi até o painel, olhou para os polvos e disse algo ao seu imediato. Este saiu. Logo os painéis foram fechados. O teto estava iluminado. Eu fui em direção ao capitão.

— Uma curiosa coleção de calamares — eu disse.

— Sim, de fato, Senhor Naturalista — respondeu ele — e nós vamos lutar contra eles, corpo a corpo.

Eu o fitei. Achei que não tinha ouvido direito.

— Corpo a corpo? — repeti.

— Sim, professor. A hélice está parada. Acho que a mandíbula rija de um dos calamares está emaranhada nas lâminas. É isso que impede que nos movamos.

— O que fará?

312

— Subirei à superfície e matarei esses vermes.

— Um empreendimento difícil.

— Sim, é verdade. As balas elétricas são impotentes contra a carne macia, onde não encontram resistência suficiente para explodir. Mas vamos atacá-los com a machadinha.

— E o arpão, capitão — disse o canadense — se não recusar minha ajuda.

— Eu vou aceitar, Mestre Land.

— Vamos com o senhor — disse eu, e, seguindo o capitão Nemo, fomos em direção à escada central.

Lá, cerca de dez homens aguardavam o ataque, armados com machadinhas de abordagem. Conselho e eu pegamos duas machadinhas. Ned Land agarrou um arpão.

O *Náutilus* então subiu à superfície. Um dos marinheiros, postado no degrau da escada, desatarraxou os parafusos do alçapão. Porém, assim que se afrouxaram os parafusos, o alçapão se ergueu com grande violência, evidentemente puxado pelas ventosas do braço de um polvo. Imediatamente, um desses tentáculos deslizou como uma serpente pela abertura e outros vinte se agitaram acima de nós. Com um golpe de machado, o capitão Nemo cortou o indescritível tentáculo, que escorregou escada abaixo.

Enquanto nos espremíamos para alcançar a plataforma, dois outros tentáculos, açoitando o ar, abateram-se sobre o marinheiro colocado diante do capitão Nemo e o arrebataram com força irresistível.

O capitão Nemo soltou um grito, lançando-se o lado de fora. Corremos atrás dele.

Que cena! Agarrado pelo tentáculo e colado em suas ventosas, o infeliz estava balançando no ar à mercê da enorme tromba. Ele estertorava, sufocava, gritava: "Socorro! Socorro!" Essas palavras, pronunciadas em francês, me deixaram profundamente atordoado! Então, eu tinha um compatriota a bordo, talvez vários! Seu apelo angustiante não sairá de meus ouvidos pelo resto da minha vida!

O infeliz estava perdido. Quem poderia salvá-lo dessa poderosa pressão? No entanto, o capitão Nemo correu para o polvo e com um golpe de machado cortou um tentáculo. Seu imediato lutava furiosamente contra outros monstros que rastejaram nos flancos do *Náutilus*. A tripulação lutava com seus machados. O canadense, Conselho e eu enterrávamos nossas armas nas massas carnudas. Um cheiro forte de almíscar impregnava a atmosfera. Era horrível!

Por um instante, pensei que o infeliz homem, enlaçado pelo polvo, seria arrancado de sua poderosa sucção. Sete dos oito braços haviam sido cortados. Um apenas se contorcia no ar, brandindo a vítima como uma pena. Mas assim que o capitão Nemo e seu imediato se jogaram sobre ele, o animal ejetou um jato de um líquido negro. Ficamos cegos com isso. Quando a nuvem se dissipou, o animal havia desaparecido, e meu infeliz conterrâneo com ele.

Que raiva então nos impeliu contra esses monstros! Perdemos todo o autocontrole. Dez ou doze polvos invadiram a plataforma e as laterais do *Náutilus*. Rolávamos desordenadamente no meio daquele ninho de serpentes, que se contorcia na plataforma nas águas de sangue e tinta. Parecia que esses tentáculos viscosos brotavam como as cabeças da hidra. A cada estocada, o arpão de Ned Land mergulhava no olho verde-mar de um calamar e o estourava. Mas meu ousado companheiro foi subitamente derrubado pelos tentáculos de um monstro que ele não conseguira evitar. Fui tomado pela emoção e o horror! O descomunal bico abrira-se Ned. O infeliz seria cortado em dois. Corri em seu socorro. Mas o capitão Nemo se antecipou, e seu machado desapareceu entre as duas enormes mandíbulas. Milagrosamente salvo, o canadense, erguendo-se, cravou seu arpão no coração triplo do polvo

— Olho por olho — disse o capitão Nemo ao canadense. — Eu devia isso a mim mesmo!

Ned fez uma reverência sem responder. O combate durou quinze minutos. Os monstros, vencidos e mutilados, finalmente nos deixaram e desapareceram sob as ondas. O capitão Nemo, coberto de sangue, quase imóvel, olhou para o mar que engoliu um de seus companheiros. Grossas lágrimas se acumularam em seus olhos.

CAPÍTULO XIX

A CORRENTE DO GOLFO

A terrível cena do dia 20 de abril nenhum de nós jamais esquecerá. Eu a escrevi sob a influência de emoções violentas. Em seguida, revisei o texto e o li para Conselho e para o canadense. Eles acharam isso exato quanto aos fatos, mas insuficiente quanto ao efeito. Para pintar tais quadros, seria preciso a pluma do mais ilustre de nossos poetas, o autor de *Os trabalhadores do mar*.

Eu disse que o capitão Nemo chorou enquanto olhava as ondas. Sua dor era grande. Era o segundo companheiro que ele perdia desde a nossa chegada a bordo, e que morte! Aquele amigo, esmagado, sufocado, machucado pelos braços horríveis de um calamar, golpeado por suas mandíbulas de ferro, não descansaria com seus camaradas no cemitério de coral pacífico!

No meio da luta, foi o grito de desespero proferido pelo infeliz que rasgou meu coração. O pobre francês, esquecendo-se da sua língua convencional, recorreu à sua língua materna, para proferir um último apelo! Entre a tripulação do *Náutilus*, associada ao corpo e à alma do capitão, recuando como ele de todo contato com os homens, eu tinha um conterrâneo. Seria o único a representar a França naquela associação misteriosa, evidentemente composto por indivíduos de diversas nacionalidades? Era outro problema insolúvel que desafiava incessantemente na minha mente!

O capitão Nemo recolheu-se e não o vi mais por algum tempo. Mas que ele estava triste, pude ver pelo navio, do qual ele era a alma, e que absorvia todos os seus sentimentos. O *Náutilus* não mantinha mais um curso estabelecido; flutuava como um cadáver à vontade das ondas. Ele não conseguia se desvencilhar do cenário da última luta, desse mar que devorou um dos seus.

Dez dias se passaram assim. Foi somente no dia 1º de maio que o *Náutilus* retomou seu curso para o norte, depois de ter passado pelas Bahamas. Seguíamos então a corrente do mais extenso "rio marítimo", que tem margens, peixes e temperatura próprios. Quero dizer a Corrente do Golfo.

315

É realmente um rio, que corre livremente para o meio do Atlântico, e cujas águas não se misturam com as águas do oceano. É um rio salgado, mais salgado que o mar circundante. Sua profundidade média é de 1.500 braças, sua largura média de dezesseis quilômetros. Em certos locais, a corrente flui à velocidade de quatro quilômetros por hora. O volume constante de suas águas é mais considerável do que o de todos os rios do globo.

Conforme descoberto pelo Comandante Maury, a verdadeira origem da Corrente do Golfo está localizada no Golfo da Gasconha. Lá suas águas, ainda fracas em temperatura e cor, começam a se formar. Ela desce para o sul, contorna a África equatorial, aquece suas ondas nos raios da zona tórrida, atravessa o Atlântico, atinge o cabo São Roque na costa do Brasil e se bifurca em duas ramificações, das quais uma irá saturar-se com as moléculas quentes do Mar do Caribe. Então, encarregada de restaurar o equilíbrio entre as temperaturas quentes e frias e de misturar as águas tropicais com as do norte, a Corrente do Golfo começa a desempenhar seu papel estabilizador. Aquecida no Golfo do México, ela segue para o norte até a costa americana, avança até a Terra Nova, desvia sob o impulso de uma corrente fria do Estreito de Davis, e retoma seu curso oceânico percorrendo um grande círculo da Terra em uma linha loxodrômica; então, se divide em dois braços perto do 43º paralelo: um, ajudado pelos ventos alísios do nordeste, regressa ao Golfo da Gasconha e dos Açores; o outro lava as costas da Irlanda e da Noruega com água morna, e continua para além de Spitzbergen, onde sua temperatura cai para 4 graus centígrados, formando o mar aberto no polo.

Era nesse rio oceânico que o *Náutilus* navegava. Saindo do canal das Bahamas, que tem quatorze léguas de largura por 350 metros de profundidade, a Corrente do Golfo se move a uma velocidade de oito quilômetros por hora. Sua velocidade diminui progressivamente à medida que avança para o norte, e convém desejar que tal regularidade persista, porque, se sua velocidade e direção mudassem, os climas da Europa sofreriam distúrbios cujas consequências são incalculáveis.

Perto do meio-dia, eu estava na plataforma com Conselho. Compartilhei com ele os detalhes relevantes sobre a Corrente do Golfo. Quando minha explicação acabou, convidei-o a mergulhar as mãos na corrente.

Conselho obedeceu e ficou bastante surpreso ao não sentir nenhuma sensação de calor ou frio.

— Isso vem — eu disse a ele — da temperatura da água da Corrente do Golfo, que, ao deixar o Golfo do México, é pouco diferente da temperatura do seu sangue. Esta corrente do Golfo é um enorme gerador de calor que permite que as costas da Europa sejam cobertas por um eterno

316

verde. E, ainda segundo o comandante Maury, o calor dessa corrente, plenamente utilizado, é suficiente para manter derretido um rio de chumbo tão grande quanto o Amazonas ou o Missouri.

Naquele momento, a velocidade da Corrente do Golfo era de 2,25 metros por segundo. Tão distinta é sua corrente do mar circundante que suas águas confinadas se destacam contra o oceano e operam em um nível diferente das águas mais frias. Também turvo e muito rico em material salino, seu índigo puro contrasta com as ondas verdes que os cercam. Além disso, sua linha de demarcação é tão clara que, ao lado das Carolinas, o esporão do *Náutilus* cortava as ondas da Corrente do Golfo enquanto sua hélice ainda agitava as pertencentes ao oceano.

Essa corrente levava consigo um mundo inteiro de seres vivos. Argonautas, comuns no Mediterrâneo, viajavam em extensos cardumes. Entre os peixes cartilaginosos, os mais notáveis eram as raias cujas caudas ultrafinas ocupavam quase um terço do corpo, que tinha a forma de um enorme diamante de 7 metros de comprimento; depois, pequenos tubarões de um metro, a cabeça grande, o focinho curto e arredondado, os dentes afiados e dispostos em várias filas, cujo corpo parecia coberto de escamas.

Entre os peixes ósseos, notei caranhas, exclusivos desses mares; esparídeos-synagrops, cuja íris ardia como uma fogueira; cienas de um metro cujas bocas grandes se eriçam de dentes pequenos e que soltam gritos finos; centronotos, de que já falei; corifenídeos azuis acentuados com ouro e prata; peixes-papagaio em tons de arco-íris que podem rivalizar com os pássaros tropicais mais lindos em cores; blênios com cabeças triangulares; *rhombus* azulados sem escamas; batracoides cobertos com uma faixa amarela cruzada na forma de um teta grego; concentrados de pequenos gobídeos com manchas marrons; dipterodontes com cabeças prateadas e caudas amarelas; vários espécimes de salmão; tainhas com silhuetas esguias e um brilho sutil que Lacépède dedicou à memória de sua esposa e, finalmente, o cavaleiro-americano, um formoso peixe condecorado com todas as ordens e ataviado com todos os cordões, frequentando as costas dessa grande nação onde cordões e ordens são tidas em tão baixa estima.

Devo acrescentar que, durante a noite, as águas fosforescentes da Corrente do Golfo rivalizavam com o brilho elétrico do nosso farol, cobretudo em meio às borrascas que nos ameaçavam com tanta frequência.

Em 8 de maio, ainda cruzávamos o cabo Hatteras, na altura da Carolina do Norte. Nesse ponto, a largura da Corrente do Golfo é de 75 milhas, e sua profundidade de 210 jardas. O *Náutilus* ainda andava aleatoriamente, ao sabor do acaso. Toda supervisão parecia abandonada e, de fato, naquelas circunstâncias, a fuga parecia possível. Com efeito, além das costas habitadas oferecerem refúgio fácil, o mar era incessantemente lavrado por incontáveis vapores que navegam entre Nova York ou Boston e o Golfo do México, o qual é invadido dia e noite pelas pequenas escunas que navegam em várias partes da costa americana. Era provável sermos resgatados. Portanto, era uma oportunidade favorável, não obstante as trinta milhas que separavam o *Náutilus* das costas dos Estados Unidos.

Uma circunstância infeliz conspirava contra os planos do canadense. O tempo estava muito ruim. Estávamos nos aproximando daquelas costas onde as tempestades são tão frequentes, aquele país de trombas d'água e ciclones engendrados precisamente pela corrente do Golfo. Enfrentar o mar em um barco frágil era se encaminhar para a morte certa. O próprio Ned Land concordava com isso, apesar de sentir uma intensa saudade de casa que só poderia ser curada com a nossa fuga.

— Professor — disse-me ele naquele dia —, isso tem que acabar. Serei muito claro. Seu Nemo está se afastando da costa e se dirigindo para o norte. Mas acredite em mim, eu tive minha cota no Polo Sul e não vou com ele para o Polo Norte.

— O que deve ser feito, Ned, já que fugir é impraticável agora?

— Precisamos falar com o capitão — disse ele. — O senhor não disse nada quando estávamos em seus mares nativos. Eu vou falar, agora que estamos nos meus. Quando eu penso que em breve o *Náutilus* estará na Nova Escócia, e que perto de Terra Nova há uma grande baía, e que nessa baía desagua o São Lourenço, e que o São Lourenço é meu rio, o rio perto de Quebec, minha cidade natal...! Quando penso nisso, fico furioso, com os cabelos em pé. Professor, prefiro me jogar no mar! Não vou ficar aqui! Estou sufocado!

O canadense estava evidentemente perdendo a paciência. Sua natureza indócil não aguentava essa prisão prolongada. Sua expressão mudava diariamente, seu temperamento ficava mais áspero. Percebi o que ele estava sofrendo, porque eu também sentia saudades de casa. Quase sete meses se passaram sem que tivéssemos notícias da terra. O isolamento do capitão Nemo, seu ânimo alterado, especialmente desde a luta com os polvos, sua taciturnidade, tudo me fazia ver as coisas sob uma perspectiva diferente. Já não sentia o entusiasmo dos primeiros dias a bordo. Só um flamengo como Conselho para aceitar tais circunstâncias, vivendo em um habitat projetado para cetáceos e outros habitantes das profundezas. Na verdade, se aquele rapaz galante tivesse guelras em vez de pulmões, acho que teria sido um peixe excelente!

— E então, professor? — disse Ned, vendo que eu não respondia.

— Bem, Ned, deseja que eu pergunte ao Capitão Nemo suas intenções em relação a nós?

— Sim professor.

— Embora ele já as tenha revelado?

— Sim, desejo ter certeza pela última vez. Fale por mim, apenas em meu nome, se preferir.

— Mas eu raramente o encontro. Ele me evita.

— Esse é mais um motivo para procurá-lo.

— Está bem. Vou vê-lo hoje — respondi ao canadense, que, agindo por conta própria, certamente estragaria tudo.

Fui para o meu quarto. De lá, eu podia ouvir movimentos dentro dos aposentos do capitão Nemo. Eu não poderia perder essa chance de um encontro. Eu bati na porta dele. Não recebi resposta. Bati de novo e girei a maçaneta. A porta se abriu. Eu entrei. O capitão estava lá. Ele estava curvado sobre sua mesa de trabalho e não me ouviu. Determinado a não sair sem questioná-lo, me aproximei. Ele ergueu os olhos bruscamente, com a testa franzida, e disse em um tom bastante severo:

— O senhor por aqui? O que deseja?

— Ter uma conversa, capitão.

— Mas estou ocupado, professor. Estou trabalhando. Dou-lhe a liberdade de desfrutar da sua privacidade, não posso ter o mesmo para mim?

Essa recepção não foi encorajadora, mas eu estava decidido a ouvir e responder a tudo.

— Capitão — eu disse friamente — trata-se de um assunto inadiável.

— Qual seria, professor? — ele perguntou, ironicamente. — O senhor descobriu algo que me escapou, ou o mar revelou algum novo segredo?

Estávamos longe do assunto. Mas, antes que eu pudesse responder, ele me mostrou um manuscrito aberto em sua mesa e disse, em um tom mais sério:

— Aqui, professor Aronnax, está um manuscrito escrito em várias línguas. Ele contém um resumo da minha pesquisa submarina, e se Deus quiser, não perecerá comigo. Assinado com meu nome, completo com a história de minha vida, este manuscrito será encerrado em um pequeno aparelho inafundável. O último sobrevivente no *Náutilus* jogará este dispositivo no mar, e ele irá para onde quer que as ondas o levem.

O nome desse homem! Sua história escrita por ele mesmo! Seu mistério seria então revelado algum dia.

— Capitão — disse eu —, só posso aprovar a ideia que o faz agir assim. O resultado de seus estudos não deve ser perdido. Mas os meios que o senhor emprega me parecem primitivos. Quem sabe aonde os ventos vão levar esse aparelho, e nas mãos de quem cairá? Não poderia usar algum outro meio? O senhor ou um dos seus amigos não pode...?

319

— Nunca, professor! — disse ele, interrompendo-me apressadamente.

— Mas eu e meus companheiros estamos prontos para manter esse manuscrito guardado, se consentir em nos devolver a liberdade...

— A liberdade?! — reagiu o Capitão, levantando-se.

— Sim, capitão, era esse o assunto sobre o qual desejava interrogá-lo. Há sete meses estamos aqui a bordo, e pergunto-lhe hoje, em nome de meus companheiros e em meu próprio, se sua intenção é para nos manter aqui sempre?

— Professor Aronnax, responderei hoje como respondi há sete meses: quem quer que entre no *Náutilus*, nunca deve abandoná-lo.

— Impõe-nos a escravidão!

— Dê o nome que quiser.

— Mas em todos os lugares o escravo tem o direito de recuperar sua liberdade.

— Quem lhes nega esse direito? Eu já tentei acorrentá-los com um juramento?

Ele me encarava com os braços cruzados.

— Capitão — eu disse, — retornar uma segunda vez a esse assunto não seria do seu gosto nem do meu, mas, como já entramos nele, vamos prosseguir. Repito, não sou apenas eu a quem diz respeito. O estudo é para mim um alívio, uma diversão, uma paixão que me pode fazer esquecer tudo. Como o senhor, estou disposto a viver ignorado, obscuro, na frágil esperança de legar um dia, ao futuro, o resultado do meu trabalho. Mas é diferente com Ned Land. Todo homem, nem que seja pelo fato de ser homem, merece alguma consideração. Já considerou como o amor pela liberdade e o ódio à escravidão podem levar a planos de vingança em um temperamento como o do canadense, o que ele pode pensar, tentar, arriscar...?

Calei-me. O Capitão Nemo se levantou.

— O que quer que Ned Land pense, tente ou arrisque, o que isso importa para mim? Eu não o procurei! Não é para meu prazer que eu o mantenho a bordo! Quanto ao senhor, professor Aronnax, o senhor é um dos aqueles que podem entender tudo, até o silêncio. Não tenho mais nada a lhe dizer. Que esta primeira vez que o senhor veio a tratar desse assunto seja a última, pela segunda vez não vou ouvi-lo.

Retirei-me. Nossa situação era crítica. Contei minha conversa aos meus dois companheiros.

— Agora sabemos — disse Ned — que nada podemos esperar desse homem. O *Náutilus* está se aproximando de Long Island. Vamos escapar, com tempo bom ou ruim.

Mas o céu tornava-se cada vez mais ameaçador. Havia sinais visíveis de um furacão a caminho. A atmosfera estava ficando bran-

320

ca e leitosa. Finos feixes de nuvens cirros eram seguidos no horizonte por camadas de cúmulos-nimbo. Outras nuvens baixas fugiam rapidamente. O mar estava mais alto, inflado por longas ondas. Todos os pássaros desapareceram, exceto alguns petréis, amigos das tempestades. O barômetro caiu significativamente, indicando a forte pressão dos vapores da atmosfera. A borrasca era iminente.

A tempestade desabou em 18 de maio, no momento em que o *Náutilus* estava flutuando ao largo de Long Island, a alguns quilômetros do porto de Nova York. É possível descrevê-la pois, em vez de fugir para as profundezas do mar, o capitão Nemo, por um capricho inexplicável, resolveu enfrentá-la na superfície.

O vento soprou primeiro do sudoeste. O capitão Nemo, durante as tempestades, ocupava seu lugar na plataforma. Amarrara-se pela cintura para resistir às ondas monstruosas espumando sobre o convés. Subi e me prendi da mesma maneira, dividindo meu espanto entre a tempestade e esse homem incomparável que a enfrentava de frente.

O mar revolto era varrido por enormes montes de nuvens, encharcadas pelas ondas. O *Náutilus*, às vezes deitado de lado, às vezes em pé como um mastro, rolava e inclinava terrivelmente.

Por volta das cinco horas caiu uma torrente de chuva que não amainou o mar nem o vento. O furacão irrompeu com uma velocidade de quase quarenta léguas por hora. É nessas condições que ele derruba casas, quebra portões de ferro, desloca canhões de vinte e quatro libras. No entanto, o *Náutilus*, em meio à tempestade, confirmava as palavras de um engenheiro inteligente: "Não há casco bem construído que não possa desafiar o mar." Não era uma rocha resistente, era um fuso de aço, obediente e móvel, sem cordame nem mastros, que enfrentava impunemente sua fúria.

No entanto, observei essas ondas furiosas com atenção. Eles mediam quinze pés de altura e 150 a 175 jardas de comprimento, e sua velocidade de propagação era de trinta pés por segundo. Seu volume e força aumentavam com a profundidade da água. Ondas como essas, nas Hébridas, deslocaram uma rocha de 8.400 libras. Foram elas que, na tempestade de 23 de dezembro de 1864, depois de destruir a cidade de Edo, no Japão, foram rebentar no mesmo dia nas costas dos Estados Unidos.

A intensidade da tempestade aumentou com a noite. O barômetro, como em 1860 na ilha da Reunião durante um ciclone, caiu sete décimos no final do dia. Eu vi uma grande embarcação passar no horizonte lutando dolorosamente. Provavelmente era um dos vapores da linha de Nova York a Liverpool, ou Havre. Ele logo desapareceu na escuridão.

Às dez horas da noite, o céu estava em chamas. Violentos relâmpagos bombardeavam a atmosfera, deixando-me praticamente cego; já

321

o capitão, encarando-os de frente, parecia incorporar o espírito da tempestade. Um ruído terrível enchia o ar, feito dos uivos das ondas quebradas, do rugido do vento e dos trovões. A ventania varria todos os pontos do horizonte; e o ciclone, vindo do leste, para ele retornava, depois de passar pelo norte, oeste e sul, em sentido contrário às tempestades circulares do hemisfério sul.

Ah, a corrente do Golfo! Fazia, de fato, jus ao título de Rainha das Tempestades. É ela que causa esses formidáveis ciclones, pela diferença de temperatura entre suas camadas ar e suas correntes.

À chuva, sucedera uma tempestade de fogo. As gotas de água foram transformadas em pontas afiadas. Ter-se-ia dito que o Capitão Nemo estava cortejando uma morte digna de si, uma morte por um raio. O *Náutilus*, lançando-se terrivelmente, ergueu seu esporão de aço no ar como a haste de um para-raios e eu vi compridas faíscas explodirem dele.

Alquebrado e sem forças, rastejei até o alçapão, abri-o e desci para o salão. A tempestade estava então no auge. Era impossível ficar de pé no interior do *Náutilus*.

O capitão Nemo desceu por volta da meia-noite. Ouvi os reservatórios enchendo-se gradualmente e o *Náutilus* afundou lentamente sob as ondas.

Pelas janelas abertas do salão, vi peixes grandes, aterrorizados, passando como fantasmas na água. Alguns foram fulminados diante dos meus olhos.

O *Náutilus* ainda estava descendo. Achei que a cerca de oito braças de profundidade deveríamos encontrar uma calma. Mas não! As camadas de cima estavam agitadas demais para isso. Tivemos que buscar repouso a mais de 25 braças nas entranhas das profundezas.

Mas ali, que quietude, que silêncio, que paz! Quem poderia dizer que tal furacão se desencadeava na superfície daquele oceano?

CAPÍTULO XX

47°24' DE LATITUDE E
17°28' DE LONGITUDE

E m consequência da tempestade, fomos empurrados para o leste mais uma vez. Toda esperança de fuga nas imediações de Nova York ou do rio São Lourenço havia desaparecido, e o pobre Ned, em desespero, isolou-se como o Capitão Nemo. Conselho e eu, no entanto, não nos separávamos.

Eu disse que o *Náutilus* tinha sido empurrado para o leste. Eu deveria ter dito nordeste. Por horas a fio, ele vagou, ora na superfície, ora abaixo dela, em meio àquelas neblinas tão temidas pelos marinheiros. Quantos acidentes se devem a esses nevoeiros densos! Quantas colisões contra aqueles recifes, onde a rebentação é sobrepujada pelo barulho do vento! Quantos abalroamentos entre navios, apesar de suas luzes de advertência, apitos e campainhas de alarme!

O fundo desses mares parecia um campo de batalha, onde ainda jazem todos os vencidos do oceano: alguns antigos e já incrustados de cracas, outros mais novos e refletindo nossa luz de farol em suas ferragens e quilhas de cobre.

No dia 15 de maio, estávamos no extremo sul do banco da Terra Nova, produto das aluviões marinhas, ou grandes montes de matéria orgânica, trazidos do Equador pela Corrente do Golfo ou do Polo Norte pela contracorrente de água fria que contorna a costa americana. Aqui, uma aglomeração de blocos erráticos carregados pelo gelo quebrado; ali, um vasto cemitério de moluscos, que morrem aqui aos milhões.

A profundidade do mar não é grande no banco da Terra Nova, não mais do que algumas centenas de braças; mas em direção ao sul há uma depressão de 1.500 braças. Lá, a Corrente do Golfo se alarga, perde um pouco de sua velocidade e um pouco de sua temperatura, mas se torna um mar.

Entre os peixes que o *Náutilus* afugentou pelo caminho, mencionarei um ciclóptero de um metro, enegrecido no topo com ventre alaranjado e raro entre seus irmãos por praticar a monogamia; um *unernack* de grande porte, uma espécie de moreia esmeralda cujo sabor é excelente;

323

karraks com olhos grandes em uma cabeça que lembra um pouco a de um canino, blênios, ovíparos como as cobras; gobídeos pretos medindo dois decímetros; macruros com cauda longa e refletindo um brilho prateado, peixes velozes se aventurando longe de seus mares do Alto Ártico.

Nossas redes também puxavam um peixe atrevido, ousado, vigoroso e musculoso, armado com espinhos na cabeça e esporões nas nadadeiras, um verdadeiro escorpião de dois a três metros, inimigo implacável do bacalhau, dos blênios e do salmão: era o cadoz dos mares do norte, um peixe com nadadeiras vermelhas e corpo marrom coberto de nódulos. Os pescadores do *Náutilus* tiveram dificuldade em agarrar esse animal que, graças à formação das suas guelras, pode proteger os seus órgãos respiratórios de qualquer contato desumidificador com o ar e pode viver muito tempo fora d'água.

Cito agora, de cabeça, alguns pequenos bosquianos que seguem os navios nos mares mais ao norte; barracudas-oxirrincos exclusivas do Atlântico norte; escorpenas e, por último, a família gadídeos, com destaque para o bacalhau, que surpreendi em suas águas de predileção naquele inesgotável banco de Terra Nova.

Como Terra Nova é simplesmente uma montanha submarina, é cabível chamá-los de bacalhau da montanha. Enquanto o *Náutilus* estava abrindo caminho através de suas fileiras restritas, Conselho não pôde deixar de fazer este comentário:

— E essa agora! Bacalhaus! Ora, eu pensei que o bacalhau fosse achatado, como o linguado!

— Rapaz inocente! — exclamei. — O bacalhau só fica plano no supermercado, onde é aberto e espalhado em exposição. Mas na água eles são como tainhas, em forma de fuso e perfeitamente construídos para a locomoção.

— Eu posso acreditar facilmente, mestre — Conselho respondeu. — Mas que multidão deles, que nuvem!

— Meu amigo, haveria muito mais deles se não existissem seus inimigos, as escorpenas e os seres humanos! Sabe quantos ovos foram contados em uma única fêmea?

— Arredondemos — respondeu Conselho. — 500.000.

— 11.000.000, meu amigo.

— 11.000.000! Recuso-me a aceitar isso até que eu mesmo os conte.

— Então conte-os, Conselho. Mas seria menos trabalhoso acreditar em mim. Além disso, franceses, ingleses, americanos, dinamarqueses e noruegueses pescam esses bacalhaus aos milhares. Eles são comidos em quantidades prodigiosas e, sem a surpreendente fertilidade desses peixes, os mares logo seriam despovoados deles. Somente na Inglaterra e

324

na América, 5.000 navios tripulados por 75.000 marinheiros vão atrás do bacalhau. Cada navio traz de volta uma captura média de 4.400 peixes, o que dá 22 milhões. Na costa da Noruega, o total é o mesmo.

—Tudo bem — respondeu Conselho — vou aceitar a palavra do mestre. Eu não vou contá-los.

— Contar o quê?

— Aqueles 11 milhões de ovos. Mas faço uma observação.

— Qual?

— Se todos os ovos eclodissem, apenas quatro bacalhaus poderiam alimentar a Inglaterra, América e Noruega.

Enquanto deslizávamos pelas profundezas de Terra Nova, eu via perfeitamente aquelas longas linhas de pesca, cada uma armada com 200 anzóis, que cada barco balançava às dezenas. O *Náutilus* teve que manobrar astutamente no meio dessa teia de aranha subaquática.

Mas o submarino não ficou muito tempo naquela zona movimentada. Subiu para cerca de 42° de latitude. Isso o colocou ao lado de São João de Terra Nova e de Heart's Content, onde o cabo transatlântico chega ao seu ponto final.

Em vez de continuar para o norte, o *Náutilus* tomou uma direção leste, como se quisesse acompanhar o planalto onde repousa o cabo telegráfico, e cujos contornos do terreno foram determinados com extrema precisão por múltiplas sondagens.

Foi no dia 17 de maio, a cerca de 500 milhas da Heart's Content, a uma profundidade de mais de 1.400 braças, que vi o cabo elétrico deitado no solo. Conselho, a quem eu não avisara, a princípio pensou que fosse uma gigantesca serpente marinha. Mas decepcionei o digno companheiro e, a título de consolo, relatei vários detalhes sobre a colocação do cabo.

O primeiro cabo foi colocado nos anos 1857 e 1858, porém, após transmitir cerca de 400 telegramas, não funcionou mais. Em 1863, os engenheiros construíram outro, medindo 2.000 milhas de comprimento e pesando 4.500 toneladas, que foi embarcado no *Great Eastern*. Essa tentativa também falhou.

Ora, em 25 de maio, o *Náutilus*, estando a uma profundidade de mais de 1.918 braças, estava no local preciso onde ocorreu a ruptura que arruinou a iniciativa. Ficava a 638 milhas da costa da Irlanda. Eram duas horas da tarde descobriram que a comunicação com a Europa havia cessado. Os eletricistas a bordo resolveram cortar o cabo antes de retirá-lo e, às onze horas da noite, recuperaram a parte danificada. Fizeram uma emenda e ele foi mais uma vez submerso. Mas alguns dias depois ele se rompeu novamente, e não pode ser recuperado nas profundezas do oceano.

Os americanos, porém, não desanimaram. Cyrus Field, o ousado idealizador do empreendimento, já que havia investido toda sua fortuna, fez uma nova subscrição, que foi imediatamente respondida, e outro cabo foi construído com melhores condições. O feixe de fios condutores era cada um envolto em guta-percha e protegido por um enchimento de cânhamo, embutido em uma armação metálica.

O *Great Eastern* partiu em 13 de julho de 1866. A operação avançava bem, quando ocorreu um incidente. Ao desenrolar o cabo, os eletricistas observaram que pregos haviam sido enfiados nele recentemente, evidentemente com o objetivo de destruí-lo. O capitão Anderson, os oficiais e os engenheiros reuniram-se, deliberaram e comunicaram que, se o infrator fosse surpreendido a bordo, seria lançado ao mar sem mais julgamentos. Desde então, a tentativa criminosa não se repetiu.

Em 23 de julho, o *Great Eastern* estava a apenas 500 milhas de Terra Nova, quando telegrafou da Irlanda a notícia do armistício concluído entre a Prússia e a Áustria depois de Sadowa. No dia 27, em meio a fortes nevoeiros, ele chegou ao porto de Heart's Content. A operação foi encerrada com sucesso e, para seu primeiro despacho, a jovem América dirigiu-se à velha Europa com estas sábias palavras, tão raramente compreendidas: "Glória a Deus nas alturas e paz na Terra aos homens de boa vontade."

Eu não esperava encontrar o cabo elétrico em seu estado primitivo, tal como era ao sair da fábrica. A longa serpente, coberta com restos de conchas, espetada de foraminíferos, estava incrustada em um engaste rochoso que a protegia contra todos os moluscos perfurantes. Repousava serenamente, ao abrigo dos movimentos do mar e sob uma pressão favorável para a transmissão da faísca elétrica que passa da Europa para a América em 0,32 de segundo. Sem dúvida, esse cabo vai durar muito tempo, pois foi constatado que que a cobertura de guta-percha se solidifica em contato com a água do mar.

Além disso, naquele nível, tão bem escolhido, o cabo nunca fica tão profundamente submerso a ponto de se romper. O *Náutilus* o seguiu até o ponto mais baixo, que era de mais de 2.212 braças, e mesmo ali ele se esticava sem nenhum excesso de tração. Aproximamo-nos então ao local onde ocorreu o acidente em 1863.

O fundo do oceano formava um vale com cerca de 160 quilômetros de largura, no qual o Mont Blanc poderia ter sido colocado sem que seu cume aparecesse acima das ondas. Esse vale é fechado a leste por uma parede perpendicular com mais de 2.000 metros de altura. Chegamos no dia 28 de maio, e o *Náutilus* estava a não mais de 120 milhas da Irlanda.

O Capitão Nemo iria para o norte e nos encalharia nas Ilhas Britânicas? Não. Para minha surpresa, ele desceu para o sul e voltou para os mares europeus. Ao contornar a Ilha Esmeralda, por um instante avistei o cabo Clear e o farol de Fastnet, que guia os milhares de navios que partem de Glasgow ou Liverpool.

Uma questão importante surgiu então em minha mente: o *Náutilus* ousaria adentrar o canal da Mancha? Ned Land, que ressuscitara desde que estávamos nos aproximando de terra, não parava de me questionar. Como lhe responder? O capitão Nemo permanecia invisível. Depois de ter mostrado ao canadense um vislumbre das costas americanas, ele iria me mostrar a costa da França?

Mas o *Náutilus* ainda estava indo para o sul. No dia 30 de maio, passou à vista de Land's End, entre o ponto extremo da Inglaterra e as Sorlingas, que foram deixadas a estibordo.

Se queria entrar na Mancha, deveria embicar radicalmente para o leste. Ele não o fez.

Durante todo o 31 de maio, o *Náutilus* descreveu uma série de círculos na água, que me intrigaram muito. Parecia estar procurando um local que tinha dificuldade em encontrar. Ao meio-dia, o próprio capitão Nemo encarregou-se de calcular nossa posição. Ele não me disse uma palavra, mas parecia mais sombrio do que nunca. O que poderia entristecê-lo assim? Seria sua proximidade com as costas europeias? Ele tinha alguma lembrança de seu país abandonado? Se não, o que ele sentia? Remorso ou arrependimento? Por um longo tempo, esse pensamento me assombrou a mente e tive uma espécie de pressentimento de que em breve o acaso revelaria os segredos do capitão.

No dia seguinte, 1° de junho, o *Náutilus* continuou o mesmo processo. Evidentemente, ele estava procurando algum lugar específico no oceano. O Capitão Nemo mediu a altitude do sol como havia feito no dia anterior. O mar estava lindo, o céu claro. Cerca de oito milhas a leste, um grande navio a vapor podia ser discernido no horizonte. Nenhuma bandeira tremulava em seu mastro, e não pude descobrir sua nacionalidade. Alguns minutos antes de o sol passar do meridiano, o capitão Nemo armou seu sextante e observou com grande atenção. O perfeito descanso da água ajudava muito na operação. O *Náutilus* estava imóvel.

Eu estava na plataforma quando a altitude foi tomada, e o Capitão pronunciou estas palavras:

— É aqui.

Ele se virou e desceu. Teria visto a embarcação que estava mudando de curso e parecia estar se aproximando de nós? Eu não poderia dizer. Voltei para o salão. Com os painéis fechados, ouvi o chiado da água nos reservatórios. O *Náutilus* começou a afundar, seguindo uma linha vertical, pois seu parafuso não comunicava nenhum movimento

327

a ele. Alguns minutos depois, ele parou a uma profundidade de mais de 420 braças, apoiado no solo. O teto luminoso foi escurecido, então os painéis foram abertos, e através do vidro eu vi o mar brilhantemente iluminado pelos raios de nossa lanterna por pelo menos meia milha ao nosso redor.

Olhei para bombordo e não vi nada além de uma imensidão de águas calmas. Mas a estibordo, no fundo, apareceu uma grande protuberância, que imediatamente chamou minha atenção. Alguém poderia pensar que era uma ruína enterrada sob uma camada de conchas brancas, muito parecida com uma camada de neve. Ao examinar a massa com atenção, pude reconhecer a forma cada vez mais espessa de uma embarcação sem os mastros, que deve ter afundado. Certamente pertenceu a tempos passados. O naufrágio, para estar assim incrustado com a cal da água, devia datar de uma época remota.

Que navio era aquele? Por que o *Náutilus* visitava seu túmulo? Não fora então um naufrágio que a embarcação arrastara para baixo da água? Eu não sabia o que pensar, quando perto de mim ouvi o capitão Nemo dizer em uma voz lenta:

— Originalmente, esse navio foi batizado de *Le Marseillais*. Carregava setenta e quatro canhões e foi lançado ao mar em 1762. Em 13 de agosto de 1778, comandado por La Poype-Vertrieux, lutou bravamente contra o *Preston*. Em 4 de julho de 1779, como membro do esquadrão comandado pelo almirante d'Estaing, ajudou na captura da ilha de Granada. Em 5 de setembro de 1781, sob o comando do Conde de Grasse, participou da Batalha da Baía de Cheasapeake. Em 1794, a nova República da França mudou o nome dese navio. Em 16 de abril do mesmo ano, ele se juntou à esquadra de Villaret-Joyeuse em Brest, a quem foi confiada a escolta de um comboio de trigo vindo da América sob o comando do almirante Van Stabel. No segundo ano do Calendário Revolucionário Francês, nos dias 11 e 12 do Mês das Pastagens, essa esquadra deparou-se com navios ingleses. Professor, hoje é 1º de junho de 1868, ou o 13º dia do Mês de Pastagem. Setenta e quatro anos atrás, neste mesmo local na latitude 47°24' e longitude 17° 28', esse navio afundou após uma batalha heroica; sem os três mastros, com a água no porão, um terço da tripulação fora de combate, ele preferiu ir para o fundo com os 356 marinheiros a se render. E com sua bandeira pregada no convés de popa, desapareceu sob as ondas aos gritos de "Viva a República!"

— O *Vingador*! — exclamei.

— Sim, professor, o *Vingador*! Um bom nome! — murmurou o capitão Nemo, cruzando os braços.

328

CAPÍTULO XXI

UMA EXECUÇÃO EM MASSA

A maneira de descrever aquela cena inesperada, a história do navio patriota, contada a princípio com tanta frieza, e a emoção com que esse homem estranho pronunciou as últimas palavras, o nome do *Vingador*, cujo significado não me escapou, tudo ficou profundamente gravado em minha mente. Meus olhos não deixaram o capitão, que, com a mão estendida para o mar, observava com olhos brilhantes os gloriosos destroços. Talvez eu nunca soubesse quem ele era, de onde ele veio ou para onde estava indo, mas eu sentia que o homem se alforriava do cientista. Não foi uma misantropia comum que encerrou o capitão Nemo e seus companheiros dentro do *Náutilus*, mas um ódio, monstruoso ou sublime, que o tempo jamais poderia enfraquecer.

Aquele ódio ainda buscava vingança? O futuro logo me diria.

Nesse ínterim, o *Náutilus* subia lentamente para a superfície do mar, e a forma do *Vingador* desaparecia gradualmente de minha vista. Logo um leve movimento me disse que estávamos ao ar livre. Naquele momento, um estrondo surdo foi ouvido. Eu olhei para o Capitão. Ele não se mexeu.

— Capitão? — disse eu.

Ele não respondeu. Eu o deixei e subi na plataforma. Conselho e o canadense já estavam lá.

— De onde veio esse som? — perguntei.

— Foi um tiro de canhão — respondeu Ned Land.

Olhei na direção do navio que eu avistara. Ele estava se aproximando do *Náutilus*, e pudemos ver que ele estava ganhando velocidade. Estava a seis milhas de nós.

— Que tipo de navio é aquele, Ned?

— Pelo cordame e pela altura dos mastros inferiores — disse o canadense —, aposto que ela é um navio de guerra. Que ele nos alcance e, se necessário, afunde este maldito *Náutilus*.

— Amigo Ned — respondeu o Conselho —, que mal ele pode fazer ao *Náutilus*? Pode atacá-lo sob as ondas? Pode acertá-lo no fundo do mar?

— Diga-me, Ned — disse eu —, consegue reconhecer a que país ele pertence?

O canadense franziu as sobrancelhas, apertou as pálpebras, franziu os cantos dos olhos e, por alguns momentos, fixou um olhar penetrante no navio.

— Não, professor — respondeu ele. — Não posso dizer a que nação ele pertence, pois está sem bandeira. Mas posso declarar que é um navio de guerra, pois uma longa flâmula tremula de seu mastro principal. ·

Durante quinze minutos, observamos o navio que navegava em nossa direção. Eu não conseguia, entretanto, acreditar que ele pudesse ver o *Náutilus* daquela distância, e menos ainda que pudesse saber que se tratava de um aparelho submarino.

Logo o canadense me informou que ela era um grande navio blindado de dois andares. Uma espessa fumaça preta estava saindo de suas duas chaminés. Suas velas fechadas confundiam-se com a linha das vergas. A caixa do mastro não exibia pavilhão algum. A distância nos impedia de distinguir as cores de sua flâmula, que flutuava como uma fita fina.

Ela avançava rapidamente. Se o capitão Nemo permitisse que ele se aproximasse, haveria uma chance de salvação para nós.

— Professor — disse Ned Land —, se aquele navio passar a menos de uma milha de nós, vou me jogar no mar e devo aconselhá-lo a fazer o mesmo.

Não respondi à sugestão do canadense, mas continuei observando a embarcação. Fosse inglesa, francesa, americana ou russa, ela certamente nos acolheria se pudéssemos alcançá-la. Logo, uma fumaça branca explodiu da parte dianteira do navio. Alguns segundos depois, a água, agitada pela queda de um corpo pesado, espirrou na popa do *Náutilus*, e logo em seguida uma forte explosão atingiu meu ouvido.

— O quê?! Eles estão atirando em nós! — exclamei.

— Bons rapazes! — o canadense murmurou.

— Isso significa que eles não nos veem como náufragos agarrados a alguns destroços!

— Com todo o respeito ao mestre... — disse Conselho, sacudindo a água que havia borrifado sobre ele de outro projétil — Com todo o respeito ao mestre, eles descobriram o narval e estão canhoneando o mesmo.

— Mas deve estar claro para eles — exclamei — que estão lidando com seres humanos.

— Talvez seja por isso! — Ned Land respondeu, olhando fixamente para mim.

Toda a verdade me ocorreu. Sem dúvida, as pessoas agora sabiam com o que estavam lidando quando se falava da existência do suposto monstro. Sem dúvida, o encontro deste com a *Abraham Lincoln*, quando o canadense o acertou com seu arpão, levou o comandante Farragut a

330

reconhecer o narval como um barco subaquático, mais perigoso do que qualquer cetáceo sobrenatural!

Sim, tinha que ser isso, e sem dúvida eles estavam agora perseguindo essa terrível máquina mortífera em todos os mares!

Realmente terrível, se, como poderíamos supor, o capitão Nemo estivesse usando o *Náutilus* em obras de vingança! Naquela noite, no meio do Oceano Índico, quando ele nos aprisionou na cela, ele não teria atacado algum navio? Aquele homem agora enterrado no cemitério de corais, não foi vítima de alguma colisão provocada pelo *Náutilus*? Sim, repito, só podia ser isso. Uma parte da vida secreta do capitão Nemo era revelada. E agora, embora sua identidade ainda fosse desconhecida, pelo menos as nações aliadas contra ele sabiam que não estavam mais caçando algum monstro de conto de fadas, mas um homem que havia jurado um ódio implacável contra eles!

Todo aquele passado assustador me voltou à mente. Em vez de encontrar amigos no navio que se aproximava, encontraríamos apenas inimigos impiedosos.

Enquanto isso, os projéteis caíam ao nosso redor em números crescentes. Alguns, encontrando a superfície do líquido, ricocheteariam e desapareceriam no mar a distâncias consideráveis. Mas nenhum deles alcançou o *Náutilus*.

A essa altura, o couraçado não estava a mais de cinco quilômetros de distância. Apesar de violento canhão, o capitão Nemo não apareceu na plataforma. E, no entanto, se uma daquelas cápsulas cônicas tivesse acertado um golpe de rotina no casco do *Náutilus*, poderia ter sido fatal para ele.

O canadense tomou a palavra:

— Professor, temos que fazer todo o possível para sair dessa enrascada! Vamos sinalizar para eles! Com mil diabos! Talvez eles percebam que somos pessoas decentes!

Ned Land pegou seu lenço para acenar no ar, mas ele mal o exibira quando foi derrubado por uma mão de ferro e caiu, apesar de sua grande força, no convés.

— Idiota! — exclamou o Capitão. — Deseja ser perfurado pelo esporão do *Náutilus* antes que ele seja lançado contra aquele navio?

O capitão Nemo, terrível de se ouvir, era ainda mais terrível de se ver. Seu rosto estava mortalmente pálido. Por um instante, seu coração deve ter parado de bater. Suas pupilas estavam terrivelmente contraídas. Ele não falou, ele rugiu, enquanto, com seu corpo curvado para frente, ele torcia os ombros do canadense.

Depois, soltando-o e voltando-se para o navio de guerra, cujo tiro ainda chovia ao seu redor, ele exclamou, com uma voz poderosa:

331

— Ah, navio de nação maldita, sabe quem eu sou! Não preciso de suas cores para reconhecê-lo! Olhe! Eu vou mostrar-lhe as minhas!

E na parte dianteira da plataforma o capitão Nemo desfraldou uma bandeira preta, semelhante à que ele havia colocado no polo sul. Naquele momento, um tiro atingiu a concha do *Náutilus* de forma oblíqua, sem perfurá-la e, rebatendo perto do Capitão, se perdeu no mar.

Ele deu de ombros e, dirigindo-se a mim, disse brevemente:

— Desça, o senhor e seus companheiros, desçam!

— Senhor — gritei —, atacará esse navio?

— Professor, vou afundá-lo.

— Não fará isso!

— Farei — respondeu ele friamente. — E aconselho-o a não me julgar, professor. O destino lhe mostrou o que não deveria ter visto. Eles atacaram. A resposta será terrível. Desça.

— Que navio é aquele?

— Não sabe? Muito bem! Tanto melhor! Pelo menos sua nacionalidade permanecerá um segredo para o senhor. Desçam!

Só podíamos obedecer. Cerca de quinze marinheiros cercaram o capitão, olhando com ódio implacável para o navio que se aproximava. Podia-se sentir que o mesmo desejo de vingança animava todas as almas.

Desci no momento em que outro projétil atingiu o *Náutilus*, e ouvi o capitão exclamar:

— Abra fogo, embarcação insensata! Desperdice seu tiro inútil! E então, não escapará do esporão do *Náutilus*. Mas não é neste local que deve perecer! Eu não quero que suas ruínas se misturem com as do *Vingador*!

Voltei ao meu quarto. O capitão e seu imediato permaneceram na plataforma. A hélice foi posta em movimento, e o *Náutilus*, movendo-se com velocidade, logo estava fora do alcance dos canhões do navio. Mas a perseguição continuou e o capitão Nemo se contentou em manter distância.

Por volta das quatro da tarde, não conseguindo mais conter minha impaciência, fui até a escada central. O alçapão estava aberto e eu me aventurei na plataforma. O capitão ainda andava para cima e para baixo com passos agitados. Ele estava olhando para o navio, que estava a cinco ou seis milhas a sotavento.

Ele o contornava como um animal selvagem e, puxando-o para o leste, permitiu que o perseguissem. Mas ele não atacou. Talvez ele ainda hesitasse? Desejei mediar mais uma vez. Mas eu mal tinha falado, quando o Capitão Nemo impôs silêncio, dizendo:

— Eu sou a lei e sou o juiz! Eu sou o oprimido e aí está o opressor! Por meio dele, perdi tudo o que amava e venerava: pátria, esposa, filhos, pai e mãe. Eu vi tudo perecer! Tudo o que eu odeio está lá! Não diga mais nada!

Lancei um último olhar para o navio de guerra, que estava ganhando força, e reencontrei Ned e Conselho.

— Fujamos! — exclamei.

— Viva! — saudou Ned. — Que navio é aquele?

— Não sei, mas, seja o que for, será afundado antes da noite. Em todo caso, é melhor morrer com ele do que ser cúmplices de uma retaliação cuja justiça não podemos julgar.

— Essa é minha opinião também — disse Ned Land, friamente. — Vamos esperar a noite.

A noite chegou. Um profundo silêncio reinava a bordo. A bússola mostrava que o *Náutilus* não alterou seu curso. Estava na superfície, balançando ligeiramente. Meus companheiros e eu resolvemos fugir quando aquele navio estivesse perto o suficiente para nos ouvir ou ver, pois a lua, que estaria cheia em dois ou três dias, brilhava intensamente.

Uma vez a bordo do navio, se não pudéssemos evitar o golpe que o ameaçava, poderíamos, pelo menos, fazer tudo o que as circunstâncias permitissem. Várias vezes pensei que o *Náutilus* estivesse se preparando para o ataque, mas o Capitão Nemo contentava-se em permitir que seu adversário se aproximasse, e então fugia mais uma vez diante dele.

Parte da noite passou sem nenhum incidente. Espreitávamos a oportunidade de agir. Falávamos pouco, pois estávamos om os nervos à flor da pele. Ned Land teria se jogado no mar, mas eu o forcei a esperar. De acordo com minha ideia, o *Náutilus* atacaria o navio em sua linha de água e, então, seria não apenas possível, mas fácil de fugir.

Às três da manhã, cheio de inquietação, subi na plataforma. O capitão Nemo não a havia deixado. Ele estava parado na parte dianteira perto de sua bandeira, que uma leve brisa fazia tremular acima de sua cabeça. Ele não tirava os olhos do navio. A intensidade de seu olhar parecia atrair, fascinar e arrastá-lo com mais segurança do que se ele o estivesse rebocando.

A lua estava então passando pelo meridiano. Júpiter nascia no leste. Em meio a essa cena pacífica da natureza, o céu e o oceano rivalizavam em tranquilidade, o mar oferecendo aos astros da noite o melhor espelho que eles poderiam ter para refletir sua imagem. Ao pensar na profunda calma desses elementos, em comparação com toda aquela ira pairando imperceptivelmente dentro do *Náutilus*, estremeci.

O navio mantinha-se a três quilômetros de nós. Estava cada vez mais perto daquele brilho fosforescente que mostrava a presença do *Náutilus*. Eu podia ver seus sinalizadores verdes e vermelhos, e sua lanterna branca pendurada no grande mastro de proa. Cintilações nebulosas refletiam-se em seu cordame e indicavam que suas fornalhas foram aque-

333

cidas ao máximo. Feixes de faíscas e cinzas vermelhas escapavam das chaminés, brilhando na atmosfera como estrelas.

Assim fiquei até as seis da manhã, sem que o capitão Nemo me notasse. O navio estava a cerca de uma milha e meia de nós, e com o primeiro amanhecer do dia os disparos recomeçaram. Não poderia estar longe o momento em que, o *Náutilus* atacando seu adversário, meus companheiros e eu deveríamos deixar para sempre este homem.

Eu me preparava para descer para avisá-los, quando o imediato subiu na plataforma, acompanhado de vários marinheiros. O capitão Nemo não os viu ou não quis vê-los. Esboçaram-se alguns preparativos, que poderíamos chamar de "preparativos de combate" do *Náutilus*. Eles eram muito simples. A balaustrada de ferro ao redor da plataforma foi abaixada, e as casinhas do farol e do timoneiro foram empurradas para dentro do casco até ficarem niveladas com o convés. A longa superfície do charuto de aço não oferecia mais uma única aresta que pudesse prejudicar suas manobras.

Voltei ao salão. O *Náutilus* ainda flutuava. O brilho da manhã infiltrava-se na camada líquida. Com as oscilações das ondas, as vidraças animavam-se com listras vermelhas do sol nascente. Tinha início o dia terrível de 2 de junho.

Às cinco horas, a barquilha mostrou que a velocidade do *Náutilus* estava diminuindo e compreendi que permitia a aproximação. Além disso, as detonações eram ouvidas com mais nitidez. Os projéteis sulcavam a água circundante e nela mergulhavam com um estranho ruído sibilante.

— Meus amigos — disse eu — é chegado o momento. Um aperto de mão e que Deus nos proteja!

Ned Land estava determinado; Conselho, calmo; eu, tão nervoso que não sabia como me conter.

Passamos para a biblioteca. Quando eu empurrei a porta que dava para a escada central, ouvi o alçapão fechar bruscamente. O canadense correu para a escada, mas eu o impedi. Um ruído sibilante bem conhecido me disse que a água estava escorrendo para os reservatórios e, em poucos minutos, *Náutilus* estaria alguns metros abaixo da superfície das ondas.

Compreendi a manobra. Era muito tarde para agir. O *Náutilus* não queria atingir o couraçado em sua impenetrável armadura, mas abaixo da linha d'água, onde a cobertura metálica não mais o protegia.

Éramos novamente prisioneiros, testemunhas involuntárias do terrível drama que se preparava. Mal tivemos tempo para refletir. Refugiados no meu quarto, olhamo-nos calados. Um estupor profundo tomou conta de minha mente: o pensamento parecia ter parado. Eu pairava

334

naquele estado doloroso que predomina durante o período de antecipação antes de alguma explosão assustadora. Aguardava, escutava, vivia apenas pela minha audição! A velocidade do *Náutilus* foi acelerada. Ele estava se preparando para correr. Todo o navio estremeceu. De repente, gritei. Eu senti o choque, apesar de leve. Eu senti o poder penetrante do esporão de aço. Eu ouvi rangidos e dilacerações. Mas o *Náutilus*, carregado por sua força propulsora, atravessou a massa da embarcação como uma agulha através de uma lona!

Não pude resistir. Louco, desvairado, corri do meu quarto para o salão. O capitão Nemo estava lá, mudo, sombrio, implacável, olhando pelo painel de bombordo.

Um imenso destroço afundava nas águas e, para que não perdesse nada de sua agonia, o *Náutilus* estava descendo para o abismo com ele. A dez metros de mim, vi o casco fendido, por onde a água infiltrava-se estrondosamente, depois a linha dupla de canhões e paveses. O convés estava coberto por sombras negras agitadas.

A água estava subindo. As pobres criaturas estavam se aglomerando nas velas, agarrando-se aos mastros, lutando sob a água. Era um formigueiro humano surpreendido pela invasão pelo mar.

Paralisado, enrijecido pela angústia, os cabelos em pé, os olhos bem abertos, ofegantes, sem fôlego e sem voz, eu também observava! Uma atração irresistível me colava na vidraça!

De repente, ocorreu uma explosão. O ar comprimido explodiu seu convés, como houvessem ateado fogo aos paióis. Então, o infeliz navio afundou mais rapidamente. Via-se seu mastro, carregado de vítimas, depois suas vergas, dobrando-se sob o peso dos homens e, por último, o topo de seu mastro principal. Então a massa escura desapareceu, e com ela a tripulação morta, puxada para baixo pelo redemoinho forte.

Voltei-me para o capitão Nemo. Aquele terrível justiceiro, um verdadeiro arcanjo do ódio, continuava a observar. Quando tudo acabou, dirigiu-se ao seu quarto, abriu a porta e entrou. Eu o segui com os olhos.

Na parede do fundo, abaixou dos retratos de seus heróis, vi o retrato de uma mulher, ainda jovem, e duas crianças pequenas. O capitão Nemo contemplou-os por alguns momentos, estendeu-lhes os braços e, ajoelhando-se, caiu em prantos.

CAPÍTULO XXII

AS ÚLTIMAS PALAVRAS DO CAPITÃO NEMO

Os painéis foram fechados diante daquela vista assustadora, mas as luzes não se acenderam no salão. Dentro do *Náutilus* tudo era escuridão e silêncio, que partia daquele local devastado com uma velocidade prodigiosa, a 30 metros abaixo das águas. Para onde estava indo? Norte ou Sul? Para onde o homem fugiria depois desse horrível ato de vingança?

Entrei novamente em minha cabine, onde Ned e Conselho esperavam em silêncio. O capitão Nemo me encheu de um horror intransponível. O que quer que tenha sofrido uma vez nas mãos da humanidade, ele não tinha o direito de aplicar tal punição. Ele me tornou, se não um cúmplice, pelo menos uma testemunha ocular de sua vingança! Mesmo isso era intolerável.

Às onze horas a luz elétrica voltou. Eu fui para o salão. Estava deserto. Consultei os vários instrumentos. O *Náutilus* corria para o norte a uma velocidade de vinte e cinco milhas por hora, às vezes na superfície do mar, às vezes nove metros abaixo dele.

Ao fazer a orientação pelo mapa, vi que passávamos pelo largo da Mancha e rumávamos para os mares do norte a uma velocidade assustadora.

À tarde, já havíamos percorrido duzentas léguas do Atlântico. Anoiteceu e o mar ficou coberto de escuridão até o nascer da lua. Fui para o meu quarto, mas não consegui dormir, estava sendo atacado por pesadelos terríveis. Aquela cena horrível de destruição não parava de se repetir em minha mente.

A partir daquele dia, quem poderia dizer para que parte da bacia do Atlântico Norte o *Náutilus* nos levaria? Ainda com uma velocidade inexplicável. Ainda no meio dessas neblinas do norte! Ele tocaria em Spitzbergen ou nas margens de Nova Zembla? Iríamos explorar esses mares desconhecidos, o Mar Branco, o Mar de Kara, o Golfo de Obi, o arquipélago de Liarrov e a desconhecida costa da Ásia? Não sei dizer. Eu perdi a noção do tempo, parado nos relógios de bordo. Parecia que, como nos países polares, a noite e o dia não seguiam mais seu curso regular. Sentia-me sendo atraído para os domínios do estranho onde a imaginação afundada de Edgar Poe vagava à vontade. A todo instante, esperava deparar-me, como o fabuloso Gordon Pym, com "aquela figura humana velada, de proporções maiores que a de qualquer habitante da terra, atirada sobre a catarata que defende o acesso ao polo".

Calculo — embora, talvez, possa estar enganado — que esse curso aventureiro do *Náutilus* durou quinze ou vinte dias. E eu não sei quanto tempo mais isso poderia ter durado, se não fosse pela catástrofe que encerrou a nossa viagem. O capitão Nemo sumira assim como seu imediato. Nenhum homem da tripulação ficou visível por um instante. O *Náutilus* estava quase incessantemente submerso. Quando subia à superfície para renovar o ar, os alçapões se abriam e se fechavam mecanicamente. Não havia mais marcas no planisfério. Eu não sabia onde estávamos.

E o canadense, cujas forças e paciência chegavam ao fim, não aparecia mais. Conselho não conseguia arrancar uma palavra dele e, temendo que, em um terrível acesso de loucura, ele pudesse se matar, observava-o com devoção constante.

Certa manhã — não sei dizer a data —, eu cochilava nas primeiras horas do dia, quando de repente acordei. Ned Land estava inclinado sobre mim, dizendo, em voz baixa:

— Fujamos!

Pus-me de pé.

— Quando? — perguntei.

— Esta noite. Toda a inspeção a bordo do *Náutilus* parece ter cessado. Eu diria que a perplexidade reina a bordo. Está pronto, professor?

— Sim. Onde estamos?

— À vista da terra. Eu vi através das brumas esta manhã, vinte milhas a leste.

— Que país é?

— Eu não sei. Mas, seja qual for, vamos nos refugiar lá.

— Sim, Ned, sim. Fugiremos esta noite, nem que seja para sermos engolidos pelo mar.

— O mar está raivoso, o vento violento, mas 20 milhas naquele escaler do *Náutilus* não me assustam. Sem que a tripulação notasse, consegui arranjar comida e algumas garrafas d'água.

— Conte comigo.

— Outra coisa — continuou o canadense — se eu for apanhado, me defenderei até a morte.

— Morreremos juntos, amigo Ned.

Eu estava disposto a tudo. O canadense me deixou. Cheguei à plataforma, onde mal conseguia ficar de pé contra os solavancos das ondas. Os céus eram ameaçadores, mas a terra estava dentro dessas brumas

337

densas e tínhamos que escapar. Nem um único dia, ou mesmo uma única hora, poderíamos perder.

Voltei ao salão, ao mesmo tempo querendo e temendo ver o capitão Nemo. O que lhe teria dito? Poderia esconder o horror involuntário que ele me inspirava? Não. Era melhor que eu não o encontrasse cara a cara, melhor esquecê-lo. Mas, apesar de tudo...

Que dia comprido aquele, o último que eu passaria no *Náutilus*. Eu fiquei sozinho. Ned Land e Conselho evitaram falar comigo, por medo de se denunciarem.

Às seis jantei, mas não estava com fome. Obriguei-me a comer apesar da indisposição, para não me enfraquecer.

Às seis e meia, Ned Land entrou em minha cabine. Ele me disse:

— Não vamos nos ver de novo antes de irmos. Às dez horas a lua ainda não terá nascido. Temos de aproveitar a escuridão. Vá para o escaler. Conselho e eu estaremos lá dentro esperando pelo senhor.

O canadense saiu sem me dar tempo de responder. Desejando verificar o curso do *Náutilus*, fui ao salão. Estávamos correndo para nor-nordeste a uma velocidade assustadora, e a mais de cinquenta metros de profundidade. Lancei um último olhar sobre aquelas maravilhas da natureza, sobre as riquezas da arte amontoadas no museu, sobre a coleção ímpar destinada a perecer no fundo do mar, com aquele que a formou. Queria fixar uma impressão indelével disso em minha mente. Fiquei uma hora assim, banhado pela luz do teto luminoso, e revendo aqueles tesouros brilhando sob seus vidros. Então voltei para o meu quarto.

Eu me vesti com roupas apropriadas. Peguei minhas anotações, colocando-as cuidadosamente junto a mim. Meu coração batia forte. Não podia verificar suas pulsações. Certamente minha ansiedade e agitação teriam me traído aos olhos do capitão Nemo.

O que ele estava fazendo neste momento? Escutei à porta de seu quarto. Ouvi passos. O capitão Nemo estava lá. Ele não tinha ido descansar. A todo momento esperava vê-lo aparecer e me perguntar por que desejava fugir. Eu me sentia em um estado de constante alerta. Minha imaginação ampliava esse estado. A sensação tornou-se tão aguda que me perguntei se não seria melhor entrar na cabine do capitão, desafiá-lo cara a cara, com palavras e atos!

Era uma ideia de louco. Felizmente, resisti ao desejo e me estiquei na cama para acalmar minha agitação corporal. Meus nervos estavam um pouco mais calmos, mas no meu cérebro excitado revi toda a minha existência a bordo do *Náutilus*; todos os incidentes, felizes ou infelizes, que aconteceram desde meu desgarramento da *Abraham Lincoln:* a caça ao submarino, o estreito de Torres, os selvagens da Papuásia, o encalhe, o cemitério de corais, a passagem de Suez, a Ilha de Santorini, o mergulhador de Creta, a baía de Vigo, a Atlântida, o banco de gelo, o Polo Sul, a prisão no gelo, a batalha dos polvos, a tempestade na Corrente do Golfo, o *Vingador* e a horrível cena do navio afundado com toda a sua tripulação. Todos esses eventos passaram diante de meus olhos como cenas de um teatro. O capitão Nemo parecia crescer enormemente, suas feições assumiam proporções sobre-humanas. Ele não era mais meu igual, mas um homem das águas, o gênio do mar. Eram então nove e meia. Segurei minha cabeça entre as mãos para evitar que explodisse. Fechei meus olhos, evitava pensar. Havia ainda meia hora de espera, outra meia hora de pesadelo, o que poderia me deixar louco.

Naquele momento, ouvi as notas distantes do órgão, uma harmonia triste sob um canto indefinível, o lamento de uma alma que deseja romper esses laços terrestres. Escutei com todos os sentidos, mal respirando, mergulhando, como o capitão Nemo, naquele êxtase musical que o conduzia em espírito ao fim da vida.

Então, um pensamento repentino me apavorou. O capitão Nemo havia deixado seu quarto. Ele estava no salão, que eu precisava atravessar para fugir. Lá eu deveria encontrá-lo pela última vez. Ele me veria, talvez falasse comigo. Um gesto dele poderia me destruir, uma única palavra sua me prenderia a bordo.

Era quase dez horas. Chegava o momento de eu deixar meu quarto e me juntar aos meus companheiros.

Ainda que o capitão Nemo se interpusesse no meu caminho, eu não poderia hesitar. Abri a porta com cautela, mas quando ela girou nas dobradiças, pareceu fazer um barulho assustador. Rangido que talvez apenas existisse na minha imaginação!

Avancei pela escada escura do *Náutilus*, parando a cada degrau para estabilizar as batidas do meu coração. Cheguei à porta do salão e abri-a com cuidado. O salão se achava mergulhado em escuridão profunda. As notas do órgão soavam fracamente. O capitão Nemo estava lá. Ele não me viu. Em plena luz, acho que ele não teria me notado, de forma seu êxtase o absorvia por inteiro.

Arrastei-me pelo tapete, evitando o menor ruído que pudesse denunciar minha presença. Precisei pelo menos cinco minutos para chegar à porta, do lado oposto, que dava para a biblioteca.

Estava prestes a abri-la quando um suspiro do Capitão Nemo pregou-me no lugar. Compreendi que ele se levantava. Cheguei a percebê-lo, pois a luz da biblioteca entrava no salão. Ele veio em minha direção silenciosamente, com os braços cruzados, deslizando como um

339

espectro em vez de andar. Seu peito saltava com os soluços. E ouvi-o murmurar estas palavras, as últimas que me atingiram os ouvidos:

— Deus Todo-Poderoso! Basta! Basta!

Foi uma confissão de remorso que assim escapou da consciência desse homem?

Em desespero, corri pela biblioteca, subi a escada central e, seguindo o lance superior, cheguei ao escaler. Esgueirei-me pela abertura, que já dera passagens aos meus dois companheiros.

— Vamos! Vamos! — exclamei.

— Avante! — respondeu o canadense.

O orifício nas placas do *Náutilus* foi primeiro fechado e vedado por meio de uma chave-inglesa, que Ned Land arranjara. A abertura do escaler também foi fechada. O canadense começou a afrouxar os parafusos que ainda nos prendiam ao barco submarino.

De repente, um barulho foi ouvido. Vozes interpelavam-se com vivacidade. O que teria havido? Eles descobriram nossa fuga? Senti Ned Land colocar uma adaga em minha mão.

— Sim! — murmurei. — Saberemos morrer!

O canadense interrompera o que fazia e uma palavra repetida muitas vezes, uma palavra terrível, revelou a causa da agitação que se espalhava a bordo do *Náutilus*. Não era para nós que sua tripulação vociferava!

— Maëlstrom! Maëlstrom! — exclamavam.

O Maëlstrom! Será que um nome mais assustador poderia ter soado em nossos ouvidos em circunstâncias não menos assustadoras? Estávamos nos perigosos cursos de água da costa norueguesa? O *Náutilus* estava sendo arrastado para dentro daquele redemoinho no momento em que o escaler estava prestes a se soltar do casco?

Na época da maré, as águas confinadas entre as Ilhas Faroé e Lofotten precipitam-se com uma violência irresistível, formando um redemoinho do qual nenhum navio jamais foi capaz de escapar. Ondas monstruosas correm juntas de todos os pontos do horizonte. Eles formam um abismo apropriadamente chamado de "umbigo do oceano", cujo poder de atração se estende por uma distância de quinze quilômetros. Ele pode sugar não apenas navios, mas baleias e até ursos polares das regiões mais ao norte.

Foi para ele que o *Náutilus*, voluntária ou involuntariamente, foi conduzido pelo capitão.

O redemoinho descrevia uma espiral, cuja circunferência diminuía gradualmente, e o escaler, ainda agarrado ao casco, era carregado com uma velocidade vertiginosa. Senti aquela vertigem doentia que sucede rodopios prolongados.

340

Estávamos apavorados. Nosso horror estava no auge, a circulação havia parado, todas as influências nervosas foram aniquiladas e estávamos cobertos de suor frio, como um suor de agonia! E que barulho em torno de nosso frágil escaler! Que rugidos repetidos pelo eco a quilômetros de distância! Que estrépito o daquelas águas quebrando nas rochas pontiagudas do fundo, onde os corpos mais duros são esmagados e as árvores desgastadas, "uma floresta de agulhas", de acordo com a expressão norueguesa!

Que situação! Éramos sacudidos freneticamente. O *Náutilus* se defendia como um ser humano. Seus músculos de aço estalavam. Às vezes parecia estar de pé, e nós com ele!

— Temos de aguentar firmes — disse Ned — e prender de volta os parafusos. Presos ao *Náutilus*, temos uma chance...

Ele ainda não havia terminado as palavras, quando ouvimos um barulho de estrondo, os ferrolhos cederam e o escaler, arrancado de seu alvéolo, foi atirado como uma pedra de um estilingue no meio do redemoinho.

Minha cabeça bateu em um pedaço de ferro e, com o choque violento, perdi toda a consciência.

341

CAPÍTULO XXIII

CONCLUSÃO

Eis a conclusão desta viagem submarina. O que se passou naquela noite, como o escaler escapou dos redemoinhos do *Maëlstrom*, como Ned Land, Conselho e eu saímos do abismo, não sei dizer. Mas quando voltei à consciência, estava deitado na cabana de um pescador, nas ilhas Loffoden. Meus dois companheiros, sãos e salvos, estavam perto de mim segurando minhas mãos. Abraçamo-nos de coração.

Impensável, nas atuais circunstâncias, voltar para a França. Os meios de comunicação entre o norte da Noruega e o Sul são escassos. E sou, portanto, obrigado a esperar o barco a vapor que sai mensalmente do cabo Norte.

E, entre as pessoas dignas que tão gentilmente nos receberam, reviso mais uma vez meu registro dessas aventuras. Nenhum fato foi omitido, nenhum detalhe exagerado. É uma narrativa fiel desta incrível expedição em um elemento inacessível ao homem, cujas rotas o progresso um dia abrirá caminho.

Acreditarão em mim? Eu não sei. E isso pouco importa, afinal. O que afirmo agora é que tenho o direito de falar desses mares, sob os quais, em menos de dez meses, percorri 20.000 léguas naquela volta submarina pelo mundo, que me revelou tantas maravilhas.

Mas o que aconteceu com o *Náutilus*? Resistiu à pressão do redemoinho? O capitão Nemo ainda está vivo? E ele ainda segue sob o oceano aquelas retaliações terríveis? Ou ele parou depois daquela última execução em massa? Será que as ondas um dia levarão para ele este manuscrito contendo a história de sua vida? Saberei finalmente o nome desse homem? O navio afundado nos revelará, por meio de sua nacionalidade, a nacionalidade do capitão Nemo?

É o que espero. Também espero que seu poderoso aparelho tenha conquistado o mar em seu abismo mais terrível, e que o *Náutilus* tenha sobrevivido onde tantos outros navios se perderam! Se for assim, se o capitão Nemo ainda habita o oceano, sua pátria adotiva, que o ódio seja apaziguado naquele coração selvagem! Que a contemplação de tantas maravilhas extinga para sempre o espírito de vingança! Que o juiz desapareça e o filósofo continue a exploração pacífica do mar! Se seu destino é estranho, também é sublime. Não o compreendi eu mesmo? Não vivi dez meses dessa vida não natural? E à pergunta feita pelo Eclesiastes, três mil anos atrás, "Aquilo que está longe e muito fundo, quem pode descobrir?", dois homens de todos os que vivem agora têm o direito de dar uma resposta:

CAPITÃO NEMO E EU.

Este livro foi composto com a tipografia Times New Roman
e impresso pela Metal Brasil.